KB199723

김주영 중단편전집 • 1

도둑견습

김주영 중단편전집 • 1
도둑견습

문이당

작가의 말

직장을 무작정 그만두고 늦깎이 30대에 전업작가의 길에 들어선 지 어언 40년이 되어 간다. 이제는 젊은 작가들이 내 회갑을 기념한 다고 작품집을 내주기까지 하게 되었다. 그 옛날 시를 쓰겠다고 아버지 몰래 서울에 올라와 기식하며 서라벌예술대학 입학시험을 치른 지 그리 오래지 않은 것만 같은데, 그 당시에 만났던 친구들의 이마에 잡힌 주름살하며 성성한 흰 머리칼을 바라보면서 그때마다 내나이를 되씹어 보곤 한다.

문단에서 꽤 긴 세월을 휘돌아다니면서 그 동안 쓴 내 소설들을 가만히 돌아보건대, 그 안에 변함없이 등장하는 것은 밑바닥 인생살이들이다. 그 시대 배경이 먼 고려 때이건 바로 현대이건 간에 이 땅위에서 자기 삶을 온전히 버티어 냄으로써 역사를 짊어지고 가는 이들은, 남들이 가장 하잘것없다는 민초들이었음을 내 소설은 되풀이하여 이야기하고 있다. 그들의 소박한 사랑과 지칠 줄 모르는 삶의의지를 나는 글쓰는 동안 주인공으로 살게 할 수밖에 없었으며, 그들에게서 느껴지는 견고한 힘이 내 글에 언제나 힘을 실어 주었다. 그래서 언제나 가장 밑바닥에서부터 쓰기 시작하는 글이 되게 하여 주었다. 민초들의 삶과 더불어 가는 풍자와 해학의 정신은 내 입심이란 것에 숨을 불어넣어 주었다.

내 소설 안에 살아 있는 그 밑바닥 인생의 짙은 그림자는 어쩌면 내 어린 시절부터 가까이 있던 것들이 내 삶에 길게 드리워진 것에 지나지 않을지도 모른다.

누구에게나 그렇듯이 어린 시절은 나에게 추억의 변함없는 산실인 동시에 상상력의 풍요로운 샘터였다. 특히 내게 그것은 소중한 작가적 체험이다. 모든 것을 그 시절에 배우고 모든 것을 그 시절에 체험했다고 할 순 없겠지만, 적어도 작가로서의 나에게 필요한 재산과 덕목 중의 일부는 그때 배우고 체험했다고 말해도 되지 않겠는가.

한번 쓴 작품은 여간해서 다시 들여다보지 않는데 이번 중단편전집 출간을 준비하느라 기십 편의 소설들을 다시 읽어 보니 내 지난 세월의 이런 저런 자취와 앙금이 그대로 담겨 있어 어쩐지 얼굴이 붉어지는 것만 같다. 저간엔 주로 장편소설들만 집필해서 그런지 오랜만에 읽어 본 중단편들이 몹시 새롭게만 여겨질 따름이다. 나는 이제 이 전집을 출간함에 있어 작가라는 정체적(正體的) 한계성을 넘어 한 명의 독자가 된 것이다.

2001년 2월
김 주 영

차 례 / 도둑견습

여름사냥

짙은 안개에 싸인 마을의 둔중한 미명을 흩뜨리며, 이상한 소리가 들려오고 있었다. 그 소리는 서쪽 계곡에 있는 곳집(상엿집) 모퉁이를 돌아 마을 정면으로 점점 선명하게 다가왔다. 확실히 짐승이 우는 소리였다. 몸을 조이는 듯한 긴박감이 마을 깊숙이 빨려들어 우리들의 잔등에다 소름을 끼얹고 스산한 한기를 느끼게 하였다.

우리들은, 풋밤 껍질처럼 떨떨한 눈두덩을 비벼 가까스로 잠에서 깨고, 문고리를 잡고 있는 어른들의 무릎 사이를 비집고 들어갔다. 안개에 젖은 회색 미명 속으로, 학교[分校場] 쪽으로 트인 둑길을 걸어가는 암갈색 군마(軍馬)들의 행렬이 희미하게 드러나 보였다. 키가 엄청난 군마들의 잔등엔 병정들이 찌든 오뚝이처럼 탄력을 잃고 앉아 있었다. 짙은 안개가 뭉클뭉클 피어 오르면서, 그 행렬을 신비스러운 모습으로 여과시켰다. 말들은 내처 그 신기한 울음소리를 그치지 않았고, 우리들은 그때마다 살갗이 팽팽하게 당기는 긴장으로 오싹거렸다. 행렬의 후미가 서서히 분교장 속으로 빨려 들어가고, 계곡을 타고 내려온 안개가 다시 그 둑길 위로 지분(脂粉) 가루처럼 피어 올랐다.

잿빛으로 흐려진 얼굴을 문구멍에서 떼며,「국군이다마는……」하는 어른들의 목소리가 깊게 떨렸다.

그것은 우리들의 분교장을 징발하러 온 소규모의 기병대였다.

우리들은 등교를 했지만, 학교엔 들어가지 못하고 뒤편 둔덕 위로 웅기중기 모여 섰다. 학교가 한눈에 내려다보이기 때문이었다.

아침의 엷은 햇살이 투사된 유백색의 안개가 스름스름 걷히는 교정에는 예의 군마들이 편자를 떨그럭거리며 쉬고 있었다. 교실 쪽에서 걸어 나온 10여 명의 병정들이 말들에게로 다가가서 장비품을 풀어 내리기 시작했다. 병정들은 노변의 비석처럼 보얗게 먼지를 뒤집어쓰고 있었고, 그들의 완만한 움직임에는 피로감이 덕지덕지 묻어 있었다.

우리들은 비릿한 가죽 냄새가 섞인 공기를 마시며 말들과 병정들을, 도화지에 그린 꽃잎에 색을 메우듯 차근차근하게 바라보았다.「이리들 모여라」하고 어딘가 침울하게 가라앉은 선생님의 목소리가 들려왔을 때 소스라치게 놀랐을 만치 우리들은 내처 그들을 바라보는 것에 열중하여 있었다.

모두들 어깨를 으쓱거리며 선생님 앞으로 모여 섰으나 누구도 정렬하려 들지는 않았다. 출석부를 갖고 나오지 못한 선생님은 충혈된 눈으로 대충 우리들 얼굴만 훑어보고는,「오늘부턴…… 오늘부턴 말이다, 우리 반은 윗마을에 있는 향교, 알지? 거길 얼마 동안 빌려 쓰게 된다아」하고는 고개를 깊숙이 떨어뜨리고 앞서서 천천히 걷기 시작했다. 몇몇 아이들이 입 안의 소리로 잠시 웅성거리긴 했으나, 대다수가 그냥 덤덤한 선생님의 뒤를 따랐다. 우리들은 곧장 학교 뒤편 울타리를 끼고 걸었다.

태양은 차츰 열기를 뿜어내고 안개에 젖어 있던 공기는 신선하게 풀리었다.

학교 주변의 울타리를 벗어난 우리들은 윗마을과 향교 쪽으로 가는 길이 나란한 둑길로 올라섰다. 풀섶에 숨어 있던 날벌레들이 우리들의 발길에 놀라 투명한 나래를 햇빛에 반짝거리며 아득한 허공으로 날았다. 둑길은 삘기싹과 잔디로 덮이었고, 좁은 수로(물이 말라 있었다)를 끼면서 멀리 보이는 맞은편 산자락 아래까지 아득하게 뻗어 있었다. 그런 거리감이 벌써 우리들에게 피로를 주었고, 행렬의 전진도는 느려졌다.

바보 같은 영감이 기차를 타는데
기차값은 얼마요 일 원 오십 전.
오십 전은 에누리 일 원 합시다.
일 원짜리 기차가 어디 있어요······.

누군가가 이런 노래를 불렀지만, 몇 아이들이 피식 웃었을 뿐으로 노래는 금방 흐지부지되어 버렸다.

그때 행렬의 뒤쪽에서 웅성거리는 소리가 들렸다. 이어서, 「뱀이다!」 하는 한 아이의 다급한 목소리가 들려왔다.

맨 꽁무니에서 따라오던 두 아이가 그것을 발견했기 때문에 행렬은 뒤에서부터 하나 둘 풀려 나가, 수로 가운데 몸을 감고 있는 한 마리의 뱀에게로 모여들었다.

아이들이 가리키는 손가락 끝에 그 뱀이 있었다. 아침의 정색(正色)한 햇볕 속에 대담하게 전라를 노출시키고, 일광욕을 즐기고 있는 뱀의 암자색 껍질에는 도전적이며 본능적인 충동감이 오들오들하게 묻어 있었다. 뱀은 우리들이 모여들자, 태엽처럼 감고 있던 몸뚱이를 천천히 풀었다. 그리고 휴식 후의 허탈을 메우듯 몸을 한 번 뒤치더니, 열없는 듯이 둑길의 경사면을 타고 스르르 움직이기 시작했다. 우리들도 뱀의 이동을 따라 몇 발짝 옮겨 갔다. 여름날 같은 때, 둑길 같은 곳이면 흔히 만나고 또 서로 길을 바꾸는 것으로 지나쳐 버릴 수 있었던, 우리들에게는 흔해 빠진 물뱀이었다. 그런 기억들은 잠시 우리들을 망설이게 하였다. 그러나 무심하게 움직이던 뱀은 우리들의 몸내를 맡고 암자색 비늘로 싸늘하게 경계를 그으며 속도를 가했다. 그것은, 내 몸엔 세침(細針) 하나 찌를 곳도 없다는 치밀하고 단호한 견제를 우리들에게 말하고 있는 듯했다. 용렬한 구석이라곤 한 곳도 없었다. 더욱이 잔디풀 속을 부드럽게 빠져나가는 조류 식물(藻類植物)의 운동 같은 뱀의 유연한 움직임과 날렵한 혀끝에는 참을 수 없는 조롱의 시위가 있었다. 그러한 뱀의 시위는 우리들을 전의(戰意)의 긴장 속으로 몰아넣었다. 햇살은 벌써 우리들의 얼굴에 뜨겁게 묻어 왔고, 햇살의 열도와는 반비례로 뱀의 몸뚱이에선 하얗게 냉기가 서렸다. 우리들은 뱀과 적당한 간격을 갖기 위해 차츰 거리를 좁혔다.

망설이고 있던 한 아이가 그때 돌을 던졌다. 그 아이가 던진 돌이 땅에 떨어지기 바쁘게 몇 개의 돌멩이가 일제히 뱀을 향하여 날아갔다. 우리들은 어느새 돌멩이를 쥐고 있었고, 그것을 누가 충동해 주기만을 기다리고 있었던 것처럼 행동들이 재빨랐다.

기습을 당한 뱀은 그만 절제를 잃고, 혀를 날름거리며 우리들에게 저주를 퍼붓기 시작했다. 작고 영악한 눈동자가 자색으로 빛나는가 했더니, 주둥이를 한 번 힘껏 쳐들어 우리들에게 위협을 뿌리고 칡덩굴이 있는 쪽으로 땅을 가를 듯한 속도로 내달았다. 뱀이 준 위협은 오히려 우리들을 살기로 차게 하였다. 우리들의 의식은 강렬한 적색 구도를 이루고 있었다. 붉은색의 태양과 붉은색의 비만한 들판과 산들의 영상이 정수리까지 괴어 오르고, 드디어 그것은 뜨거운 혼란으로 우리들을 충동질하였다.

우리들은 한편은 돌을 줍고, 일부는 돌아가며 돌을 던지는 숨가쁜 공격을 계속하였다.

기적적으로 수로를 빠져나간 뱀은 다시 둑을 기어 넘었다. 그러나 밭이랑 사이를 뚫고 내닫는 동안 누군가가 던진 결정타를 맞고, 꼬리에 긴 경련을 일으키며 으깨진 머리를 땅 위에 쓰러뜨렸다. 뱀은 죽어 가고 있었다. 죽어 가고 있다는 사실이 다시 우리들을 오싹하게 만들었다. 순간 우리들의 시야는 흐릿하게 어두워지며, 목구멍은 짠 연기를 마신 것처럼 칼칼하였다. 심한 갈증을 느끼면서도 쉽게 그 자리를 뜰 수 없었다. 죽은 뱀의 으깨진 대가리와 흰 살점이 헤어져 나와 붉은 햇빛에 드러난 것을 오래도록 응시하면서, 뱀의 죽음을 새삼스럽게 확인하였다. 뱀의 주위에 떨어져 있는 피 묻은 돌멩이들이 이제 무의미하게 보이고, 수선을 피웠던 조금 전의 일들이 열없어지기 시작했다. 행렬에 남아 있던 급우들과 상당한 거리로 떨어져 있다는 사실이 우리들을 점점 조급하게 만들었다. 그러나 막상 이 자리를 뜰 수 있는 적절한 순간을 포착할 수 없었다. 한 아이가 기다란 막대기로 죽은 뱀의 허리를 걸어 건너편 숲속으로 던지지 않았던들, 우리들은 하루 종일 거기 서 있었을지도 몰랐다.

　행렬에서 이탈했던 우리들의 '뱀잡기' 이야기는 삽시간에 온 행렬에 퍼져 버렸다. 어떤 아이는 선생님이 들어도 좋다는 듯이 큰소리로 떠들어 댔고, 결국 자기가 던진 돌에 맞아 죽게 되었다고 큰소리로 이야기했다. 행렬에 그대로 남았던 축들은 침을 퉤퉤 뱉어 가면서 이야기를 듣고 있었는데, 그러면 앞의 아이는 신바람이 나서 생각에 없던 말도 떠벌렸다. 우리들이 향교 부근까지 다다랐을 무렵, 이야기는 상당하게 뒤틀리고 말았다. 뱀의 꼬리가 아래쪽으로 몇 번, 위쪽으로 몇 번 떨다가 죽더라는 둥, 너무 지나치게 떠벌린 나머지 우리들 재간으로는 돌이킬 수 없을 정도로 뱀은 커져 버렸다. 심지어 대가리가 한 개 더 있더라는 망측한 이야기까지 튀어나와 몇몇 아이가 다투기까지 했다.

　이런 우리들에 대해서 선생님의 반응은 퍽 냉담했다. 그는 우리들의 이야기를 들은 체도 않았을뿐더러 시종 그 침울한 얼굴을 들지도 않았다.

우리들은 선생님을 따라 향교의 넓은 뜨락 안으로 들어섰다. 높은 돌담 안에 가만히 갇혀 있던 무더운 여름 공기가 물씬하고 흩어지며, 부패되는 목재와 시큼한 곰팡이 냄새를 우리들의 얼굴에 끼얹었다. 돌을 던지면 찡 하고 울릴 것같이 괴괴한 정적이 향교를 덮고 있었다. 흡사 오랫동안 버려둔 폐갱을 연상하리만큼 뜨락은 적적하였다.

추하게 퇴색된 현판과 추녀의 단청이라든지, 암청색 이끼를 뒤집어쓴 지붕의 기왓장들과 허연 돌 버짐이 핀 담벼락, 그리고 푸석푸석하게 삭아 가는 문창살들이 박제의 동굴처럼 텅 빈 우울에 서려 있었다.

햇빛이라고는 코도 못 대본 질기고 전 태고(太古)의 어둠이 구석구석마다 깔려 있었다. 말이라는 걸 잊어 먹고, 그래서 제 나이까지도 새까맣게 잊어 먹은, 머리가 푸석푸석하고 눈동자가 허한 기인이 어느 모퉁이에서 불쑥 나타날 것 같았다.

우리들은 방을 양편에 둔 큰 마루로 올라갔다. 바닥의 틈바구니에서 먼지 내가 풍기는 바람이 오금을 타고 새어 올랐다. 찢어진 문틈으로 들여다보이는 방 안은 찝찔한 냉기로 가득했다. 우리들은 향교 전체에 감도는 이상하게 스산하면서도 미지근한 공기를, 열병을 앓고 일어난 아이들처럼 가슴을 헐떡거리며 마시고 앉아 있었다. 공기는 흡사 압축기에 밀착된 것처럼 딱딱하게 굳어 있는 것 같았고, 여린 쇳내음이 풍겨 오는 것 같기도 했다. 불가사의한 무엇이 이 향교를 짓누르고, 푸석푸석하게 삭아 가는 목재의 껍질들을 핥아내려고 열기에 밴 귀기를 내뿜고 있는 것 같기도 했다.

이때, 선생님의 말씀이 가만히 들려왔다.

「자연공부 삼십이 페이지를 열어라. 내가 먼저 읽으면 너희들은 따라 읽는다아. 암술. 약. 수술. 꽃부리. 꽃받침. 자방. 꽃꼭지……」

복사판 사진처럼 표정이 덤덤한 선생님의 얼굴을 쳐다보며, 우리들은 무미하게 소리쳤다. 선생님의 말소리는 끝이 갈라진 통소 속에서 들려오는 것처럼 매듭이 흐렸다. 우리들은 앞에 앉은 아이들의 등 뒤에 얼굴을 숨기고, 도둑고양이처럼 옆의 아이와 소곤거렸다. 그렇게 긴 발악 속을 헤매면서도 소리 한 번 지르지 않던, 말하자면 뱀의 영악한 발성의 절제에 대해서 이야기하였다.

선생님은 10분이나 20분쯤에서 한 과목의 시간을 끝내는가 하면, 어떤 시간은 꽤 지루하게 끌고 가곤 하다가 오후 한시가 못 되어 우리들을 풀어놓았다.

우리들은 똑같은 길을 되돌아서 마을로 돌아가고 있었다. 그러나 우리들 중의 누군가의 입에서 튀어나온 말로 해서 모두가 풀이 죽어 버린 일이 생겼다. 그것은 아침에 죽인 뱀의 뒤처리가 아주 무모했던 것을 황급히 깨닫게 했기 때문이었다. 죽인 뱀은 반드시 나뭇가지에 걸거나 태워 버려야지 땅 위에 그냥 두거나 물에 던지면, 뱀은 흙냄새를 맡고 곧 되살아날 뿐만 아니라, 자기를 죽인 사람들의 집을 일일이 찾아다니며 복수를 하고야 만다는 것이다. 설령 그 뱀이 다시 소생하지 못한다손 치더라도 그 뱀의 암놈이나 수놈이 대신 복수를 해준다는 것이다.

우리들은 금방 우울한 낯짝들이 되어 버렸다. 서로 자기가 던진 돌이 작았고 또 적게 던졌으며, 설혹 몇 개쯤 던졌더라도 통 설맞아서 뱀의 죽음과는 아무 상관도 없었다고, 웅얼웅얼 변명들을 늘어놓았다. 뱀잡기에 가담하지 않았던 몇몇 아이들은 그러한 우리들의 변명을 될수록 뻣뻣하게 건성으로 들어 넘기려 하고 있었다. 그러면 앞의 아이는 해와 달과 개와 소를, 심지어는 두꺼비까지 쳐들어 자기의 변명을 두고 맹세하였다.

우리들 중에서 바보 같은 한 아이가, 그까짓 벌써 대가리까지 으깨

진 뱀이 흙냄새로 되살아난다는 건 병신 수작이라고 우겨 대기 시작
했다. 우선 냄새를 맡는다는 그 코부터가 엉망진창으로 형체조차 없
어졌을 것이며, 가령 그 수놈이나 암놈이 귀신과 겸상을 먹는 놈이라
할지라도 무슨 재주로 우리들의 집을 일일이 알 수 있겠느냐고, 말
하자면 비과학적인 근거를 쳐들고 코웃음을 쳤던 것이다. 그러나 우
리들은 맹추 같은 소리 작작 하라고 윽박질러서 그 아이를 시무룩하
게 만들어 버렸다. 그 아이가 다시는 우겨 대지 않게 되자, 우리들은
더욱 우울해져 버렸고 어떤 아이는 그 바보 같은 아이를 다시 힐끔
힐끔 쳐다보기까지 했다.

　학교가 바라보이는 곳까지 왔을 즈음에는 뱀잡기에 가담했던 아
이들 외에는 아무도 우리들 속에 섞여 있지 않았다. 그것은 더욱 우
리들을 곤혹에 잠기게 했다.

　우리들은 학교 뒤편 울타리 밖에 있는 둔덕 위로 웅기중기 올라섰
다. 아침께와 엇비슷한 수효의 말들이 교정에 거만하게 버티고 서
있었다. 말들은 창문에서 반사되는 햇빛에 놀라 귀를 쭈뼛거리거나
뒷발질을 하기도 하였다. 우리들 중의 누가, 「생판 쑥밭이네!」라고
소리 지를 만치 교사(校舍) 주변은 너절하게 흩어진 건초와 말 여물
찌꺼기로 어지러웠다. 교정은 파편과 같은 강렬한 부피로 부서져 떨
어지는 햇빛으로 눈부셨고, 그것을 바라보는 우리들은 눈뿌리가 알
알하게 아팠다. 학교 전체에서 퀴퀴한 말똥 냄새가 물씬거렸고, 그
냄새는 교사의 함석지붕에 칠한 코르타르가 타는 냄새와 섞여 풍겨
와서 우리들의 머리를 혼란하게 만들었다. 교사로 올라가는 돌계단
엔 지친 더위가 두껍게 고이고 있었다. 교정을 벗어나 마을로 가는
골목과 그 좁고 긴 골목을 감싸고 있는 마을은 낮도깨비라도 나와
춤이라도 출 것같이 요괴한 고요가 충일하였다. 산비탈을 타고 내려
온 한낮의 포만한 더위가 구걸하는 노인처럼 골목길에 늘어져 누워
있었다. 우리들은 교사의 긴 복도 이쪽에서 저쪽 끝까지를 발가벗은

16

알몸뚱이로 낄낄거리며 달려 보고 싶은 충동이 일었다. 그러나 한낮의 권태가 우리들 몸뚱어리에 스멀스멀 기어올라서 모가지와 이마를, 어깨와 정강이의 탄력을 벗겨 내리고 있었다. 이 긴 여름 하루를 깡그리 주체할 수 없을 만치 끈적끈적한 피로가 우리들을 덮어씌웠다.

　마을에 들어온 기병대는, 온종일 무더운 운동장과 교사 쪽을 들락거리며(간혹은 분주하게 소리도 질렀다) 서두르는 기색이 없이 낮 더위를 무미하게 보내다가, 어둠이 완전히 마을을 덮자 비로소 낮의 껍질을 홀랑 벗어 던지고 요란하게 마을을 벗어났다. 박차(拍車)에 놀란 말들이 제철(蹄鐵) 소리를 마을에 쏟아 놓으며 달려 나갔다. 산비탈에 조갯살처럼 움츠리고 가만히 응축하여 있던 마을은 삽시간에 말들의 울음소리와 발굽 소리로 뒤흔들리고, 사람들은 불을 끄고 더운 방 안에 웅크리고 앉아 버렸다. 마을의 똥개는 모조리 밖으로 달려 나가, 창자가 터져라고 짖어 댔지만 결국은 주둥이에 먼지만 보얗게 뒤집어쓰고 끙끙대며 마루 밑으로 기어들었다. 군마들이 일으켜 놓은 먼지들은 지붕 위에까지 서서히 피어 올라서, 마주 바라보이는 긴 산등성이의 굴곡을 흐릿하게 만들었다. 어른들은 지독스럽게 담배를 피워 댔고, 우리들은 그 연기 때문에 목구멍이 싸하도록 기침을 하였다.
　그날 밤, 뱀잡기에 가담했던 우리들은 기어코 뱀 꿈을 꾸고 시달림을 받았다. 벽에 걸어 둔 석유병이나 등잔 속에서, 시렁에 얹어 둔 광주리 속에서 연기처럼 풀려 나온 뱀이 온 집 안을 발칵 뒤집어 놓고 혀를 날름거리며 헛간이나 삭정이 울타리 속으로 유유히 사라지는 것이었다. 수십 마리의 뱀 꿈을 한꺼번에 꾼 아이는 오줌을 싸기도 하였다.
　초저녁에 마을을 떠났던 기병대는 어디서 밤을 하얗게 새우고, 새벽이 되자 마을 북쪽 산 계곡을 타고 지치고 여윈 모습으로 돌아왔다. 마을은 그들이 돌아오는 시간을 기점으로 새벽이 깨었고, 또 그런 하늘에 달이 뜬다는 사실이 신기하리만치 이튿날도 해는 구름을 내쫓고 아침부터 이글거리고 타올랐다. 때로는 먼 산 위에서 엷은 자색 구름이 피어 올랐지만 어느새 흐지부지 산자락 속으로 잦아지고 말았다. 날짐승의 부리처럼 팽팽하게 긴장해 있던 꽃자방이 실상 피워 놓은 꽃잎은 색깔이 이상하게 칙칙하였다.

우리들은 때로는 시원하거나 습기 밴 바람이 불며, 먼 산그늘에서 장끼가 꾹꾹 울어 오고, 소나기가 멎으면 매미란 놈이 폭포처럼 울어 대며, 늪 가에선 유리 세공품 같은 팔팔한 새우가 뛰면서…… 갖가지 진한 냄새와 포용력을 가졌던 지난해 여름의 추억들을 자꾸 이야기했다.

기병대가 학교를 점령한 지 사흘째 되던 날부터 '향교의 수업'은 선생님이 나오지 않음으로 해서 중단되고 말았지만, 우리들은 역시 아침이 되면 부숭부숭한 얼굴로 예의 둔덕에 모여들었다. 몇몇 아이들은 금방 돌아가기도 했지만 뱀잡기에 가담했던 대부분의 아이들은 학교에서부터 향교까지의 길을 될수록 느린 걸음으로 가서 또 되돌아와, 그 둔덕 위에 모여 서서 하오를 보내곤 하는 일을 계속했다. 우리들이 출입하면서부터 향교는 그야말로 쑥밭이 되었다. 우리들은, 기어코 방 문고리에 달린 고물 자물통을 부수는 데 성공하고 곰팡이 냄새가 씨근한 방으로 우르르 몰려 들어갔다. 결국은 헌 돗자리 두 장 깔린 것밖엔 없는 빈방이었다는 것을 알았을 때, 우리들은 막연한 허탈을 느끼었다. 우리들에겐 백 번이라도 쓸모없는 방이었던 것이다. 그런 방을 열기 위한 시도가 몇 번이나 허사로 끝난 일을 생각하고 어떤 아이는 욕을 퍼부어 댔다.

나중에는 향교 마룻장 밑을 샅샅이 뒤지기 시작했다. 그래서 포유기에 있는 들쥐 새끼들을 찾아내어 환성을 질렀고, 밖에서 서성거리던 축들이 환성을 듣고 어둑한 마룻장 밑으로 기어 들어왔다. 이때 짐작 없는 한 아이가, 우리가 이러고 있을 때 '뱀의 기습'이 있을지도 모른다고 내뱉어 버려 옆 아이가 당황했던 나머지 가벼운 부상을 당하고 울었다. 그 후부터 마룻장 밑을 뒤지는 일은 중단되고 말았다. 그렇게 되자, 이젠 향교에 드나드는 일도 싫증이 나기 시작했다. 그러나 우리들은 산만하나마 충동적인 분위기에 휩싸인 이 여름 무더위 속에 앉고 싶다는 생각을 몇 번이고 하였다간 또 잊어 먹고 바람난 강아지처럼 쏘다녔다. 우리들은 중유로 멱 감은 아이들같이 피부는 새까맣게 번질거렸고, 장딴지가 퉁퉁 부어 있었다. 엄청난 무엇이 우리들에게 무작정 가까워 오고 있다는 불안감이 때때로 우리들 머리를 꾹꾹 찔렀다. 어쩌면 그것은 뱀의 기습일지도 모른다고 생각했다. 우리들은 미묘하게도 은연중 그것을 기다리는 심정이었다.

학교를 징발당한 지 일주일째가 된 날, 우리들은 기어코 그것을 만나고 말았다. 그것이란 우연히 만나게 된 한 마리의 강아지였다. 그 강아지와 우리들이 격돌하게 된 것은 그 강아지에게서 터무니없는 뱀의 기억을 느꼈기 때문인지도 몰랐다.

역시 향교의 뜨락에서 노닥거리다가 대문을 나서는 우리들 앞에, 제 나름대로 무슨 횡재라도 찾아보려고 마을에서 멀리 떨어진 향교까지 온 한 마리의 강아지와 딱 마주치게 되었다. 그 강아지는 마침 안으로 들어오려던 참이었고 우리들은 향교를 나서려 하고 있었으므로, 양편은 대문턱을 사이에 두고 주춤하지 않을 수 없었다. 우리들은 오싹하였다. 그러나 강아지의 태도가 곧 우리들을 안심시켰다. 그 강아지는 마침 여름앓이를 치르고 있었기 때문이다. 콧잔등엔 흘러나온 콧물이 더덕더덕 말라붙었고, 눈 가장자리는 눈곱이 지저분하였다. 타액이 끈끈한 자줏빛 혓바닥이 볼썽사납게 두 앞발 앞에서 너덜거렸다. 여름 개가 그러하듯 목덜미께가 거의 털이 빠지고 버짐이 허옇게 피어 있었다. 그 빈둥빈둥하는 모습이나 흐릿한 눈을 땅바닥으로 깔며 킁킁거리는, 분명하지 못한 행동으로 보아 똥개임이 틀림없었다. 일단 걸음을 멈춘 강아지는 몇 발짝 옆으로 비쓸거리며 비켜났다가, 다시 되돌아와서 우리들 다리 사이를 비집고 들어와 냄새를 맡기 시작했다. 한참 그 짓을 계속하던 강아지는 우리들을 버리고 주억거리며 향교 뜨락을 건너갔다. 뜨락을 건넌 강아지는 곧장 마룻장 밑으로 기어 들어가 버렸다.

우리들은 강아지를 따라 향교로 되돌아 들어갔다. 그리고 먼지 내가 코를 쿡쿡 쑤시는 마룻장 밑으로 얼굴을 디밀었다. 한참 동안을 무엇인가 찾아서 어슬렁거리던 강아지가 한곳에 멈추어 섰다. 한 줄기의 새하얀 빛이 마루 구멍에 새어 들어와 강아지의 목덜미를 비끼면서 앞발치께를 일직선으로 비추고 있었다. 강아지의 꼬리가 움직일 때마다 주위에서 피어 오른 먼지의 입자들이 그 빛 기둥 속으로 소용돌이쳐서 뱀 껍질 같은 무늬를 만들며 반짝거렸다. 그것은 흡사, 뱀이 강아지를 타고 꿈틀거리며 기어올라 마룻장 위로 비집고 올라가는 것 같은 환상을 우리들에게 주었다. 무심히 몸을 틀고 돌아선 강아지가 자기에게 떨어지는 빛 기둥을 발견하고, 거기에다 주둥이를 집어넣고 넙죽거렸으나 금방 자기의 무위(無爲)를 깨닫고 몸을 돌려 바깥쪽으로 걸어 나왔다.

강아지가 밖으로 나오는 것을 보자, 우리들은 갑자기 뜨거운 사악심을 느끼고 킥킥거리고 웃었다.

몇 아이는 벌써 뜨락 변두리에 흩어진 새끼 나부랭이를 주워 모아 올가미를 만들고 있었다. 일부는 깔죽깔죽 마루 밑의 강아지를 재촉하여 불러냈다. 강아지는 의외로 꼬리까지 흔들며 순순히 걸어 나왔다. 우리들은 힘들이지 않고 강아지의 목덜미를 올가미로 씌우는 데 성공했다. 올가미에 묶여 버린 강아지는 비로소 침묵을 깨고 짖기 시작했다. 발꿈치를 단단히 디디고 서 버티면서, 불의의 납치에서 탈

20

출하려고 안간힘을 썼다. 우리들은 땀을 뻘뻘 흘리며 끈의 한쪽을 고목 둥치에 잡아맸다. 우리들의 손에 돌멩이가 들려 있는 것을 본 강아지는 기를 쓰고 짖어 댔다. 그러면서도 행동 반경을 확보하기 위해 올가미가 허락하는 한도까지를 뺑뺑 돌며 뛰었다. 귓전에 닿는 우리들의 입김은 서로 뜨거웠다. 우리는 그때 하늘이 쏟아져 내린다고 생각했다.

한 아이가 풀썩 돌을 던진 것을 계기로 모두들 일제히 돌을 던지기 시작했다. 강아지의 상체가 불끈 치솟으면서 두 앞발이 불안하게 허공을 짚었다. 연이어 향교가 부서져라고 맹렬한 기세로 소리를 질렀다. 올가미의 줄은 팽팽하게 잡아끌리었고, 그럴수록 강아지의 목덜미는 조여 들었다. 예상외로 강아지는 재빨랐고, 우리들이 던지는 돌은 상당한 수가 빗나갔다. 강아지가 필사적인 힘으로 짖어 대면 짖을수록, 우리들의 이마에 와서 부딪치는 햇볕은 뜨거웠다. 우리들은 실제로 이마가 이빨에 깨물린 것처럼 얼얼했다. 강아지의 울부짖음과 뜨거운 햇볕이 점점 우리들을 충동질하였고 강아지는 자기의 온갖 야생적 본능과 축생의 역량을 총동원하여 탈출 방법을 찾아 허둥거렸다. 그러나 강아지는 벌써 온몸에 상처를 입고 있었다. 누군가가 던진 돌멩이에 입 언저리를 정통으로 얻어맞고 피를 흘렸다. 그런 절망적인 상태에서도 도대체 체념을 모르는 강아지의 끈질긴 대항력이, 그리고 충혈된 시선에 진하게 묻어 있는 저주와 그칠 줄 모르는 생명에의 저력이 우리들을 점점 불안하게 만들었다. 더구나 앞으로 얼마를 지탱할지 모를 시간을 두고 올가미 줄을 쉴 사이 없이 당겼다가 늦추면서 픽픽 소리를 내는 데는 뼈가 깎이는 것 같은 낭패감이 일었다.

우리들의 혼란은 걷잡을 수 없었다. 강아지의 몸체가 급속도로 비대해지면서 급기야는 한 마리의 우람한 복서로 확대되어 일사불란하게 움직이는가 하면, 이젠 기진맥진하여 짖을 힘조차도 없는 사경의 뚱개로 축소되기도 했다.

그때, 한 아이가 제 힘에 겨운 커다란 돌 하나를 가슴에 안고 와서,
「비켜!」하고 꽥 소리 질렀다.

그 아이의 돌발적인 행동은 우리들에게도 그러했지만 강아지에게
는 결정적인 충격을 주었다. 커다란 돌이 자기의 정수리를 향하여
내려쳐지려 하는 순간, 강아지는 옆으로 냉큼 비켜서더니 온몸의 힘
을 뽑아 풀쩍 뛰면서 두 앞발로 허공을 끌어당겼다. 그것은 맹렬한
힘이었다. 뛰는 힘에 올가미의 매듭이 탁 터지면서 빨간(우리들에겐
그렇게 보였다) 알몸뚱이가 된 한 마리의 강아지가 우리들 발등에 와
서 나동그라졌다. 강아지는 한 아이의 정강이를 들이받으면서 재빨
리 몸을 일으켰다. 일어난 강아지는 잠시 방향 감각을 잃고 거대한
팽이처럼 뜨락을 돌다가 드디어 대문을 발견하고 쏜살같이 밖으로
내달았다. 대문턱을 넘을 때, 강아지는 우리들에게 소름이 쫙 끼치는
일별을 보냈다. 강아지는 다리를 절고 있었다. 뒷산 잡목 숲속까지
달아나는 데는 그렇게 오랜 시간을 끌지 않았다. 그 잡목 숲속에서
창자가 터질 듯한 강아지의 살풍경한 비명이 우리들의 귀와 눈을 후
벼 왔다. 비로소 우리들은 강아지를 놓쳐 버린 것을 깨달았다. 순간,
우리들은 박제의 짐승처럼 움직일 수가 없었다. 깊은 배설욕에서 벗
어난 때처럼 뼈마디가 허전하였다. 급기야는 살점을 속속들이 빼먹
히고 껍질만 남은 것처럼 막연한 무력감에 빠져 들어갔다.

우리들은 얼마를 그렇게 땅에 붙어 서 있었다. 반수 상태에 침몰
해 버린 의식을 가까스로 건져 내었을 때, 물속에서 갑자기 몸을 솟
구친 때처럼 어깨에 깊은 중력을 느꼈다. 짙은 우윳빛으로 흐려졌던
시선에 다시 팽팽한 탄력으로 이글거리는 태양이 바라보였다. 우리
들은 오줌이 마려워 왔다. 우리는 뱀의 허물 같은 새끼 끈으로 아직
그대로 매인 고목 둥치에다 작고 빨간 섹스를 있는 데까지 홀딱 까
고 찍찍 오줌들을 갈기었다. 오줌을 갈기면서 이젠 향교도 마지막이

22

란 생각들을 자꾸 되씹었다.

  우리들은 제법 먼 학교까지의 들길을 뛰어서 왔고, 힘이 모자라
꽁무니에 떨어진 몇 아이가 울상이 되었다. 강아지의 추격이 있을지
도 모른다는 막연한 추측이 우리들을 뛰게 했지만, 학교 둔덕에 도착
하기까지 강아지의 추격은 없었다. 다만, 더위에 흐물흐물 삶기는 태
양이 우리들의 이마를 태우며 끈덕지게 따라다닐 뿐이었다.
  모두들 둔덕 주위에 앉거나 엎디어서 혓바닥까지 올라온 호흡을
가다듬느라고 작은 짐승처럼 새빨간 입을 벌리고 알싸한 뱃속의 역
기(逆氣)를 토해 냈다.
  산속으로 달아난 강아지가 마을로 되돌아오는 것은 드문 일이며,
더구나 황갈색으로 털을 간 산승냥이로 둔갑하여 우리들을 습격해
올 것이라는 것을 생각하고, 숨을 돌린 축들이 하나 둘 풀이 죽어
갔다.
  어느 깊은 산 계곡에 웅크리고 앉아 생채기를 핥으며 원한을 갈고
있을 강아지의 환상은 우리들을 우울하게 만들기에 충분했다. 모두
들 집으로 돌아간다는 생각을 못하고 교정 한편에 사체(死體)처럼
누워 있는 교사를 바라보며 앉아 있었다. 까닥까닥하게 마른 말뚱들
이 교정 여기저기에 뒹굴고, 온 마을의 파리 떼들이 모여들어서 잉
잉거리고 있었다. 말들은 지겹고 나태한 몸짓으로 그것들을 쫓고 있
었다. 여섯 개의 교실 창마다에는 칙칙한 풀색의 커튼으로 가려져
그 속의 병정들이 무엇을 하고 있는지 밖에서는 알 수 없었다. 교사
의 추녀를 따라 늘어진 흰 양철 물받이가 햇빛에 할퀴어 희번덕거렸
다. 동편 맨 끝 교실 추녀에 죽은 까투리처럼 기진하여 매달린 종을
보았을 때, 벌써 일주일이 넘도록 병정들에게 학교를 징발당하고 있
다는 생각이 퍼뜩 들었다. 아침의 맑고 시원한 공기를 포용하며 교
정으로, 마을로, 다시 뒷산자락으로, 하늘로 여운을 띄우며 농밀하

게 울려 퍼지던 그 종소리를 퍽 오래도록 듣지 못했다는 생각을 우리는 다시 새기고 새겨서 생각했다.

그때 어디쯤에선가 종이 울고 있었다. 그 종이 마지막으로 울다가 내버린 여운의 찌꺼기 같은 소리! 그래서 하늘이 엷게 취하여 울어대는 것 같은 그런 소리가 들려왔다. 한참이나 두리번거리던 끝에 우리들은 그 소리의 소재를 찾아냈다.

교사의 지붕을 따라 그림처럼 멀리 바라보이는 산자락 위에 풍뎅이만 한 새까만 비행기 한 대가 나타났던 것이다. 그 비행기는 그 이상 더 커지지 않고, 황사에 덮인 협곡을 찢어발기기라도 할 듯이 맹렬한 속도로 자맥질하여 들어갔다. 그러나 곧장 진홍빛 태양을 향하여 주둥이를 쳐들고 치솟더니 보랏빛 하늘 속으로 까물까물 사라져 들어갔다. 우리들의 시야에는, 질 나쁜 색종이로 투박하게 찢어 붙인 종이 그림 같은 여름 산들이 다시 가만히 덮여 오고, 무더위가 우리들의 허리를 껴안았다. 그것은 견디기 어려운 권태였다.

페스트가 할퀴고 지나간 곳처럼 조용한 마을 주변에 옥수숫대가 그려 놓은 듯 미동도 않고 서 있었다. 태양은 들과 산에 묻은 오만 가지 빛깔들을 깔아뭉개며 거침없이 빛나고, 우리들의 망막은 살구 씨알처럼 볼륨이 고정되어 눈이 자꾸 짜 왔다.

그 햇볕은 정적에 잠긴 마을과 학교의 지붕과 돌담 그리고 울타리를 녹아내리게 하고 있는 듯했다. 드디어 그것들은 점차로 윤곽과 부피를 잃어 가고, 나중에는 땅바닥과 완전한 평면을 이루고 하얗게 침전하게 하였다. 가라앉은 흰 바닥 위에 햇볕이 몇 겹이든지 깔리고, 수십 마리의 산승냥이들이 꼬리를 흔들며 조용히 쉬고 있는 것이었다. 우리들은 사기로 만든 빨간 오뚝이처럼 꼼짝 못하고 오래도록 그것을 바라보았다.

해가 지기 시작했고, 지기 시작하는 해가 산자락에 묻은 더위를 가만히 벗겨 갔다. 그 자리를 산그늘이 밀려와 덮고 있었다. 마을에서 피운 저녁 연기가 교정에까지 자욱하게 덮였다. 학교는 다시 부피를 되찾고 윤곽을 부스스 일으켜 세웠다.

우리들의 이마도 식기 시작했고, 그래서 집으로 돌아가야 된다는 생각들을 하고 있었다. 일부는 털고 일어서는 축도 있었다.

한 아이가 그런 권태를 깨뜨리고, 그때 가만히 소곤거렸던 것이다.

「우리 오늘 저녁, 습격할래?」

「어디?」

「학교.」

그 아이가 느닷없이 대답해 버렸다.

「뭘 하지?」

「…….」

「뭘 하지?」

「……종을 떼어 오자!」

그 아이의 기발한 대답에 우리들은 놀라 자빠질 지경이어서, 한참이나 입을 벌리고 그 아이를 바라보았다. 우리들은 낄낄거리고 웃어 댔다. 얼마나 웃었던지 나중에는 서글픈 생각이 들었다.

종을 떼어 오자는 건 그 아이의 구실에 지나지 않는다는 것쯤은 우리들은 알고 있었다. 뱀과 산승냥이의 습격이 있기 전에 우리가 무엇인가 먼저 '습격'을 하자고 그 아이가 꼬집어 말하지 않았을 뿐이라는 것을…….

우리들은 땅거미 지는 둑길을 걸어 집으로 돌아갔다.

산골의 밤은 해가 지면 같이 왔다. 온종일 더위에 지쳐 누웠던 골목길들이 생기를 찾아 살아나고, 가출벽이 있는 여름 개들도 골목길을 타달거리며 집으로 돌아왔다. 한숨 소리에라도 깜박 꺼질 듯한 호롱불을 지등에 놓고, 어른들은 또 담배를 피워 물었다. 모든 것이 조용하게 가라앉고 있었다. 멀리서부터 우르르 하고 땅을 움켜쥐고 흔드는 대포 소리가 들려왔다. 산자락이 깊숙하게 떨려 오며 골짜기마다 여린 충격음을 팽개치고 다시 멀리로 떨려 나갔다. 그 웅얼거리는 여운의 지느러미를 간신히 붙들고 밤공기가 혼미하게 흔들렸다. 그 소리는 이상하게 우리들을 설레게 하였다. 방바닥에 볼을 붙이고 땅을 타고 오는 그 소리가 다시 오기를 기다렸다. 돌지네가 불길한 기운을 온 방 안에 흩뜨리며 벽을 타고 스멀스멀 기어올랐다. 다시 산에 부딪친 충격음이 장지문턱을 붙들고 부르르 떨었다.

희미한 주황색 섬광이 문창살을 타고 요괴하게 흔들리다가 다시 어둠 속으로 풀려 나가고, 방 안엔 엷은 황내음이 가만히 남았다. 어른들은 「산불이 났는가!」 하고는 입을 다물어 버렸다.

드디어 마을 앞 길을 조용조용하게 밟으며 마을을 벗어나는 말발굽 소리가 들려왔다. 말들이 씽씽거리며 귓밥을 터는 소리가 들려올 만치 기병대는 의외로 은밀하게 움직이고 있었다.

개들은 울타리 밑에까지 나가서 웅크리고 앉아 마을을 지나가는 그들을 향해 휑한 소리로 두어 번 짖어 보다간 그만두었다.

우리들은 도둑고양이처럼 어른들 몰래 마을을 빠져나와 미리 약속해 둔, 교정 서편 구석에 있는 전나무 아래로 모였다. 뱀잡기와 강아지 사냥에 가담했던 대부분의 아이들이 모여들었고, 그럴싸하게 긴장된 서로의 얼굴들을 어둠 속에서 훔쳐보고 공연히 킥킥거리고 웃었다. 우리들은 한 아이의 제의에 의하여 옷들을 홀랑 벗어서 전나무 부근 숲에 숨겨 두었다.

우리들은 곧장 울타리 구멍을 찾아 비집고 들어가서 교정으로 들어섰다. 아직도 덜 식은 낮의 열기가, 처발라 놓은 듯 진한 정적 속에 머물러 있었다. 눈에 보이는 것은 어둠뿐이었다. 형형색색의 밤 아지랑이가 우리들의 얼굴을 휩싸며 지렁이처럼 꼬물거렸다. 우리들은 교사의 서편 끝 교실을 향하여 울타리를 끼고 뛰기 시작했다.

울타리에 숨어 있던 밤벌레들이 놀라 깃을 털고 날아서 우리들 볼에 부딪쳤다. 그것들은 풋풋한 풀 냄새를 풍기고 있었다. 우리들은 감시병에게 발견되지 않고 서편 교사 측면 벽까지 도착할 수 있었다. 깊게 터져 나오려는 숨소리를 애써 억누르고 있었으므로 고막이 먹먹하고 아팠다. 담벼락에 알몸뚱이를 붙이고 선 우리들은 여우처럼 눈을 돌리며 사방을 둘러보았다.

우선 인기척이 없어 좋았다. 낭하 쪽으로 트인 교실 문들이 어지럽게 열려져 조금씩 삐걱거렸다. 서편에서부터 둘째 번인 우리들 교실도 문이 열린 채였다. 인기척이 없다는 사실이 이상하게 느껴지기 시작했다.

다만 소리 없는 밤이 온 교정에 쇳덩이처럼 굳어 있었다. 우리들은 어둠 속에서 서로 마주 쳐다보았다. 그리고 약속이라도 한 듯이 살살 기어서 우리들의 교실로 뱀처럼 기어 들어갔다. 진회색 어둠이 무겁게 깔린 교실에 들어섰을 때, 우리들은 한 입이나 고인 침을 꿀꺽 삼켰다. 창문을 막고 드리워졌던 풀색 커튼들은 걷히고 없었고, 마룻바닥은 깨진 물건들로 어지러웠다. 그 물건들엔 버리고 간 사람들의 눅눅한 체취가 아직도 배어 있었다.

학교가 텅 비었음을 비로소 깨달았다. 기병대는 학교를 버리고 철수해 버린 것이다. 우리들은 부레를 까먹고 태어난 물고기처럼 부력을 잃고 마룻바닥에 털썩 주저앉고 말았다. 갑자기 사방 울타리에서 밤벌레들이 찌르륵거리며 맹렬하게 울고 떠들기 시작했다. 밤기운이 어수선하게 흩어졌다.

우리들은 교실 안을 휘둘러보았다. 일정한 간격으로 늘어선 벽의 기둥을 기점으로 짜임새 있게 박혀 있는 창틀이나, 천장의 단조로운 조립들, 알맞은 높이로 걸려 있는 흑판, 그리고 벽의 여백에 단정하게 걸려 있는 그림들, 그것들이 주는 안온한 평행감이 우리들을 감싸 주었다. 저편 낭하 끝쯤에서 맑고 가는 오르간의 음률이 비산(飛散)하고 있는 것 같았다. 흑판 쪽에서 부드러운 선생님의 목소리가 들려왔다.

「자연공부 삼십이 페이지를 열어라. 내가 먼저 읽으면 너희들은 따라 읽는다아. 암술. 약. 수술. 꽃부리. 꽃받침. 자방. 꽃꼭지⋯⋯.」

교실이 가볍게 울리면서, 뱃속 깊이 가라앉은 선생님의 목소리가 들려오고 있었다. 「내일부턴 수업이 시작될 참이다아」 하는 선생님의 목소리가⋯⋯.

한 아이가 소리쳤다. 「우리 종 치자!」 그 아이의 목소리가 교실을 울리자 우리들은 깔깔 웃으며 긴 낭하를 쿵쿵거리고 뛰어서 종이 달린 동편 교실 쪽으로 몰려갔다. 맨 앞에 선 한 아이가 재빨리 창문턱에 뛰어올라 종채를 잡았다. 그 아이의 벌거숭이가 공간에 커다랗게 부각되었다.

어지러운 종소리가 맞은편 산자락에서 메아리 되어 다시 교정으로 되돌아와 우리들의 머리 위로 소낙비처럼 쏟아졌지만, 때마침 뒷산 중턱에서 마을을 향하여 난사되는 따발총 소리가 그것을 묻어 버렸다.

마을에서는, 흰 옷자락을 펄럭거리며 밖으로 뛰쳐나온 어른들의 다급한 목소리가 우리들을 소리쳐 부르고 있었다.

(1970년)

휴면기

'그 곳집'은, 마을에서 상당히 떨어진 외진 산턱에 언제나 적막하게 가라앉아 있었다. 아래쪽 계곡에서부터 완만한 경사로 올라오던 달구지길이 곳집 앞에 이르면, 갑자기 사각을 성큼 치켜세우면서 윗마을로 굽어 나갔다. 지붕이 거무칙칙하게 썩어 내리는 그 집은, 고임돌 하나만 빼면 금세 와르르 무너질 듯 당돌한 고요를 안고 산비탈에 엎디어 있었다. 싱싱하게 버티던 햇살도 그 집 속에 들어가면 곧장 무게를 느끼게 하는 어둠으로 침전했다. 채색이 벗겨진 상틀이 가벼운 두려움을 풍기며 그 속에 누워 있었다. 그것들은 이제 통조림의 생선뼈처럼 삭아서 돌지네들이 들쑤시고 드나들었다.

출입문은 허술하기 짝이 없었으므로, 바람이 부는 날은 녹슨 철주가 귀기를 뿌리며 밤새워 삐걱거렸다. 때문에, 이 마을에선 단 한 사람의 홀아비며 요령잡이인 황 서방 외엔 사람들의 발길이 뜸했다.

오래전부터 '뚝이'를 데리고 우리 집 행랑채에서 살아온 황 서방은 곳집 둘레의 공터를 콩밭으로 일구어 놓았었다. 전쟁이 일어나면서부터 노루란 놈들이 인근 산야에 자주 출몰하기 시작했고, 또 그것들은 황 서방의 콩밭에도 적잖은 피해를 입혀 왔다. 아니래도 입이

걸기로 이름난 그는 노루가 콩밭에 다녀간 아침이면, 으레 세상의 온갖 '니기미'와 '씨발'을 부산하게 늘어놓았다. 그는 행랑채에 들어서는 길로 뼈를 녹일 듯이 곤히 자고 있는 뚝이를 두들겨 깨웠다. 「야, 뱃놈의 개 같은 자식아, 해가 궁뎅이 떠곤다」 하며 욕을 퍼부어 댔다. 뚝이는 버짐이 핀 정수리를 긁적거리며 눈두덩을 찌뿌듯하게 뜨고 일어났다. 그리고 멍하니 앉아 있었다. 황 서방이 아무리 굳세게 욕지거리를 해댄다손 치더라도, '먹보'인 뚝이로선 개구리 낯짝에 물 끼얹기였다. 한참 만에야 제풀에 지친 황 서방은, 「에끼, 미련한 놈. 니놈은 똥도 참으면 살로 갈 끼다. 넨장!」 어쩌구 하다가 배탈난 거위처럼 캐걸캐걸 기침을 쏟아 놓았다. 말하자면, 우리에겐 노루가 인근 산야에 출몰하게 된 그런 의미밖엔 없는 전쟁이 일어나고부터, 어느새 학교가 폐쇄되어 버렸고, 드디어는 골목길에서조차 놀 수 없게 되었다. 아득한 성층권쯤에야 날아가는 비행기만 보아도 어른들은 우리를 집 안으로 몰아붙였기 때문이었다. 우리들은 하나 둘 외톨박이가 되어 갔다. 그것이 내가 뚝이와 어울리게 된 동기가 되어 주었다. 마을 주변의 산속에서 기이한 몸짓으로 군림하는 곤충들의 서식지나 산의 정적을 파먹고 터질 듯한 알맹이로 잉태한 산 열매 덩굴들이 있는 곳을, 그는 박물관의 안내원처럼 정확하게 알고 있었다. 그런 그에게 항상 야릇한 충동이 어린 야취 같은 게 풍겨 왔다. 그것은 나에겐 퍽 생경한 냄새이면서 아주 신선한 탄력으로 나를 잡아끌었다.

나는 거의 매일을 뚝이와 산속을 뒤지고 다녔다. 산이 껴안고 있는 그 갖가지 은밀한 비밀들은 우리들 손에 의해 하나하나 채굴되었다. 우리는 아침밥이 삭기 바쁘게 마을을 빠져나왔다. 우리가 가는 곳은 항상 뒷산이었다. 앞산 허리를 감아 조이고 있는 외줄기의 달구지길이 저만치 아래서 귤빛으로 선명하게 드러나는 높이쯤에 오르면, 개미집을 찾기 시작했다. 대개 썩은 나무 밑동 근처나 산짐승의 분노가 굳어 있는 근처에서 대가족의 개미집을 발견할 수 있었다. 그것은 언제나 뚝이 편에서 '어!' 하고 가리키는 곳에 있기 마련이었다. 우리는 개미집 주위에 개구리처럼 다리를 죄고 앉았다.

개미는 자기들의 체적은 전연 의식하지 않는 듯했다. 새큼한 그들의 체취가 코 언저리에 엷게 묻어 왔다. 그 냄새는 이상하게 나른한 졸리움을 우리에게 안겨 주었다. 우리는 그 졸리움에 가만히 몸을 맡겨 두어 본다. 졸리움이 야릇한 충격으로 깜박 차일 때가 있었다. 시선엔 햇살이 확 잡혀 들고, 귀뿌리로 오스스한 한기를 느낀다. 개미들이 봇물이 터진 듯 어느새 전부 집 밖으로 쏟아져 나와 있었다.

일사불란하게 움직이는 한 패의 개미들에게 살육당하는 검은 개미들. 싸움개미의 노예 사냥을 위한 기습을 당한 것이었다. 그들의 무참한 시체가 너절하게 널려 있다. 우리는 그때, 그들의 처절한 파산의 절규를 귀에 떠올렸다. 그것은 묘하게도, 그즈음 우리들이 느끼고 있던 일상의 분위기와 어렴풋이 영합되는 듯했다. 그때 뚝이는 들고 있던 막대기로 될수록 짧은 시간에 그 싸움개미들을 지악스럽게 두들겨 준다. 체즙을 쏟으며 미적미적 물러나는 싸움개미들. 순간, 우리는 굉장한 거인으로 둔갑해 있는 자신들을 발견하는 것이었다. 나는 휘파람을 날리고, 뚝이는 독거미집으로 나를 잡아끌었다. 그 징그러운 독거미는 항상 오리나무 가지 사이에 진을 치고 있었다. 그것은 커다란 성을 연상시켰다.

독거미는 언제나 성주로서 체통이 당당했다. 조금도 움츠리는 기색이 없이 몇 시간이고 날벌레의 침입을 기다릴 줄 알았다. 그 집요한 인내력과 또 먹이가 걸려들었을 때 정확하기 짝이 없는 방향 감각과 날렵한 포획. 우리는 땀을 찍찍 흘리며 그것을 바라보았다. 그러나 독거미는 우리의 존재를 의식하는 건지 금방 먹이를 처치하지 않았다. 그것은 언제나 그랬다. 발로 수없이 먹이를 어루만지며, 결국 우리 편에서 물러가 주기를 끈질기게 기다렸다. 우리는 항상 독거미가 먹이를 처리하는 극적인 순간을 보는 것에는 실패하고 돌아서야 했다. 놈은 얼마만큼의 경악한 비밀을 노출시켜 위협을 뿌리고, 또 얼마만큼의 비밀은 사려 둠으로써 자기 종족의 은밀한 세계를 교묘히 숨겨 가고 있었다.

황 서방이 그 콩밭 한편에 덫을 놓고 있는 광경을 목격한 것도 그즈음이었다. 그것을 본 후로 우리는 개미집의 습격을 멈추었다. 새로운 기대로 우리들의 가슴은 설레었다. 그러나 며칠이 지나도록 그 우둔한 짐승은 좀처럼 콩밭 주변에 나타나는 기색이 없었다. 실망이었다. 하지만 우리는 곧바로 새로운 구경거리가 생겼다. 바라보이는 달구지길에 하루에 몇 번씩 나타나기 시작한 행렬이 있었기 때문이었다.

패주하는 인민군들이었다. 끈적한 고달픔이 달라붙은 그 행렬은 부상병들이 태반이었고, 천근 같은 무게가 그들의 엉덩이에 처발려 있었다. 모세관의 체액을 어디로 죄다 쏟아 버린 듯 껍질만 남은 사람들은 납덩이같이 무거운 낮 더위 속을 고속도 촬영의 피사체처럼 흐느적거리며 걸어갔다. 이제까지 걸어왔다는 타성이 그들을 걷게 하고 있을 뿐이었다. 그러나 멀리서 윙 하는 비행음만 들리면 갑자기 기운을 되찾아 도마뱀처럼 잽싸게 계곡 속으로 몸을 숨겼다. 비행음이 멀리로 잦아지면, 다시 간질병 환자처럼 툭툭 털고 일어났다.

그런 다음, 산협은 한량없는 고요에 침몰된다. 뚝이와 나는 갑자기 서로의 표정이 흐릿해지고 체적이 풍선처럼 불어나 몸뚱이가 능선 위로 둥둥 뜨는 것 같은 부유감에 빠지곤 하였다. 그리고 큰 짐승의 헛바닥에서 토해 놓은 듯한 느끼한 두려움이 온 공간을 메운다. 그때, 뚝이는 바지 주머니에서 풋고추를 꺼내 느닷없이 우두둑 씹었다. 그리고 어! 하고 내게도 한 개를 내민다. 우리는 입 안이 얼얼하도록 풋고추를 씹었고, 그래서 전신을 긁어 올리는 찌릿한 오한을 즐겼다. 그 버릇은 너무도 위협적인 산속의 적막감을 이겨내는 최선의 방법이었기 때문이었다.

간혹 마을을 들쑤셔 놓는 비행기만 없다면, 이 산협은 늘상 그런 고요 속에 찌붓이 누워 있었다. 하늘의 알맹이를 속속들이 다 빼먹은, 그래서 돌상어같이 배가 통통한 그 비행기는 깝죽대는 품이 채신머리라곤 없었다. 어디서 날아오는지 느닷없이 건너편 산 중허리를 한쪽 날갯죽지로 휙 낚아채면서 후들짝 마을 상공에 들어선다. 비행기는 사방을 자기 일점에 모으고 곧장 주둥이를 계곡으로 처박고 내리꽂혔다. 그런가 하면 어느새 저쪽 산에 가서 나동그라질 듯 뒤뚱거렸다. 하지만 그때마다 발딱 가슴을 젖히고 일어나 햇살 속으로 솟구쳐 올랐다.

텅 비었던 하늘은 비행기를 구심점으로 한 바퀴 휘그르르 돌아서 흩어졌다. 계곡은 자지러질 듯이 싸질러 놓고 간 비행음을 이빨에 물고 산승냥이처럼 울부짖었다. 「상어 새끼 방귀 뀌었더어.」 나는 혼자 소리치면서 비행기가 뿜어 놓은 그 알싸한 매연을 삼키지 않으려고 코를 틀어막았다. 뚝이는 비행기가 날아간 쪽으로 대고 갈기던 오줌 줄기를 찍 거두며 헤벌쭉 웃었다.

말하자면, 우리가 그 노루 새끼를 만나게 된 것도 바로 돌상어 같은 비행기 때문이라 할 수 있었다.

그날 우리는 여느 때처럼 아침 일찍 산 구릉에 올라 있었다. 멀고 가까운 산봉우리들이 흡사 해류 속에 갇힌 작은 섬들처럼 짙은 안개 위로 치솟아 있었다. 해가 뜨자, 구식 카메라의 주름상자처럼 겹겹이 포개졌던 산 주름이 풀리면서 이마를 맞비비고 쭈뼛쭈뼛 일어섰다. 여울목의 대장간 지붕 위로 고추잠자리가 무리지어 날고 있었다. 아침 햇살이 고추잠자리들이 긋는 빨간 나선형의 금에 잘려 나갔다.

우리는 아침나절의 그 신선한 산 열매 맛을 알고 있었으므로, 머루 넝쿨을 찾아 산속으로 멀리 들어갔다. 그러나 산머루 넝쿨은 좀처럼 우리 앞에 나타나 주질 않았다. 뚝이는 약간 초조한 듯 높이 뜨는 해를 가리키곤 혀를 쭉 내물었다. 우리는 산속을 너무 깊이 들어왔다는 고적감에 빠져 들기 시작했다. 산이 내뿜고 있는 그 미칠 듯한 긴장감이 우리를 울고 싶도록 만들었다. 뚝이가 내 등을 툭 쳤다. 그리곤 먼 느낌이 들도록 마을 쪽을 깊숙이 가리켰다. 그러면서 그는 얼굴을 찡그렸는데, 나는 뚝이가 뒤가 마려운 것을 알았다. 나를 앞에 세워 두고 뚝이는 고의춤을 까 내렸다. 그가 누르께한 코피 자국이 엉겨 붙은 인중을 뒤틀며 변비증으로 낑낑대고 있는 동안, 나는 입을 커다랗게 벌리고 하늘을 쳐다보았다. 그때 난데없는 매 한 마리가 저쪽 산봉우리 위로 높다랗게 선회하고 있었다. 꼭 두 바퀴. 매의 선회가 돌팔매를 맞은 것처럼 수직으로 푹 꺾이었다. 그리고 바로 왼편 계곡 깊숙이 떨어져 들어갔다. 일순, 야릇한 적막이 흘렀다. 나른하게 흩어졌던 신경이 종이 인형처럼 빳빳하게 곤두섰다. 우리는 매가 떨어진 쪽으로 냅다 뛰었다. 계곡이 가까워 오자 두런거리는 사람들의 말소리가 들려왔다. 그 소리는 쭈뼛한 두려움을 풍기고 있었다. 마침 바위가 나타났으므로 우리는 가재처럼 재빨리 몸을 바위 뒤로 숨겼다. 충격적인 장면이 계곡에서 벌어지고 있었다. 그것은 밀도살이었다. 네 사람이 보였는데, 그중엔 황 서방이 끼여 있었다. 우리는 Y자형의 나뭇가지 사이에 박혀 있는 목을 빼내려고 필사적으로 버티는 소를 보았다. 두 사람이 굴레를 단단히 사려 잡고 소의 힘을 빼앗고 있었다. 소는 울창한 소리로 울어 댔고, 우리는 산협을 긁어 내리는 그 소리의 번들거림과 포화감 때문에 거위처럼 자꾸만 목을 빼 올렸다. 비늘창 같은 두려움이 우리들의 관자놀이를 긁고 있었다. 우리는 해가 놋쇠 쟁반처럼 탈탈 소리를 내며 타고 있다는 생각을 했다. 그때 앞에 섰던 황 서방이 햇빛을 받아 둔중하게 빛나는 도끼를 어깨 위로 쳐들었고, 그것은 곧장 소의 정수리에 가서 꽂혔다. 세 차례의 도끼를 얻어맞은 소는 네 다리를 각목처럼 쭉 뻗고 넝쿨로 나가떨어졌다. 그것은 너무나 삭막하고 기교 없는 죽음이었다. 우리는 소가 넘어진 넝쿨에 산머루가 새까맣게 열린 것을 보았다. 황 서방은 토인처럼 소리치며 소에게로 달려가더니 그 목덜미에다 깊숙이 식칼을 찔러 넣었다. 그리곤 뒤에 선 사람들을 향해 씩 웃었다. 그 웃음 때문에 나는 하마터면 소리를 지를 뻔했다. 우리는 소가 다시 벌떡 일어나 그 사람들을 갯바닥에 패대기치고, 낮 더위가 응어리진 산 구릉을 만용스럽게 내닫는 장면을 오래도록 상상하며 앉아 있었다. 그러나 그 엄청난 소의 내장이 햇빛 아래 쏟아져 나와 번들거리는 것을 보자, 우리는 치근이 죄다 빠져 달아난 듯한 허탈감에 빠져 버렸다. 우리는 사타구니로부터 끈적한 습기를 느꼈고 그래서 뚝이와 난 함께 오줌을 싸버린 것을 알았다.

바로 그때였다. 갑자기 찢는 듯한 단절음이 바로 우리들 이마에 끼얹혀 왔다. 예의 건너편 산모퉁이에서 기우뚱하고 어깨를 낮추는 비행기가 보였다. 계곡이 쏟아질 듯 좌르르 울었다. 계곡에 있던 네 사람이 윷가락처럼 넝쿨 속으로 나가자빠졌다. 산자락에 앉아 있던 마을의 초가들이 조갯살처럼 폭삭 이마를 묻고 엎드렸다. 갑자기 뚝이가 내 견골을 꽉 움켜쥐었다. 그리고 한 손으로 무엇을 가리켰다. 순간 나는 온몸의 피가 꼬리를 떨며 한 바퀴 역류하는 것을 의식했다. 그곳에 적갈색 동물이 나타났기 때문이었다.

노루였다. 작은 노루 한 마리가 목을 길게 뽑아 올리고, 극도의 경계심에 빠져 콩밭 한가운데에 서 있었던 것이다. 일단 마을 상공을 벗어난 비행기는 하늘을 한 바퀴 선회하고 있었다. 그러나 다시 굉음을 토하며, 기수를 마을 쪽으로 돌려 잡고 질주해 들어왔다. 그와 때를 같이해서, 멍하게 서 있던 노루가 그 천부적인 경기(驚氣)에서 홀랑 벗어나, 냅다 뛰기 시작했다. 비행기를 따라서 늑대 한 마리가 온 산자락을 물어뜯으며 미친 듯이 뛰어가고 있었다. 그것은 비행기의 그림자였다. 노루는 그 그림자에 놀란 것인지도 몰랐다. 비행기가 돌진해 들어오는 방향과 같이 쫓기어 가던 노루가 무슨 이유에선

지 획 돌아섰다. 돌아서면서 비행기의 비행 방향을 거슬러 다시 콩밭 쪽을 향해 달려왔다.

나는 그제서야 황 서방의 덫을 생각해 냈다. 밭으로 뛰어든 노루는 맹렬한 질주력을 보이며 밭 중심을 가로질러 곧장 곳집을 향해 달려들었다. 노루는 은폐물을 찾고 있는 듯했다. 그래서 일고의 지체도 없이 문을 박차고 집 속으로 쑥 들어갔다. 비행기는 울부짖는 늑대를 몰고 멀리로 날아가 버렸다. 노루가 곳집에 뛰어들었다는 사실. 그것은 기묘하게도 상당한 시간이 흐른 뒤에 비로소 절박한 현실감으로 느껴져 왔고, 그래서 우리는 갑자기 곳집을 향해 뛰었던 것이다. 우리는 몸뚱이를 둘둘 말아 올리는 흥분으로 거의 미칠 지경이었다. 호흡이 혀뿌리를 칼칼하게 타 넘어오고, 발바닥이 땅에 닿을 적마다 커다란 충격음이 갈비뼈에 와서 쿵쿵거렸다.

곳집에 닿는 길로 우리는 지체 없이 행동을 개시했다. 우선 비틀려 누운 출입문부터 바로 세웠다. 그것이 다시 움직일 수 없도록 돌을 주워다 단단히 고정시켰다. 우리의 노파심이 지쳐 빠지도록 작업은 계속되었다. 흥분은 좀처럼 가라앉을 줄 모르고 명치를 꼬집고 올라와선 가쁜 호흡을 그대로 견골께로 몰고 갔다.

노루는 하반신을 바깥쪽으로 돌린 채 주둥이를 상틀 사이에 처박고 엎드려 있었다. 귀뿌리에 상처가 나 있었다. 오디알 같은 핏망울이 보였다. 노루는 간간이 제 꼬리만 한 칙칙하고 짧은 치음을 내뱉곤 하는 것 외엔 아무런 움직임도 보이지 않았다. 우리는 노루가 움직일 때를 조용히 기다렸다. 한참 만에 노루는 성큼 상체를 들고 일어섰다. 긴 목을 누에처럼 휘둘러 사방을 살폈다. 그 투명하고 단순한 눈빛을 보자, 나는 일순 야릇한 부끄러움을 느꼈다. 그래서 뚝이를 얼른 문 뒤로 숨겨 버렸다. 노루가 움직이기 시작했다. 그 움직임을 따라 신선한 노루의 체취가 코로 스며 왔다. 슬픈 네 다리가 가벼운 경련으로 떨리고 있었다. 얼마간 서성거리던 노루는 한쪽 벽 아

래로 가서 자리를 잡고 앉았다. 그리곤 조상(彫像)처럼 움직일 줄 몰
랐다. 콧등이 촉촉히 젖어 있었다. 바람이 불어오는 방향으로 코를
대고 앉는 본능. 그러나 이젠 다만 본능으로서의 동작밖엔 아무것도
아니었다. 자기의 세계를 깡그리 수탈당한 노루. 그 기민한 질주력
과 추적욕을 일시에 포기하고 완강한 침묵의 자세로 정지해 버린 노
루를 보자, 우리는 왠지 맥이 빠져 버렸다. 그리고 무료해졌다. 무료
하다는 게 우리를 매우 열없게 만들었다. 뚝이가 콩밭으로 갔다. 싱
싱한 콩잎들을 골라 뜯어 곳집 속으로 던져 넣었다. 노루는 흠칫 놀
라면서 두 귀를 바싹 세웠다. 그것뿐이었다. 그는 벌써 우리의 존재
를 강하게 의식하고 있는 듯했다. 때문에 뚝이가 던져 주는 먹이에
조금도 궁상을 떨지 않는 것이었다. 그리고 자기가 아무런 움직임도
보이지 않음으로 해서 우리의 호기심을 봉쇄하려 하고 있었다. 그런
노루의 태도는 우리에게 모멸을 느끼게 했다. 한적하고 무위한 시간
이 흘렀다. 시간은 노루에게 밀려가서, 그대로 비곗덩이처럼 응고해
버렸다. 그것은 견딜 수 없는 곤욕이었다. 괜한 짓을 했다는 낭패감
이 우리를 짓눌렀다. 뚝이는 자꾸만 핑핑 코를 풀어 댔다. 하여, 곳집
속엔 시든 콩잎만 쌓여 갔다. 그것이 쌓여서 장롱 뒤에 처박혀 썩어
가는 헌 걸레처럼 시큼한 냄새를 풍겼다. 마을에 알리면 노루는 당
장 도살당할 것이었다. 우리는 황 서방의 어깨판에 치켜 올려진 그
도끼의 둔중한 번쩍거림과 뒤를 보고 씩 웃던 황 서방의 귀기 어린
치열(齒列)을 자꾸만 뇌리에 떠올렸다.

　그러니까, 우리가 그 두 인민군을 만난 것은 노루와는 사흘째 되던
오후께였다. 우리는 노루의 먹이 때문에 비 맞은 수탉처럼 처량해져
있었다. 쉴 새 없이 뜯어 주는 풀잎들을 노루는 코끝으로 냄새만 씩
씩 맡는 것으로 그칠 뿐, 먹지 않는다는 고집은 조금도 굽힐 줄 몰랐
다. 그 탐욕스럽고 저돌적인 식욕을 어떤 중후한 의지력으로 포기하
고 있는 것처럼 보였다. 자기가 비극적으로 보이는 것을 교묘하게

감춤으로 해서, 구애자처럼 접근하려는 우리를 뿌리치고 있었다. 우리의 온갖 노력은 노루에겐 혐오만을 씌워 줄 뿐이었다.

노루가 다만 자기가 살아 있다는 감각을 아련하게 뒤쫓고 있는 듯한 먼 눈빛으로, 드넓게 펼쳐진 여름 하늘을 그리운 듯 바라볼 뿐이었다. 노루가 조만간 죽고 말 것이라는 불안이 우리를 괴롭히기 시작했다. 뚝이는 말할 수 없이 무기력해졌고, 나는 느닷없이 말을 더듬기 시작했다. 나는 늘 머리가 뜨거웠다. 하여, 잠자리에 들면 피곤이 뼈 속까지 잦아들고 차가운 은종이로 전신이 둘러싸이는 꿈을 꾸고는 놀라 깨었다. 노루를 곳집에 가둔 날부터 나는 행랑채에서 뚝이와 같이 잤고, 그리고 밤마다 똑같은 내용의 꿈을 꾸었다—우리는 언제나 안개가 자욱한 산길을 한참이나 걸어서, 사방 벽이 쿵쿵 울리는 어떤 거대한 석실 속으로 들어갔다. 그 안에 발을 들여놓는 것과 동시에 뚝이는 나를 향해 돌아섰다. 그리고 밤무당이 하는 것처럼 춤을 추는 듯한 몸짓으로, 나를 쥐어박기 시작하는 것이었다. 그러나 그의 주먹은 이상하게도 미묘한 거리에서 굳어 버려서 도시 내 몸에 와 닿질 않았다. 설령 닿는다 해도 조금도 아프지 않았다. 뚝이는 안타까운 듯 땀을 뻘뻘 흘렸고, 결국은 제 편에서 탈기를 하고 나가쓰러졌다. 그런 때, 나는 언제나 벌거숭이였고, 식칼을 손에 들고 하얀 치열을 드러내며 웃고 있었다. 그 이상한 꿈은 잠이 깨어도 내 뇌리에 선명하게 남아서 나는 점점 밤이 무서워 왔다.

그날 오후, 우리는 고구마싹을 뜯기 위해 잠시 곳집을 비워 두고, 마을 변두리에 내려와 있었다. 우리는 때때로 곳집으로 시선을 주곤 했는데, 뚝이가 느닷없이 소리쳤고, 나는 그가 가리키는 곳에 문이 환하게 열린 곳집을 보았던 것이다. 허수아비 같은 공복감 뒤에 내장이 뒤집히는 회한이 전신을 휘말았다. 그것은 회색의 수렁이었다. 나는 지랄 같다는 생각을 자꾸만 되씹었다.

우리가 일말의 희망을 품고 곳집에 닿았을 땐, 비석같이 먼지를 뒤집어쓴 인민군 두 사람이 문턱을 베고 누워 있었다. 우리는 쇠침으로 척추가 꿰뚫린 아이들처럼 그 자리에 딱 멈추어 서버렸다. 너무나 놀라서 물구나무서기를 한 기분이었다. 우리를 보자, 그중 한 사람이 부스스 일어났고, 그리고 장작개비 같은 팔을 흔들며 히쭉 웃었다. 전신 근육에서 힘줄을 죄다 뽑아낸 사람들처럼 지쳐 있는 모습이었다.

「일리루 좀 오라우.」

이렇게 가까이서 인민군을 보기는 처음이었고, 또 그들이 말을 하고 있다는 것에 우리는 와락 겁이 났다.

「너네들, 노루 땀에 왔갔디?」 하고, 이때까지 누워 있던 다른 한 사람이 또 일어났다. 나는 온몸의 모세관이 갑자기 팽창되었다가 줄어드는 옥죔을 받았다.

「괜히들 길디 말고 일리루 오디.」

두 사람 모두가 퀭한 눈들을 하고 있었다. 방금 선창에서 쫓겨난 사람들처럼 비릿한 몸 냄새를 풍기고 있었다. 밖으로 드러난 그들의 억센 어깨의 뼈대와 고집스러운 눈동자가 우리를 향해 버티고 앉은 불도그를 연상시켰다. 금박의 견장을 단 한 사람이 먼지 묻은 붕대에 감긴 양쪽 다리를 조심스럽게 뻗쳐 놓으며, 「너네들 노루 땜에 온 게 분명하갔디?」 하며 다시 다그쳤다. '하갔디' 했을 때 윗입술 사이에서 넓고 두꺼운 덧니가 힐끗 드러나 보였다. 나는 뚝이를 돌아보았다. 그의 충혈된 두 눈이 아까부터 나만 쳐다보고 있었다는 것을 깨달았다. 나는 그때 뚝이와 나 사이에 가로막힌, 그 어떤 방법으로도 설명해 낼 수 없이 엇갈려 나가는 거리감을 어렴풋이 느꼈다.

「그, 그렇심더.」

나는 끙끙거리며 덧니에게 대답했다.

「저 안악에 자알 모셔 두었다. 달아나디 못하게 말야, 한탁 쓰야겠는데?」 하고 또 히 웃었다. 나는 이마가 화끈 달아올랐다. 얼른 뚝이에게 엄지를 세워 보였다. 뚝이의 표정이 금세 환하게 풀리며 헤벌쭉 웃었다. 우리는 깨지락거리며 그들 앞으로 몇 걸음 다가갔다. 거기 발목이 끈으로 매인 새끼 노루가 멍하니 바깥쪽을 바라보며 앉아 있었다. 뚝이가 어, 하고 내 등을 툭 쳤다.

「한 애는 버버리인가 보다.」

견장의 사내가 심드렁하게 내뱉었다. 우리는 좀더 자세히 노루를 바라보았다. 구름이 설핏한 날. 한량없는 고요가 매몰되는 그런 순간의 엄습을 받고 느끼던 지고한 신비의 일순이 노루의 표정에 그윽이 용해되고 있었다. 그것은 바로 평화였다. 나는 불현듯 찔레순을 뚝 분지르면, 그 깊숙한 줄기 속에서 솟아오르는 수액과 같은 울음을 느꼈다.

그때 덧니가 우리에게 첫 명령을 내렸던 것이다.

「너네들 말야, 마을에 내려가설라무니 먹을 것 좀 개져오너라.」

우리는 상륙정처럼 넓적한 구두에 주체스럽게 담긴 그들의 네 다리를 내려다보고만 서 있었다. 우리들이 대뜸 반응을 보이지 않자, 그는 눈을 치켜뜨고 염소처럼 킥킥 기침을 하더니, 「너네들 노루 찾으려문 내 말 듣간?」 하고 뇌까렸다. 나는 그 덧니에게서 천사와 치자가 함께 엇갈리는 표정을 읽었다. 그들은 우리에게 최면을 걸고 있는지도 몰랐다.

「꼭입니껴?」 내가 이렇게 오금을 박자, 「간나새끼, 너 의심도 많아. 그럼 우리가 잡아 잡술까 봐 그러네?」 하면서, 비딱하니 우리를 치뜨고 보았다. 나는 손가락에 침을 발라 뚝이 이마에다 꾹 찍었다. 그리곤 그를 잡아끌었다.

우리가 마을로 숨어 들어가서 훔쳐 온 감자를 받아 쥔 그들은, 우리를 시종처럼 앞에 대기시키고 탐욕스럽게 배를 채웠다.

벌써 석양이 지고 있었다. 갈밭 숲 사이에 떨어진 낙조가 쑥대에 엷게 잘리어 마치 물앙금처럼 쭈뼛쭈뼛 빛나고 있었다. 그들의 등

뒤에 가만히 서 있는 노루를 보았다. 자기 견제의 성벽을 조금도 흩
뜨리지 않고 아무 두려움 없이 노루는 그렇게 서 있었다. 갈대밭의
햇볕과, 노루의 고독한 평화와, 식곤증으로 희멀겋게 풀어진 인민군
의 표정이 우리의 뇌리에 삭막한 구도로 상충되면서, 막연한 불안 속
으로 몰아넣었다. 그리고 집으로 돌아가야 할 시간이 되었다는 사실
이 우리를 괴롭혔다.

「아저씨.」

「걱정 말라.」

「아저씨이.」

「걱정 말라니까니.」

「아저씨.」

「기린데 너 몇 학년이디?」

「오학년.」

「쌔끼, 나이에 비해서 키래 크구나. 저 버버리는 뭐 할라 데불고 다
니니?」

「……」

덧니는 또 한 번 우거지 같은 낯짝을 쳐들고 키득키득 웃었다.

「너네들 말야, 마을에 가서, 술 개져오갔니? 아주 독한 소주로. 할
수 있갔디? 못 하갔니?」

「소주 없십더.」

「이 쌔끼가 왜 그네, 엉? 잘 나가다 왜 그네? 개져오라문 개져오는
거디.」

자기의 명령을 거역할 수 없다는 것을 덧니는 빤히 알고 있는 듯
했다.

나는 금세 맥이 빠져 버렸는데, 그것은 소주를 찾아낸다는 일도 그
러하거니와 그것을 훔쳐 낸다는 건 쉬운 일이 아니었기 때문이었다.
그러나 그것을 뚝이에게 알렸을 때, 그는 한참 만에 고개를 젖히고

커 웃었던 것이다.

　행랑방의 나무 꿰짝 위에서, 황 서방이 먹다 남긴 소주 한 병을 뚝이가 들고 나왔을 때, 나는 꽥 소리를 질러 버렸던 것이다. 우리는 혓바닥이 굳어질 정도로 곳집으로 뛰어갔다. 그 덧니는 누렇게 녹이 슨 단검을 빼내 들고 흙을 푹푹 찍어 내고 있었다. 뿐만 아니라 그는 감옥에 갇힌 사람처럼 무언가 저주에 가득 찬 목소리로 중얼거렸다.

　그들은 곧장 되돌아온 우리를 보자, 마치 유전(油田)을 발견한 사람들처럼 기쁨을 뿌리며 너절하게 웃었다. 그리고 뚝이 손에서 소주 병을 얼른 낚아챘다.

　「너네들, 참 착헌 애들이로구나」 하고 덧니가 말했다.

　산그늘이 계곡으로 서서히 잠겨 내려가며 지맥의 윤곽들을 이무기처럼 사려 먹고 있었다. 우리는 집으로 돌아가지 않을 수 없었다.

　「아저씨, 노루 잘 지켜주세이.」

　「근심 말라. 내래 잘 지켜주디.」

　「사뭇 굶었심더.」

　「내일은 먹게 될 거야. 제 놈이 안 먹고 견딜 테야?」

　「잘 봐주세이.」

　「걱정 말구 가서 자라우, 우린 낼 아침엔 갈 테니까니.」

　그들이 이곳에서 떠나야 할 사람들이었다는 것, 그것을 미처 생각지 못했던 나는 그 말에 까무라칠 듯 놀랐다.

　견디다 못해 튀김이 되어 나온 옥수수알처럼 심장이 부르터서 밖으로 빠져나올 것만 같았다. 나는 휘파람을 날렸다. 그리고 발부리에 차이는 돌을 힘껏 걷어찼다. 저만치 허공을 날던 돌은 둔탁한 소리로 계곡에 떨어졌다.

　우리는 정밀한 어둠에 싸이는 산협의 고요 속을 천천히 걸어갔다. 계곡에 이르자, 뚝이는 걸음을 멈추었다. 그리고 계곡을 가로막고 있는 대장간을 가리켰다. 그것은 흡사 좌초당한 배를 연상시키며, 석벽 한쪽에 삐딱하게 기대 서 있었다. 지붕의 썩은 새끼줄들이 호박살처럼 서까래 사이로 늘어져 있었다.

우리가 수색하지 못한 유일한 놀이터가 저녁 어스름 속에 잠겨 들고 있었던 것이다. 우리는 무작정 대장간 속으로 뛰어 들어갔고, 풀무 뒤에 있는 화덕 위로 가서 걸터앉았다. 하루 종일 낮 더위에 삶긴 화덕은 미지근한 열기를 품고 있었다. 그 열기는 가벼운 아쉬움으로 우리의 가슴에 짚여 왔다.

뚝이와 나는, 올봄에는 왠지 여길 찾아오지 않는 쇠 부리던 사람들의 얼굴을 하나하나 떠올렸다. 그들은 저쪽 남도 지방의 사투리를 썼다. 때로는 세 사람, 때로는 네 사람이 한패가 되어 동네를 순회했다. 그들이 이 대장간에다 여장을 풀면, 마을의 연모들이 삽시간에 대장간으로 모여들었다.

쇠스랑, 도끼, 쟁기, 낫, 호미, 괭이, 식칼…… 할 것 없이 모인 마을의 쇠들은 도발적인 날을 하늘로 치켜들고 화덕 속에 쌓였다. 그 연장들은 햇빛에 번쩍거렸고, 그 번쩍거림은 모호한 두려움으로 우리들의 가슴을 파고들었다. 한데 섞여 버린 마을의 연모들을 집집의 것으로 골라낼 수 있는 사람은 황 서방뿐이었으므로, 그들은 꼭 황 서방은 임시로 채용했었다. 부러지고 금이 간 연장은 화덕 속에 들어갔다 나오면, 소의 혓바닥처럼 벌겋게 달구어져 나왔다. 그것은 머리쇠에 올려지고 매쟁이는 해머를 들어 계곡이 쩡쩡 울도록 달군 쇠를 때렸다. 건너편 산자락을 들이박고 되돌아오는 메아리로, 대장간의 추녀가 덜덜 떨었다. 그 충격음은 이상한 기운으로 우리들의 가슴을 휘저었다. 쇠 부리는 사람들은 두꺼비처럼 엎디어 계곡으로 흐르는 물을 벌컥벌컥 들이켜곤, 「워 씨언하다, 이 맛에 일한당가」 하고 입 언저리를 쓱 문질렀다. 그때 우리들은 찔레순을 따먹어 텁텁한 혓바닥을 날름하며 서로 마주 보고 씩 웃었다. 그들이 밤중까지 일을 할 땐 화덕의 꽃불이 어둠을 빨갛게 태우고, 그 꽃불에서 건져 낸 시우쇠의 몸통이 어둠을 지지고 나와서 물통에 담겼다. 김이 한 차례 물씬 터져 올랐고, 주변에 모인 마을의 개들이 그것을 보고 컹컹 짖었다. 황 서방이 「에끼, 이 촌놈우 개들」 하고 집게를 내저으면, 우리들은 얼굴을 문지르고 일어서서 집으로 돌아갔다. 대장간의 불빛이 먹히지 않는 계곡길에 이르면, 뚝이는 내 등을 툭 치곤 저만치 앞으로 가서 앉았다. 뚝이는 힘에 겨운 나를 동구 앞에까지 업고 갔다.

우리는 저 산속 멀리서 환상적으로 반짝이는 대장간의 불빛을 바라보며 서 있기도 했다. 그리고 가슴이 쿵쿵거리는 불면의 밤을 보내는 것이었다. 무한한 충동을 주던 지난해 초여름의 일들을 생각하며 우리는 오래도록 그렇게 앉아 있었다.

뚝이가 벌떡 일어나더니 손으로 화덕 속을 뒤지기 시작했다. 조금 후에 그는 부러진 쇠갈퀴 하나를 찾아냈고, 그래서 나를 돌아보며 씩 웃었다. 나는 그것이 쇠스랑에서 떨어져 나온 것임을 알았다. 뚝이는 그것을 바지 주머니에다 넣고 내 등을 툭 쳤다. 나는 그의 입에서 비린내가 난다고 생각했다.

그날 밤, 우리는 그들로부터 노루를 찾아낸다는 기대의 중독으로 통 잠을 이룰 수가 없었다. 그때 저 깊은 곳에서 무엇이 가슴을 채워 올렸다.

포성이 울려 왔다. 그 소리는 매우 조심스럽게 흔들리다가, 나중엔 마음을 놓고 술꾼처럼 걸쭉한 공기를 토해 내며 산자락을 흔들어 깨웠다. 천장에 거꾸로 매달린 씨값 옥수수가 부르르 떨었다. 매캐한 천장의 먼지가 부스스 떨어졌다. 섬광이 길게 꼬리를 물고 밤하늘을 가로질러 저쪽 산 구릉에 떨어지면, 천장에 있던 파리 떼들이 한꺼번에 웽 하고 날았다. 심상치 않은 밤이었다. 황 서방이 잔기침을 하며 일어나 지등의 심지를 새까맣게 낮추었다. 그의 커다란 그림자가 한쪽 벽으로 가서 어른거렸다. 등심이 찌지직 소리를 내고 타면, 그 그림자의 등줄기엔 긴장이 서리처럼 내려앉았다. 문창살 틈으로 엿보

44

이는 밤하늘의 여윈 별들이 오열하며 어둠을 삼키고 있었다.

황 서방이 소주병을 찾고 있었다. 뚝이는 나를 지그시 꼬집었고, 나는 눈을 꼭 감아 버렸다. 포성은 멀어졌다 혹은 가까이 오면서 쉴 새 없이 밤을 흔들어 댔다. 다음 포성이 들려올 때까지의 그 음산하고 음흉한 침묵은 우리들에게 황량한 공복감을 느끼게 했다. 우리는 거의 뜬눈으로 밤을 새웠다. 밤새도록 두들겨 맞아 팅팅 부은 새벽이 찌붓이 새는 것을 모잽이로 누워 바라보았다.

문창살이 훤히 밝아 오자, 불안한 듯 눈을 껌뻑이고 있던 뚝이가 나를 툭 쳤다. 곳집으로 가자는 것이었다. 황 서방은 벌써 나가고 없었다. 나는 약간 내키지 않았지만 그를 따라나섰다. 우리는 미명에 잠긴 달구지길을 깝죽거리며 천천히 걸어 올라갔다. 산협은 엷은 안개에 잠겨 있었다. 멀리 바라보이는 곳집 앞에, 모닥불을 쬐고 있는 두 인민군이 보였다. 우리는 다시 가슴이 두근거리기 시작했다.

우리가 콩밭까지 다가갔을 때, 그중 한 사람이 불쑥 일어섰다. 그들은 우리 쪽으로 등을 돌리고 앉아 있었으므로, 다가서는 우리를 보지 못한 것 같았다. 일어서는 사람의 동작이 의외로 섬뜩한 느낌을 주었기에, 우리는 반사적으로 콩밭둑에 어깨를 묻고 엎드렸다. 그는 곳집 안으로 들어갔는데, 한참 만에 노루를 안고 밖으로 나왔다. 그는 모닥불 곁으로 와서 앉아 노루의 목을 잔뜩 사려 안았다. 그리곤 앞에 있는 사람에게 무언가 명령하자 그는 벌떡 일어섰다. 일어선 사람의 손에 녹슨 단검이 들려 있었다. 그는 덧니였다.

내가 뚝이를 돌아다본 것과, 그가 원시적인 고함을 지르며 그들에게로 달려간 것은 거의 동시의 일이었다. 나는 뚝이의 오른손에 어젯밤 대장간에서 찾아낸 쇠갈퀴가 들려 있는 것을 보았다. 두 인민군은 눈을 하얗게 뒤집고, 달려오는 뚝이를 돌아보았다. 달려간 뚝이는 쇠갈퀴를 번쩍 치켜들고, 조금도 지체하지 않고 덧니의 등에다 깊숙이 꽂아 넣었다. 나는 까맣게 그을은 의식이 까물까물 사그라져

가는 것을 의식했다. 그러나 갑자기 맥을 탁 풀고 쓰러진 쪽은 뚝이였다. 덧니는 단검을 든 채 자기의 등을 쓱쓱 문지르며 말했다.

「쌍놈의 새끼, 큰일날 뻔했디 않아. 남의 잔채를 싹 망가 놓았어」
하고 계곡 아래로 단검을 획 내던졌다. 뚝이는 쓰러진 자리에서 돌처럼 일어날 줄 몰랐다.

「가자우.」

견장을 단 사람이 말하며 툭툭 털고 일어섰다. 경망 중에 노루는 저만치 산 구릉에까지 달아나고 있었다. 산 구릉에 올라서자, 곧장 자기의 아둔한 습성을 되찾아 걸음을 멈추고 우뚝 서서 사방을 두리번거렸다. 자기의 회귀권을 찾고 있는 듯했다. 저쪽 아래서 황 서방이 노루를 향해 돌팔매질을 하고 있었다. 나는 다시 잿빛의 의식 속으로 까무라쳐 들어갔다.

(1971년)

붉은 산

 내가 그 소년을 만날 수 있었던 것은 오로지 성누가병원의 원장인 정치근(鄭致根) 박사 때문이라 할 수 있다. 남태평양의 해조음을 마시고 사는 사모아나 타히티 섬의 소년들이나 갖고 있음직한 '펄'이란 그 생경한 이름의 소년. 그 소년의 죽음에 대해서 정 박사는 도대체 어느 정도의 책임을 져야 하는 것일까. 아니, 그것은 속단일지 모른다. 펄은 어차피 제 자신의 실수로 하여 죽게 된 것이기 때문이다.
 정 박사로 말하면, 이 B시에선 소문난 내과 전문의이다. 그는 술이라면 젓가락으로라도 집지 않는 성질일 뿐만 아니라, 이런 소도시 같은 곳에서 유지랍시고 떠드는 그런 위인들 — 말하자면, 정치적인 신념 따위는 쥐뿔도 없으면서 타성의 야당 생활에 젖어 있다든지, 아니면 권력층에 미미한 연분을 갖고 있으면서 이권(利權) 같은 데나 주책없이 개입하려 드는, 양복 윗주머니에 이쑤시개나 넣고 다니는 그런 속물이 아니란 것이다. 가령 '유의촌'이란 소설에 나옴직한 알량한 소화제 정도나 투약하면서 치유 기간을 고의로 지연시켜 환자의 돈이나 긁어냄으로 해서 의사의 기본적인 개인 윤리 문제나 인격인으로서의 수준 따위는 아예 토끼의 간처럼 숨겨 놓고 다니는 그런 파렴치한 의사는 더욱 아니다. 그 '유의촌'이 발표되고 또 그 소설로 하여 사회 일각에서 약간의 물의가 일고 있을 때, 정 박사는 말했었다.

「물론 심하게 과장된 부분도 많이 눈에 띄더군. 내가 한심하게 생각하는 건 그 소설을 들고 일어선 일부 의사들의 태도야. 황당무계한 이론이나 주장 들은 너무나 자연스럽게 세상으로부터 묵살되어 왔다는 지극히 평면적인 상식도 모르는 사람들이야. 자기 확인은 좋았는데 선택한 시기와 방법이 아주 졸렬해. 그렇게 초조했던 건 아마 의사들이 가진 치부가 소설의 매스에 의해 해부되었고, 그게 또 쟁쟁한 햇볕 아래 허옇게 방치된 수치 때문이었겠지. 허허.」

그것이 어떤 것이든, 나는 적어도 감정을 갖고 있는 사람으로서 직업에 대한 차갑고 순수한 투시력을 지니고 있는 데 놀랐다. 하여 나는 정색을 하고 그의 표정을 똑바로 쳐다보았다. 그의 표정 어디에 반드시 숨겨져 있을 허위와 위장을 탐색해 내자는 계산이 내 뇌리를 퍼뜩 스쳤기 때문이었다. 그러나 그의 표정 어디에서도 내 계산의 표적은 찾아볼 수 없었다. 나는 금방 감동하여 버렸고, 그리고 존경심이 일어났다. 내 감동의 표정을 보자 그는 껄껄 웃었다. 그것은 허심탄회한 웃음이었으므로 나는 감동의 남발을 삼키느라 숨을 몰아쉴 정도였다. 정 박사는 그런 사람이었다. 그는 B시의 많은 사람들로부터 존경을 받았다. 그 때문인지 몰라도 그의 병원은 항상 환자들로 붐볐다. 그 병원은 일본인 갑부가 살던 적산 가옥을 불하 받아 내부 구조를 개수한 건물이었다. 특히 2백여 평이나 되는 정원엔 괴석들 사이로 수간(樹幹)의 노출이 아름다운 모란, 백목련, 매화, 단풍, 석류 등의 동양적인 아취가 풍기는 관목류들의 배열과 떡갈나무나 벽오동 등의 곡선적이고 여성적인 활엽수들이 우아하게 어울려 있었다. 그것들은 초여름의 정갈한 햇볕 속에서 풋풋하면서도 약간은 매운 기가 밴 풀 냄새를 병원 건물 언저리로 뿌려 주고 있었다. 그 정원수들이 거느리고 있는 엷은 그늘 역시 햇볕에 탄 병원의 벽돌을 진종일 식혀 주고 있어 언제라도 집 안에 들어서면 맑고 가라앉는 기분으로 만들었다.

진료에 바쁜 그는 정원수 관리에 손 낼 틈이 없었으므로 나를 채용했을 정도로 정원을 사랑했다. 내가 늘 송구스러운 것은 그가 나를 숙련된 정원사로 대접해 주려고 여러모로 신경을 써주는 데 있었다. 나는 하루 중 오후 두 시간을 그의 정원에서 보내면서 월말엔 1만 7천 원의 보수를 받았다. 그것은 다소 과분한 것이었다.

「박 군이나 나나 이 돈을 건네고 받는 데 조금의 거리낌도 없어야 하네. 노력의 대가로 주고받는 걸로 생각해야 피차간 이 돈에 대한 부담감이 해소되는 거니까.」

그리하여 나는 치사하게도 눈을 감으면 그 정원에서 새로움이 트는 잎사귀 하나까지도 떠올릴 만큼 철저해져 버렸다. 적어도 내 안목의 범주 안에서 정원의 모든 것은 완벽했다.

7월에 들어서면서 이 병원에서의 두 시간을 보내는 데 고역을 느끼기 시작했다. 할 일이 없었으므로 나는 거의 두 시간 전부를 일하는 척하는 걸로 보내고 있었기 때문이었다. 그런 경우 우선 내 스스로에 대해 곤욕을 느껴야 했고, 또 나의 그런 무위의 어설픈 유도(誘導)가 정 박사에게 곁눈질당했을 경우 그와의 인간적인 유대 관계 같은 건 그때를 정점으로 무너지고 말 것에 불안을 느꼈다. 그 불안은 약간은 비열하게 그리고 초조하게 나를 압박해 왔다.

내가 시를 공부하고 있다는 사실 하나만을 그가 알았을 때, 찬사와 격려를 한꺼번에 내게로 퍼부어 나로 하여금 몸 둘 바 모르게 만들어 주던 거였다.

「이런 여건 속에서 영혼을 쪼아 내는(그가 이렇게 말했을 때 나는 쑥이 되는 기분이었다) 고도의 정신 작업에 자기 일생을 던지려는 일,

선택된 사람만이 할 수 있는 일들이지」라고 그가 말하자 어쭙잖게도 나는 눈물까지 글썽인 일이 있었고 보면 조만간 내 고충을 깨끗이 털어놓음이 일단 옳은 일로 생각되었다.

바로 그즈음, 나는 그가 오후 여섯시 이후면 지프로 어딘가 외출하고 돌아온다는 걸 알아낸 것이었다. 비가 내리지 않는 한, 그것은 규칙적으로 행해지고 있었다. 어떤 날 그 병원의, 키가 필요 이상으로 멀쑥하게 커버린 간호사 정 양이 병원을 방문한 정 박사의 친지에게 「원장님 산으로 떠나신 지 이십 분밖에 안 됐으니 한 시간은 안심하고 기다려야 만날 수 있어요」라고 말했고, 마침 정원에 물을 뿌리기 위해 수도꼭지를 틀려고 창가에까지 가 있던 내가 그 말을 들었으므로 다그쳐 물었던 것이다.

「어머, 어머! 박씨 아직 모르고 있었구나.」

멋대가리없는 말버릇으로 하여 자기 비하를 거침없이 해치우는 그 여자의 말로 하여 비로소 나는 작년에 사들인 정 박사 소유의 산이 교외에 있다는 걸 알았다. 나는 그날로 정 박사를 만나 내 인간적인 고충(그때 흥분했던 나머지 이런 말을 쓰고 말았다)을 털어놓았다. 그는 대뜸 난색을 보였다. 그럴수록 내 편에서 강경한 어조로 그를 설득하려 했고, 그래서 땀조차 뻘뻘 흘릴 정도였다. 결국 일요일과 수요일만 정원일을 보기로 하고 다른 날은 산에서 보내기로 허락을 받아 냈다.

산에는 정씨라고만 하는, 정 박사의 먼 친척뻘 되는 오십 줄의 관리인이 상주해 있는데, 도벽이 심한 그는 술을 좋아하며 시내로 내려오기를 아주 싫어한다는 것 등을 설명해 주었지만 정작 펄에 대해선 일언반구도 없었다. 나는 그런 설명을 들으면서 일종의 해방감 같은 걸 만끽하고 있었다. 무엇보다 존경해 마지않는 분의 시선 밖에서 일한다는 사실에 해방감을 느끼고 있는 내 자신에 위화감을 느꼈다. 그것은 내가 진정으로 정 박사를 존경하고 있지 않다는 말과 통할 수 있을 것이기 때문이었다. 그러나 나는 그를 존경하고 있었다.

이튿날, 나는 정 박사가 가르쳐 준 그 산을 무작정 찾아 나섰다. 그 산은 ᄇ시의 북쪽 시가지를 2킬로쯤 벗어난 길이 왼편으로 꺾이면서 ᄃ면으로 돌아서는 등성이에 올라서면 보였다. 나는 첫눈에 그 산을 알아보았다. 조그만 저수지를 끼고 있는 산은 신기하게도 20년 내외의 소나무들이 그대로 고스란히 남아 자라고 있었고, 때문에 주위의 붉은 산들 사이에서 아주 돋보였다. 더군다나 이 삭막한 도시 바로 옆에서 그런 산을 보는 느낌은 흡사 서울 한복판에 있는 학교 운동장에 깔린 황토를 발견했을 때의 그 섬뜩한 착종감과도 같은 것이었다.

나는 산속으로 들어섰다. 나뭇잎들은 이제 햇볕을 너무나 영글게 마셔 버려 떨어지는 햇살을 하늘로 되쏘아 대고 있는 듯했다. 나는 우선 정 노인을 찾기 위해 등성이를 타고 올라갔다. 정 박사가 말한 대로 정 노인의 집은 우뚝해서 금방 찾을 수 있었다. 그것은 지붕이 높은 잎담배 건조실을 그대로 방으로 꾸민 듯 허술했다. 그는 집에 없었다. 방문을 열었을 때, 목로 틈에서 썩어 가는 술막지처럼 들큼하고 매캐한 방 공기가 얼굴에 확 끼얹어졌으므로 나는 재빨리 문을 닫아 버렸다. 언뜻 눈에 뜨이는 것은 방 한편에 놓인 땟기가 꾀죄죄한 나무 궤짝 하나였다. 정수리에 와서 묻은 끈적끈적한 여름 볕을 닦으며 집 주위를 서성거리고 있을 동안, 그 악취는 내 인중에 두껍게 묻은 채 떠나지 않았다. 그 생소한 악취 속에선 분명 짓이긴 풀뿌리 냄새 같은 게 풍기고 있다고 생각되는 것이었다. 뜸이 덜 든 밥솥 뚜껑을 열었을 때, 그때 얼굴에 끼얹어지는 화근내처럼 무언가 뼛골 깊숙이 훑아 내리는 냄새였다. 도저히 그 장소를 생각해 낼 수는 없으나 어디선가 분명히 만났던 사람과의 대면처럼, 그 냄새는 나를 난처하게 만드는 것이었다. 나는 산속 어디선가 송충이를 잡고 있을 정 노인을 찾아 다시 길을 따라 아래로 내려갔다. 얼마를 못 가서 나무 그늘 아래 서서 나를 지켜보고 있는 그를 만났다. 그는 처음부터 나를 지켜보았음이 분명했다. 눈두덩이 유난히 툭 불거진 그는 첫인상부터가 거절만 하고 살아온 사람처럼 저항을 느끼게 했다. 그러나 나는 예비 지식이 있었으므로 될수록 공손하게 정 박사와, 그리고 산으로 오게 된 연유 같은 걸 주섬주섬 씨부리고 있었다. 그러나 나는 금방 후회하고 말았다. 그의 인상이 일그러지고 있었기 때문이었다. '이놈이 까놓고 사람을 조롱하고 있구나!'라는 표정이 역력했다. 그는 내가 지극히 공손하게 구는 게 불쾌했던 것이었다. 나는 되지 않는 말로 대화를 혼자 끌고 가며 땀을 흘렸다.

그는 콧잔등에 잔뜩 긴장을 도사려 얹고 그런 나를 지켜보고만 있을 뿐이었다. 나를 달갑게 생각하고 있지도 않을뿐더러 내 이야기를 귀담아듣지도 않고 있음을 알았다. 나는 어떤 수렁 속으로 막연하게 빠져 내리는 자신을 의식했다. 그런 무력감과 정수리를 들쑤시는 햇볕의 열기로 하여, 나는 금세 찌릿한 피곤을 느꼈다.

그때 한 소년이 나타났다. 긴 회초리 하나를 손에 든 그는 느닷없이 숲속에서부터 뛰쳐나와선 정 노인 옆에 딱 멈추어 서버렸던 것이다. 나는 놀랐지만, 정 노인과의 어색한 대면에서 그의 출현은 퍽 다행한 일이 되어 주었다. 소년이 옆에 와 서자, 「야가 펄이라고 내 소생이래도 진배없는 놈이오」라며 그를 턱으로 가리킨 정 노인이 그자리에 풀썩 주저앉았다. 나는 얼굴에 주근깨투성이인 그 소년을 보자마자, 늑골을 마귀 할멈의 손톱 같은 걸로 싹 할큄을 당하는 듯한 전율을 받았다. 사람의 인상에서 운명이라는 걸 대뜸 읽을 수 있을 정도로 소년은 솔직한 자기의 표정을 갖고 있었다. 평생 동안 자기 오해를 느껴 보지 않고 죽을 수 있는 사람을 펄에게서 읽은 것이었다. 나이를 짐작할 수 없는 그는 둔부가 어깨 넓이보다 컸다. 두 입술과 좁은 이마가 완강한 투정을 뿌리며 앞으로 튀어나와 있었다. 그는 불행하게도 입을 다물 줄 모르는 듯했다. 이마에 일찍이 주름이 진 아이, 그것이 묘하게도 야취(野趣) 같은 걸 뿜어내고 있었다. 그의 피부 어디가 찢어진다면, 자색의 화편(花片)처럼 엉긴 피가 부르터 오를 것만 같았다. 나는 숨을 죽이고 그를 응시했다. 그러나 두 사람은 잠깐의 휴식을 끝내고 산속으로 가기 위해 돌아서고 있었다.

7월의 더위는 산등성이에서 뒤척이다 못해 자꾸만 계곡 아래로 포개져 내려갔다. 정말 낮 더위는 주먹으로 친다면 밀가루 반죽처럼 자국이라도 남을 듯이 응어리지고 있었다.

나는 그들과는 약간의 거리를 둔 곳에서 송충이를 잡기 시작했다. 산 전체가 송충이가 번식하기에 알맞은 남서면을 향해 있고, 나무 역시 거의가 20년생 안팎쯤이었으므로 심한 가피기(加被期)에 있었다. 두 사람은 5월부터 송충이잡기에 몰두해 온 탓으로 손놀림들이 빨랐다. 그들은 서로 마주 서서 일하면서도 해질 무렵까지 말 한마디 주고받는 걸 볼 수 없었다. 다만 정 노인 편에선 때론 쉬기도 했지만 펄은 잠시도 쉬는 기색이 없었다. 뿐만 아니라 다른 가해주(加害株)를 찾아 옮아갈 적에도 뛰어가곤 했다. 그것은 그의 습성인 듯했다. 그리고 꼭 회초리로 풀섶을 때리며 다녔다. 그것을 보자, 이 산엔 유독 뱀이 많다던 정 박사의 말이 떠올랐다.

정 박사의 지프는 일곱시에 정확하게 산자락 아래에 나타났다. 그는 차를 저만치 산발치에 세우고 곧장 올라왔다. 차가 나타난 것을 본 두 사람은 팔이라도 꺾인 듯 풀썩 일손을 멈추었다. 그리고 나는 처음으로 '에메'라고 부르짖는 칼칼한 펄의 목소리를 들었다. 우리는 곧장 집 쪽으로 올라갔다. 그리고 낮 동안 마셔 두었던 더위를 길게 늘어뜨린 집 그늘 위에 토해 내며 덫에 걸린 세 마리의 짐승처럼 맥풀고 앉아 있었다. 정 박사가 바로 집 앞에 나타나자 펄은 벌떡 일어나 송충이가 가득한 비닐봉지를 쳐들고 웃기 시작했다. 정 박사는 우선 내 발치 아래 놓인 비닐봉지부터 보더니, 「산 공기란 지금이 가장 쾌적할 때지」 하며 허 웃었다. 그 동안 펄은 정 박사 앞을 떠나지 않고 여전히 턱 아래로 웃음을 칠칠 흘리며 비닐봉지를 흔들어 대는 똑같은 짓을 반복하고 있었다. 묘한 것은 그것이 보는 사람으로 하여금 부담감 같은 걸 안겨 주지 않는다는 것이었다. 정 박사 역시 조금도 귀찮다는 기색 없이 그때마다 「응, 오늘도 많이 잡았군」 하고 대답해 주었다.

우리들은 곧장 집 뒤편에 파놓은 구덩이 앞으로 갔다. 펄은 먼저 잽싸게 뛰어가더니 마른나무들을 안아다가 그곳에 던져 넣고 불을 댕겨 놓았다. 삭정이가 탁탁 튕기며 타오르자, 정 노인이 먼저 비닐봉지를 불 더미에 던져 넣었다. 금방 역기를 자극시키는 냄새가 우리들의 코 언저리로 묻어 올랐다. 구덩이엔 삭정이가 탄 알불을 안은 송충이가 뒤섞여 몸부림쳤다.

그것들은 그 격돌적인 충격에서부터 벗어나기 위해 몸 전체를 머리로 밀어 올려 쳐들고 참혹한 시련을 치르고 있었다. 나는 불현듯 그것들에게 소금을 뿌려 주고 싶은 알 수 없는 충동이 일어났다. 펄은 다시 뛰어가서 기다란 막대기 하나를 가져와선 정 박사에게 건네 주었다. 그것을 받아 든 그는 어쩌다 용하게 기어 나온 몇 마리의 송충이들을 차근차근 안으로 튕겨 넣었다. 송충이가 어느 만치쯤은 기어가는 것을 허용해 두었다가 안도감을 가져도 좋을 만한 거리에 미치면 비로소 막대기 끝으로 서서히 밀어 넣곤 했다. 그때 그는 입가로 섬뜩한 웃음마저 띠는 것이었다. 나는 오한을 느꼈다. 갑자기 그는 이 작업을 위해 산을 찾아오는 것일지도 모른다는 생각이 뇌리를 스쳤다. 나는 그의 허약성을 엿보는 것 같아 된장 그릇을 떨어뜨린 계집아이처럼 자꾸만 당혹해지는 것이었다. 더구나 내가 무참함을 느낀 것은 펄의 태도였다.

정 박사가 그런 알 수 없는 흥분에 싸여 있는 반면 펄은 깎아 세운 듯 초연하고 담담한 표정으로 그 모든 것들을 바라보고 있을 뿐이었다. 그 덤덤한 표정, 그것조차 정 박사가 즐기고 있을지도 모른다는 생각이 들자 나는 가슴이 시려 오는 듯했다. 불이 사그라지고, 송충이 시체들이 까맣게 타 부서지자 정 박사는 회초리를 멀리로 던졌다. 우리들 네 사람은 모두 얼굴이 발갛게 익어 있었다. 그때 정 박사의 왼손이 천천히 윗옷 안주머니 사이로 들어갔다. 그는 거기서 동전 몇 개를 끄집어냈다. 그러자 펄의 손이 반사적으로 내밀어졌다. 동전은 펄의 손바닥 위에서 정확하게 다섯 번의 소리를 내고 천천히 떨어졌다. 정 박사는 확인시키듯 그것을 아주 천천히 떨어뜨려 주었던 것이다. 그것을 받아 든 펄은 씩 웃었다. 그리고 곧장 집 앞쪽으로 뛰어갔다. 그의 베 잠방이가 땀에 허옇게 절어 있었다. 그들의 행동들이 기이한 느낌이 드는 것은 내 의식의 병적인 비약인지는 몰라도, 한 가지 확실하게 말할 수 있는 것은 정 박사라는 한 인간의 내면에 은밀히 잠복해 있는 그 혹독한 취약성에 대해서 나는 삭이기 어려운 울분을 느낀 것이다. 그는 손을 툭툭 털며 말했다.

「박 군, 내 차로 내려가지.」

펄에게서 받은 강렬한 인상으로 하여 나는 그날 밤을 거의 뜬눈으로 새웠다. 이튿날은 두 시간이나 앞당겨 산으로 갔다. 역시 정 노인과 펄은 산속으로 들어가고 없었다. 나 혼자 작업을 시작한 지 세 시간쯤이나 되었을 무렵 그들을 만날 수 있었다. 마침 그들은 개울에 엎드려 물을 벌컥벌컥 들이켜고 있었다. 건조하고 토박한 송림 사이를 흐르는 계곡 물을 보자 나도 금세 갈증이 일어났다. 정 노인이 나를 보자, 「나왔소?」라고 투박하게 내뱉었고 펄은 그냥 힐끗 한 번 보았을 뿐이었다. 그의 손엔 역시 어제처럼 비닐봉지와 회초리가 들려 있었다. 나는 그들이 개울에서 나서는 걸 기다려 그들보다도 더 걸신스럽게 물을 벌컥거리며 마셔 올렸다. 돌빛의 작은 개구리 한 마리가 그 물속을 까불까불 헤엄치고 있었다.

내가 고개를 들고 일어섰을 때, 펄은 나뭇가지에 걸어 둔 내 비닐

봉지를 바라보며 씩 웃고 있었다. 내가 잡은 것은 사실 펄의 것보다는 배가 넘었다. 내가 기를 쓰고 그것을 잡았던 탓이었다. 펄은 계속해서 나를 돌아보며 웃고 있었다. 나는 그 웃음의 저의를 알아냈다.

「네 봉지 열어. 나누어 줄게.」

그는 금방 그러지는 않았으나 몇 번인가 '어서'라는 재촉을 받고 마지못해, 그러나 재빨리 제 봉지를 열었다. 나는 거의 반을 그에게로 넘겨주었다. 예상했던 대로 나를 보는 그의 시선은 약간의 호의로 누그러졌다. 마침 정 노인이 보이지 않았으므로 나는 그에게 물어보았다.

「너 이걸 잡아서 뭘 하지?」

순간 그의 시선이 약간 막연해지는 듯했다.

「태우지예.」

「그래? 태워 뭘 하지?」

「가아지.」

후에 안 일이지만 그 '가아지'란 강아지를 말하는 것이었다. 그가 왜관(倭館) 어디선가의 고아원에서 이리로 올 적에 털이 빠지고 때가 묻어 처음의 모양을 거의 예측할 수 없을 정도로 헐어 빠진 장난감 강아지 한 마리를 안고 왔었더란 것이다. 아마 그것은 그에게 펄이란 이름을 지어 준 어느 외국 군인이 크리스마스 선물로 그에게 안겨 준 것쯤으로 짐작이 갔다.

그것이 지난봄 우연히 없어졌고, 그것을 잃었을 때 펄은 거의 미친 듯 막연한 시선을 하고 산만하게 산을 뒤지며 다녔고, 음식 그릇을 걷어차다간 문을 처닫고 방 안에 들어앉아 한쪽 물 그릇에 담긴 물을 다른 쪽 그릇에 옮기는 일을 하루 종일 지루하지도 않게 계속하곤 하였다 한다. 그를 달래는 데 정 박사가 개입되어야 했고, 돈을 주면 그와 똑같은 강아지를 살 수 있다는 걸 이해시키는 데 꼬박 일주일이 걸렸다는 것이다. 그것이 용하게도 펄에게는 송충이를 태움으로 해서 그 강아지를 살 수 있다는 것으로 간결하게 정리되어 있었다.

그날 역시 정 박사는 그 시간에 정확하게 산에 나타났다. 그리고 어제와 꼭 같은 순서로 작업이 시작되고 끝났다. 그리고 다섯 개의 동전이 펄의 손바닥에 떨어졌다. 그 후부터 나는 거의 매일같이 내가 잡은 송충이를 펄에게 반 이상이나 넘겨주었으나 그가 받는 동전의 수는 매양 다섯 개였다. 다섯 개, 그 다섯 개의 동전으로 어처구니없을 정도로 펄은 만족하고 있었다. 정 박사는 왜 다섯 개 이상을 펄에게 주지 않는 것일까. 펄은 불행하게도 다섯이란 수치 밖의 개념이 막연하다는 걸, 나는 병신스럽게도 거의 일주일이나 보낸 뒤에 알아낸 것이었다. 그러나 그 다섯이란 수치 개념 안에서의 모든 그의 행동은 철저했다. 아무리 급해도 다섯 번 이상은 심부름도 하지 않았다. 그는 다섯의 자기 정점에서 살고 있는 것이었다. 그는 자기의 체중을 전연 의식하지 않고 살 것이며 고독이란 그에겐 없을지도 몰랐다. 말하자면 정 박사는 적어도 하루에 한 번씩은 최대의 기쁨을 펄에게 하사하고 있는 것이었다. 그러나 웬일인지 나는 그게 착잡한 현실로 밀착되어 오지 않는 것이었다. 더군다나 나를 슬프게 만든 것은 정 노인이 자기의 술 때문에 저지르고 있는 그 엄청나고 치사한 도벽 행위였다. 그즈음 나는 하산하는 정 박사와 동행하지 않고 펄과 산속으로 다시 들어가 얼마간을 보내다 내려오는 수가 많아졌다.

펄은 산을 너무나 많이 알고 있었다. 그의 시선이 일단 닿는 곳에는 예외 없이 산의 정령들이 퍼덕이고 있었다. 내 눈으로는 도저히 볼 수 없는 산의 은밀스러움들이 펄의 시선에는 샅샅이 탐색되고 마는 것이었다. 어느 곳에서는 여러 마리로 엉킨 뱀들이 똬리를 틀고 있었다. 펄은 뱀을 유독 무서워하고 있었다. 나는 그의 얼굴이 하얗게 질리는 것을 여러 번 보았다. 장끼란 놈이 뒤뚱거리며 풀포기 사이를 포복하고 있거나 썩은 나무 둥치 속에 자리잡은 알자리가 있기도 하였다. 펄은 그런 산의 자질구레한 모습들까지도 놓치지 않고 뒤져 나갔다. 나는 언제나 그를 따라서만 이 산의 미묘한 감각을 체험할 수 있을 뿐이었다. 그가 그렇게 할 수 있는 건 잃어버린 장난감 강아지와 거기에 연결되는 추억 때문인 것 같았다. 그러나 해가 지면 우리는 집으로 돌아왔고 나는 산을 내려왔다.

산발치에 ㄷ면으로 가는 길과 ㅂ시로 돌아서는 길이 엇갈린 곳엔 꾀죄죄한 대폿집 하나가 먼지와 진흙탕물을 잔뜩 뒤집어쓴 채 길가에 외따로 처박혀 있었다. 나는 항상 그 지점에 오면 가슴을 울컥 치받쳐 올리는 도회의 회색 열기를 느끼었고, 때문에 한참씩이나 그 자리에 서 있곤 하였다. 거기서 목판 앞에 길 쪽으로 등을 돌리고 앉아 막걸리를 사발째 들이켜고 있는 정 노인을 자주 발견하는 것이다. 그리고 술을 마신 뒤에 일곱 개의 동전을, 변 사또에게 퇴짜 맞은 남원 관기 같은 그 집 주모에게 건네곤 하는 것도 보았던 것이다. 맨 처음 그것을 보았을 때 나는 그에게서 섬뜩한 귀기를 느꼈다. 그리곤 종내 무력감에 빠져 들어가 집에까지 가는 데는 상당한 시간을 소비해야 했다. 정 노인은 펄이 궤짝 속에 감추고 있는 동전을 훔쳐 내고 있었던 것이다. 펄은 오직 감추는 것으로 그 다섯 개의 동전과 인연을 끊고 있는 것이었다. 그가 고아원에서 배운 것은 오직 모든 것을 의심하고 모든 것을 감추는 것이었으리라. 감춘다는 일은 적어도 펄에게 있어선 최선의 수단이었던 것이다. 그러나 그에게 있어서 장난감 강아지 한 마리는 그의 집념이 강하고 비대한 그만큼 그가 상상할 수 없는 수치 개념 밖에서만 얼른거리고 있었으므로, 궤짝 속의 동전을 밖으로 쏟아 낼 용기를 얻지 못한 것인지도 몰랐다. 다만 그의 궤짝 안에는 올여름이 지나도 몇 개의 동전만이 남아 소리를 내줄 뿐일 것이었다. 하물며 그 궤짝은 녹슨 자물통을 물고 있었다.

내가 정작 정 노인의 행동을 욕하고 시정할 수 있었는데도 다만 질긴 슬픔으로 삼키고 만 가장 큰 이유는 설사 장난감 강아지를 살수 있는 돈이 모아진대도 펄이 잃어버린 것과 꼭 같은 것을 얻을 수 있을까 하는 것도 문제이겠거니와 또 그것에 펄이 만족해 버릴 경우그가 여전히 송충이잡기에 열을 올려 줄까 하는 의문 때문이었다.

나는 한 마리의 송충이를 따라 꼬박 두 시간을 지켜본 적이 있었다. 놈은 자기가 놓여진 자리가 어디든 일단 거절 반응을 나타내고움직이기 시작했다. 놈은 절대로 일정한 방향 감각에 의해서 움직이고 있지는 않았다. 다만 타성에 의해서 우둔하게 앞으로 기어가고있었다. 자신의 타성에 대해서 한 치의 반성이나 자제력을 발동하지않는 것이었다. 이상하게도 이 작은 벌레에겐 장애물이 의식되지 않고 있었다. 그 벌레가 1년 동안 64미터 내외 길이의 솔잎을 침식한다는 끔찍스러운 가해력을 가졌다는 것에 소름이 끼쳤다. 아무리 뒤집어 놓아도 그 권태로운 전진은 집요하게 계속될 뿐이었다.

나는 차차 가슴에 먹먹한 체증을 느끼기 시작했다. 나는 이들의유희의 차륜이 제발 어디선가 고장을 일으키고 한바탕의 소용돌이끝에 멎어 주기를 바라고 있을 수밖엔 없었다. 어떤 날 정 의사는 내게 말했다.

「나는 펄이 놈의 만족스러운 웃음, 그것이 굉장히 퉁명스럽지만그 등신스러운 웃음이 뿌듯한 포만감을 안고 있거든. 그 웃음을 보고서야 나는 하루의 일과가 끝났다는 안도감에 도달하지. 나는 늘병원의 환자들로부터 내 행동과 표정을 쉴 새 없이 탐색당하고 있다는 일종의 피해 의식에 사로잡혀 있어. 환자들은 자기가 직접 느끼는 환부의 차도나 감각보다 오히려 자기 침대를 회진하고 있는 내자신의 표정에서 자기 병의 차도를 암시받으려는 이상한 도착심에빠져 있더군. 사리가 분명한 대개의 사람들도 역시 그래. 이상한 함정이지. 그런 입장의 나에겐 남을 탐색할 수 있는 유일한 놈이 펄이지」라고 말했을 때, 나는 그의 목을 조르고 그의 목덜미에 불거져 올라오는 그 수치스러운 정맥을 보고 싶은 충동이 울컥 치밀어 올랐다. 나는 나 자신이 점점 깊은 수렁 속으로 빠져 들고 있다는 중압감에 싸이기 시작했다. 그리고 피로했다. 나는 정갈하게 정돈된 병원의 정원으로 되돌아가서 곁가지나 치면서 소일하고 싶어지기도 했다.

내가 산을 드나들기 시작한 지 꼭 한 달 만인 8월 중순께부터 장마가 들기 시작했다. 비는 그을은 ㅂ시의 시꺼면 건물을 종일토록 적셨고, 도시 변두리를 두리번거리는 개들에게선 비린내가 코를 찔렀다. 송충이 구제 작업은 비가 오는 동안 중단될 수밖에 없었다. 장마가 계속되는 동안 나는 병원의 정원만 돌보며 지냈다. 일을 마치면 간호사가 끓여 주는 커피 한 잔을 마시고 가볍게 병원을 나서는 단조로운 일과에 싸이기 시작한 것이다. 그 장마가 그치기 사흘 전, 보호자가 없는 어떤 수술 환자의 부축을 위해서 병원의 약제실 앞에까지 들어갔던 나는 그 약제실의 선반 위에 먼지를 보얗게 뒤집어쓴 한 마리의 장난감 강아지가 나동그라져 있는 것을 발견한 것이다. 그건 참으로 볼 모양 없이 찌든 것이었고 땟기가 땟기를 벗기고 있었을 만큼 오랜 것이었다. 순간, 나는 전류에 잡힌 사람처럼 삐쭉 서 버렸고 이마에 차 오르는 열기로 하여 시선이 흐려졌다. 나는 잠시 후 정 박사를 뚫어져라 바라보았는데, 내 시선의 기습을 받은 그는 금방 당황하는 꼬락서니를 처음으로 내게 보여 주었던 것이다.

정 박사의 표정은 그 후부터 자못 침울해졌다. 그는 정한 시간에 회진을 나가고, 또 방문한 환자들에게 청순한 몸짓으로 진찰하였다. 그리고 전화를 받고 그 전화의 벨 소리가 정원 밖에까지 선명하게 들려왔을 때, 나는 이 집 전체에 대해서 섬뜩한 전율을 느끼곤 했다. 또 정한 시간에 식사를 치렀지만, 그러나 여섯시 이후가 되면 그의 시계판 같은 생활은 흔들리기 시작했다. 그는 그 시간을 보내는 데 상당한 곤욕을 느끼는 듯했다. 간호사들에게 신경질을 부려 댔고 어깨를 축 늘어뜨리고 경리를 보고 있는 안경잡이 한 선생을 큰소리로 꾸짖는가 하면 슬리퍼를 소리나게 끌며 침울하게 어두운 복도를 오르내렸다. 그는 몰락하고 있는 것이었다. 사냥꾼의 불을 맞고 뒹구는 짐승처럼 분열의 상태를 거두어 쥐려고 안간힘을 쓰고 있었다. 그가 굉장한 고함 소리로 그의 아내를 불러 세웠던 날 오후, 비는 개기 시작했다. 장마에 젖은 건물들 위로 다시 축축한 더위가 내려앉기 시작했다.

이튿날 아침, 나는 부리나케 산으로 뛰어 올라갔다. 도대체 펄은 근 열흘 동안이나 계속된 장마 중에 어떤 몰골을 하고 방구석에 처박혀 지냈을까 하는 궁금증이 갑자기 나를 충동질했기 때문이었다. 그를 만나지 않고 지내는 동안 나는 의식적으로 그를 타인으로 생각하려 애써 왔었다. 그러나 그럴수록 비참한 기분이 들었다. 그에 대한 모든 감정을 억제하려 애썼다. 그러나 불가능했다. 그래, 나는 아침도 뜨는 둥 마는 둥 산으로 갔던 것이다. 뜻밖에도 산발치의 그 길목에서 초췌한 등을 바깥쪽으로 돌리고 앉아 술을 마시고 있는 정 노인을 발견했다.

나는 그대로 지나치려 했으나, 내 얼굴을 집요하게 물고 늘어지는 시선을 느끼고 돌아섰다. 자학과 연민이 찬 정 노인의 표정이 가득하게 내 정면을 바라보고 있었다. 순간 나는 하마터면 칵 소리를 지를 만큼 놀라 버렸는데, 그의 시선에 엉겨 붙은 강렬한 열기를 보았기 때문이었다. 나는 '아침부터 웬 술입니까'라고 묻고 싶은 걸 「오늘은 작업을 안 하십니까?」라고 묻고 말았다. 그러나 끄르륵 하는 트림 소리만 낼 뿐 대답이 없었다. 새벽부터 마셔만 대고 있었던 모양으로 내가 그에게 다가섰을 때, 몸에서 호박이 썩어 가는 냄새가 물씬거렸고, 등줄기에 붙어 있던 파리 떼들이 웽 하고 날았다. 나는 어떤 불길한 예감에 싸이기 시작했다. 펄의 신변에 무슨 일이 생겼을지도 모른다는 생각이 뇌리를 스쳐 간 것이다. 그때 정 노인이 떠듬거리기 시작했다.

「보래이 총각. 흐흐, 이럴 수가 있을까. 장마 간에 이눔아(펄)는 쉬
덜 않고 송충이를 잡아 모았지. 말려도 안 되고 쥐박아도 안 되길
래 처내삐려 놨지. 그놈이 어제 새북에 나가 해동갑이 돼도 안 들
어오길래 맘이 쓰여 흐흐, 이럴 수가 있을까. 글쎄 밤이 새도록 산
을 뒤진 끝에 바로 집 뒤에 죽어 자빠진 걸 봤으니, 아무리 천한 것
이지만 이럴 수가 있을까. 상한 데는 불알인데, 불알이고 머고 하
초가 부개띠겉이 팅팅 부어올랐어. 독사에 물린 거여. 그눔아 글
쎄 산속에서는 절대적으로 뒤 까놓고 똥 누지 마라꼬 때려 가며
타일렀디. 흐흐, 총각, 그눔아가 글쎄 도대처 그렇게 칵 죽을 수가
있을까. 내 소생이나 진배없는 그놈이 말이여. 이런 씨부랄눔의
일이 또 있을까.」

정 노인은 비로소 누런 콧물을 핑 풀어 던졌다.

나는 까물까물 사라지려는 의식을 가까스로 가누며 집까지 올라
왔다. 무거운 더위가 깔린 방에 그는 누워 있었다. 검은 보자기에 어
깨와 얼굴만 덮인 사신(死身)이 짐승처럼 누워 있었다.

그 유난히 큰 두 발이 힐난을 뿌리며 목침에 받쳐져 있었다. 두 발,
거기엔 아직도 채 식지 못한 펄의 집요한 체온이 그대로 묻어 있는
듯했다.

나는 문을 닫아 버렸다. 갑자기 모든 것이 끝나 버렸다는 적막감
에 휩싸여 들었다.

나는 끝내 문 앞에 주저앉고 말았다. 장마를 벗어난 숨가쁜 해는
벌써 중천에까지 기어올라서 이글거리고 있었다. 펄이 벗어 둔 검정
고무신 두 짝을 주워 들었다. 신 바닥에는 펄이 온 여름을 쏘다니며
묻혀 둔 황토가 더덕더덕 붙어 있었다. 나는 언뜻 엄지 손톱으로 신
바닥이 새카맣게 드러날 때까지 흙들을 후벼 내고 있었다. 펄이 버
리고 간 냄새가 거기 풍겨 있었다. 그 냄새는 나 자신이야말로 얼마

나 무기력하며 황막한 놈인가를 말해 주는 듯했다.

　나는 다시 ㅂ시와 ㄷ면으로 갈라지는 길목까지 내려왔다. '갑자기 어디로 갈 것인가'라고 나 자신에게 묻기 시작했다.

　다시 산을 돌아다보았다. 그 산은 어느새 기이하게도 솔포기 한 그루 없는 붉은 산으로 변모해 있었다. 그것은 묘한 착각이면서도 내 진실은 그 급작스러운 산의 변모를 뜨겁게 믿고 있었다. 나는 붉은 산으로 되돌아갈 수 없었다. 그래 ㅂ시로 뻗은 길을 바라보았다. 그 길은 도회의 회색 침울과 권태로운 낮의 열기가 내려앉고 있을 뿐이었다.

　나는 언뜻 하늘을 쳐다보았다. 그리고 한낮의 지열을 긁어 올리고 있는 해를 향해 커다랗게 입을 벌렸다.

(1972년)

마군우화(馬君寓話)

말더듬이 바로잡기

마규석(馬奎錫) 군이 화학섬유 제품 생산을 주로 하는 이 미성물산(美成物産)에 입사하자마자 그 자신이 은밀히 착수한 두 가지 일이 있었다.

그 하나는 소위 촌뜨기 근성을 훌렁 벗어던지는 일에 무진장으로 골몰했다는 것이다. 예컨대, 시민 회관 앞에 나붙은 뽕짝 조 가수의 선전 포스터를 비척거리고 쳐다보며 모잽이 걸음을 한다든지, 보신탕집에서 맥주를 큰소리로 주문하는 짓거리 따위를 그의 생활과 언어 의식 구조 속에서 깡그리 여과시켜 내고 뱃속에서는 아침에 먹고 나온 시판용 김치 깍두기가 떼굴거리고 굴러다녀도 커피는 블랙으로 마셔야 격이라든지, 소공동 골목 속에 숨어 있는 소문난 꼬리곰탕집이나 튀김집 같은 델 단숨에 엮어 외어 바칠 수 있다든지, 주대(酒代)는 그을망정 팁만은 현찰로 던질 줄 아는, 도회인의 유유자적한 풍모와 세속적인 허세를 그의 뱃심 속 깊숙이 채워 넣는 일이 그것이었다. 이건 누가 뭐래도 이 도회가 그에게 강요하는 무서운 진실이었다. 또 그 다른 하나는 사장에서 사환 계집애에 이르기까지 한 사람 한 사람의 인간에 대한 종횡의 탐색과 진단을 게을리하지 않는다는 것이었다. 그리하여 마 군의 두 달 만에 얻은 결론, 까놓고 말해서 한 사람의 영업 상무를 젖혀 놓는다면 전부 골이 텅텅 빈 놈들이란 것이었다. 이 정도의 체제라면, 병 앓는 개처럼 치사한 참을성으로 승진을 기다릴 수는 없는 노릇이었다. 가장 보편적이며 자명한 진리, 그것은 자기라고 해서 과장이나 상무가 못 되란 법이 없다는 사실이었다.

그래, 그는 시쳇말로 맨발로 뛰었다. 수첩에 깨알같이 박아 둔 친구들의 전화번호와 지성미를 풍기는 나약한 골격에 상대방에게 부담감을 주지 않을 정도의 적당한 깡마름, 그리고 설득력 있는 언어 구사, 대략 이런 것들이 밑천이 되어 주었다.

그는 덤비지 않고 차근차근 거래선을 개척해 나갔고, 그 실적은 영업 상무의 데스크 위에 착실하게 쌓여 갔다. 그러나 경리과에서 지불 받는 일일 거마비(車馬費)는 판매과의 다른 직원들처럼 아등바등 청구하지 않았다. 그것은 의식적이었다.

그는 무식한 사장의 약점을 알고 있었기 때문이었다. 사장은 필경 마 군의 거마비 지출고와는 엄청나게 역비례해서 상승되고 있는 판매 실적의 야비한 모순성을 무비판적으로 받아들이고 있을 것이며, 하여 그는 또 무비판적으로 좋아하고 있을 것이기 때문이다.

그는 거의 반년 동안을 그런 식으로 뛰었다. 그러나 잠시 주춤하지 않을 수 없었다. '두드려라. 그러면 열리리라.' 그러나 번지를 알고 두드릴 노릇이었다. 그는 목표물을 설정했다. 그것은 판매과장 오상철(吳相哲)이었다. 우선 이놈부터 잡아먹어야 한다고 어금니를 사리물었다. 오 과장은 회사의 수유리 공장 불출책임자로 있다가 본부 사무실로 발탁되어 온, 사무실 평균 연령을 훨씬 넘어서는 마흔세 살의 코가 납작하여 염치없어 뵈는 '말더듬이'였다. 그는 회사 설립 당시의 공장 사환으로부터 시작하여 판매과장에 오른 요령 없는 인간으로, 이런 사람 아래서 자기 같은 엘리트가 코를 징징 풀며 뛰어야 한다는 일이 뭔가 세상이 겉돌아 간다는 느낌이었고, 나아가서는 그 알량한 관록을 사서 이런 사람을 간부진에 발탁한 사장의 단순하고 우둔한 인사 관리부터가 글러 먹은 것이라고 마 군은 생각했다.

그러나 아직까지, 적어도 아직까지는 그런 문제에까지 반감을 노출시키는 만용은 삼가는 게 좋을 것이며, 또 그래 보았자 자기에게 돌아올 반대급부는 결코 유쾌할 수 없다는 것도 알고 있었다. 그러나 과녁에 일단 그를 떠올리고 나자 그가 말더듬이란 사실에 약간의 자조 증상, 즉 메스꺼우며 비루한 자기 혐오를 느꼈다. 그러나 미상불 어떤 형태로든 가해자의 입장에 서지 않으면 승진은 글러 먹은 일일 것이었다. 애당초 그런 마음부터 먹지 않음으로 해서 자기의 취약성을 합리화시키는, 끓는 물에 던져져서 아예 밀가루 수제비같이 굳어 버린 그런 졸부가 될 수는 없다고 생각했다.

마 군은 오 과장에의 접근을 시도했다. 그를 대폿집으로 유인하는 따위의 전근대적인 방법에서부터 그의 모교인 ㅈ고등학교 야구 대진표를 기억해 두었다가 서울운동장으로 끌고 가서는 옆에 바싹 다가앉아 땀을 찍찍 뿌리며 응원에 열중해 주는 따위의 전위적인 방법까지도 불사했으나, 늘상 고만한 선에서 머물 뿐 호락호락하게 밀착되어 오질 않았다. 그가 바싹 마 군에게 접근한 전환점을 이룬 것은, 서로 부담스럽지 않게 무안해하며 방사(房事)하는 일에 몇 번인가 동행하고 난 다음부터였다. 사실 알고 보면, 이런 치사스러운 인연 따위도 세상엔 더러 많이 있을 거라고 마 군은 생각했다. 한편으로 그런 자신에게서 이젠 거둬들일 수 없는 퇴락을 짙게 의식하는 터이었지만, 지금 와서 무력하게 물러설 수는 없었다. 아무튼 그 후부터 오상철은 걸핏하면 그와의 동행을 애쓰기 시작했다.

「어어이! 마구씩 씨, 나나하고 공장 재고 조사도 동행하겠소?」라고 묻는다든지, 「구씩 씨(그는 규 발음을 통 해내질 못했다), 거 왜

R백화점 저정 대대리 이있잖아. 오오늘 술 한잔 사겠다는데 나나하고 가같이 갑시다. 하한잔 짜 하고 드들어가지, 뭐」라는 등의 수작을 걸어오기 시작했던 것이다. 질질 끌려간다는 것이 이런 경우 자칫하면 상대방으로 하여금 개성 없고 머저리 같은 놈으로 추락당해 버릴 우려가 다분히 있음으로 하여 마규석은 어떤 땐 쾌히, 그러나 간혹은 단호히 거절해 보임으로써 그를 조금씩 무안하게 만들고 또 심리적으로 압박해 들어갔다.

그러나 반면 오상철이 없는 술자리 같은 데서 열심히 그를 비호하기 시작했다. 술기운이 콧잔등에까지 묻어 올라 게슴츠레한 눈이 된 회사의 동료들은 칭찬의 말이 떨어지기 바쁘게, 「당신 공자님 집 아래채에 세 들어 살았댔소?」「이봐요, 마 형, 그 말더듬이 속물 말이지?」라는 등의 반격이 부닥쳐 오게 마련이기 때문이었다. 그때 그는 「무슨 실례의 말씀을」 하면서 상대를 거들떠보지도 않고 일축해 버린다. 그쪽 역시 콧방귀부터 텅 하고는, 「이것 봐, 마 형 이 양반, 응 그렇지 마가라면 끅, 빼낸 양반은 아닐 테지마안, 끅, 좌우간 당신 사람 보는 눈 있는 줄 끅, 알았더니 끅, 이제 보니 영 그믐밤인데, 끄윽」 하며 마침 〈눈물의 씨앗〉의 마지막 소절을 토해 내느라고 목살을 비틀어 올리고 있는 작부를 밀어붙이고 그의 바로 코앞 좌석으로 누군가가 옮아앉게 마련인 것이다. 마 군은 다시 일갈하는 것이었다.

「이봐 정 형, 면종복배하려는 건 아니겠죠?」

「허엉! 이 사람아, 그 면종복배라는 게 도대체 하나에 얼마요?」

분위기가 이쯤되면, 지금까지의 오상철 판매과장은 금방 '그 새끼!'로 패대기쳐진다. 만약 그가 지금 이 좌중에 있기라도 한다면, 주저 없이 묵사발로 요절을 낼 듯, 좌중은 이유불문코 살기등등해지는 것이었다. 그러나 마 군은 그럴 때마다 덩달아 흥분을 끓여 올리지는 않았다. 아랫배의 살가죽을 축 늘어뜨리고 가슴에 묻은 흥분을 침전시켰다.

「그러나 나에게 있어 타인은 언제나 불만의 의식으로 작용하잖아
요.」

「몰라, 몰라, 나 그런 것 끅, 모르고 사는 놈인데, 그러나 그러나 말
야, 그 새낀, 아예 과장 레테르 마빡에 붙이고 내질러진 놈처럼 행세
하더라 이거야, 끄윽, 말단 사원 좋다 이거야, 그 새낀 말단 사원과
인간조차도 구별할 줄 모르는 끅, 눈더듬이더라 이거야」라는 식의
좌충우돌의 성토가 끝나 속이 후련해진 좌중은, 황소라도 잡아 금방
마당에 쓰러뜨려 놓은 칼잡이들처럼 돌연한 공복감을 느끼고 남은
술잔을 비우는 것이었다. 그러나 그런 술자리 같은 데서 얻어 낸 오
상철의 약점은 대개가 너무나 포괄적이며 추상적이기 마련이어서
소위 '오상철 축출 작업'의 결정타를 얻어 낼 수는 없었다. 다만 은연
중 과원들과 오 과장과의 심리적 유대 관계를 유리시켜 둠으로 해서
그가 거세될 때의 사내 분위기를 자연스럽고 긍정적인 것으로 밀착
시키자는 데 그의 속셈이 있을 뿐이었다. 아니래도 마 군은 그즈음
오 과장에게서부터 모종의 수상쩍음을 곁눈질당하고 있을 때였으니
까. 세심하게 그를 관찰해 본 결과 적어도 한 달에 두 번쯤은 주기적
으로 그 자신 혼자서 몇 시간 동안 슬쩍 공장에 다녀와선 시치미를
뚝 떼곤 하는 눈치를 낚아챈 것이었다. 그 이튿날쯤 마 군은 공장으
로 가보았고, 그래 생산부에 비치된 수불(受拂) 서류를 슬쩍 보면 적
어도 20만 원 내외에 상당하는 제품들이 오상철의 전결 사인만으로,
그것도 순전히 견본 전시용으로 출고 처리되고 있는 사실을 알아내
는 데 성공한 것이었다. 그 자신도 얼떨떨할 정도로 놀라 버린 것은
오 과장과 공장 수불계의 대담하고 저돌적인 야합이었고, 나아가서
는 너무나 빨리 찾아와 버린 승진의 기회에 있었다. 그러나 어차피
그것은 엄연한 현실로 그의 앞에 와 선 것이고 하여 그는 맘대로 기
뻐하였다. 그는 문을 찾았고 그리하여 열쇠를 손에 넣은 것이었다.

그러나 대뜸 경망스럽게 굴지는 않았다. 말하자면, 모든 걸 정확하게 할 필요를 느낀 것이었다. 그는 우선 공장의 염색부에서 일하는 공원 하나를 구워 삶아 놓은 나머지 오상철이 공장에 혼자 들른 것을 전화로 연락받았고, 그가 제품들을 택시에 싣고 가서 ㅂ아케이드의 Q상점에다 인계하는 과정까지를 엿보았다. 마 군이 회사로 돌아와 장부를 뒤져 본 결과 그 Q상점은 거래 명부에 올라 있지를 않았다. 모든 것은 명백해진 것이었다. 그러나 그는 다시 생각했다. 이 사실을 당장 사장에게 보고하느냐(사장은 모든 보고 사항이 서류로 만들어지기를 바랐고 그리하여 벌겋게 인장이 찍혀 올라온 최종 결재란에 흡사 지렁이가 가로 웅크린 듯한 자기 사인을 그려 넣기를 좋아했다), 아니면 그 아케이드의 젊고 예쁜 여주인을 한번 만나 본 후에 그렇게 하느냐가 문제였다. 전자의 경우 증거품이 없는 게 험일 수도 있을 것이었다. 그는 이튿날 Q상점을 찾아갔다. 그 친절한 여인은 오상철의 2호가 아니면 그 근사치에 맴도는 여인이라고 마 군은 얼핏 느낄 수 있었다. 마 군은 미성물산 제품들만 이것 저것 골라 샀고 영수증까지 받아 왔다. 이제 사장만 만나면 되는 것이었다. 그런데 그게 좀더 자연스럽게 이루어져야 한다. 그것은 매우 중요한 일이었다. 자칫하면 사원들에게 저속하고 야비한 인간으로 낙인찍힐 우려가 다분할뿐더러, 오상철이 아무리 무식하고 약삭빠르지 못한 말더듬이이지만, 어쨌든 그는 과장이다. 적어도 경영자가 그를 발탁했을 땐, 경영자의 눈으로 본 관찰과 계산이 있었을 것이고, 또 그만큼의 능력과 신임을 인정받았기 때문일 것이었다. 경영자의 눈, 그것은 때로 한 인간의 무서운 저력을 탐색해 내는 묘한 구석이 있는 것이다. 그리하여 마 군은 그 디데이를 사장이 장기 출장에서 돌아오는 날로 포착했다. 사장은 묘한 버릇을 갖고 있었다. 그는 장기 출장에서 돌아오면 적어도 이틀간은 신경을 곤두세우고 의심이 가득 찬 시선으로 회사의 경리 실태에서부터 판매 실적, 심지어 평소에는 거들떠보지도 않던 사원들의 몸매, 휴지통이 놓인 위치까지도 꼬치꼬치 지적해 내고 교정시키며 신경질을 부리는 것이었다. '그날이 바로 디데이다!'라고 마 군은 속으로 소리쳤다.

사장이 부산과 대구의 대리점 실태 조사를 끝내고 돌아온 바로 그날 저녁 느지막이 마 군은 사장 집으로 전화를 걸었다.

「대단히 중요한 사건을 보고드릴 수 있게 내일 출근 전에 회사와 좀 떨어진 곳에서 만나고 싶습니다」라고 마 군은 정중하게 말했는데, 저쪽에선 흠칫 놀란 듯 잠시 머뭇거리고 있다가 「좋아, 삼우빌딩 지하에서 여덟시에 만나기로 하지」 하고 전화를 끊었다. 이튿날 여섯시에 그는 일어났다. 「젠장, 날씨 한번 찢어지게 좋군」 하고 문을 열며 말했다. 언뜻 그러고 있는 자신에게서 약간의 구토증을 동반한 위화감을 느꼈지만, 그것을 재빨리 꿀꺽 삼켜 넣어 버렸다. 마 군은 아직 노총각이었으므로 마루 건넌방에서 밤낮으로 끙끙거리고 시험 공부에 열중하고 있는 중3인 동생을 족쳐서 셔츠를 다려 오게 하였고, 넥타이도 밝은 색으로 단정하게 매었다. 복장이 너절하면 상대의 주의력을 흐트러뜨릴 염려가 있기 때문이었다. 그에게는 오상철의 비행을 자수 놓듯 또박또박 고해 바쳐야 할 일이 바로 코앞에 있는 것이었다. 그는 깍두기 찌꺼기라도 잇몸에 끼어 있을 것을 염려하여 몇 번이나 입 안을 헹구어 냈다. 사장과의 약속 장소까지 택시로 갔다. 380원이 나왔다. 그까짓 것쯤은 아무것도 아닌 것이다. 금수강산에는 사장이 먼저 와 앉아 있었다. 갑자기 사장의 그런 모습이 처량해 보이기 시작했다. 안심하고 몰고 다니던 암컷을 느닷없이 담장을 넘어온 옆집 수놈에게 삽시간에 수탈당해 버린 허약한 수탉의 비애를 사장의 꾸부정한 어깨에서 느꼈던 것이다. 마 군은 일말의 동정심을 금치 못하였다. 그는 될수록 여유 있게 사장의 노독이 풀렸는가 묻고 온 가족의 건강에 대해서 두루 평안하심도 묻고(식모조차 물을 뻔하였지만) 난 다음, 요사이 날씨에 대해서 상투적인 투정을 잠시 늘어놓았다. 그때 사장은 벌써 지루한 듯 미간을 찌푸려 올렸다.

「말씀드리기 전에 사장님께 분명히 해두고 넘어가야 할 게 있습니다. 이것은 저의 일신상의 영전(榮轉)을 염두에 두지 않고 있다는 것과 평소 저의 인간 됨됨이가 이런 일을 즐겨 하는 놈으로 오해받을지도 모른다는 점입니다. 이번 일은 제가 평소 사무실과 공장을 오가면서 난 나대로 기업 전반에 대한 어설픈 진단과 평가도 해보던 나머지…… 가령 이걸 학구열이라고 곱게 보아 주신다면 고맙겠습니다만, 그러다 보니까 오 과장의 비행이 내 눈에 걸려든 것뿐입니다」라고 그는 제 딴엔 자기의 초연한 입장과 결코 남의 비행이나 두더지처럼 파고 다니는 치사하고 용렬한 놈이 아니란 것을 분명히 해두었다. 모든 것을 경청한 사장의 표정은 대뜸 심각해졌다. 엷은 경련이 사장의 얼굴을 훑고 내려 견골로 잦아지는 것을 마 군은 보았다. 상기된 얼굴을 들며 사장은 말했다.

「마 군, 그 동안 수고 많았어. 내 적절한 조치를 취하지」하고 분연히 일어섰다. 그때 마 군은 손가락을 맞대고 딱 소리 한 번 내고 싶었으나 그런 가벼운 처신을 사장에게 보일 수 없었으므로 참아 넘기고, 사장을 가볍게 부축하는 자세로 같이 일어서며, 「그자의 신변 조치보다 사내의 분위기를 위해서 신중하게 처리하심이 좋을 것 같습니다」라고 덧붙이는 것을 잊지 않았다. 마 군은 회사로 직행하여 출근부에 도장을 누르고, 가벼운 마음으로 거래선의 잔고품들을 체크하기 위한 일상 용무로 들어갔다. 오후 일곱시. 그가 회사로 돌아오자 과원들은 한 사람도 퇴근하지 않고 자리들을 지키고 있었다. 그때 그는 사무실의 광고용 흑판으로 시선이 갔는데, '금일 여덟시 영일옥에서 소연이 준비될 것인즉 판매과 전원 무위 참석 바람'이라는 게시가 나 있었다. 마 군은 짐짓 '올 것이 드디어 왔구나'라고 속으로 부르짖었지만 애써 태연할 수밖에 없었다. 싸가지없게 굴 수는 없는 노릇이었다.

　여덟시가 되어 모두들 영일옥으로 몰려갈 때까지도 오상철은 종내 나타나 주질 않았다. 그러나 곧장 술자리는 벌어졌고, 마 군 역시 입 딱 다물고 게걸스럽게 술잔이나 사양 않고 받아 마셨다. 오늘따라 중치가 메도록 흠뻑 취해 보고 싶은 심정이 되어 있었다. 그것은 그의 아랫배 밑바닥쯤에서부터 뼈 속 깊숙이 저미어 오는 연민 때문이기도 했다. 그러나 그 연민의 정이 아리도록 느껴 올 적마다, 여긴 서울 바닥이라고 막연하나마 간단없는 조심을 자신에게 주었다. 하여, 마 군으로 보아선 착잡하기 이를 데 없는 술자리가 거의 마무리져 갈 무렵, 문어 어깻살같이 허연 낯짝을 한 오상철이 나타났다. 그는 술자리에 숙연히 앉긴 하였으나, 소위 후래삼배를 사양하고 마 군 옆구리를 꾹 짚더니 밖으로 불러냈다. 그는 바쁜 대로 작부의 딸딸이에다 엄지발가락만 꿰고 뜰로 나서는 마 군의 귀에 대고, 「자잠깐 드드릴 말씀이 있는데 저기 저 건너 다다방까지 가실까요」라고 말했다. 마 군은 물론 취기가 없었던 것은 아니었으나 시선을 넌지시 들어 보니, 그 앞엔 으슥한 골목도 없었고 또한 사위가 대낮같이 밝은 터라 작당한 패거리들에게 뼈 부러질 일도 없겠다 싶어 「그래 볼까요」 하고 뱃심 좋게 내뱉곤 제 앞서 뚜벅뚜벅 길을 건너갔다. 뒤에선 작부가 하나 요기(尿氣) 등천하는지 「애, 옥순아, 내 딸딸이」 하며 악을 바락바락 긁어 올리고 있었다.

　자리를 잡고 앉자, 마 군이 먼저 「우리 시원한 것 한잔, 오렌지로 합시다」 하고 레지를 돌려보내고, 코 납작한 말더듬이를 도도히 바라보았다. 주저스러운 표정을 몇 번인가 교차시키고 있던 오상철이 드디어 결심한 듯, 바지 주머니를 부스럭거려 흰 봉투 하나를 꺼내더니 그걸 마 군의 엽차잔 옆으로 더듬거리며 밀어 올렸다. 거기에는 분명 사장의 사인펜 글씨로 '馬奎錫兄 送別金(마규석 형 송별금)'이라고 씌어 있었다.

「사장님께서 약속한 대로 받아 주었으면 고맙겠다고 그렇게 전하라더군요.」

「아아니? 이이게 무슨 뜻이죠? 혹시 뭐뭐가 잘못됐는가 본데?」

갑자기 마 군은 말을 더듬기 시작했다. 순간 오상철의 표정이 약간 상기되면서 고개를 좌우로 결연하게 내저었다.

「너무 깊숙이 개입을 하셨더군요.」

오상철은 이렇게 허두를 떼고는 오른손바닥을 위로 올려 활짝 편 다음, 왼손의 명지로 그 새끼손가락을 톡톡 치면서 말하였다.

「그 Q상점의 오 여사로 말하면, 사장님의 요고란 말예요. 요고 아시죠? 요새 돈 많은 사람들 으레 하나씩 덤으로 갖고 있는 것 말예요.」

오상철은 용하게도 말 한마디 더듬지 않고 있었다. 마 군은 척추가 각목처럼 쭈뻣하게 굳어졌고, 하여 순간적으로 상대의 따귀를 힘껏 후려치고 싶은 충동이 불같이 일어났다. 그가 조금도 더듬지 않고 있다는 사실이, 수음하다 들킨 때처럼 깊은 모멸과 공허한 배반감을 그에게 안겨 주었기 때문이었다. 그러나 마 군은 갑자기 시선이 흐릿하게 막혀 옴을 의식했다. 그가 고개를 들었을 땐 이미 오상철은 자리를 뜬 뒤였다. 11시 30분. 그는 밖으로 나왔다. 시간에 쫓긴 마지막 차량들이 쫓기는 졸개들처럼 기를 쓰고 시외로 빠져나가고 있었다. 마 군의 집은 모래내 쪽이었다. 마침, 그쪽으로 가는 버스 한 대가 앞에 지나가고 있었으므로 그는 재빨리 손을 쳐들고 소리 질러 댔다.

「어어이, 스스톱 스토웁!」

그는 차를 따라 냅다 뛰기 시작했다. 그러나 버스는 정지는커녕 로터리를 획 돌아서자, 꽁무니에 불 단 짐승처럼 더욱 기승을 떨며 달려가고 있었다. 마 군은 갑자기 자기가 나무로 만든 밤귀신처럼 느껴져 얼른 팔을 내리고 말았다. 그러자 정말 온몸이 굴비짝처럼

마군우화(馬君寓話) 73

굳어져 오는 것 같았다. 멀리서, 이 큰 도회의 밤을 독차지한 네온사인들이 거대한 어둠을 경멸시키며 짓까불고 있었다.

사팔뜨기 바로잡기

마 군은 그의 형, 즉 마규달(馬奎達) 씨를 경멸한다. 그것도 직장이라 할 수 있다면 그의 형은 고향의 면사무소 농산계 서기다. 간혹 홀아비인 그들의 아버지가 벌이고 있는 싸전에나 나가 철딱서니없이 뒷박이나 밀어 주면서 시골 구석에서 정강이 접치고 사는 형을 볼 적마다, 어쩔 수 없이 시동이 결정되어 버린 한 인간의 무모한 타성을 뼈아프게 느끼곤 한다. 더군다나 그의 '사팔뜨기' 얼굴을 대할 적마다. 마 군은 팽팽히 당겨 놓았던 일상적인 긴장이나 주의력이 아주 회화적인 파문을 지으면서 무산되어 버리는 데 견딜 수 없는 수모 같은 것을 느끼기 마련이었다. 고장난 조리개를 연상시키는 그 치사한 시선을 보고 섰을라치면 그 자신부터 어떤 막연한 당혹감에 빠져 버리곤 함이 아주 싫었다. 신명난다거나 청승맞다거나, 단 두 가지 의사밖에는 묻혀 올릴 줄 모르는 그 표정만 보더라도 그가 얼마나 단순한 생활 개념 속에서만 살고 있는지를 모로 누워 봐도 짐작하고 남는 일이었다. 그리하여 나중엔 이 '형'이란 어휘 자체에 대해서도 곤욕을 느끼는 입장이 되어 버렸다.

그 형이 이번에 상경한 것이었다. 그것은 좀처럼 없었던 노릇으로서, 말하자면 아버지의 급작스러운 발병이 그 계기였던 것이다. 마 군이 미성물산에서 밀려난 지 보름인가 지난 뒤에 아버님께서 위독하시다는 전보가 날아든 것이었다. 그날만은 왠지 마 군은 초저녁에 집에 당도하였는데, 건넌방에서 고입시(高入試) 때문에 요즘 밤을 거의 꼬박 새우다시피 하여 열흘 굶은 거위 꼴이 된 동생이 벌써 그 전보를 받아 쥐고 눈두덩을 쥐어짜고 앉았던 터였다. 마 군은 3년 전

74

에 뵈었던 아버지를 연상해 보았다. 상고머리의 좁은 이마에 걸려 있는 그 고집스러운 주름살과 관자놀이 아래로 몰염치함을 느끼게 하는 근육이 상금도 두툼하여 넉살 좋은 건강을 유지하고 있던 아버지가 위독하다는 것이다. 마 군은 힘주어 당기던 문에서 고리만 쑥 빠져나올 때처럼 낭패와 공허를 함께 느끼었다. 불의의 일로 미성물산에서 밀려나긴 했지만 아니래도 그는 한 번의 하향을 작정하고 있던 참이었다. 회사 재직시 화공약품 거래업자 몇몇들과 친분을 터논 입장이었고, 또 약간의 형사적인 모험이 수반되는 조건들을 잘 요리해 나간다면 돈도 모을 수 있는 여지가 엿보이는 사업임을 알고 있었다. 하여, 아버지에게서 우선 6, 70만 원만 얻어 낼 수 있다면 혼자서라도 기업체 하나쯤은 일으킬 수 있지 않을까 하는, 허황하면서도 그러나 곰곰 생각하면 얼마든지 현실적인 가능성을 갖고 있다는 점에서 마 군의 전신은 또다시 점화의 불길이 뜨거웠던 거였다. 코흘리개 수리공 하나 데리고 있는 자전거포 주인도 다방에 가면 다 사장으로 불리는데, 그만한 자본이라면 그따위 사장 뺨 치고 돌아가도 멱살 쥘 내 아들놈 없을 거였다.

　아버지에겐 상당한 돈이 있다. 그러나 철저한 세월과 치사하게 싸워 온 그의 아버지와 같은 무식한 시골 상인에게는 특유하고 맹목적이며 무딘 수전노 의식이 깊이 뿌리박혀 있음을 마 군은 안다. 그 '유휴 자본'을 따내려면 뭔가 드라마틱한 계기가 있어야 쓰겠는데, 하고 그는 지금 막 벼르고 있던 판국이었다. 마 군은 지체할 것 없이 후딱 밤차를 탔다. 이튿날 그는 느끼하게 쉰 기운이 감도는 시골 거리의 새벽 공기를 마시며 중앙곡물상회 앞까지 비교적 빠른 걸음으로 걸어갔다. 진흙탕물을 잔뜩 뒤집어쓴 채로인 가게 문 한편엔 '외상 사절'이란 형의 치졸한 글씨가 새벽 어스름을 비집고 들여다보였다. 그는 언뜻 요의(尿意)를 느끼고, 골목 어귀의 하수구에다 후련하게 오줌 줄기를 쏟아 부었다. 문을 열고 들어서니, 형이란 작자는 이맛살을 한물간 상어 가죽처럼 쭈그러뜨리고, 굴신 못하는 아버지 머리맡에 덤덤히 앉아 있었으며, 형수는 시골 여자들 특유의 채신머리대로 콧물을 오질 앞에 징징 풀어 대며, 아무짝에도 효험 없을 밈죽이나 좋이 달여 나르고 있었는가 보았다. 그런 답답하고 숨통 막힐 짓거리들이 마 군의 시선에 와 박히자 반사적으로 뒤통수께가 핑 하니 당겨지면서 전신의 신경이 곤두서기 시작했다. 그는, 담(痰)을 긁어 올리느라 견골께가 쿨렁이고 있는 아버지를 적이 내려다보다 말고 말했다.

「형님, 어쩌자고 이 지경으로 만들어 놨소?」

「……」

「글쎄, 시골 의사란 게 정말 의산 줄 알고 이 늙으신 분을 눕혀 놓고 이렇게 버티고 앉아 있는 겁니까?」

사실, 마규달 씨는 버티고 있는 상태라고 말할 수는 없었지만 그는 동생의 이 말이 떨어지자 돌 맞은 암캐처럼 움칠하여 다시 몸을 사려 앉았다.

「그게 뭐예요? 빚이나 받으러 온 사람 모양으로.」

형은 이제 더 이상 어떻게 할 도리가 없을 정도로 주눅이 들어, 앉은 자세가 아주 거북살스럽게 되어 버렸다.

「그리고 병간호란 것도 그래요. 밈죽이나 끓여 나르며 차도를 기다리는 그런 전근대적인 사고 방식, 이제 좀 버릴 때 되었다는 생각 못해 봅니까? 아, 좀 좋으냐구요, 내가 서울에 있잖아요. 고속도로가 바로 코앞에 나자빠져 날 잡아 잡수 하고 엎드려 있겠다, 택시 한 대 대절하면 그냥 스트레이트로 서울 일류 종합병원에 입원시킬 수 있다는 생각 왜 좀 못해 보나요.」

마 군은 흥분 탓으로 여윈 손잔등에 경련조차 일었다. 그것을 본 형은 척추를 더욱더 앞으로 구부러뜨리고, 그러나 한마디 변명을 늘어놓지 않을 수 없다는 듯, 「원청 어른네가 못 가시겠다고 고집이시니 낸들 무슨 방도가……」하며 말끝을 감아 삼켰다. 마 군은 콧방 귀부터 텅 하고 나서, 「내 얘기가 바로 그겁니다. 어른들이란 조약으로 등창 치료하던 습관 남아 있는 것 누가 모릅니까? 또 노인네들이란, 안 하시겠다고 고집하시는 것일수록 하고 싶어하는 것이란 것쯤 알아먹어야지요.」

마규달 씨는 다시 중언부언할 말이 없는가 보았다. 그는 주머니를 주섬거리며 뒤져, 금잔디 한 개비를 꺼내 입에 가져가다 말고 흠칫 놀라 일어서서 밖으로 나갔다. 정강이에서 우두둑 소리가 나는 걸로 보아 아마 심통깨나 나 있긴 한 모양이었다. 환자인 아버지도 두 아들의 대화를 해수(咳嗽)가 끊기는 간간이 흘린 콩 주워 담듯 실눈 감은 채로 듣고 있었는데, 딴은 바닥 훤한 데 나가 뒹군 놈이 속 한번 탁 틔었다고 생각하는 바였다. 그것이 감탄스럽기도 하고, 또 새벽 같이 달려온 둘째 놈이 대견도 하여 어리광 비슷한 마음도 생기는 터라, 끙 소리 한 번 가슴속에 굴리며 모잽이로 돌아누웠다. 이불깃에서 느끼하고 서늘한 쉰 내음이 풍겨 왔다.

마 군은 마루로 나가 택시 정류소로 전화를 걸었다. 근 5분 정도 신호가 계속된 다음에서야 새벽잠에 감긴 목젖을 훑어 내느라 서너 번이나 헛기침을 토해 내더니, 「누굴 찾나요?」라고 대답했다. '이런 망할 촌것들의 전화 받는 태도란', 마 군은 심사가 뒤틀렸지만 꾹 참고 말했다.

「서울까지 갈 테니까 기름 만땅구 넣어 가지고 중앙곡물상회로 와 주시오. 아, 여보시오. 지금 요금 흥정할 시간 없어요. 오기나 빨리 와요. 당신들하고 입씨름할 입장 못 되는 사람이오.」

마 군은 전화를 끊고 형수를 불렀다. 부엌 문설주 뒤에 숨어 시동생 하는 양을 훔쳐보던 형수는 소스라치게 놀라 시동생 앞으로 걸어 갔다. 속옷 아래로 드러난 형수의 아랫종아리가 회갈색으로 메말라 있었다. 그것은 이상하게 엷은 비애를 느끼게 해주는 것이어서 마 군은 음성을 조금 누그러뜨리고 「서울 갈 준비 서두르세요. 형수가 따라가도록 하세요」라고 일렀다. 그리고 그는 방 안으로 들어갔는데, 방 아랫목 구석에서 콧물을 열 발이나 빼물고 앉아 뽀빠이 과자를 먹고 있던 다섯 살배기 조카란 놈이 발딱 일어서면서, 「야, 울 할배 택시 타고 서울 간다」라고 소리 질렀다. 그러나 누구 하나 대거리해 주는 사람 없자, 대뜸 야코가 죽어 문고리를 잡고 삼촌 눈치만 살폈다. 마 군은 백 원짜리 한 장을 꺼내 그놈 앞으로 풀썩 날렸다. 죽은 듯이 누워 있던 환자는 언제 그것을 보았던지, 「경성엔 지폐도 흔쿠나」 하고 끄르륵 담을 끓여 올렸다. 그사이 차는 집 앞에 와서 붕붕거렸고 마 군은 어름서름할 것 없이 아버지를 들쳐 업어 차에 태웠다. 형은 넋 띄운 사람처럼 엉거주춤하니 길모퉁이에 서서 동생하는 양을 바라보고 섰더니, 정작 마누라도 같이 차에 오르자 그제사 수탉처럼 쭈르르 수선을 피우며 달려와서는 뒤 차창을 다급하게 두드리며 일자 소식 어쩌구 하고 마누라에게 당부하였다. 마 군은 뒤 돌아보지 않고 운전사를 재촉하여 쏜살같이 달려와 버렸다. 그러나 막상 외기를 쐬자 아버지는 심한 기침을 토해 내기 시작했다. 공연한 허세로 오히려 늙은이를 그르치지 않을까 하는 염려가 없지는 않았으나 이왕 내친걸음이었으므로 운전사를 재촉할 따름이었다.

아버지가 겨우 엷은 수면에 잠기자, 마 군은 예의 수첩을 꺼내 들었다. 몇 장을 뒤진 끝에 그는 대학병원에 근무하는 고등학교의 동기 한 녀석을 찾아내는 데 성공했다. 녀석은 피부비뇨기과 근무였으나 입원 수속에서부터 입원비 깎는 일, 전망 좋은 방을 구해 내는 자질구레한 일까지 도맡아 해주어서, 마 군은 흐뭇하였고 아버지께 체면도 세웠다. 입원한 지 일주일 되는 날부턴 호흡부터 정상으로 되돌아갔다.

병은 매우 빠른 속도로 회복되어 갔다. 보름이 지나자 병기는 씻은 듯이 가시게 되었다. 내일이면 퇴원해도 좋다는 담당 의사의 통

고를 받고 집에 돌아온 날 저녁, 형이 서울에 도착했다. 건넌방에 있던 동생이 대문을 끄르다 말고, 「어이! 작은형, 큰형 왔어」하고 게걸게걸 소리 질렀던 거였다. 마 군은 마루로 나가면서 「형 와요?」하고 건성으로 말하고 그냥 섰는데, 마규달 씨는 마당 가운데서 또 담배라도 찾는지 주머니를 뒤지며 서 있었다.

「도대체 뭘 하고 있어요? 고양이 새끼들 모양으로 담 밑에서 사람
   만날 작정이세요?」

마 군은 다시 부아를 퍼부었다. 건넌방께로 시선을 주고 있는 것으로 보아 형수나 조카 녀석을 찾는 모양인데, 약삭빠른 막냇동생이 그 눈치 얼른 채고는 입원실 시중 때문에 병원에서 먹고 잔다고 대충 외어 바치고 있었다. 그제사 형은 마루로 올라섰으나 동생 방으로 건너가서 아버지의 근황에 대해서 미주알고주알 캐어묻는 모양인데, 마루가 격하여 마 군 방까진 잘 들려오질 않았다. 마 군은 불현듯 자기가 형에게 그토록 냉담하게, 그리고 그토록 면박해야 할 아무런 실제적 건덕지나 까닭도 없다는 데 생각이 닿았다. 이상하게 굳어져 있는 형에의 가해 의식, 또 그런 면박을 주는 쪽이나 받는 쪽이 너무나 천연스러움으로 굳어져 있다는 사실이 가벼운 불안으로 그를 엄습해 왔다.

사실, 마규달 씨로 말하라 한다면 그는 절대로 동생이 두려운 건 아니었다. 막연하긴 하지만 동생 앞에 서면 오히려 자기 편에서 선명한 차단성을 느끼는 터였다. 자기가 사팔뜨기란 사실의 다행스러움이 유독 동생을 만나면 명백하게 의식되어 오곤 했는데, 그것은 양미간에 똑바로 박힌 동생의 비릿하고 무모한 냉기로 찬 시선에 맞닥뜨릴 적마다인 것이다. 언제부터인가 그는 동생 일방에 의해 그 자신 전부가 무자비하게 좌절당해 버린 것 같은 어처구니없는 피해 의식을 갖고 있을 뿐이다. 그것은 자기가 동생을 사랑하고 있다는 마음이 간절할수록 더욱 그러하였지만, 동생 마규식의 입장에서 볼 때

형은 어디까지나 머저리에 속하는 인물일 뿐이었다. 그것은 아버지 앞에서도 늘상 그러하였다. 아버지의 퇴원 수속을 치르느라고 서무 과와 담당 의사를 찾아다니는 둥 하는 중에도 형은 형수에게는 시선 한 번 주는 법 없이 간호사가 갖다 주는 의자도 사양하고, 병실의 그 무미건조한 흰 벽을 배경으로 서 있는 품이 흡사 외국 선교사가 조 리개를 잘못 맞춰 찍은 이조 말엽의 우체부 사진 같아, 마 군은 어쩔 수 없이 그를 무시하는 눈초리를 다른 사람들에게 보일 수밖에 없는 거였다. 형수 편에서도 아이 달래랴, 시아버님 시중들랴 하는 중에서 도 오랜만에 만난 남편이라 치사한 것 가릴 것 없이 괜히 콧잔등을 치근거려 콧물을 짜내선 치맛자락에 팽팽 풀어 대는 것으로 하소연 을 대신하고 있었는데, 그녀는 그 짓에 대한 간호사의 주의도 들었지 만 그녀 편으로 봐선 사당년이 아니고서야 호들갑스럽게 손수건을 갖고 다니며 닦고 자시고 할 수 없다고 생각하고 있었으므로 주위에 대한 부끄러움은 없었다. 마 군은 그런 형 내외의 몰골과 처신의 우 스꽝스러운 꼬라지를 볼 적마다, '내 고향이 저기인가'라고 생각하는 것조차 싫어지는 거였다. 피부비뇨기과에 있는 친구 녀석이 정문까 지 따라 나와 깍듯이 배웅하고 돌아서는 길에 마 군에게 귀엣말을 씨부렸는데, 「여, 너의 형 참 무던하신 분이구나」라고 말했을 때, 그 는 관자놀이가 뜨거웠다. 더욱이나 아버지를 일단 집으로 옮겼을 때, 마규달 씨는 다시 아버지 머리맡으로 가서 예의 꾸부정한 자세를 취 하며 앉았는데, 그것을 본 마 군은 이젠 허탈감에 빠져 버린 것이었 다. 그러나 아버지는 이제 누워 계시는 것엔 신물이 날 정도로 건강 이 회복되어 있었으므로 아직도 병자 취급인 아들의 태도가 오히려 비위에 거슬려, 「인제 괜찮다. 니 일이나 봐라」 하며 손을 내저었다. 그의 회춘은 온 가족들을 기쁘게 했다. 마 군은 적어도 내일쯤은 아 버지께 그 '자금' 건을 이야기하기로 맘먹었다. 내침을 당하여 마루 로 나오는 마규달 씨의 얼굴도 기쁨으로 상기되어 있었다. 그는 마루 귀퉁이에서 서성거리는 마누라 옆으로 가서 슬쩍 꼬집었다.

「왜 그래여?」

「오늘은 나가 자자.」

「나가 자요? 워디로?」

「내 아까 들올 때 봤는데, 바로 요 앞 골목 앞에 여인숙 있드라.」

「아이고, 망측도 해라. 집 나두고 여우 새끼매로 워딜 가여?」

「이런…… 내 말끼 몬 알아먹나?」

그녀는 남편의 이맛살에 불그스름하게 서린 철딱서니없는 욕기를 읽고 생전 없던 부끄럼을 느낀다. 남편의 그런 느닷없는 제안이 결코 싫은 건 아니었다. 그러나 그녀는 다그쳐 물었다. 뭔가 확인하고 싶은 마음이 된 것이었다.

「인제 머라 캤닌교?」

「귓구마리 막했나? 내 말끼 아즉 몬 알아먹었나?」

「아버님 저렇게 나두고 어딜 가여? 짐작 없게.」

그녀는 이렇게 말하며 마규달 씨의 옆구리를 꾹 꼬집었다. 남편은 입이 열 발이나 빠져 열없게 돌아섰다. 그때 문이 열리며 마 군이 마루로 나타났는데, 형수는 못된 짓거리 하다 들킨 아이처럼 얼굴이 홍당무가 되어 뜰로 나갔다. 마 군이 마루로 나온 건 그들의 대화를 진작부터 방에서 다 듣고 있었기 때문이었다. 하여, 그는 이 짐작 없는 형에게 한마디 안 할 수 없었던 거였다. 잡은 개구리 놓친 놈 형상으로 서 있는 형을 향해 그는 말했다.

「형님, 이젠 좀 사리 판단도 할 줄 아세요.」

그때, 형은 놀랍게도 동생 앞에 허리를 곧바로 세우고 단호히 말했던 거였다.

「이런 좋은 날 한번 안 하고 언제 하노?」

순간, 형의 눈동자가 양미간에 똑바로 박혀 들어가는 걸, 마 군은 보았다. 그런 형의 얼굴 두 눈에서 마 군은 말할 수 없는 신선한, 가을날 새벽 우윳빛 안개에 잠긴 녹색의 배추밭처럼 시리도록 신선한 한 인간의 진실이 도사리고 있음을 보았다.

우리들의 마 군은 드디어 교활한 그의 전의가 어깨쯤에서부터 벗겨져 내려가는 허탈감에 빠져 찬물 먹다 체한 때처럼 아득해지는 시선을 발 아래로 떨구었다.

(1973년)

체류일기

아침 6시 50분. 나는 눈이 떠졌다. 궤철(軌鐵)을 할퀴고 내닫는 기차의 굉음이 다시 정확한 시간에 내 가슴을 번쩍거리고 스쳐 간 것이다. 그랬다. 지금껏 그 소리는 들려왔었던 게 아니고, 번쩍거려 왔었다. 그 굉음은 아침마다 나를 위협해 오며, 그리하여 내 숙면은 깡그리 침해당하고 쓰레기의 퇴적으로 생긴 좁고 낮은 공지에 위치한 이 집을 숫제 깔아뭉갤 듯한 기세로 질주해 왔던 것이다. 굉음이 사라지면, 밤에 가라앉았던 퀴퀴한 쓰레기 냄새가 뱀처럼 일어서서 집집마다의 담장을 스름스름 기어 넘어왔다. 말하자면 나는 잠에서 깨어나는 길로 우선 그 냄새부터 한입 가득히 견골이 패도록 마셔 넘겨야 하는 고역을 치른다.

집을 옮겨야 한다. 이건 내 지상의 목표이기도 하다. 그러나 나는 픽 하고 웃었다. 시방 이 집도 누가 눈깔 뒤집고 비키라고 한다면 피신해야 한다. 나는 인형처럼 눈을 내리깔고 그 변덕 많은 아내와 누더기의 아이들과 다소곳이 어울려 당장 노숙하지 않으면 안 될 터이니까. 나는 내 아이들을 두 개라는 수치의 개념 밖으로는 생각 두어 둘 자격이 없다고 자신에게 다짐해 왔다. 그 아이들과는 벽 하나를 격하여 살고 있다. 그런데 그 얼굴들을 마주 바라본 지가 벌써 이틀이 넘는다. 그들을 노숙에서 구해 주는 이 곁방살이는 내가 이 집의 가장이라는 질서를 유지시켜 주는 최후의 보루이다. 내 주민등록증이 내게 나를 확인시켜 주는 가장 구체적인 보루가 되듯이. 그래 나는 참아야 한다. 내 위벽쯤은 칵 긁어낼 듯한 저 기차의 너무나 위협적인 굉음을 감수해야 하는 것이다. 그런데 그놈의 기차는 비가 오나 눈이 오나 6시 50분을 용하게 맞추어 집 앞을 지나간다. 그 6시 50분의 위협은 후두골에 발기되는 종기처럼 아침마다 생소한 두려움 속으로 나를 쳐 빠뜨리고, 그래 나는 주체할 수 없는 곤욕을 겪지 않으면 안 된다.

잠이 깬 나는, 삐딱하니 팔을 꼬고 엎드려 벽에 걸린 달력을 본다. 거기 훌렁 벗은 상체의 물먹은 털을 자랑하며 포즈를 잔뜩 째리고 선 건 나훈아다. 그놈 시원스럽게 웃는다. 물론 그 촬영 기사란 놈이 시원스레 웃으라고 졸라 댔겠지. 그런데 분식날이다. 분식날이라고 해서 그것이 내 일상엔 아무런 우려도 갖게 하지 않는다. 왜 그것이 내 일상에 아무런 우려도 갖게 하지 않는 걸까. 왜 토요일이란 생각*보다 분식날이란 생각이 먼저 날까. 묘한 착각이다. 그건 그렇고, 나는 출근을 해야 한다. 그런데 나는 아직 자리에 누워 있다. 내가 어젯밤 들어왔을 때 입을 헤벌리고 자던 아내는 없다. 그 헤벌린 입 안 저 깊숙한 곳엔, 이 치사한 남편과 더불어 이룩된 슬픈 자기 몰락과 그리고 가난이란 처지를 그런 식으로 시위해 둠으로 하여 나를 더욱더 수치스럽게 만들려는 복수 심리가 엿보인다. 살이 뻐근해 온다. 굉음(宏飮)하고 돌아와 방에 발만 붙였다 하면 쓰러져 자는데, 이놈은 늘 아침결에야 생색을 내고 곤두선다. 아직은 내가 영 글러 버린 폐인까진 가지 않았다는 걸 그것은 때때로 내게 확인시켜 준다. 옆방에서 책 읽는 소리가 들려온다.

둘째 언니가 세어 보아도 열한 마리밖에 없습니다. 돼지 열한 마리는 꿀꿀꿀꿀 야단을 하였습니다. 한 마리 어디 갔을까. 한 마리 어디 갔을까.

2학년에 재학 중인 머슴애다. 한 마리 어디 갔을까 하는데, 아래 네 살짜리 계집애가, 한 마리 어디 갔다고 온종일 야단을 하였습니다 라고 맞받는다. 벌써 두 놈 다 깨어 있는 모양이다. 갑자기 계집애가 캥 하고 운다. 빤한 일이다. 주제에 밤똥 싼다고, 동생의 입에만 익어 맞받아 외워 버린 것은 프라이버시의 침해였을 테고, 하여 오빠 녀석이 한 대 쥐어지른 것이다. 인생이란 그런 것일까. 많은 경험은 짐작을 낳고 그 짐작은 많은 경험으로 해서 확실해진다. 젊은 놈 수작보다 늙은 놈 짐작이라고 다 허튼소리 아닌가 보다. 아이들은 저희들끼리 싸우다가도 내게 고발해 보거나 그 진부(眞否)의 판단을 요구하진 않는다. 내가 아내를 통하여 들어 익히 알고 있지만 아이들은 깨어도 내가 누운 방엔 역기가 치솟아 감히 들어올 엄두를 내지 않는다는 것이다. 그건 분명 전날 밤 마신 막걸리 냄새 때문일 게다. 괘씸한 놈들. 그러나 도리 없다. 재빨리 포기할 줄 아는 것도 사람의 역량에 속한 일일뿐더러 그건 얼마나 속 편한 일인가.

나는 드디어 알아챈다. 내가 아직 일어나지 못하고 곰 새끼처럼 누워 있는 것은 설탕 냉수, 바로 그것이다. 그것은 아침의 내게 있어선 아주 중요하다. 그 찬 단맛은 내 입술을 통해 식도로 그리고 온몸을 나른하게 중독시킨다. 그래 드디어 어제의 콤플렉스와 그 찌꺼기를 홀랑 벗는 변태감을 맛보는 것이다. 그 후 나는 일어날 수 있다. 이건 매일 아침 남편의 잠자리 머리맡에 놓여지는 벌써 8년째의 일이지만, 그녀는 그때마다 한두 번 소리쳐야 내 뜻을 알아챈다. 도대체 그녀는 기계가 되어 버렸다. 결혼은 인생의 무덤이다. 젠장 누가 한 말인지는 몰라도 딱 떨어진 말이다. 이 여자는 근간 생각하려고 들지 않는다. 생각은 바로 시간 낭비다. 이건 아내의 지론이다. 생각이란 걸 하다 보면 빨랫거리만 쌓여 갈 뿐이란 거다. 그래 그녀는 매일 아침 설탕 냉수 만드는 일조차 생각하려 들지 않는 것이다. 다시 살에 곤두선 그것에 생각이 간다. 슬그머니 손이 아래로 내려간다. 수음이란 것, 그것에 잠시 열중한다. 그래 나는 일을 치렀다. 갑자기 말할 수 없을 정도로 자신이 주체스러워진다. 이불을 아래로 밀치고 일어나고 만다. 우선 입 안부터 청솔 해야지. 생률(生栗)을 한입 베어 문 것처럼 잇몸이 뻑적지근하니까. 술은 양주라는 게 가뿐하다는데. 실컷 먹고 집에 딱 들어서면 취기가 하얗게 가신다고 했었지.

옆방의 아이들은 어느새 화해가 되어 두 입 모아 까르르 웃는다. 이라도 잡아서 경주를 시키고 있는 걸까. 갑자기 그들의 얼굴이 보고 싶어진다. 그러나 그만둔다. 나를 낯선 눈으로 멍하니 쳐다보고 앉았을 건 뻔한 일일 테니. 그래 나는 곤욕을 겪지 않으면 안 된다. 변소를 다녀오니 벌써 아침상이 방에 들어와 있다. 내가 들어가도 누구 한 사람 거들떠보지도 않는다. 그러나 개의치 않는 게 좋다. 상 모퉁이로 가서 앉았다. 아내가 힐끗 모멸 조의 시선을 내 이마에 쏘아붙이는가 했더니 재빨리 거둔다. 고속버스라도 타다 죽어 주었으면 얼마나 좋겠소. 그녀의 말이다. 술을 꽤 마시는 나를 두고 하는 말이겠지. 이 여자는 시방, 사망 보상금이란 걸 염두에 두고 하는 말일 게다. 요사이는 그런 데도 세금 내어야 할걸. 그렇게 생각하다 말고, 고속버스? 거 씨이원해서 조웅지, 하고 대꾸해 준다. 하기야 한 2백쯤 상속하자면 이 못난 중생의 재주론 그것뿐이란 조짐도 든다. 그러고 보니 그녀도 때론 뭘 생각하고 있긴 한 모양이었다. 여자란 그런 점에서 신통한 동물이란 걸, 그래서 나는 말한다. 남편 몰래 곗돈을 부어 넣을 만치 그들은 은밀한 경제 본능도 갖고 있다고.

맞은편의 머슴애가 먹다 말고 갑자기 킥 하고 웃음을 삼켜 문다. 모두들 그 녀석에게로 시선이 간다. 엄마, 하고 녀석은 말했다. 아빠 샤쓰에 이 한 마리 기어간다. 아내는 아이 쪽에만 시선을 둔 채 비양거린다. 애, 가만둬라. 이라도 기어 올라가니 아직 송장은 아닌 모양이구나. 아이 놈이 또 한 번 킥 한다. 나는 순간 속살이 울컥 뒤집혀 노출되는 수치를 느낀다. 웃는 놈이 밉다. 애새끼 버르장머리 한번 째지게 못 가르쳤군, 하고 녀석의 정수리를 쥐어지른다. 아이가 뼈그르르 울자, 입 안의 두부 조각이 상 위로 부스스 떨어진다. 주제에 체통일사 찾겠다고 앙탈이구려. 그녀의 비양거림은 좀처럼 수그러질 것 같지가 않다. 에잇 씨팔. 숟가락 한번 호기 있게 팽개치고 윗방으로 와버린다.

요사이 한창 식욕이 달리는 네 살배기 계집아인 벌써 내 밥그릇 제 앞으로 슬그머니 당겨 놓았겠지. 대강 옷들은 챙겨 입고, 거울에 한번 쓰윽 비춰 본다. 그렇게 지지리 못난 놈은 결코 아니다. 그러나 꼭 집어낼 수는 없어도 저 속살 어디쯤인가 풀 수 없는 오랏줄처럼 뒤틀리고 응어리진 곳이 있을 게다. 그것이 무엇인지 나는 모른다. 도대체 나는 균열이 되고 있는 것일까. 어디로 가고 있는 것일까. 휑하니 밖으로 나선다. 페스트 보균자가 상륙해 버린 항구처럼 세상이 두려움으로 움츠릴 그런 일을 저질러 버리고 싶다. 옛날에 고재봉이란 흉악범이 있었지. 그놈 세상 한번 뼈그러지게 놀려 댔었지.

저만치 교도소의 긴 담벼락을 따라, 아침 햇살이 잔잔한 출근길이 바라보인다. 나는 비슬비슬 걸어간다. 비척거리고 걸어간다는 건 좋다. 그런 걸음은 어딘가 내게 어울린다고 생각하기 때문이다.

저만치 먼발치에 반으로 접힌 누런 편지 봉투 하나가 떨어져 있다. 그것은 개울에 뜬 7월의 풋과일처럼 풋풋한 감각으로 내 시선에 부닥쳐 왔다. 얼른 그것을 주웠다.

'경상北도 청송군 파川면 옹점동 李점식 봉가, 이 서신 주수신 분께서는 우취통에 넣어 주시면 감사합니다.'

나는 대뜸 알아챈다. 교도소 뜰로 새벽 청소 나온 어느 수감자가 그의 편지를 돌에 싸서 밖으로 내던진 게 분명하다. 이런 편지의 주인공들은 대개 지독히도 가족들로부터 소외당하고 있는 편에 속한다. 성급하게 되어 가는가 보군. 마음먹기 달린 건데. 안쪽에 있는 자기나 밖에 있는 나나, 벽 하나 높이 선 차이밖엔 없는 것을 괜한 안달인지 모른다. 밖에 있어도 갇혀 있다고 생각하는 사람은 많다. 그들이 갇혀 있다고 생각하는 건, 수감될 때 그 육중하고 근엄하고 소리 한번 거창한 철책문 안으로 들어가기 때문일 거야. 그리고 그 내부는 그렇게도 철저하게 쇠와 시멘트로만 되어 있는 것뿐일까. 교도소 당국은 물론 그걸 노리는 게 분명하다. 모든 것이 부딪치고 스치며 굴러가고 두드려질 때, 그 돌기되는 단절음에서 발산되는 폐쇄감은 그들에게 강박감을 울컥 덮어씌우는 것이다. 갑자기 편지를 뜯어보고 싶은 충동이 솟는다. 신사의 짓이 아니다. 그런 건 개 던져 준 지 오래다. 누렇게 바랜 피지 한 조각에 볼펜으로 쓴 편지가 나왔다.

'여니〔아마 연(蓮)이겠지〕엄마, 바다 일그오, 내 걱정 조금치도 하들 마오, 뒤들논소출난거, 가주고, 끼려, 먹기, 골란그년, 성나미, 삼촌차자가사정, 말, 하고 버려머그오, 아색기, 굼기지, 마고, 내나가면, 그비지, 갑기일, 아니오, 아색기, 잘키우기나하고, 눈딱감고, 기대리요, 인제한일년백에, 더, 남옷소, 고생시럽게, 누애가튼, 아색기들처엇고, 면회, 올생각아주내뺀고집전담간수나잘하오, 이일이여삼추라, 자나ㄲ나, 안즈나, 스나당신생각, 아색기, 얼굴이오, 내기븐소식전하리다, 너달, 전에, 내부감방장되소, 장모님, 이몬난 사우욕마니하라, 카소, 내나가면사재하고엇두러비리다당신시방고생내내며로가령알지, 참목도매이, 오, 잘, 잇소, 부, 감방장, 남편, 적소.'

나는 긴장한다. 척주가 찌릿해 온다. 이 편지엔 신비스러운 비밀이 있다. 내가 도저히 알아낼 수 없는 그런 멀고 먼 나라에서 찍혀진 그런 비밀. 아! 우리는 그때 학교 앞 골목 어귀에서, 만주에서 왔다던 그 수염 텁수룩한 노인의 손에 째깍째깍 넘어가던 만화경(萬華鏡)을 얼마나 가슴 두근거리며 보았던가.

저만치 교도소 정문이 보인다. 정문 보초가 나를 노려보고 있다.

내가 편지 주운 걸 알고 있을까. 어릿어릿 다가간다. 꼭두새벽에 교대된 모양으로 얼굴엔 피로가 덕지덕지 묻어 있다. 철문이 보인다. 나는 주춤한다. 선생, 하고 그는 말했다. 방금 저쪽에서 편지 주웠지요? 세 발짝 거리에서 그는 내게 다그쳤다. 네, 주웠어요. 나는 날름 대답해 올렸다. 이리 내시오. 그건 내가 떨어뜨려서 내가 주웠소. 아하! 그랬군요. 그의 긴장되었던 얼굴이 화덕을 쐰 것처럼 확 풀린다. 나도 히히 웃었다. 혓바닥이 끈끈하다. 고되지요. 나는 해를 힐끗 바라보며 말했다. 그러자 보초의 얼굴이 금세 노곤해진다. 말씀마십시오. 그의 얼굴이 약간의 하소연 투로 일그러진다. 그에게 담배 한 개비를 권하고 돌아섰다. 맹추 같은 녀석. 이런 상쾌한 아침, 나는 눈 빤히 뜬 사람 하나 속여 먹은 것이다. 내가 속였다는 자체보다 그가 속아 넘어간 게 짜릿해서 좋다. 아내가 내게 준 모멸을 수분 후에 그 보초 근무자에게 홀랑 까 넘기다니, 이젠 아내와의 일은 잊기로 하자. 우린 항상 그렇게 해왔으니까.

시계를 본다. 8시 30분. 보통 때 나는 8시 10분이면 사무실에 가 앉아 있었다. 과장 오준석(吳俊錫)은 자기보다 늦게 출근하는 과원들을 경계하고 있다. 그가 우리들에게 그렇게 말하진 않았지만 우린 그걸 피부로 느낀다. 아부란 게 필요하다. 그러나 그건 사람을 추하게 만들며 무능력하게 만든다. 개성을 잃게 한다. 그러한 모든 것들은 나를 곤욕으로 빠뜨린다. 아니래도 나는 의기소침해졌으니까. 왜냐하면, 한성물산(漢城物産)의 정문이 저만치 보였기 때문에. 거만하게 도어를 밀치고 들어서면 안 된다. 나는 비척비척 걸어가서, 주눅이 든 몸짓으로 자리에 앉아야 한다. 지지리도 못난 미스 오가 벌써 와 앉아 있다. 그녀는 매니큐어를 하고 있었다. 나의 건너편에 앉은 이 여자를 보면 나는 괜한 욕지기를 느낀다. 여자가 왜 저리도 못난 것일까. 그게 내겐 한스러운 것이다. 그녀 역시 나를 경원하고 있었다. 작취미성(昨醉未醒)이네요. 나를 힐끗 쳐다본 그녀가 말했다.

〈공항의 이별〉을 부른 여자의 목소리다. 작취미성이란 말까지 아는
걸 보면 자기네 아버지도 꽤나 주정뱅이였던 모양이지. 꼭, 댁의 부
친 젊었을 때 닮았죠, 내가? 나의 유도는 적중했다. 그녀의 볼따구
니가 홍당무가 된다. 그런데도 매니큐어된 손톱을 호호 불고 앉았
다. 그러나 눈자위만은 바로 돌아오질 않는다. 우린 왜 서로 위협만
하고 있는 걸까. 이 좋은 아침에 얼마든지 달콤한 아침 인사가 있을
텐데. 밤새 안녕하세요? 이런 자연스러운 인사가 있을 텐데. 밤새
안녕하세요? 이런 자연스러운 인사를 우린 잊어 가고 있다. 아니 '밤
새'란 말은 빼야 하지 않을까? 그 밤새 안녕이란 말속엔 난세 속에서
누추하게 살아남아야 했던 지지리도 못난 한 민족의 역사적 치부가
엿보이니까. 일군의 사람들이 우르르 현관을 들어선다. 모두들 저리
도 도전적인 몸짓들일까. 나는 그들에게서 탈출로를 찾는 포위병들
의 긴박감을 뜨겁게 느낀다. 그러나 그 팽팽한 긴박감은 오후 여섯
시가 되면 해면처럼 풀리고 만다. 과장이 자리로 와서 앉았다. 그는
불 맞은 노루처럼 뭔가 아침부터 서두르고 있다. 김일수 씨. 그가 나
를 불렀다. 어제 퇴근 전에 올렸던 결재 서류를 그가 뒤지고 있었다.
아, 네. 이리 좀 와보쇼. 그는 안경 위로 나를 일별했다. 민망스러워
진다. 그런대로 비척거리고 다가간다. 이것 말이오. 그가 손가락으
로 가리킨 것은 모 농기구 회사와의 계약 서류다. 이거 문안 작성 다
시 해야겠소. 나는 안다. 그가 폭발하려는 감정을 간신히 억누르고
있다는 것을. 내 오른손이 반사적으로 뒤통수에 간다. 이런 몸짓은
나 같은 처지에 있는 놈(나는 감히 놈이라 말했다)들은 필요한 것이
다. 아, 잘못된 데가 있었군요. 나는 이질물이 목에 걸린 거위처럼 모
가지를 쭉 빼어 올리며 말한다. 슬픈 일이다. 그러나 그렇게 해야 한
다. 그러나 그렇게 하지 않아도 될 것이다. 그렇게 하지 않을 경우
그는 일거리가 없어 도외시당하는 불행한 샐러리맨이 되기 일쑤다.
그는 일거리가 없어 '신문계장'의 별명을 얻어 갖고 사무실과 수위실

을 들락거린다. 그런 사람에겐 상관에게 직언을 많이 한 경력을 갖고 있다. 아니면 자기의 월등한 창의력과 사무 소화력이 직속 상관에게 일찍이 발견되어 버리는 성격상의 결함을 갖고 있는 사람이다. 그건 불쾌한 일이다. 그런 건 적어도 중역이나 그 상급 가는 사람에게 발견되도록 감추고 사려 둘 필요가 있다. 그는 한 직장에 오래 있질 못한다. 더럽고 치사해서. 그래 그는 직장을 전전하게 된다. 제3조 나항이 잘못된 걸 아닙니까? 판매과장은 내게 넌지시 물었다. 그는 절대로 화내지 않는다. 그러나 그건 내 무능력에 대한 은근한 질책일 뿐이다. 화를 내는 것만이 힐책도 아닐 테니까. 나는 금세 불안해지기 시작했다. 내가 무능한 사원이라니. 오늘 아침 나는 그것을 진하게 느끼게 된다.

건너편의 미스터 권이, 김 형 전화요라고 수화기를 건네며, 경찰서라는데요, 한다. 나는 금방 움찔한다. 내게 있어서, 순사와 연관지어지는 모든 것은 거의 운명적이리만치 무섭고 두려운 것으로 포괄된다. 그것은 또 운명적이리만치 까닭도 없으면서. 그래 나는 망설이기 시작한다. 그러나 나를 지켜보고 있는 미스터 권의 눈길이 가벼운 모멸과 호기심으로 차 있다는 것에 생각이 닿는다. 거기서 와야 할 전화라곤 없다. 그때 나는 퍼뜩 떠올렸다. 출근길에 교도소 담벼락 아래서 주운 편지. 그 녀석 기어코 고발해 버렸군. 괘씸한 놈이란 생각이 든다. 용렬한 녀석이다. 죄라면 그 죄밖엔 없다. 편지, 옳지, 그것이라면 없애 버리면 그만 아닌가. 증거가 없어지니까. 나는 대담해졌다. 여보시오, 내가 김일수예요. 나는 약간 거드름을 피웠다. 댁이 김일수요? 상대방의 깐깐한 목소리는 다시 반문한다. 반문한다는 사실 하나 때문에 나는 다시 가슴이 철렁한다. 당하는구나 싶다. 이 사람이 왜 다그치시는 걸까. 아 네, 제가……. 여긴 보안과 분실 센터요. 센터 안 들어간 데 없군, 하고 생각한다. 댁의 주민등록증이 든 수첩이 신고됐어요. 아! 저런. 나는 만면에 웃음을 띠었다.

송화기를 통해 내 천진하고 송구스러운 표정이 타고 가줄 것을 나는 바란다. 본인 직접 인장 지참해 갖고 오세요라고 말하며 중언부언 않고 수화기를 놓아 준다. 그러나 나는 감사합니다라고 말하고 있었다. 뭐요? 미스터 권이 물었다. 그는 아직도 거기 서 있다. 우리 집에서 살인 사건이 났나 봐요. 순간 사무실은 찬물을 뒤집어쓴 듯 끽하지 않았다. 그리고 다시 광장에 내려앉았던 비둘기 떼가 날 때처럼 화닥닥 일어섰다. 잡것들. 직사하게들 놀라긴 하는군. 역시 꼬리를 잡은 건 과장이다. 살인 사건이 났는데 아깐 뭐가 그리 좋아 웃었소? 나는 대뜸 바보온달처럼 벌게진다. 그냥 해본 소리예요. 사람 엔간히 싱겁군. 과장은 시무룩하니 결재 서류로 시선을 내린다. 꼭 두새벽부터 사람 웃기기요? 김 형, 사람 그런 식으로 겁주기요? 모두들 자기들이 흥분해 버렸다는 사실들에 대해서 안달이 난 것이다. 속아 넘어갔다는 사실에 가벼운 수치감을 느낀 거겠지. 나는 자리에 앉았다. 어제의 계약 서류가 다시 내 책상까지 내려와 있었다. 제3조의 나항을 읽어 본다. 납품업자 측이 마음대로 해석할 수도 있을 틈이 보인다. 정말 어디서 살인 사건이라도 났음 좋겠어요. 앞자리의 미스 오가 불쑥 내뱉는 말이다. 분위기 한번 살벌하군. 누군가가 이죽거리는 말이다. 미스가 내뱉는 말씀이 저 정도니 우리도 확실히 한심한 곳에서 밥 먹고 사는군. 강시욱(姜時旭)의 말이다. 미스 오는 아무 말이 없다. 그러나 서랍을 호되게 닫아 버리는 보복은 있었다. 그것은 그의 손톱 치장이 끝났다는 신호이기도 하다.

사무실이 일순 조용하다.

도도히 흘러가던 시냇물이 암벽을 만나 물굽이가 한 바퀴 돌아서야 할 찰나, 바로 그런 순간에 그 암벽을 타고 흐르는 시커먼 침묵, 그런 침묵이 어느새 사무실 사방 벽을 타고 흐른다. 그것은 우리들에게 사장이 출근할 시간이 임박해 왔다는 걸 직감시켜 준다. 모두들 옷매무새를 고치고 있다. 경리과 쪽에서 주판을 퉁기는 소리가 알알이 들려온다. 그 주판알 소리는 오돌오돌 떨며 내 뇌리에 와 박힌다. 저 소리는 도대체 듣기 싫다. 그 소리는 미묘하게도 총소리를 되새겨 준다. 그리고 그것은 돈이라는 문제와 은밀히 연관되어 나를 모멸로 쑤셔 박는다. 그리고 그건 아주 묘한 시간에서부터 우리들의 귓바퀴를 물어뜯기 시작하는 것이었다. 사장이 출근할 시간에 방 안의 분위기는 숙연해지고, 숙연해진 팽팽한 시간 속에 그 주판알은 아주 경쾌한 리듬을 지으며 우리들의 가슴을 포도알처럼 투명하게 두드리며 비양거리듯 들려오는 것이다. 그가 출근하면, 그 주판알 소리는 딱 멎고 그 주판알이 죄다 빠져 바닥으로 쏟아지는 소리를 내며 모두들 자리에서 분연히 일어나 그를 맞이하면, 우리들의 부산한 일과는 막을 올리는 것이다. 그런데 유독 오늘은 그 소리가 오래가고 있는 것이었다. 이봐, 경리과. 역시 배짱이 있는 친구다. 강시욱이 어금니를 사리물고 딱히 누굴 지명하지는 않았지만 그쪽을 보고 손을 들었다. 그 치사한 주판알 소리 제발 그만 해줘. 우리들 모두는 하수구를 막고 있던 수세미가 쑥 빠져 달아나는 기분이 되었다. 그리하여 이제 모두들 그쪽으로 고개를 돌려, 정말 너무들 한데라고 씨부렸다. 그러나 강시욱이 아니었다면 그들은 그대로 앉아 있었을 것이다. 그는 이 방 안의 굴뚝 청소부다. 콱 막혔을 때 탁 젖히고 일어서는 오기가 있다. 그러나 그에겐 돈이 없다. 그는 빈털터리다. 결국은 그도 숙맥이 되고 말 테지.

그때 사무실 도어가 벌컥 열렸다. 그러나 들어선 건 보리차 주전자를 든 사환 아이였다. 짜아식, 드럽게 나타나는군. 모두들 반사적으로 굽혔던 허리를 펴 올리며 실소한다. 오늘은 좀 뜸을 들이는데. 누군가가 이렇게 말했다. 사장이 나타나 주지 않는 한, 이 방 안의 일과는 좀처럼 시동이 걸릴 것 같지가 않다. 그가 나타나지 않는 한, 우리는 방금 부화된 한 마리의 병아리들이길 바란다. 사환 아이가 주전자를 탁자 위에 놓으며 말했다. 아침에 사장님 댁에서 전화 왔었는데요, 새벽에 대전으로 내려가셨대요. 언제 온대? 모두의 시선이 사환 아이의 정수리에 꽂힌다. 녀석은 배시시 웃으며 말했다. 밤늦게나 오시나 봐요. 무두일(無頭日)이군. 강시욱이 시무룩해서 말했다. 삽시간에 사무실 전체가 느끼한 공기로 차 오르는 것을 느낀다. 목젖에 잠겨 있던 열기들을 뱉어 놓은 게다. 무두일. 그것은 내일이 일요일이란 사실보다 더 짜릿하다. 사무실 분위기가 저녁상 물린 초당방처럼 느긋해진다. 모두들 컵을 들고 보리차 주전자께로 간다. 컵을 쥔 손들이 파리하고 희다. 그 연약한 손들에서 어쩔 수 없이 불안을 느끼게 된다. 그 손들은 오늘은 무두일이란 사실로 하여 떨리고 있다. 하루가 대충대충 넘어갈 수 있다는 조그맣고 보잘것없는 보장 때문에.

좋은 날이다. 뭔가 큰일을 저지를 만한 건덕지가 있을 듯한 날이다. 그러나 납품업자와 다시 절충하여 제3조의 나항을 고쳐 써야 하며, 경찰서로 주민등록증을 찾으러 가야 한다. 그리고 교도소 담 밑 아래서 주운 편지를 우체통에 넣어 줘야 한다. 우표를 첨부해 준다면 더욱 좋겠지. 지압법(指壓法)이라! 신문을 펼치고 있던 미스터 권이 그때 불쑥 말했다. 그거 하나로 위장병도 고친다잖아. 누가 혓바닥으로 냉큼 받아넘긴다. 우리 오늘 그거 배우러 갈까. 역시 강시욱이다. 그는 과장을 힐끔 쳐다본다. 과장은 도도한 무관심을 우리들에게 배치하고 있었다. 과원들의 잡담이 벌써 그의 귀에 거슬리고 있다는 증거다. 지압법이라…… 손가락으로 누른다. 이건데라며 미스터 권은 들었던 신문을 슬그머니 서랍에 구겨 넣는다.

네모진 창에 푸른 하늘이 그득히 토해 내린다. 네모진 창에 발가벗은 햇볕이 와서 7월의 아이처럼 뒹군다. 나는 그 창을 보고 있다. 아프리카의 하늘도 저럴 테지. 청동빛 피부와 아프리카코끼리와 핏방울을 찍찍 흘리며 결투라도 하고 싶다. 지축을 노도시키며 초원을 가로질러 질주하던 코끼리 떼, 피가 척척 배는 살코기를 허연 치아로

94

물어뜯던 알래스카의 에스키모를 생각한다. 너무나 깊숙이 그것들은 나에게서 잊혀 가고 있다. 거기엔 슬그머니란 게 없다. 그러나 나는 지금 무엇이든지 슬그머니 하지 않으면 안 된다. 슬그머니, 그건 참 기분 나쁜 노릇이다. 그때, 지압 요법이라, 하는 과장의 목소리가 들린다. 드디어 그가 지압법이란 것에 관심을 돌린 거다. 그는 신문을 펴 들고 있었다.

지압 요법이란, 한마디로 말해서 손으로 신체의 특정한 부위를 누름으로써 효과를 거두는 방법이다. 골치가 아플 때 우리는 거의 본능적으로 손을 이마에 갖다 대기도 하고 관자놀이 근처를, 또 배가 아플 때 손가락으로 누르기도 한다. 이는 인류가 출현하면서부터 일상적으로 실시해 온 치료법이기도 하다. 지압 요법은 이러한 본능적 동작을 발전시키고 이치에 맞게 정립하여 체계화시킨 것이다. 지두(指頭)에 심안(心眼)을 모아 지그시 누르노라면 환자의 고통을 피부로 느끼게 되고 여기서 진지한 인간 교류가 이루어진다. 환자와 호흡을 같이하고 괴로움을 함께 나누어 가지는 요법, 이것이 바로 지압 요법이다.

허! 이거 강습소까지 생겼는데그래. 해설란을 사그리 읽고 난 과장은 이렇게 씨부렸다. 그건 요법이 아니고 바로 종교군. 누가 이렇게 말하자, 과장은 신문을 놓았다. 그리고 서류로 시선을 박는다. 하잘것없는 것에 감탄해 버렸다는 수치를 느낀 게다. 도사린다. 똬리를 틀고 있는 뱀처럼 하얀 햇볕을 가는 혀로 핥아 들이며 사람들은 도사린다. 나는 불현듯 손바닥이 아려 옴을 느낀다. 모두의 시선이 나를 옥죄고 있다. 미스 오의 매니큐어된 손가락이 커다랗게 부각되어 온다. 토요일, 그렇다. 그녀의 손이 토요일을 말해 주고 있다. 그녀는 이 주말에 아무와도 데이트 약속이 없다. 그런데도 그녀는 주말이면 잊지 않고 치장을 한다. 그러고 보니 옷도 갈아입었다. 내가 그녀를 보면 그날이 토요일이란 걸 알 정도로 그녀의 자각 반응은 매우 적극적이다. 그러나 아무도 그의 노력에 대한 관심이 없다. 나는 잠시 그녀를 꾀어낼 생각을 해본다. 그런 생각이 일자 그녀가 예뻐지기 시작했다. 그때 경리과 뒤편 벽에 걸린 벽시계가 울리기 시작한다. 그건 열두 번에서 메마른 여운을 삼키며 멎었다. 열두시, 빨리 결정짓지 않으면 안 된다. 그녀에게 처억 데이트를 신청하자. 그러나 통 자신이 없다. 내가 기혼자라서 그럴까. 그러나 기혼자와의 주말 데이트 한두 번 가지고 신경에 꽂아 둘 계집애들 지금이사 없겠지. 꼭 미혼자끼리 데이트하란 법 애당초 없을 테니까. '오늘 오후 약속이 없으시면 교외라도 같이 나가 봄이 여하?' 나는 메모지에다 이렇게 갈겨썼다. '여하'란 말이 그중 딱딱하다. 그런데도 종이를 접어 그녀의 탁자 위로 던졌다. 아무도 보는 사람이 없다. 아무도 보는 사람이 없다는 내 안심은 약간 가소롭다. 거기엔 뭔가 불순성의 내포를 의미할 테니까. 그녀는 메모지를 주워 읽었다. 나는 바지 주머니 속으로 손을 넣었다. 세종대왕이 여섯 장쯤 만져졌다. 3천 원. 오형, 수원 쪽으로 가는 낚시회가 있소? 가만있어, 신문 보고. 속 편한 녀석들이군. 드디어 작은 종이 비행기 한 대가 내 정수리 앞으로 잽싸게 날아오고 있었다. 그 종이 비행기 나래 위에 빨간 볼펜 글씨로 또박또박 박아 쓴 그녀의 글씨가 보인다. '능구렁이가 되시려면 한 3년만 더 기다려 주세요, 제발. 미스 오.'

드디어 나는 이 이상 더 앉아 있을 도리가 없어진다. 빨리 이 사무실을 떠나지 않는 한, 나는 그녀의 끊임없는 모멸을 받으며 앉아 있어야 할 테니까. 조퇴를 하자. 우선 화장실부터 다녀와야 한다. 아랫배가 지그시 아파 온다. 곧장 화장실로 뛰쳐나갔다. 그러나 배설량은 치사하리만치 찔끔한다. 바로 앞에 거울이 있다. 못난 놈, 단칼에 박살이 나다니. 분하다. 칵, 그렇다. 뭔가 본때를 보여 줘야 한다. 그녀에게 어떻게 무얼 할 것인가. 우선 조퇴부터 해놓고 볼 일이다. 나는 과장에게로 비척거리며 모잽이로 걸어갔다. 저 조퇴를 좀 시켜주십시오. 한참 만에야 그는 얼굴을 들었다. 나를 멀뚱히 쳐다본다. 저, 지압 요법을 배워 볼까 해서요. 그의 표정이 얼씨구 이 친구 한창 돌아가는데라는 식으로 변해 간다. 좋은 대로 하구려. 그는 다시 서류로 시선을 박는다. 그때서야 나는 매우 난처한 입장에 빠진 자신을 의식한다. 그의 체념이 진하게 묻은 대답이 나를 그렇게 만들고 만 것이다. 나가 버릴 수도 앉아 있을 수도 없다. 그것은 분명한 거절인데 거절이 아니다. 나는 다시 몇 초 안으로 내 거취를 결정짓지 않으면 안 될 곤욕에 빠진 것이다. 나는 거대한 종이 비행기 한 대가 깊은 계곡으로 처박히는 환상에 붙들려 있었다. 그러한 내 한쪽 귀에 뜨거운 입김이 와 닿아 속삭였다. 김 형, 먼저 나가요. 내 뒤따라 나갈게. 강시욱이 무슨 꿍꿍이속이 있어서 내게 그런 말을 하진 않았을 게다. 그는 내 난처한 꼬락서니를 보고 있었음에 틀림없다. 나는 양쪽 볼따구니에 주눅을 한입 빼어 물고 주섬주섬 책상을 정리한다. 힐끗 미스 오를 보았다. 양키와 결혼한 여배우의 천연색 사진이 실린 주간지를 펼쳐 들고 있다. 저 여잔 지금 깻묵을 씹고 있을 테지. 저따위 사진을 두 페이지에 걸쳐 펴낸 주간지 편집자의 쌍통은 도대체 어떻게 생겨 먹은 것일까.

　나는 굶은 거위 모양으로 현관을 나섰다. 햇빛이 환하다. 도대체 하늘이 저렇게 맑은데도 갈 곳이 없다. 그것은 억울한 일이다. 지압 요법이라, 나는 이렇게 중얼거렸다. 햇빛이 눈부시다는 사실은 매우 도발적인 충격을 내게 주었음에도 실상 아무 데도 갈 곳이 없다. 종이 비행기처럼. 길 앞에 고무풍선 장수가 서 있다. 서른 개쯤의 고무풍선이 자전거에 우쭐우쭐 춤추며 매달렸다. 그 하나하나에는 매우 희극적인 얼굴들이 그려져 있다. 예리한 면도날로 그 매달린 줄들을 한 번에 끊어 날리고 싶다. 햇살 속을 비집고 핑핑 튕겨 오를 그것들을 상상한다. 김 형, 갑시다. 강시욱이 벌써 등 뒤에 와 있었는가 보았다. 좋은 친구다. 어디로? 바보온달 평강공주에게 그러했듯이 나는 물었다. 아니, 지압 요법 배우러 가는 거 아니오? 농담두. 우린 웃었다. 내 좋은 데루 인도하지. 지가 무슨 목자라고, 길 잃은 양은 누군데. 우린 싱겁을 떨며 6월의 햇살이 피둥피둥한 넓은 보도 위로 내려섰다. 주말의 오후라는 방종을 씹으며 우린 무작정 골목길을 몇 개인가 벗어났다. 그리고 주말이라는 어휘에서 풍기는 막연한 가능성 같은 것에 무모한 기대도 건 터이어서 조금은 가슴도 부풀어 있었다. 어디 불난 곳 없을까? 고개를 떨구고 앞서 가던 강시욱이 이렇게 물으며 삐딱하니 돌아섰다. 이 대낮에? 더욱 장관이겠지. 하긴 비행기 추락 현장은 어때? 김 형도 악취미군. 우리 강간하러 갈까? 나는 그의 눈자위가 허옇게 뒤집힌 걸 본다. 나는 피식 웃는다. 그리고 그의 눈자위가 충동으로 붉게 투압되는 걸 본다. 좋아. 우리는 해적이라도 된 듯 도도한 몸짓으로 옆에 보이는 퀴퀴한 골목길로 들어섰다. 적어도 얼마간은 우리들의 그런 비밀스러움을 껴안아 줄 골목길을 누빌 필요가 있는 것이다. 그와 나는 어느새 백년지기가 되어 있었다. 어느 편에서 무슨 제의를 해오든 그것이 상대를 주저시킬 아무런 이유도 없게 된 것이다.

우리는 땀을 뻘뻘 흘리며 몇 개인가의 골목길을 순례하고 있었다. 그러나 햇볕이 이토록 매운 대낮에 우리들의 속셈을 알아차려 준 여자들은 좀처럼 나타나 주질 않았다. 우리들의 계획은 어처구니없고 무모한 것인지도 모른다. 그러자 피로가 오기 시작했다. 그때 벌써 우린 청량리역 부근까지 와 있었다. 말하자면 둘 중 누구도 여기까지 와보자고 제의하진 않았다. 그것은 고기의 지느러미에 물의 흐름과 온도가 선천적으로 감지되고 있듯 우린 그렇게 자연스럽게 역 부근까지 온 것이다. 어디 가서 무엇이라도 토해 놓지 않는다면, 우린 영원히 희미한 무중력 상태에서 살아야 될 것 같은 착종감에 빠져 있었기 때문이다. 그때서야 우리는 두 시간 이상을 그렇게 걸었으며, 그리고 누구의 입에서도 그만둡시다라는 말이 튕겨 나오지 않았었다. 이제 서광이 비치는군. 사막의 끝을 무사히 빠져나온 사람처럼 강시욱은 들뜬 목소리로 말했다. 서광이라니? 나는 가룟 유다처럼 비열한 낯짝을 지으며 그에게 되물었다. 그의 말이 무엇을 뜻하는 것인가를 내 모를 리 없었다. 바로 몇 발짝 앞, 찌그럭거리며 나무의자에 팅팅 부은 허벅지를 드러내 보이고 나란히 앉아 있는 두 여자는 분명히 갈보였기 때문이다. 우린 히물거리고 웃으며 그리로 다가갔다. 그리고 도색적(桃色的)인 여자들과 재빨리 흥정을 끝내 버렸다. 그녀들은 여름 장마비처럼 후두두 웃었다. 영자 년, 꿩 잡았네. 건너편에 앉았던 여자들이 그녀들을 보고 그렇게 말했다. 우린 제각기 판자 벽으로 된 괴괴한 뒷방으로 인도되었고 땀을 찔찔 흘리며 대낮의 그 짓을 계속했다. 이 대낮의 정사는 우리들로 하여금 그렇게도 짭짤한 정감을 불러일으켰다. 손님은 땀을 바가지로 흘리셔라며 그녀의 손바닥이 내 척추를 쓸어 내리지만 않았던들 나는 좀더 여유를 갖고 시간을 끌었을 것이다. 그녀는 내게 막연한 수치심을 불러일으켰고, 하여 나는 더 이상 그 짓을 계속할 기력을 잃고 말았다. 지압 요법이 바로 이런 것이로구나. 나는 배삼룡처럼 자조하고 있었다. 갈보의 손이 그런 괴멸력을 갖고 나를 강압하다니. 나는 주섬주섬 옷을 주워 입고 밖으로 나와 버렸다. 강시욱은 벌써 나와서 하늘을 보며 담배를 피우고 있었다. 밖은 붉은 태양이 아리도록 밝았다. 길거리엔 많은 사람들이 쏟아져 나와 있었다. 우린 천연덕스럽게 골목을 빠져나와 길가의 대폿집으로 기어 들어갔다. 짜릿한 주정이 우리들의 식도를 타고 내려 몸의 각 부분에 고루 퍼져 가는 것을 열대어처럼 투명하게 감지하고 싶다. 아무 말 없이 그렇게 20분쯤 술잔만을 비웠다. 우린 그러한 투명체의 저 아랫부분에서부터 차곡차곡 막걸리를 채워 올렸다. 그 하찮은 방사가 우리들로 하여금 투명체란 노출감으로 빠뜨리는 것일까. 아니지. 그건 옛날부턴지도 모를 거야. 취기는 도도하게 올랐다. 이제 그 취기는 급기야 마시지 않으면 안 된다는 강박 관념으로 우리들을 몰고 갔다. 마신다는 일 외엔 아무것도 우릴 일깨워 줄 순 없었다. 결국은 내쫓김을 당하다 시피 밖으로 나온다. 길을 비추고 있는 외등들이 흡사 생감처럼 떨 떠름한 빛을 드리운다. 이 서울 바닥엔 개 기르는 놈도 없군. 강시욱 은 주사를 부려 보고 싶은 게다. 우린 스크럼을 짰다. 하늘 아래 떨 어진 유일한 두 마리의 공룡처럼 이 크나큰 도시 안에서 우리 둘만 은 친구였다. 친구, 내게 친구라는 게 있었구나. 나는 감읍하고 만다. 나는 돌연 폐부에서 불끈 힘이 솟는 걸 의식한다. 우리 둘! 이 둘이 라는 일종의 기하급수적인 대위감(對位感)은 나로 하여금 힘을 연상 시킨다. 술기운이 나른한 온몸의 중량을 떠맡길 수 있는 이 후끈한 팔깍지를 나는 놓기 싫었다. 그러나 우린 서로들의 집 방향이 다르 다고 알아채고 만 것이다. 김 형, 나 이쪽으로 가요. 그가 먼저 팔을 풀고 물 맞은 짐승처럼 고개를 털며 말했다. 나는 턱주가리를 삐딱 하니 내밀고 그를 바라보았다. 물론 우리들은 쉴 새 없이 딸꾹질을 하고 있다. 이런 몸짓은 매우 내 마음에 든다. 그러나 스크럼이 풀려 버린 걸 의식하자, 나는 갑자기 고무풍선이라도 된 것처럼 휘둥둥한 무력감에 빠져 내려갔다. 강시욱은 벌써 저만치 게 같은 팔을 내저 으며 걸어가고 있다. 야! 네놈도 영웅 되긴 다 글렀어. 나는 그의 뒤 통수에 대고 이렇게 쓰잘데없이 씨부렸다. 미상불 그나 나나 영웅 되자고 태어난 놈들은 아예 아니었을 테니까.

비틀비틀 버스 정류장께로 걸어갔다. 될수록 많이 비틀거리고 싶 다. 씨팔. 이렇게 중얼거리며 버스에 오른다. 도시에서 뿜어져 나온 느끼한 열기가 차창으로부터 기어 들어와 차 안을 메운다. 나는 잇 몸에 남겨진 안주 찌꺼기들을 혀로 훑으며 차에 흔들렸다. 그리하여 야, 이 몸 소피보고 싶다라고 말하려는데 차장이 빨리 내리라고 먼저 소리쳤다. 나는 다시 교도소 담을 끼고 비척거리며 걸어서 드디어 집으로 돌아온 것이다. 문을 열었다. 아내는 역시 입을 벌리고 자고 있었다. 그것은 점보 제트기 동체 앞의 구멍을 연상시킨다. 나는 바람이 아닌 것이다. 씨팔, 이렇게 씨부리며 방으로 들어갔고, 옷을 벗어 던지기 시작했다. 술기운이 휘그르르 돌아서 양미간에 와서 박혔다간 다시 풀려 나간다. 옷을 벗어 던진다는 일은 어차피 하루가 끝났다는 해방감을 준다. 그러나 유독 오늘만은 이 망나니 같은 하루가 미처 끝나지 않았다는 미지근함이 있다. 무엇인가 할 일이 내 주위에 남아 있다는 생각을 한다. 그때서야 나는 언뜻 그 아침의 편지를 떠올릴 수 있었다. 봉투를 꺼내 들었다. 그것은 내 손바닥 위에서 새의 날개처럼 푸덕푸덕 되살아났다. 그리고 곧장 생기를 되찾아 저 막막한 어둠 속으로 날아가 버려 다신 내게로 되돌아올 수 없을 것 같았다. 나는 그것을 손아귀에 꽉 움켜쥐었다. 팔이 휘어지는 듯한 횡포스러운 중량감이 느껴져 왔다. 내 일상의 곤욕이 더 이상 내 몸에 만연되기 전에 그 봉투를 우체통에 넣어야 한다. 그것만은 오늘이라는 시간이 여과되어 버리기 전에 결행해야 한다. 나는 황급히 밖으로 나온다. 교도소의 긴 담벼락 길을 되돌려 잡고 난생처음으로 (그렇다) 뜀박질을 시작했다. 뛴다는 일이 참으로 내게 있었구나라고 생각해 보았다. 그것은 생소한 것이었다. 멀리서 통금 사이렌 소리가 불어오고 있다. 그 소리는 소낙비 뒤에 산협으로 밀려가는 구름처럼 오늘 하루의 찌꺼기를 망망한 어둠의 바깥쪽으로 맹렬히 밀어붙이고 있었다.

(1973년)

무동타기

마을 가까이 어디엔가, 조만간 미군 부대가 주둔하게 되리라는 소
문은 월전면(月田面) 막곡동(幕谷洞) 사람들을 흥분시키는 데 충분
했다. 그 느닷없는 소문은, 만조 때 백사장에 밀려온 바닷게들처럼
막곡동 마을 언저리 여기저기를 쑤시고 후벼 들었다.

사람들은 이 충격적인 소문에 놀라 눈자위를 백 원짜리 동전만큼
치켜뜨고 쉴 새 없이 씨부리기 시작했다. 소문이란 게 그러하듯이,
무엇 하나 구체적으로 짚여 오는 것, 이를테면 주둔 지역이 딱 부러
지게 어디쯤이며 부대의 규모는 어떤지 어떤 성질의 임무를 띤 부대
인지, 그믐밤처럼 깜깜하였지만, 죽은 사람이 깨어난다 해도 일해야
할 이 추수절에 주책없는 소문이나 내지르고 다닐 육실할 놈도 이
마을엔 없으려니와, 차라리 오금 밑을 헐도록 긁었으면 긁었지 예로
부터 남 조롱하고 이간질하며 남의 말꼬리나 물고 이 집 저 집 다니
는 법 배워 본 적 없는 숙맥 같은 마을 사람들은 이 소문의 근거를
굳이 캐려 들지 않았다.

그리하여, 이 소문은 마른 볏짚에 옮겨 붙은 불처럼 돌격적인 전파
력을 갖고 마을을 궁싯거리게 만들었고, 밤이면 인종깨나 모이는 막

소주집 같은 덴 목이 매캐하도록 등심지를 돋우며 야심하여도 통 제 집구석으로 돌아갈 요량을 않고 있었다.

「거 누가 문 좀 발셔, 속에 불나.」

방 안쪽에서 생목을 칵칵 긁어 올리던 축이 소리쳤다.

「어따, 화통을 삶아 처먹고 왔나, 속에 불은 왜 나?」

문 가까이 앉아 있던 축들은 일격에 오금 박고 문 열 생각은 않는다.

「물가 한분 동다락그치 올라가게 생겼지러?」

이야기 윗전에 앉아 골초 한번 줄로 피워 쌓던 막소주집 주인 말인데, 이 말 떨어지자 좌중은 스산한 느낌이 들도록 조용해졌다.

「옳은 말이여. 이 부근에 경기가 좋아지면 물간 오르기 마련이여. 어디 좋다고 다 청풍명월일 수야 있나, 양지 있으면 음지 있는 게 세상 돌아가는 당연한 이친데.」

이렇게 말 받은 건 박지발(朴之發)이었는데, 간 먹은 놈 물 켠다고 역시 도회지 바람 쐬고 다니던 놈 말이 그럴듯하다고 모두들 고개를 주억거렸다.

소싯적 엉덩이에 불 맞아 본 기억 있는 노루처럼 모두들 6·25를 겪은 지 얼마 되지 않은 멍든 가슴들인 처지라, 미군 부대가 마을 근방에 들어서면 발 뻗고 잘 수 있다는 소박한 여망들로 부풀어 있을 따름이었지, 그들이 들어서고 난 뒤의 마을에 미칠 이런 저런 부작용 따위엔 생각들이 미치지 못했던 것이다.

박지발 한 사람만은 올봄 고향으로 돌아오기 전까지는 1, 2년을 서울 천지의 수도꼭지깨나 빨아 본 경험이 있는 녀석이어서, 세상 물정 돌아가는 낌새 밝고 곧이곧대로 들어줄 말, 당장 침 칵 뱉어 줄 말이 무엇인지 대뜸 사려 간추릴 줄 아는 터이었지만, 그저 발바닥 한두 번 땅에서 떼낼 줄 알면 곡식 이삭 줍는 일부터 시작되어 허구한 날 이맘 이때까지 호미자루 손아귀에서 놓아 본 적 없는 토박이 막곡동 사람들은 박지발이 「그런데, 양갈보들 한번 삐그러지게 마을로 쳐들어오게 생겼는데」라고 씨부렸을 때 뒤통수에 불 맞은 것처럼 띵 하고 아득한 기분들이었다. 얼마 안 되는 세전지물(世傳之物)일망정 곶감 빼먹히듯 서울 바닥의 화적 같은 사기꾼들에게 다 빼앗기고 돌아온 경험이 있는 박지발에겐 이 소문을 수용하는 차원 자체가 마을 사람들과는 다를 수밖에 없었다. 이 소문의 어느 구석엔 한몫 잡아볼 수 있는 절호의 찬스가 도사리고 있음에 틀림없다고 그는 생각하고 있었다. 하여 그는 막소주집에서 돌아온 뒤에도 발바닥 씻고 잘 엄두는 않고 골초를 줄로 달아 물면서 등심지만 눈뿌리 빠지도록 바라보고 앉아 있었다.

「저래다 도통(道通)하여 눈길로 불 끄고 말제.」

윗목에 앉아 치마 말기나 후비던 아내가 보다 못해 한마디 빈정거리지 않을 수 없었는데, 그래도 꿈쩍 않는 게 흡사 소 죽은 넋이었다.

「아이, 산곰 웅담이라도 용케 빼낼 궁린교?」

아내가 다시 한 번 윽박지르자 그제사 제정신 다시 찾았는지,

「이 기집이 밤중에 웬 소리 지르고 지랄여? 처먹은 거 소화 안 되거든 나자빠져 자.」

하고 와락 소리 질렀다.

적어도 그에게 있어선 이 여편네란 존재는 두말하면 두통날 정도로 원숫덩어리였다. 이건 남의 집안 손(孫) 끊으려고 작정하고 싸질러 놓은 여편넨지 정수리에 버짐 벗을 날 없는 순 머저리 같은 계집아이 하나 소리소리 지르며 다 죽는 시늉으로 낳아 놓고는 다시 종자 빼낼 생각 없는 터수로 살 뿐 아니라, 천덕스럽기는 백 사람 뺨을 치고 돌아갈 노릇인 데다 꼴에 밤똥 싼다고 그래도 심지는 꼭두선 건지 빈정거려 사람 부아 돋우는 데는 제 몫 다하는 여자였다.

일찍이 박지발이 어르기도 하고 달래 보기도 해서, 혹은 삭신이 삐그러지도록 패주어서 쫓아 내쳐 보기도 여러 번 해보았건만, 이 여편

네는 내 죽을 곳이 오직 여기려니 하고 마음 아예 쇠로 굳힌 여자로, 내쫓고 문 달아 걸어 봐야 부엌에 기어 들어와 밤새우는 여자였다. 막말로 박지발이 주먹으로 캭 숨통이라도 쑤셔 박고 오래 있어 보면 몰라도 사내에게 쫓겨나 시집 못 살 여자는 아예 아니었다. 제 남편 도둑질이면 훔쳐 온 것 사려 챙길 여자요, 제 남편이 면의원에라도 출마했다면 그 이름 밑에 손가락 있는 대로 찍을 여자였다. 그녀에게 있어 남편 박지발의 존재는 바로 인명재천이었다.

이런 아내를 막곡동에 잊은 듯이 버려두고, 박지발의 서울 생활 몇 년 동안 주둥이 안에 든 눈깔사탕도 쪼개어 먹여 줄 듯 오장육부 안 녹고 못 배기게 애교 있던 그 바닥의 작부 년들 몇은 좋이 맛본 터이어서, 벌써 여편네에게서 심지 뜬 지는 옛날이다. 낙향하고 보니 그것도 인명이라고 뒈지지 못하고 살아남아서 남의 행랑채 방 하나 빌려 목숨 이어 가고 있긴 하였다.

종일을 이 집 저 집 울타리나 기웃거리다가 노인들 바둑이라도 두는 곳이 있으면, 처억 들어가서 싸가지없이 담배나 빠끔거리고 피워 쌓다가 다 둔 바둑 집 수나 헤리려 바치는가 하면 남 돈 헤아리는 앞에 막고 서서 한 장씩 넘어갈 적마다 실없이 고개나 주억거리고, 어쩌다 신문지 조각이라도 한 장 얻어 들면, 오대양 육대주 속 썩고 겉 맑은 것 제 혼자 다 아는 척 육갑을 떨다가 집구석에 들어오면, 여편네는 아랫목 데워 놓고 흡사 낙타 새끼처럼 버티고 앉아 끄르륵, 무트림이나 긁어 올리고 앉았으니 간혹가다 혹독히 밀려오는 성욕을 해결하는 상대 외엔 내 계집이라고 여겨 본 적 신혼 초기 몇 달뿐이었다.

괄시받고 천대받고 조롱당하고 사기당해 쫓겨난 도시 바닥으로 이빨 악물고 다시 진출해야겠다고 다짐한 박지발이 품고 있는 거간의 야심 속에는 부처님 가운데 토막 같은 이런 아내로부터 하루라도 빨리 탈출하고 싶은 욕망도 깊이 도사리고 있는 것이었다.

말은 나서 제주도로 가고 사람은 나서 서울로 가라는 속담도 있듯이 증조할배가 증조할배 되는 때부터 우려먹을 대로 우려먹어 이젠 생똥 구린내만 진동하는 그깟 놈의 땅 털털거리는 화물자동차 짐짝 위에 타고 앉아 졸고 있던 조수란 녀석들이 누런 코나 휙 풀어 던지기 십상인 이깟 놈의 농토, 죽어라고 파봐야 땅강아지 알 실은 것밖엔 구경할 게 없고, 나아가서는 하다못해 읍내 소학교 운동회날에라도 종이꽃 한 송이 가슴에 달고 설칠 처지 못 될 바엔, 사람 한 번 나서 재채기라도 하고 죽는 게 도리일 성싶어 그는 서울행을 작정했던 거였다.

조상이 그에게 남겨 주고 간 재산이라야 별것 없었다. 해 걸려 한 마지기 골 타고 가면 사지가 온통 뒤틀리는 당나귀 목덜미같이 가파른 언덕바지 밭 열 마지기, 봇도랑을 외로 꼬고 앉아 자정까진 지키고 있어야 윗논에서 흘러 넘어오는 물맛 겨우 볼까 말까 한 논 여섯 마지기가 그 전부였다.

박지발은 읍내로 나가서 미련 없이 이 농토를 몽땅 팔아 챙기고, 10년을 못 봐도 속 하나 쓰릴 일 없는 아내에겐 온다 간다 말없이 서울로 떠나 버렸던 것이다.

서울 바닥에 들어서게 된 그는 제 푼수에 맞는 변두리의 여인숙을 골라잡고 한 여섯 달쯤은 가져간 돈 별 축낼 일 없이 지낼 수 있었다. 그것은 이런 불 같은 바닥에 도대체 자기가 비집고 들어갈 틈새가 어딘가 하는 것을 생각하고 물색하는 데 6개월을 허송한 것이었다. 그는 신진여인숙에서 같은 장기 숙객인 한 불한당과 간혹 한 '고뿌'씩 나누게 되었는데, 이놈을 만난 게 박지발에겐 큰 화근이 되었던 것이었다. 알고 보니 그 녀석은 대지 알선 매매를 주로 하는 무슨 개발주식회사의 전무라 하였고(그는 이 변두리의 대지 매매 관계로 여인숙에 묵고 있는데 불편이 말 아니라고 씨부렸다), 엔간한 사장쯤 알기를 얌생이 뿔로 아는 아주 맹랑한 놈이었다. 그는 양담배 한 개비쯤 박지발에게 빼내 권하면서, 「투자보다 더 확실한 현금은 없다, 이런 말이 있어요. 허기야 경제이론 같은 거 당신이 알 턱 없지만……」

그 녀석이 이런 말을 하였는데, 박지발은 이틀 동안을 끙끙거리고 생각던 끝에, 「전무님, 저에게 돈이 조금 있습니다」 해버린 것이었다.

그리하여 그 전무란 화적과 박지발은 한통속이 되어 적산 임야지를 똥값에 불하 받아서 적어도 네 곱절은 비싼 값으로 팔아 넘길 수 있는 일에 착수하게 된 것이다. 그러기를 8개월, 어느 날 갑자기 박지발은 자기 혼자만 덩그렇게 여관방에 누워 있는, 순 알거지인 촌놈으로 원상 복귀된 자신을 발견하기에 이르렀던 것이다. 그는 후닥닥 놀라 일어섰지만, 4개월이나 밀려 있는 여관 빚을 생각하고 다시 주저앉았고, 새벽 한시에 담 넘어 이 막곡동까지 도망 온 처지였다는 걸 마을 사람들은 알 턱이 없었다. 다만 사업엔 실패하고 돌아왔으나 똑똑한 사람으로 알고 있을 따름이었다.

그러나저러나 꼬리 잘린 개 꼴이 된 그였으나, 도회로 다시 한 번 진출해야겠다는 욕망은 박지발을 집요하게 끌어당기고 있는 터이었다. 그러나 그에겐 돌고 돈대서 돈이라던 그 돈도 없었고 요사이 한창 유행하는 백이란 것도 없었다.

그가 서울 바닥에서 배운 것이라고는 넥타이 매는 법, 너털웃음 웃으며 상대방 심지 돌아가는 것 탐색해 내는 재주 부리기, 땡전 한 닢 없이 찌개백반 얻어먹고 점잖게 돌아서기, 이간질해 놓고 자기 혼자 쏙 빠지기, 장관 이름 부르기를 제 집 머슴 이름 부르듯 쉽게 목청 뽑아내기, 궐련을 가난기 없이 멋있게 꼬나물기, 돈이라면 이젠 신물이 난다는 표정 만들기, 도시 생활에 진력이 나서 아흔아홉 칸인 시골집으로 내려가 전원 생활로 잠적하고 싶다는 심경 털어놓기, 김정구의 〈눈물 젖은 두만강〉은 그야말로 일품이라고 말하며, 음악 예술 방면에도 조예가 있다고 상대방에게 은근히 내비치기 등으로 어디까지가 잘되어 있고 어디까지가 잘못되어 있는지를 분간하기 어려운 인간인 박지발에겐 미군 부대가 주둔하게 되리라는 소문은 실로 충격적이 아닐 수 없었다. 그래서 잠 못 이루는 흥분이 그를 흔들어 대고 있는 것이었다.

미상불 그를 고민케 하는 것은 그 미군들이 주둔하게 되리라는 지역이 딱 부러지게 어디쯤이 될 것인가가 정녕 막연한 것에 있었다. 면사무소나 군청 같은 데 연줄을 달아 그것을 탐색해 내는 방법도 생각지 않은 것은 아니다. 그런 군사 기밀을 넙죽넙죽 얘기해 줄 것 같지도 않았고 또 그따위 하급 행정 기관이 알고 있을 것 같지도 않았다.

그것은 정말 박지발을 안달하게 만들었다. 주둔지를 먼저 알아낸다는 건 금광맥을 먼저 발견하는 것만큼이나 중요하고 결정적인 일이었기 때문이었다. 그러나 그 고민이 너무나 쉽게 해결되어 버린 일이 생긴 것이었다. 그 소문이 소용돌이처럼 마을을 한 바퀴 휩쓸고 지나간 다음, 열흘쯤이 지난 어느 날, 한 대의 랜드로버가 꽁무니로 뽀얗게 먼지를 몰아 잡으며 느닷없이 마을 어귀에 들어선 것이었다. 차는 마을 어귀에서 잠시 물풍뎅이처럼 뒤뚱거리더니 금세 방향을 잡고 비적(匪賊)처럼 횡포스럽게 마을 한복판을 가로질러 기름 냄새를 홱 끼얹으며 치닫더니 이웃 금곡동(金谷洞)과 막곡동의 중간 지점이 되는 언덕 아래로 가서 멎었다.

갯밭 가에서 어울려 흘레나 붙던 마을의 똥개들이 자갈 쏟아지는 소리로 일제히 짖어 울리며 차를 쫓아 뛰었고, 동네 악다구니 몇도 그 뒤를 따랐다.

차는 너무나 느닷없이 마을에 닿았고, 부살같이 빠져 달아났으므로,「헛, 그놈우 차 한번 뼈 부러지게 달리는데!」하고 마을 사람들은 멍청하니 바라보고만 있었다.

여송연을 멋있게 꼬나 문 양코배기 두 명과 오줄없이 껌을 질겅질

108

경 씹고 있어 맺힌 구석 하나 없어 보이는 통역 한 명이 그 차에서 내렸다. 그들은 곧장 둔덕 위로 올라갔고, 사방의 전망을 손짓해 가며 쇠발괴발 와사거리고 지껄여 쌓는데, 그것이 미국말인지라 유현덕이 왔다 해도 한마디도 알아들을 수 없었다.

동네 코흘리개들이 똥개들과 싸잡혀 차 주위로 모여들었다. 천성이 순진하고 겁 많은 아이들은, 그저 모여서들 차만 기웃거렸지만 그중엔 용감하고 엉뚱한 녀석도 섞여 있었던지, 먼지 덮인 문짝에다 손가락으로 '덕구자지굴따'라고 써놓은 것도 보였다.

둔덕에서 잠시 머뭇거리던 그들은 곧장 차 있는 곳으로 내려왔는데, 말이 났으니 얘긴데 참으로 코 한번 되게 굵은 양코배기들이었다. 그중의 한 사람은 가슴패기와 양쪽 손잔등에 흑갈색 털이 부숭부숭하여 흡사 3학년 1학기 자연책에 나오는 콜레라를 연상시켰다. 아이들은 가재걸음으로 비슬비슬 옆으로 물러났다. 그들은 누구에게 지목은 않고 아이들이 모인 한가운데로 껌 한 통을 획 던져 주곤 다시 금곡동 쪽으로 차를 몰아 달렸다.

이 조그만 사건은 마을 사람들에게 미군 부대가 주둔하게 된다는 심증을 굳히게 만들었고, 박지발로 하여금 전율을 일으키게 하였다. 그는 생각했다. 새옹지마란 바로 이런 자기를 두고 하는 말이라고, 사람 팔자 시간 문제란 말도 바로 이런 자기를 두고 하는 말 같았다. 가슴이 뻑적지근하게 차 오르고, 술 취한 기분처럼 온 세상이 점점 자기 발바닥 아래로 녹아드는 기분이었다.

그는 남이 추수하고 난 부스러기 고추 짐을 사정하여 얻어다 이삭이나 따고 있는 뜰의 아내를 잠시 연민에 찬 시선으로 바라보았다. 저것도 인생이라고 살려고 발버둥 치는 걸 보니 측은하고 가소로웠다. 등에 업힌 아이는 모가지를 뒤로 꺾인 기역자를 하고 허공에다 턱을 치킨 채 자고 있었다.

저런 여자를 여편네라고 8, 9년을 달고 살아가는 자기도 어지간히 속 트인 놈 아니면 팔불출이었던가 싶었다.

그는 아내를 소리쳐 불렀다.

「이봐.」

「……」

「야, 이것아.」

그제사 아내는 손놀림을 멈추고 등에 업힌 아이 한 번 추스르고 나서 고개를 들었다.

「술 한 되 받아 와.」

「방낮에 웬 술은?」

「잔소리 말엇.」

「외상이 온 동네 처념에 똥 깔리듯 했는데.」

「앙, 자꾸 주낄 테여? 못 받아 오겠어?」

여자란 금방 뒈지는 시늉을 해도 속옷 어디엔가 꼬깃꼬깃 접힌 돈 몇 장은 사려 두고 있다는 걸 똑똑하고 사리 밝은 박지발이 모를 리 없었다.

금방 식칼이라도 들고 나설 듯 지랄해 올리는 사내의 등등한 기세에 눌려 아내는 치마 털고 부스스 일어나는 것이었다.

「앙, 꿈지럭거리지 말고 퍼뜩 좀 못 움직여?」

「참! 지금 안 가는교. 개를 쫓아도 궁글 두고 쫓아야제.」

「저게 또 대거리여?」

「……」

아내를 다그쳐 술 한 되 마시고 난 그는 막소주집으로 나가서 마을 사람들을 불러 모았다. 거기서 몇 가지 위협적이면서도 타당성 있는 문제점들을 제시한 것이었다.

첫째, 양키들이 주둔하게 되면 각 지방의 양갈보들이 이 막곡동 근방으로 집결하게 되는데 이들의 생활 근거가 마을에 침투되면 그야말로 마을의 안녕 질서가 하루아침에 박살이 날 뿐 아니라, 아이들

정서 교육 문제도 개판(이 말을 미국말로 하면 '독그테블'이라고 그는 말했다)으로 글러 버릴 테니 이는 죽 쑤어 돼지 퍼주는 격이다. 그리고 또 도깨비상인 출입이 뻔질나게 될 터이니 이건 큰 사회적이고 국가적인 문제이다. 이들이 적어도 이 막곡동 근방에서만이라도 얼씬 못하도록 오금을 박기 위해서, 낮에 양키들이 왔다 간 그 언덕바지 아래에 사택이 달린 사무실 한 채를 마련할 필요가 절대로 있다. 말하자면, 이 건물이 바로 막곡동 정화추진위원회 사무실이 된다. 그렇게만 해준다면 자기가 책임지고 마을이 받을 가공적인 위협을 미연 방지할 수 있다고 역설하였다.

그의 역설은 많은 마을 사람들로부터 동조를 얻는 데 성공했다. 사람들은 박지발의 그런 기지와 책임감에 대해서 입에 침이 마르도록 극구 칭찬하여 마지않았다. 그의 지론은 특히 마을의 연로한 어른들께 전폭적인 지지를 얻는 데 성공했다. 그럼으로 해서 평소 박지발의 인간 됨됨이를 조금은 알고 있는 몇몇 젊은이들도 그나마 한 개뿐인 입, 꾹 다물 수밖에 없었다. 동장 역시 그의 속셈을 알 수는 없었겠지만, 미군 부대가 주둔하게 될 때 마을은 너무나 노출된 상태에서 속수무책으로 부닥쳐 올 갖가지 자질구레한 잡음 따위를 그가 받아서 처리하겠다니 이루 말할 수 없이 반가웠고 잘된 일로 생각되었다.

물론 박지발의 속셈은, 마을 사람들이 보아 주는 그런 따위의 희생심이나 봉사 정신의 발로에서 나온 것은 절대로 아니었다. 그가 그 양키들이 둘러보고 간 언덕 아래 동사(洞舍)를 짓도록 유도한 데는 상당한 야심이 도사리고 있었다. 미군 부대에서 흘러나오기 십상인 도깨비 물건들을 암거래할 수 있는 전진 기지를 만들자는 속셈이 우선 그 첫째였다. 만약 이놈의 일에 주눅이 붙어 그의 꿈이 박살이 난다 해도 그가 손해 볼 일은 한푼 없는 것이었다. 가령 그 집이 징발당할 지역으로 가늠되어 철거령이라도 내린다면 거기에서 상당한 보상금을 타낼 수 있을 터이니, 그걸 혼자서 받아 내어 홀랑 날아 버리면 자기를 잡으려고 서울 바닥까지 아옹다옹 기어 올라올 시러베 같은 놈이 막곡동 바닥엔 없다는 걸 박지발은 알고 있었다.

조상 묘 파 뒤진 일이야 없고 보면 그 두 가지 중에 하나는 맞아떨어질 일이었다. 그야말로 떼어 논 당상이었다. 그 동안 비 오는 날 바깥출입 때 벼락 안 맞기만 조신한다면, 도회로 다시 진출할 수 있는 상당한 경제적 여건이 해결되고 마는 것이었다.

그것을 위하여 어수룩한 막곡동 사람들 등어리 좀 타고 기어 보자는 건데 적어도 박지발에게 있어선, 문경 새재 토끼똥을 주워다 우황청심환으로 속여 팔아도 모르고 사 먹을 이 막곡동 사람들 꼬여서 몰아붙이는 것쯤이야, 잇몸으로 두부 잘라 먹기요 주먹으로 밀가루 반죽 치기였다.

본래 사람 의심할 줄 모르며, 남이 하고자 하는 일 아옹다옹 왼팔 들고 외로 꼬나본 일 없으며, 남 잘사는 것을 부러워했으면 했지 시기해 본 일 없으며, 앞 사람에게 고개 한번 세차게 쳐들어 본 기억 없으며, 열 사람 총중에 인감도장 가진 놈 한두 사람 있을까 말까 할 정도로 고약한 세상 물정과는 아예 상대를 않고 살아온 마을 사람들은 그 이튿날로 박지발이 지정해 준 언덕 아래 널찍한 터에다 우선 집 터 닦는 일부터 시작하였다. 터 닦는 일이래야 오리나무 몇 그루 베어 내고 아카시아 몇 그루 뽑아 던져 버리면 시원한 집터 하나쯤이야 금방 나왔다. 밥술 놓고 나면 흙 일구고 주무르고 밟는 일밖에 모르는 마을 사람들 손에 그까짓 터 한 50평 일구는 거야 당나귀로 말하면 소금 짐 싣고 강건너기였다.

일한다는 자체에 너무나 천부적으로 탐닉되어 있는 그들은 일단 집터가 마련되자, 그 집이 무엇 하는 집이며 누가 차지할 집이고쯤은 생각할 겨를 없이 어서 이 터에다 한 채의 집을 완성해 놓고 싶은 치열한 노동욕에 빠져 들어갔다. 누구 하나 곁눈질하며 빈둥거리는 사람은 없었다. 일손 놓고 나면 삭신이 욱신거려 견딜 수가 없었지만, 저기서 작두질이면 여기서 가래질이요 자귀질이었다. 열 사람 모여 앉아 사람 하나 병신만들기 일 아니듯 열 사람 모여 집 한 채 올려 세우는 것 역시 일 아니었다. 초벽이 마르기 바쁘게 미세 올려 벽 만들었고, 상량되기 바쁘게 벌써 지붕에 흙덩이 올라가는 판이었다.

그중에 단 한 사람, 손가락 끝에 흙 한 톨 안 묻히고 미친 노루 모양 공연히 이리 뛰고 저리 뛰며 추녀가 처졌느니, 「흙이 너무 물러」 하며 심장 빠칠 정도로 잔소리깨나 하고 돌아가는 것은 박지발이 혼자였는데, 그러나 누구 하나 그의 얄미운 처신을 욕하는 사람은 없었다.

「일엔 손 뜬 사람이니까.」

「도회지 물 먹은 사람이 일손 잡힐 텍이 있나. 거든다면 백줴 일만 더 만들지.」

이렇게 말할 뿐이었다.

그렇게 꼬박 일주일을 법석을 떤 나머지 마을 사람들은 푸른 초원 한가운데 흙냄새 물씬 풍기는 외로운 집 한 채를 이루어 놓았다. 방 두 개에 부엌이 달렸고, 앞쪽엔 널찍한 빈 터를 남겨 두어서 이용도에 따라 개조할 수 있도록 만들어 놓았다. 30평이나 되는 뜰도 말끔히 잡초를 쳐내고 발갛게 닦아 놓았다. 집에서 멀지 않은 곳에서 샘도 하나 찾아내어 옹달도 만들어 놓았다. 사흘 뒤에 야심 많은 박지발과 가족들은 그 새집으로 옮겨 앉았다. 이제 그에게 남은 건 어서 빨리 저 지척에 바라보이는 언덕 위로 미군 부대가 옮겨 올 날을 기다리는 일만 남았다.

아랫마을 금곡동과 막곡동 사이에 위치한 이 언덕바지는 두 동네 사람들이 서로 모인다면 서로가 두 마장쯤은 걸어야 하는 거리를 두고 떨어져 있었다. 그러나 그 길목엔 다른 아무 인가도 없어서 그의 세 식구는 초겨울의 황량한 들판과 포유동물의 뼈마디 같은 식구들을 바라보며, 밤이면 계곡을 타고 내리는 을씨년스럽고 스산한 산바람이 벽을 스치는 소리를 들으면서 쓸쓸하고 외롭게 살 수밖에 없었다. 간혹 마을 사람들이 찾아오기는 하였으나 그것은 아내의 품앗이를 기별하러 들르는 축들이었고 그를 만나러 오는 사람은 거의 없었다.

박지발은 외로워지기 시작하였다. 그러나 그런 외로움쯤이야 얼마든지 참고 견딜 수 있을 것이었다. 미군 부대가 들어서는 그날로 그의 집 앞은 인간 종자에 차여 못 견딜 일 생기고야 말 것이기 때문이었다. 그리하여 그는 '幕谷洞靜化推進委員會(막곡동정화추진위원회)'라 쓴 간판을 가만히 바라보다가 언덕 위를 산책하고 돌아와 누워 잠자는 것으로 일과삼았다.

그의 아내 입장으로 보아선, 근 3년간이었던 남의 행랑채나 셋방살이에서 벗어나, 동리 소유라곤 하지만 큰 집에서 네 활개를 뿌드득 소리나게 뻗치고 잠잘 수 있는 게 무엇보다도 기쁘고 흥이 났다.

아침으로 옹달에 물이라도 길러 갈 땐 엉덩짝이 흡사 사돈집 가을 마당에 놓고 있는 암탉의 그것처럼 이리 뒤룩 저리 뒤룩 하였다.

「아이쿠, 저게 일찍 돼지기는 진작 틀렸어!」

아내의 그런 천덕스러운 꼬락서니를 문틈으로라도 내다본 박지발은 복장 터져 하였다. 그 눈치 알 리 없는 아내는, 그래도 제 남편 도회지 물 먹고 돌아온 뒤, 열 손 재배하고 할 일 없이 동네 골목만 늙은 개 모양 어슬렁거리고 돌아다니는가 속으로 무척 안달하였더니, 순전히 남의 손으로 집 한 채 장만하는 놀라운 솜씨도 그러하거니와 그래도 자기를 계집이라고 여겨 싫든 좋든 같이 살고파 하는 내심 읽은 터이어서 발 뻗치고 자는 도중 언뜻 한잠 깨어 생각하면 고맙고 눈물나 슬며시 남편 곁으로 정겨운 손이라도 넣어 볼라치면 이건 또 무슨 발광인지, 「이년이 사당 귀신이 붙었나, 갑자기 이게 웬 지랄이여?」 후닥닥 일어나 버럭 소리 지르는 바람에 무안하고 슬퍼지는 것이었다.

　그래, 훗장날쯤은 나가 보아서, 부산 국제시장 화재에서 그을려 나온 '동동구리무'라도 한 통 사 발라 손 치장이라도 해볼 참이었다.

　그런 아내 속셈 역시 알 바 없는 박지발은 언덕바지 집으로 옮겨 앉은 지 꼭 20일이 지나도 미군 부대는커녕 얌생이 새끼 한 마리 얼씬하지 않자 본격적으로 안달이 발동하기 시작하였다. 그리하여 죄 없고 만만한 아내를 밤낮으로 들볶기 시작했다. 그러나 볶는 일도 콩같이 튀어야 재미가 있지 천성이 쇠가죽인 그의 아내는 반응이 없었으므로 그 자신만 기진할 따름이었다.

　그의 신경질이 오직 그 아내에게로만 집중되어 이젠 아내 역시 더 참을 수 없게 되어갈 즈음 한 대의 미군용 트럭이 목재를 가득히 올려 싣고 예의 언덕 아래로 슬금슬금 다가가고 있었다. 그 차의 꽁무니에 역시 5, 6명의 동네 악다구니들이 달라붙어 따라오고 있었으며, 똥개 대여섯 마리도 콩콩 짖으며 쫓아오고 있었다.

　그 광경을 본 박지발은 순간적으로 울컥 울화가 치밀어 올랐다. 그것은 어린아이가 자기 할머니에게 퍼붓는 공연한 앙탈과 비슷한 심정에서 우러나온 것이었다. 그러나 그는 충동을 아랫배 깊숙이 가라앉히고, 트럭이 끄르륵 하고 트림을 토하고 멎는 것을 가만히 서서 지켜보았다.

　잠시 후 그쪽으로 걸어갔는데, 꾸벅꾸벅, 천천히도 아니고 그렇다고 빠른 걸음도 아닌, 치신 지킬 것 다 지키고 궁금한 것 궁금하다는 식으로 적당한 걸음으로 다가갔다. 우선 아이들과 똥개들은 저만치 쫓아내고 짐짝 위에 타고 온 몇 사람 중에 제일 수월해 보이는 한 사람에게 다가가선, 우선 궐련 한 개비부터 권해야 한다는 걸 퍼뜩 떠올리고 그렇게 몸짓하는데, 저쪽에서 그 낌새 먼저 알아차리고, 「아닙니다, 담배 못 태웁니다」 했다.

　「아, 네! 그래요?」

「바로 저 집에 사시는 분 같군요.」

「아, 네, 그렇습니다.」

「앞으론 언덕 위의 이 집으로도 자주 나오십시오.」

「원 별말씀을……. 그런데 부대는 언제쯤 도착하게 됩니까?」

「부대라뇨?」

「지가 너무 당돌하게 물어본 것 같습니다.」

「아, 네네. 이 신축 작업이 완성되면 오게 되겠지요. 부대라고 말씀
하시길래 처음엔 잘못 알아들었습니다. 하, 농담도 재미있게 하시
는 분이군요, 허허.」

그 순수한 청년은 소박하게 웃었다.

「건축 자잰 또 오게 됩니까?」

「아닙니다. 뭐 그렇게 많이 들지도 않습니다. 예배당 한 채에 방
두 개 달린 사택이면 족하니까요.」

「예배당이라뇨?」

박지발은 이 작자가 정말 촌놈 하나 데리고 농담하는 게 아니면
실성한 놈이라고 생각했다. 상대편에서도 그의 맹랑한 속짐작을 알
아챘든지, 지금까지의 수수한 태도를 거두고 진지한 표정으로 바꾸
면서,

「네, 하늘에 계신 주님의 말씀을 듣고 그이를 위해 찬송하고 기도
하는 곳이지요.」

하고는 곧장 돌아서서 제 할 일 찾아 걸어갔다.

알고 보니, 그 예배당은 미군의 원조를 받아 이웃 금곡동과 막곡동
사람들을 위해서 세워지고 있었다.

신축 자재들은 모두 미군들이 쓰는 것들이었고, 예배당이 그곳에
서 세워지고 있는 동안 사방에서 모여든 전도사들과 교인들이 마을
을 뻔질나게 드나들며 주님의 말씀을 전도하고 찬송가를 불렀다.

보름 뒤에는 언덕 위에 노란 페인트칠까지 한 아담한 예배당 쪽에

116

서 덩덩덩 종소리가 들려왔다.

박지발은 이제 죽은 새우처럼 어깻죽지를 쭈그러뜨리고, 방구석에 처박혀 밖엔 나가 볼 엄두를 않고 있었다. 더욱 그를 숨통 막히게 하는 것은, 그 예배당에 상주해 있는 전도사란 작자가 이틀이 멀다 하고 찾아오는 데 있었다.

그는 사람을 붙들어 앉히고, 억지로 눈감으라고 명령하고서 「……다만 악에서 구합소서, 대개 나라와 권세와 영광이 아버지에게 영원히 있사옵나이다. 아—멘」하고, 「선생, 믿음으로 영생을 얻으십시오. 특히 가장 가까운 이웃에서 주님의 말씀을 들으시러 나오시지 않으시다니, 주님께서는 언제든지 선생님이 오시는 날 은혜의 팔을 벌리실 겁니다. 오늘부터 믿기로 작정하십시오.」뭣이 어쩌고 하며 사람 붙들고 놓아주지 않는 데는 정말 미치고 환장할 지경이었다.

더욱이 여편네라는 게 또 신들린 년처럼 죽기 아니면 까무러치기로 예배당을 뻔질나게 출입하는 데는 복장 터질 노릇이었다.

그 여편네조차 교회를 나가고 없는 밤, 박지발은 병 앓는 거위 모양 모가지를 길게 빼고 앉아 등심지만 바라보고 있노라면, 또 그놈의 겨울바람은 왜 그렇게 스산하게 불어 가는지 심장에 큰 구멍이라도 뚫린 듯 속이 헛헛하고 배고팠다. 그는 바람소리가 점점 무서워지기 시작했다.

이 몸의 소망 무언가 우리 주 예수뿐일세
우리 주 예수밖에는 믿을 이 아주 없도다
굳건한 반석 있으니 그 위에 내가 서리라, 그 위에 내가 서리라.

찬송가 소리가 그놈의 언덕 위에서 바람을 타고 역력히 들려올 땐, 저 소리 중엔 여편네 목소리도 분명 섞여 있기로 짐작하기 어렵잖은데, 이년을 당장 쫓아 올라가 주리를 틀어 잡고 오줌 빠지게 한번 패

줄까도 맘먹었지만 정작 그러지는 못하는 자신이었다.

　오늘도 아내는 새벽 타종 소리가 들려오자, 해삼같이 퍼져 자던 년이 울컥 놀라 일어났다. 새벽 기도라는 걸 이것도 하는구나 싶었다. 그녀는 주섬주섬 아이를 들쳐 업고 있었다.

　박지발의 눈엔, 며칠 전에 그 얄미운 전도사란 작자가 구호 물자로 나온 담요 한 장을 주고 간 후부터 더 극성을 떨고 예배당엘 가려 하는 것 같았다. 그는 부아가 끓어올라 더 이상 참지 못하였다.

　「이 밤중에 워딜 가는 거여, 엉? 서방질 아니고 또 할 것 있느냐 말여, 이 야밤중에에?」

　그는 버럭버럭 소리를 질렀다.

　「아이구, 억장 무너지는 소리 그만 하소이. 예배당에 가는 줄 누깔로 번히 보고 있음도 무슨 땅에 쌔 끌어 박을 소린교, 잉?」

　「니가 도대체 하늘님인동 똥갠동 알긴 하고 댕긴다고 지랄가?」

　「그래여, 내가 똥갠동 모르기사 절벽이오마는 그 하느님 앙이면 누가 우리한테 담요 한 장이라도 갖다 줄까, 잉?」

　「담요? 그 담요 좋지. 그놈우 담요 한 장에 그래 한 대여섯 번 나가 주었으면 됐지 뭣 땜에 뻔질나게 댕겨 싸, 돌쩍은 안 닳어, 엉?」

하면서 여편네 관자놀이께를 한 번 죽어라고 쥐어질렀는데, 그게 어둠 속이라 가늠을 잘못하여 윗목에 놓인 등잔만 박살내어 방 안에 석유 냄새가 등천을 하였다.

　아내는 못내 복장 터져 하면서도 여전히 주섬주섬 아이를 들쳐 업었다.

(1974년)

비행기타기

　월전면 막곡동 언덕바지에 예배당이 올라서고, 그 예배당 차가운 마룻바닥일망정 주님의 아들 되어 보기로 작정한 사람들이 하나 둘씩 불어나 이곳 교회가 제 나름으로 틀도 잡혀 가고 샀전 받아 연보(捐補)도 할 줄 알아 갈 즈음, 마을은 또다시 이상한 소문으로 들뜨기 시작했다.

　말인즉슨, 이 근방 어디엔가 얼토당토않게 비행장이 생기게 된다는 것이었다. 그것은 생판 억장 무너지게 엄청난 소문이었고, 또 밑 빠지게 가난한 이 생색 없는 한촌에 비행기가 내려앉을 만한 구실도 없었으므로 사람들은 일언지하에 그 소문을 믿으려 하지 않았다.

　그 소문을 마을로 몰고 들어온 실없는 작자들은 석유 되나 담으러 읍내로 나갔던 장꾼들이었다.

　「시러베 같은 놈들, 졸가리 없는 소문은 왜 자꾸 물어들여!」

　「쌔 빠질 놈들, 백줴 인심만 뒤숭숭하게 한다 카이께로.」

　「그 다 일손 놓고 싶은 인간 말짜들이 씨부려 쌓는 소리여.」

　「어따, 그 여물 씹는 소리 같은 걸 가주고 니밀락내밀락하는 우리도 팔불출이여. 오줄없는 소리 그만 놔도 뿌러.」

세월이 뒤숭숭한 판엔 간혹은 그런 미련스러운 소문도 떠돌기 마련인 법이라고 생각하고 있을 따름이었다. 하긴 막곡동에서 입암면 쪽으로 두어 마장 시름시름 올라가다 보면, 긴 낭떠러지를 끼고 있는 갯바닥 한 2만 평이 묵어 자빠져 있긴 하였다. 그러나 냉수를 사발째 들이켜고 생각해 본대도 하필이면 그 바닥에 비행기가 내려앉아야 할 건덕지라곤 없었다.

그러나 그것은 마을 사람들의 오산이었다. 그 소문은 나돌기 바쁘게 대뜸 구체성을 띠고 그들을 얼러 댔기 때문이었다. 면사무소의 회의에 다녀온 마을 구장의 입에서부터 확실해진 것이었다.

「비행장이 들어선다 카는 게 진정이었다 카이!」

「사실이라이, 무신 야바우 같은 말씀이여?」

「오늘 구장회의 석상에서 면장이 확실하게 캐쌓드라만서도.」

「허, 살다 보이 낮도깨비 오줌 싸는 꼬라지 보겠네.」

「입암 쪽으로 가는 갯들이라 카데.」

「들어선다면야 땅이야 거기뿐이기사 하지만서도 비행장이 거기 들어설 요량을 당최 모를 일이여.」

물론 막곡동 근방에 비행장이 들어서야 할 군사적인 문제성 따위쯤이야 사람들이 안다는 게 열 번 거짓말이지만, 그러나 비행장 설치를 월전면에다 유치하기까지는 면장인 최억돌(崔億乭)의 야심과 포부가 보다 크게 작용된 사실도 그들은 역시 모르고 있었다.

그즈음, 산간지방에는 북쪽으로 쫓겨 가다가 낙오된 인민군의 잔당들이나 적 점령 치하에서 부역하던 오도 가도 못하는 인근 지방 공비들이 같이 섞여, 산속에 숨어 목숨 부지하면서 화전민촌이나 산중 독가촌 여기저기에 홍길동이 뺨치게 불쑥 나타나선 이젠 불똥도 온전히 못 씹어 낼 순 어거지 같은 에이케이(AK) 소총 비슷한 걸로 노인 아이 불문곡직코 뱃구레를 묵사발 다루듯 위협하고는 구렁이 알 같은 겨울 곡식을 날렵하게 알겨내어 다시 산속으로 잠적하곤 하는 곤욕을 치러야 했다.

곡식을 숨기고 빼앗기지 않으려는 주민들의 끈질긴 앙탈과 숨겨 놓은 곡식을 빼앗아 챙기려는 공비들의 위협 사이에서 선잠 깬 아이들은 입을 바가지로 벌리고 울음 터뜨려 해 떨어진 산촌의 분위기는 엎어 버린 장기판이었다.

사람이 한 곳으로만 생각하면 하늘에 박힌 별도 못 딸 일 없다더니, 이놈들은 산골 사람들 가장 어수선한 건 용케도 알아내고 맞보기 안경 비슷한 걸 척 끼고 나타나선 곡식 둔 것 죽어도 없다고 잡아떼는 노인네들 앞에 턱 버티고 서서「할마이 동무, 이 안경 끼문 아무리 깊게 숨겨 놓은 물건도 다 보이기 마련이야. 거짓말해도 소용없어. 거짓말인가, 할마이 동무, 한번 껴보오」하고 으름장 놓고 그 안경 썩 벗어 노인께 건네주기 마련인데, 속없는 노인은 아차 싶어 얼른 얻어 끼고 참으로 곡식 숨겨 놓은 쪽으로 몇 발짝 걸어가서 가늠하고 살펴보았다. 나중에사 속은 것 알아채고 바가지로 욕 퍼부어 봤자 그놈들 이미 고개 하나 넘은 뒤였다.

좀도둑이라면 삽짝 나서는 뒤에 대고 복장 터지게 소리라도 오지게 질러 보련만, 마디가 뚝뚝 부러지는 북쪽 사투리로「간나새끼들, 간 뒤에 소리치면 목숨 하나 안 남길 테여」하고 쇳소리 철거덕 내고 돌아서는 건 까먹지도 않아, 견골이 우적 무너져 내리는 듯한 속골탕만 한입 사리물고 엎디어 있을 수밖엔 없었다.

그런 집일망정 내 집 나서면 금방 죽을 수밖에 없다고 생각하는 마을 사람들에겐 공비들의 간단없는 출몰로 겪어내야 할 두려움이 여간한 곤욕이 아니었다.

담요 위에서 토닥거리는 벼룩 같은 공비 잔당 몇을 소탕하기 위해 대대 병력을 풀어 투입시킨다는 것도 벼룩 보고 대포 쏘는 격인지라 군사 당국에서도 골치깨나 썩이던 중 정찰용 경비행기라도 이착륙이 가능한 비행장을 군 자체에서 마련해 준다면 이 일대를 샅샅이 정찰해서 공비들의 거점을 꼭 집어 찾아내고 삼태기 속으로 날아든 참새 덮쳐 잡듯 해주겠다는 통첩을 하달했다. 그래서 군청 당국에서 이 문제를 놓고 면장 회의를 소집하기에 이르렀던 것이다. 문제는 그 착륙장이 순전히 면민들의 부역으로 이루어져야 한다는 난점을 안고 있는 것이었다.

8개 면에서 소집되어 온 그들 중에 누구도 선뜻 내가 맡겠다는 면장은 한 사람도 없었다.

군수는 열이 오르기 시작했다.

「그러나 면장 여러분! 이 비행장만은 꼭 만들어야 합니다. 이 일에는 우리 군 전체 주민들의 안녕 질서가 하루빨리 회복되어야 한다는 사명감이 앞서야 할 것은 물론입니다. 면민들의 일시적인 원성이나 부작용을 먼저 생각한다면 이 난국은 타개될 수가 없게 됩니다. 당장 자기 코앞에 떨어진 중대사를 두고 무사태평 일변도의 근시안적인 행정으로 유도해서는 안 됩니다. 지금 같은 비상시국에 공비들의 출몰로 당장 생업에 지장을 받고 있는 면민들의 불안을 가만히 보고만 있을 순 없어요. 국민들로부터 신뢰받지 못하는 행정은 있으나마나입니다. 이 점 명심하십시오.」

군수는 어금니를 사리물었고, 여덟 명 면장들의 정수리를 싸늘한 시선으로 바라보고 있었다. 침묵이 흘렀다. 그 침묵이 약간 지루하다고 느껴졌을 때, 자리에서 천천히 일어서는 사람이 있었다.

「우리 월전면이 맡겠습니다.」

「허! 최 면장, 내 그럴 줄 알았소.」

벌떡 일어난 군수님은 최억돌 면장과 악수를 하기 위해 네 발짝이나 걸어 나갔다.

「당신 같은 사람을 보고 군계일학이라는 거요.」

나머지 일곱 명의 면장들은 정말 금방 닭이라도 된 듯 모가지를 길게 빼 올리고 중치에 막혀 있던 느끼한 긴장을 깊숙이 빨아 삼켰다.

122

「나는, 여러분 면장들에게 딱 지적해서 이 공사를 명령할 행정적인 권한도 가진 바요. 그러나 의욕과 사명감에 불타고 있는 이 최면장 같은 분이 자발적으로 나서 주기를 더 바랐던 겝니다.」

역시 일곱 명의 면장들은 날 죽여 주십시오 하는 넉살 좋은 낯짝들을 하고 있거나, 화투 여섯 장 쥔 사람처럼 우물쭈물 입이나 반쯤 벌리고 군수님을 바라볼 뿐이었다.

최억돌 면장 역시 그들을 딱한 시선으로 바라보고 있었다. 자신의 승진이나 영달이란, 감나무 밑에 입 벌리고 누워 있는 식의 요행이나 바라는 전근대적인 방법으론 결코 쟁취할 수 없다는 사실을 그는 알고 있는 터이었다. 승진 앞에는 반드시 장애물이 부닥쳐 오기 마련이고 그 부닥쳐 오는 장애물을 가물치란 놈 수초(水草) 차고 나가듯 과감하고도 치열하게 박차고 나가지 않으면 안 된다고 그는 생각했던 것이다.

자기란 사람이 면 호적계 촉탁 서기로부터 발붙여 못난 오리 새끼 모양 이리 차이고 저리 차이고 농산계장 재무계장을 거쳐 부면장에서 면장으로 승진되어 올라오기까지 그게 말로 섬기기 쉽지 남모를 고충 까놓고 외운다면 결코 쉬운 일도 아니었다. 백이라도 타고났다면 진작 서울 바닥으로라도 가서 비벼 보았을 테고 그리하여 지금쯤이야 쏘가리처럼 엉크렇게 날 세우고 세상을 팔난봉으로 누비고 다닐 수 있는 억지와 저돌적인 능력도 자기에게 없으란 법 아니었을 테지만, 그러나 워낙 닭이 깐 꿩 새끼 모양 기댈 구석 하나 없는 집구석에서 태어난 걸 고개 외로 타려매고 눈뜬 장님으로 한탄만 하고 있을 순 없으므로 그는 치사하다는 면서기부터 시작한 것이었다. 그리하여 이 못난 면장, 그러나 이 졸때기 면장으로만 추하게 늙어 갈 수는 없는 노릇이었다.

기왕에 관물 먹겠다고 발 적신 바에야 사람 평생을 등줄에 면장이란 치사한 소인(燒印)만을 찍어 붙이고 이리 밀리고 저리 밀릴 수는 없는 노릇이었다. 세상엔 앞뒤 꽉 막혀 변통머리 없고 요령 없으며 결단력 없는 머저리를 지칭하여 '시골 면장'으로 부르고 있지 않은가.

그는 다시 군청으로 뛰어올라야 하겠으며, 거기서 도청이나 중앙 부서로 승진을 거듭해서 옮겨 앉고 싶었다.

자기 조상이 벼락 맞아 죽을 죄 저지르지 않은 바에야 사람 살아 가는 일생 동안 행운이란 것도 두세 번은 찾아오기 마련이라고 그는 믿고 싶었다. 그러나 그런 행동도 그저 무지막지하게 순 어거지로 찾아오진 않을 것이다. 호박 깊은 방앗간에 주둥이 긴 개 든다고, 평 소에 자기 주변의 분위기를 그렇게 만들어 놓는 게 보다 중요한 일 이라고 그는 생각하고 있었다. 이번 그가 이 비행장 정지 작업을 자 진해서 떠맡은 이유도 실은 최억돌 면장의 평소에 품고 있는 그런 조짐들 때문이었다.

이 공사를 완공해 놓고 비행기가 날개를 기우뚱하고 내려앉는 날, 설령 반복하여 계란에 유골(有骨)이라 할지라도 그 누구도 자기의 공적을 놓고 무능하고 치졸한 행정관이라고는 말 못할 것이다. 면민 들을 설득하는 것쯤이야 누워서 홍시먹기일 것이었다. 대대로, 숨 돌리기 전까지는 땅밖엔 파낼 줄 모르고 살아가야 할 산골 사람들이 그까짓 부역 한두 달 하는 것쯤 가지고 핏대 올려 삿대질할 후레자 식도 없을 터이고, 또 그들은 이웃집 제사 같은 덴 쫓아가서 감 놓아 라 대추 놓아라, 굴러간다 주워 올려라며 간섭하는 걸 미덕으로 알고 있지만, 관청에서 하는 일에사 보고도 못 본 척, 알고도 모르는 척, 그저 맘 편한 쪽으로만 고개 돌리던 것이었다.

비행장 공사가 시작되자, 월전면 막곡동 사람들은 또다시 새로운 기대로 기분들이 들떠 있었다. 하얀 거품을 토해 내며 높은 하늘 한 가운데를 둘로 가르며 치솟던 비행기. 그 속에는 도대체 어느 신통 한 사람이 타고 있을 것인가. 도대체 비행기란 독수리같이 생긴 것 외에 또 무엇이 붙어 있을 것인가. 그것이 땅 위로 내려앉을 적엔 어떤 꼬라지를 하게 되는 것일까. 그것이 분명 쇳덩어리임엔 틀림없을 텐데 상어 뱃가죽처럼 밋밋한 그대로 땅으로 내려앉을 것인가.

아직 자동차를 타보지 못한 사람도 수두룩한 판에 땅에 내려앉을 그놈의 쇳덩이를 직접 볼 수 있게 되었다는 동화적이고 소박한 기대와 안달로 막곡동 사람들은 비행장 정지 공사에 열심히 매달려 있었다.

그들의 기대와 안달 속엔 그 비행기란 물건에 대한 또 다른 면의 대견스러움도 작용하고 있기도 했다. 사변통이 한창 볶아치던 5, 6개월 전만 하더라도 그놈의 비행기는 막곡동 사람들에게 두려움과 공포의 대상밖엔 아무것도 아니었다. 계곡을 스치며 기총 소사를 퍼부어, 방 안에 앉아 있던 사람도 척추가 제풀에 폭삭 꼬꾸라지던 그 쇠를 가르고 나가는 듯한 매정스럽고 비정한 비행을 잊지 못한다. 그 비행기를 마음 느긋한 입장에서 직접 볼 수 있다는 가능성이 왠지 모르게 신통하고 대견스러운 것이다. 그러나 하루에도 7, 80명이 동원되는 인근 주민들의 열성과는 상관없이 원시적이고 소극적인 농기구에 의존할 수밖에 없는 정지 공사는 면장 최억돌의 계획과 욕심대로 공정이 쉽게 진척되지 않았다.

날씨는 추웠고, 게다가 바람은 또 그렇게 매섭게 불어올 수가 없었다. 입암면의 소백산 등줄기를 타고 내리는 겨울 한기가 맺힐 곳 없이 불어와 겨울에도 홑바지 차림일 수밖에 없었던 가난한 막곡동 사람들의 불알과 손등과 알가슴패기를 그대로 에고 후벼 들었다.

꽁꽁 얼어붙은 갯바닥에 괭이를 치면 쇠끝은 캥캥 소리를 내며 위로 튀어 올라 팔꿈치가 쓰리도록 아렸다. 무릎 종지는 얼음 구멍에 쑤셔 박은 듯 사뭇 남의 살인 양 여겨졌고 또 손끝은 불에 달군 듯 쓰리고 아팠다.

여기저기에서 삭정이불을 피워 놓고 몸을 녹이고 있는 축들도 있긴 하였지만, 그것은 공사 지휘 감독 나온 측량 기사와 면사무소 직원들이 우중중 들어서 있어 마을 사람들에게야 놀부네 집 제삿밥일 수밖에 없었다. 그들은 코르덴 바지 엉덩이께가 누렇게 눌어 노루 궁둥이가 되도록 불을 쬐고 돌아서선 한 열 걸음 바깥에서 곡괭이질이 힘들어 오장육부 다 긁어 올리고 있는 사람들을 턱으로 가리키고는, 「이봐여, 당신 시방 거기서 장난하는 기여, 일하는 기여?」 하는 소리나 질렀다. 당장 「야 이 자식아, 니 한번 해봐라」 하며 대갈통을 그놈의 불구덩이에다 칵 내꽂질러 주었으면 속이라도 한번 시원한 변 보련만, 자고로 그런 관청 사람들 비위 거슬러 하나 좋은 꼴 못 본 걸 잘 아는 막곡동 사람들은, 「아이, 날씨 너무 춰서 그리여」 하고 볼멘소리밖엔 딴 도리가 없었던 것인데, 「어따, 궁상떨지 말아요. 춥긴 댁이나 나나 매일반여」 하던 것이었다. 사람이 말 한마디로 천냥 빚도 갚는다던데, 그 말 듣자 속에서 수세미 뭉치 같은 게 한 주먹 울컥 치밀어 올라 애꿎은 괭이 한번 죽어라고 내리꽂으면 허옇게 언 땅가죽이 한 주걱 잦혀지곤 하였다.

말이 갯바닥이지 그래도 평지에사 정지 작업이랍시고 할 것도 없었지만 착수하고 보니 난공지가 여러 군데 있었다. 늪지대도 여러 곳이었고, 캐어낼 엄두가 나지 않을 만치 뿌리가 질긴 아카시아, 느릅나무가 서 있는 곳은 7, 8명이 엉켜 붙어 하루 해를 보내야 했다.

사람들은 삭정이불 옆에도 못 갈 판, 그렇다고 제 발로 걸어 나온 부역일을 작파하고 집구석으로 어정어정 돌아가려니 일하고 있는 남들 민망 면하기 어려워, 추위를 잊기 위해서도 몸 아끼지 않고 이 일 저 일 그저 해 떨어질 때까지 몸 놀리지는 않았다.

「그래도 이 막곡동 갯바닥에 비행기 내려앉았다 하면 사람 손가락에 불 쓴 기나 다를 배 없지러?」

얼어붙은 땅에 엉켜 붙어 떨어질 줄 모르는 그 모질게도 질긴 아카시아 밑뿌리를 낑낑거리고 뽑으면서 입들은 연방 조악거려 심심치는 않았다.

「그려, 먼저 간 조상들이 구경 못하고 간 거 애석도 할 기여.」

「머이머이 캐쌓아도 그놈우 공빈지 화적 뗸지 그놈아들 인제 꿈쩍 못하고 굴속에 틀어백혀 저 에미 밑구멍에서 떨어진 후에는 첨으로 졸가리 뿌리지게 떨고 굵게 생겼지러.」

「누가 아이라나, 굶어서 덩덩 부어 하늘 보고 아가리 벌리고 죽겠지, 밥 달라고.」

「저놈들이 안 죽고 배겨, 안 죽으면 저 그르지.」

「어따, 걱정도 팔잘세. 안 죽으면 까무러지기라도 하겠지러.」

「하기사 못 먹은 빈대매로 시름시름하다 죽겠지만서도 배고픈 거 못 참는 게 사람인데 운짐 달면 마슬에 나타나고 말 틴데, 죽을 요량 하고 말여.」

「저 사람 또 짐작 없는 말 하네! 아 그래 비행기가 길도 없는 하늘을 지 주작대로 이리 구불 저리 구불고 가을 마당에 씨닭 뛰듯 하는데 저들이 굴속에서 나와? 차라리 독수리 나는 데 삐아리 새끼 뛰는 게 낫지.」

「하기사 그놈아들 비행기라 카먼 빙판에 자빠진 소 눈알을 해가주고 오장육부 다 토해 낼 듯이 기겁하고 놀래기사 하드라 카먼서도.」

「그 말 그중 맞어. 저들이 밖으로 나온다 카는 거는 호랭이 앞에서 웃통 벗는 오기밖에 못 되지.」

「어따, 모두들 수제비죽 한 사발 온전히 못 처먹고 나온 주제에 워디 그런 입심들은 있노. 논설은 그만 하세, 이전. 안 씨부리는 것도 한 요 때우는 기여. 두석(斗錫)이 보기 민망치도 않나?」

주책없이 계속되는 입놀림에 누가 쐐기를 박자, 금방 무안들한 얼굴이 되어서 콩죽 같은 땀을 줄줄 흘리며 그저 일에만 열중하는 두석을 힐끔 돌아다보았다. 누가 그를 들춘 것은 그의 귀머거리를 두고 하는 말인 것 같았다.

두석 역시 사람들 주고받는 말낱을 알아들을 수는 없었으나 부역일을 나다니면서 눈치로 때려잡아 이 개펄이 비행장으로 변하고 있다는 것쯤은 짐작하고 있는 터수여서 그저 옆 볼 겨를 두지 않고 삭신 지끈거리도록 일에만 열중할 뿐이었다. 그는 간혹 몸놀림보다 빨라 한시름도 쉬지 못하는 사람들의 부처 밑구멍 같은 입놀림을 경원의 눈길로 바라보곤 하였다.

그때 트럭 한 대가 작업장 안으로 뿔뿔 기어 들어오는 것이 보였다. 면장 최억돌이 거기서 내렸고, 삭정이불 옆에 모여 섰던 면서기 축들이 뭐라고 씨부렁대며 우르르 그리로 몰려갔다.

사람들은 그게 무엇 때문인지 대강은 짐작들 하고 있었다. 공사장 한편 절벽으로부터 비행장 쪽으로 불룩하게 툭 불거져 나온 바윗덩이를 발파시키기 위하여, 면장은 벌써 며칠째 화약 주문 관계로 동분서주했던 것이다.

당초 최억돌 면장을 입에 침 발라 치켜 올리고 두둔하던 것과는 달리 군수님은 공사가 시작되자 비협조적이고 무관심한 태도를 취했다. 그는 그저 전화로만 공정을 확인해 볼 정도만으로 물러앉아 작업장엔 얼굴 한 번 내밀 요량 없이 지냈다.

면장 최억돌에겐 군수님의 그런 태도가 몹시 섭섭도 하였으나, 그럴수록 더욱더 완전하고 튼튼한 비행장을 만드는 데 심혈을 기울여야 한다고 다짐하였다. 군수님의 그런 태도는 오히려 그에게 힘이 되었으면 되었지 이런 판국인가 하고 물러설 자기는 아니라고 생각했다. 군수님의 그런 태도는 오히려 자기의 저력을 좀더 구체적으로 제시해 줄 수 있는 기회가 될지도 모를 일이었다.

그는 작업 공정을 앞당기기 위해 늘 고자 처갓집 드나들듯 경찰서를 출입하여 절충하고 절충한 끝에 상놈 상투같이 귀한 화약을 구해냈다. 발파 작업만 끝내면 나머지 공정은 보름 안으로 완료할 수 있을 것 같았다.

면장은 갖고 온 화약을 절벽께에 장전시키기 위해 작업장에 있는 면민들을 해산시켰다. 사람들은, 잠시 일손을 놓고 담배 한 대 달아 물 수 있는 시간들을 얻고 작업장 변두리께로 주춤주춤 무리지어 물러서고들 있었다.

「거 한번 시원스러운 꼴 보게 될세.」

「씨부리지 말고 아주 멀찜하게 물러앉아 있어. 쩡배기에 돌 맞고 한 번 더 볼 기집 다시 못 보고 갯바닥에 꺼꾸러지지 말고.」

「내사 딱 부러진 명산 자손인데 그 돌 맞아도 초롱겉이 살 놈여.」

「그 명산 자손, 아새끼들매로 콧물 한분 오지게 흘리네! 꼬라지가 환갑 전에 사람 구실 하기 글렀지러.」

모두들 명산 자손이란 작자의 인중으로 눈이 갔고, 그래서 모두 꺼르르 한바탕 웃었다.

「사람 여럿 있는데 무안 주기여?」

「난 명산 자손은 무안 같은 거 안 받는 줄 아는데?」

모두들 또 한 번 꺼르르 웃었다. 주눅이 든 명산 자손은 앉아 있기 민망해 공연히 마렵지도 않은 소피를 본답시고 바짓가랑이 추스르며 저쪽 밭둑 아래로 어기적거리면서 걸었다.

사람들이 변두리 밭둑으로 그렇게 스름스름 내려앉은 게 마침 점심때였으므로 그들이 시퍼렇게 언 도시락들을 불속에 구워 내어 퍼먹고 있는 시간을 이용하여 면장은 재빨리 발파 작업을 진행시켰다.

갑자기 갯들이 거꾸로 뒤집히는 듯 파열음이 터지면서 바윗돌이 공중으로 깨져 나가고 있었고 먼지는 지척을 분간키 어렵게 공그랗게 피어 올랐다. 공중으로 튕겨 올랐던 파석들이 다시 좌르르 쏟아져 내리고서야 씹던 밥덩이 삼켜 넣었다.

그리고 한 10여 분, 몇몇 사람은, 왼쪽 눈 언저리가 온통 피투성이가 된 두석이란 녀석이 절벽 쪽에서 엉금엉금 기어 나오는 것을 발견하게 된 것이었다. 그의 아랫도리는 벗겨져 까진 채로였고 그래서 탱탱 올라붙은 탱자만 한 불알 근방은 온통 오물로 뒤범벅이 되어 있었다. 그는 그 낭떠러지 아래서 뒤를 보고 있었음에 틀림없었다.

「저거 두석이 아녀?」

「쟈가 왜 저러지?」

「저게 짐작 없게 거긴 뭣 하러 기어들었어그래.」

「누가 퍼뜩 가서 업어.」

모두 낯색이 흰죽 그릇 되어 그에게로 우르르 달려갔다.

그는 눈을 장방울로 치켜뜨고 공중에다 시선을 꼬라박고 입으로는 연방 끙끙 앓는 소리를 내는 것이 죽진 않아 다행이었다. 누가 얼른 그를 들쳐 업었고, 면장이 몰고 온 트럭에 실어 읍내 병원으로 내달았다.

「어리배기 넝 끝에 돈다더니, 그 자슥이 점심 잘 처먹고 하필이면 거기 기어들어서 뒤볼 일이 뭐여. 하필이면 말이여.」

우선 사람이 살았다는 안도감으로도 모두들 반농담으로 쓰잘데없이 씨부리고 돌아서긴 하였지만 그러나 그 사고로 파랗게 질려 있는 사람은 면장 최억돌이었다. 이런 안전사고가 일어날 것을 예측한 나머지 점심시간을 이용한 것이었고 그렇게 주의를 주었는데도 '그 병신 육갑할 놈'이 하필이면 그 시간에 변을 보러 그쪽에 어슬렁거리고 들어가 앉아 있었다니 기가 찰 노릇이었다. 만일 이 일이 상부로 보고나 되어 큰일로 발전된다면 소 힘줄을 삶아 먹은 배짱이라도 시말서 한 장은 안 쓰고 못 배길 처지 되고 말 것이기 때문이었다. 두말해서 잔소리로 문둥이 죽이고 살인당한다고 꼴같잖은 귀머거리나 하나 시름시름 죽어 버리기라도 한다면 그야말로 큰일이었으므로 그는 잔뜩 긴장되고 안달났다.

그는 작업 감독차 나와 있는 면서기들을 불러 세우고 족치기 시작하였다. 「당신들 도대체 뭣 하는 사람들이오?」 이렇게 허두를 뗀 면장의 흥분된 훈시는 40분간이나 계속되었고, 그 훈시가 끝날 때까지

130

그는 '당신들 뭣 하는 사람들이오'란 똑같은 말을 마흔 번이나 더 입설에 올렸다. 남의 출세 가도에 먹칠을 하고 있는 그들을 면장은 씹어먹기라도 하고 싶은 심정이었다.

면서기들이 그렇게 당하는 꼴이란 부역 나온 마을 사람들에겐 한편 고소하고 신들도 나는 일이어서 힐끔힐끔 곁눈질도 하였지만 작업 또한 잘되었다.

아마, 두석을 싣고 갔던 그 차가 다시 작업장을 향해 과속으로 들이닥치지 않았던들 면장의 훈시는 사뭇 계속되었을 것이었다.

차가 작업장으로 깊숙이 달려 들어오자 사람들은 다시 일손을 놓고 그리로 몰려들었다.

「어떻게 됐어?」

운전사를 보고 다그친 이는 역시 면장 최억돌이었다. 운전사는 가벼운 웃음을 입가에 흘리고 있었고 그 입을 면장 귀에다 대고 몇 마디 지껄였다. 면장의 표정은 금세 잘 익은 복숭앗빛으로 화색이 돌아왔고 이어 둘러선 막곡동 사람들에게 다급하게 소리 질렀다.

「모두들 자기 작업장으로 돌아가요. 귓밥이 한쪽 떨어진 것뿐이랍니다, 귓밥이. 거참 귓밥이, 허허!」

그는 흡사 두석의 귓밥 한쪽 떨어진 게 후두골에 난 종기를 시원스럽게 도려낸 자기 일처럼 나중엔 허허 웃었다.

귓밥 정도가 떨어져 나간 안전사고라면 상부로 보고할 건덕지도 없었고 또 그것쯤으로 면민들이 충격받을 만한 것도 못 되기에 공연히 흥분하고 안달한 자신이 부끄러웠다. 그는 자괴에 빠져들어 자꾸 웃었다. 똥 싸다 귓밥 떨어진 일쯤이야 잠자던 아이 오줌 싸는 일쯤밖엔 아무것도 아닌 것이었다.

「눈이 빠져도 그만하이 다행이라고, 그 자슥 그깟 필요없는 귓밥 떨어져 나갔다니 천만다행이여.」

「농사꾼의 손마디 하나 나간 것보다야 연신 낫지 뭐.」

마을 사람들 역시 다행으로 여겨 자기 맡은 일에나 신경 쓰려 들었다.

　비행장은 그런 한 가지 가벼운 안전사고를 치른 뒤, 착수한 지 1개월 후에 가까스로 완성이 되었다.

　공사 준공 보고가 되기 바쁘게 마을 사람들에겐 즐거운 소식이 들려왔다. 그것은 '피땀 흘려' 이루어 놓은 비행장에 내일 처음으로 비행기가 내린다는 거였다.

　읍내에서는 군수님을 비롯하여 이 작업에 물심양면의 지원을 아끼지 않았던 면내 유지들이 모여 축하연이 벌어진 것이다. '만장하신' 그 자리에는 경찰지서장, 소방대장, 정유소 소장, 국민학교 기성회 회장, 서울상회 주인, 금융조합 상무, 면경사진관 주인, 청년단 단장 등등들이 모여 있었다. 그들은 오늘까지 불철주야한 면장에게 백번 감사하였고, 그 비행장을 유치하는 데 노심초사한 군수님의 행정 수완에 대해서「무어라고 감사의 말씀을 올려야 할지 백골난망이올시다. 어흠, 오늘 이 주연은 이 두 분을 주빈으로 한 자리이니 마음껏 들어 주시면 이 자리를 주관한 유지들은 무한한 영광이겠습니다」라고 말했다.

　면장 최억돌은 누가 뭐래도 내일 그 땅에 비행기가 내릴 때까지는 자기의 긴장을 풀지 말아야 한다고 속으로 몇 번인가 다짐하였지만 불현듯 들뜬 기분도 들어 돌아오는 술잔 사양 않고 넙죽넙죽 받아 마셨다.

　이튿날, 그는 비행기가 도착된다는 오전 열한시보다 두 시간이나 앞선 아홉시에 현장으로 달려갔다.

　생전 처음 볼 비행기 구경을 위해서 인근 면민들은 아침부터 구름같이 모여들었다. 아주 점심까지 싸들고 오는 사람들도 여럿 있었다. 막곡동은 완전히 축제 기분에 젖어 들었고, 텅 빈 마을에 지겨워 못 있겠던 동네의 개들까지도 몰려나와, 하늘에서 내려올 그 신통한 쇳덩이가 나타나길 기다렸다.

이윽고 저쪽 비봉산 중허리 위에 상어 대가리 같은 짙은 회색 물체가 나타났다. 모여 선 군중들에게서 우레와 같은 박수갈채가 봇물 터지듯 터져 나왔다.

산을 넘어선 비행기는 기우뚱거리기를 몇 번이더니 이곳 비행장을 알아챈 모양이었다. 드디어 스름스름 고도를 낮추어 활주로를 한 번 쓰윽 거슬러 비행해 나갔다. 그때, 사람들은 창을 통해서 흡사 목각 인형 같은 두 사람의 상체가 비행기 안에 앉아 있는 걸 발견했다.

저만치 허공으로 깊숙이 물러났던 비행기는 이제 채비를 하고 비스듬히 상체를 기울이고 쏟아져 내렸다. 그것은 흡사 이제 막 암탉에게 돌격하려고 한쪽 날갯죽지를 기울이고 땅을 차는 수탉의 모잽이 걸음을 연상시키는 것이었다.

드디어 비행기는 자기가 앉을 자리를 가늠하고 허공을 길게 휘어 잡고 정수리를 땅으로 내리꽂았다. 어느새 바퀴 두 쪽이 밖으로 나와 있었다.

그러나 사람들의 생각보다는 비행기가 그다지 쉽게 땅에 배 붙일 요량을 못해 냈다. 몇 번인가 그런 곤욕을 치르던 비행기는 안타까운 듯 날갯짓을 하고 달아날 눈치였다가 가까스로 활주로로 달려들었다. 변두리에 도열해 있던 구경꾼들은 그 쇳덩이가 자기들에게로 와락 덮치지나 않을까 싶어 간이 쥐어짜이는 긴장을 겪고 있었다. 그러는 동안 땅에 찌르르 끌려가던 비행기가 엉덩이께를 껍죽 치켜들더니 멎어 버렸고, 곧이어 문이 열리면서 환하게 웃는 국군 두 사람이 거기서 내렸다. 사람들이 내리는 것을 보자, 사람들의 입에선 와 하고 탄성이 터져 나왔다. 아이들은 태극기를 흔들면서 그 가까이로 몰려들었다. 그러나 앞에 섰던 경관들이 아이들을 막았다.

군수와 경찰서장, 면장들이 그 두 사람에게로 쭈르르 달려 나가 악수를 하고 야단이 났다.

「참, 하늘에서 사람 내렸네!」

「옛날 겉으면 신선이여.」

그 두 장교는 도대체가 이승 사람 같지 않았다.

「저게 분명 쇠기는 쉰데 뜨기 편케 가벼운가 보제?」

「희한키사 말로 몬 할따, 또 히껍하게 생겼다 캐도 워찌 하늘을 지 맘대로 자맥질해 쌀 수 있노 말여.」

모두들 한결같이 놀라고 신기스러워 입 못 닫고 웅성거리며 분주한 중에 방금 거기서 내린 조종사의 뒤를 따라 비행기로 올라가고 있는 면장 최억돌의 뒷모습이 보였던 것이었다.

「어메! 면장 비행기 타네에!」

「저 냥반 워쩔려고 저래?」

「사람 어둡기는…… 치사(致謝)로 그래는 줄 금방 몰라?」

막곡동 사람들은 조종석 바로 뒷자리로 면장이 자리 잡자, 문이 닫히고 프로펠러가 다시 돌기 시작하는 모양을 넋을 빼고 바라보고 있었다. 아무리 면장의 공적이 많았기로서니 비행기까지 시승하게 될 줄은 꿈에도 생각 못했던 일이었기 때문이었다.

「사람 나고 저쯤은 돼야 혀.」

「암, 열 번 옳여. 죽어 여한 두고 갈 필요 없게 되았어.」

서쪽 하늘 가운데를 노루 꽁지만 하게 멀어져 가는 비행기를 바라보고 모두 한마디씩 씨부렸다.

면장 최억돌은 감았던 눈을 서서히 떠보았다. 양 어깨에 느껴지던 묵직한 중압감이 서서히 발등 아래로 벗겨져 내리면서 이젠 엉덩잇살 무게도 느껴지지 않을 정도의 공허한 무력감에 자기의 몸 전체가 잠겨 들었다.

「아래를 보세요. 긴장만 하시지 말구요.」

앞 조종석의 장교가 뒤로 힐끗 돌아보며 건네주는 말이 흡사 어릴 때 듣던 장난감 방울 소리처럼 초롱초롱하고 영악스러웠다.

그는 조심스럽게 창밖으로 시선을 내렸다. 비행기는 얼른 보아서는 통 분간이 안 갈 정도로 엉뚱한 곳에 떠 있는 것 같았다. 그러나 차차 시야가 넓게 잡혀 오자 월전면 일대의 안면 있는 산야가 펼쳐져 지나가고 있었다. 산간에 고꾸라져 엎드린 초가도 보이고, 외줄기의 좁은 도로가 산 구릉에 요리조리 꺾이면서 군 소재지 쪽으로 야금야금 기어가고 있었으며 갯들을 끼고 돌아 나간 강줄기랑 그 강줄기를 가윗쇠 같은 폭으로 가로지른 목다리도 보였고, 산골 학교의 이마빡만 한 운동장이 도화지 조각같이 산비탈에 모잽이로 떨어져 있었다.

이젠 군청 소재지도 보였다. 그 군청 소재지에서는 또 도청 소재지로 뻗어 가는 환한 국도가 동으로 뻗어 가고 있었다. 그는 시방 자기가 태평양의 물 깊은 바닷속을 꼬리 치며 내닫는 돌고래가 된 기분이었다. 자기가 지금 비행기를 타고 있는 것이 아니고 자신이 바로 비행기 몸체라는 착각에 빠져 있었다. 이 비행기의 고도와 속도처럼 자기의 출세도 이번 일을 기점으로 가속되리라는 자신감에 충만되어 있었다. 그는 가슴에 심호흡을 넣고 휘파람이라도 불어 보고 싶은 심정이었다. 모든 것은 시방 자기의 발 아래로 신음하며 지나가고 있지 않느냐고 그는 자신에게 자꾸 확인시키고 있었다. 군수쯤이야 그야말로 새 발의 피이지 싶었다. 자기가 비행장 공사를 자진해서 떠맡은 건 백 번 잘한 짓이라고 그는 믿었다. 사람 평생, 역시 시야는 멀고 넓게 잡아야 할 것이라고 생각을 도사렸다.

비행기는 어느새 기수를 돌려 잡았는지 사람들이 옹기중기 모여 선 비행장 바로 위에까지 와 있었다. 좁은 땅바닥에 제비 떼같이 도열한 아래의 군중들을 보자 한없이 측은한 생각이 들었다.

「땅강아지같이 불쌍한 사람들!」

그는 자기도 모르는 사이에 이렇게 가만히 중얼거렸다.

잡기장만 하게 보이기 시작하던 비행장이 강당의 마룻바닥으로 부풀어 오더니 급기야 황토가 깔린 드넓은 갯바닥이 그의 이마 앞으로 주춤거리며 기어올랐고 내장이 버르르 괴어 오르는 듯했다. 다시 엉덩잇살에 매끈한 충격이 오며 덜커덩 비행기가 멎고 창이 활짝 열렸다. 바깥의 찬 공기가 홱 끼얹혀 왔다.

그는 다시 지상으로 내려온 것이었다. 그는 몇 발짝인가 비행기에서부터 벗어나 걸어 나왔다. 땅으로 내려오자, 갑자기 선창가에 닿은 사람처럼 비릿한 냉기가 얼굴에 달라붙고 변두리에 도열한 군중들의 좁고 찌든 이마빡이 느끼한 중압감을 갖고 그에게 부닥쳐 왔다. 그런 중압감은 그가 다시 저 비행기를 타고 하늘을 날지 않는다면 도저히 벗어날 수 없을 것 같았다. 그 압박은 자기에게 쏠려 있는 많은 막곡동 사람들의 눈과 코와 입 사이에서 일제히 쏟아져 들어왔다.

그는 그때 속으로부터 울컥 치밀어 오르는 역기를 느끼었다. 그것을 진정시키기 위해 한입이나 고인 침을 꿀꺽 삼켜 넣었다. 그러나 금방 아래 뱃가죽이 움찔 당겨지는가 했더니, 속엣것이 좌르르 쏟아져 나왔다. 어제저녁 연회석상에서 먹은 것도 그는 죄다 발등 위로 쏟아 부었다. 그는 이제 척추를 왕새우처럼 꾸부리고 엉거주춤 서서 발등 위로 쏟아지는 오물을 눈물이 쾡하게 고인 거물거리는 시선으로 바라보며 입을 바가지로 벌리고 있을 수밖에 없었다.

막곡동 사람들은 면장의 그런 꼴을 보고 낄낄거리고 웃기 시작했다. 오물에서 풍기는 냄새가 사방으로 퍼져 나가고 있었다. 사람들을 따라 나왔던 서너 마리 개들이 부살같이 그쪽으로 달려가고 있었다.

누가 옆에 선 사람의 옆구리를 쿡 쥐어지르며 말했다.

「저봐여, 저기가 두석이 자슥 뒤보던 바로 그 자리네, 용케도.」

면장 최억돌은 어쩌다 자기가 치사하게도 바보온달처럼 되돌아와져 버렸는지 도무지 종잡을 수 없는 자괴에 빠져들었다.

군수님은 면장의 토악질을 멀리서 보고 눈살을 찌푸리고 있었다.

면장이 그 노리개 같은 정찰용 비행기를 타고 월전면 일대의 상공을 선회하고 있었을 때, 처음 비행기를 타고 와서 남아 있던 작전 장교가 매우 섭섭한 표정으로 군수에게 말했던 것이었다.

「협곡이 딱 마주 보고 있다는 점도 그렇고요, 또 겨울바람이 불어오는 방향도 고려하지 못하셨군요. 지반도 굳질 못합니다. 다른 곳을 물색하셔서 보고해 주십시오. 전문 장교를 파견해 드리겠습니다. 차량 지원도 하지요. 지금 시승 중이신 면장께서는 고생한 보람 없겠습니다만…… 뭐 답례로 비행기 한 번 타보셨으니까, 허허.」

입지적 조건이 부적당함으로 하여 미상불 이 비행장을 폐쇄시키는 방향으로 의견들이 모아졌던 것이다. 그러한 결론은 우리들의 군수님을 적이 만족시켰다.

그는 벌써, 이곳의 작업 진도가 중반에 들어설 무렵부터 여기가 비행장으로선 적지(適地)가 못 된다는 걸 군 작전 당국이 종합한 비공식 견해에 의해서 익히 알고 있었다. 그런데도 공사를 중단시키지 않은 것은 이곳을 자기가 불하 받아 과수원으로 만들 기발한 착상이 떠올랐던 때문이었고, 그리고 이왕 과수목을 꽂을 땅이라면 최소한 정지 작업만은 되어 있는 것이 나쁠 것 하나 없었기 때문이었다. 군수님에게 있어서 이건 자다가 얻은 횡재가 될지 모를 일이기 때문이었다. 그는 멀리 면장 최억돌의 어쭙잖은 꼬락서니를 참 한심하다는 표정으로 바라보며 중얼거렸다.

「천지를 모르고 어깨춤이군.」

(1974년)

이장동화(貳章童話)

장손이 동화

호랑이를 잡으려면 산으로 가라. 이 말을 더러는 심드렁하게 반농담조로 지껄이고 있는데, 알고 보면 이 말처럼 확실하게 이가 맞아떨어지는 말씀도 드물었다. 두메 출신인 황만돌(黃萬乭)은 이 말씀을 몸소 실천에 옮겨 볼 요량을 진작부터 해왔기에, 이제 그 결말을 얻으려 하고 있었다.

세상을 살아가는 동안, 적어도 출세라는 걸 감히 염두에 두고 있는 사람치고 똑똑한 마누라 맞아들일 것이 각별히 신경 쓰여 하며, 또 그것이 얼마나 큰 재산이 되던가를 일찍이 터득하지 않은 사람 없을 것이다. 말이 났으니까 이야긴데, 남자를 출세시키기 위해 얼마나 많은 여편네들이 이리 뛰고 저리 뛰던가를 눈뜨고 사는 사람이면 다 알고 있는 터이겠고, 요사이 날고 긴다는 축에 끼인 명사들치고 그런 여편네의 치맛바람 덕을 한두 번 안 본 사람이 많지 않다고 딱 잡아낼 수 있는 사람 손들어 보라지. 구청 세정과 따위에서 나온 사람은 쥐뿔로 알아, 징수하지 못하게 된 적십자 회비 같은 걸 받으러 왔을 땐 코가 반죽이 되도록 쥐어박아 되돌려 세우는 것부터, 적어도 제 동창 여럿은 사장, 국장급에 시집갈 수 있는 신변 여건을 가진 여자, 그런 여자가 황만돌에겐 절대 필요했다. 남편이 갖다 주는 월급 봉투 미련 두지 않고 짝짝 찢어서 사발밥 지어 퍼더버리고 앉아 아가리에 밥숟갈을 꾸역꾸역 이겨 넣고, 아이큐 70 이하의 정수리에 기계충 벗을 날 없는 으바리 같은 아새끼나 줄줄이 내지르고, 꼴같잖은 구공탄 가게 안주인과 꼭두새벽부터 싸움이나 벌여, 온 동네 골목 망신 치맛자락에 혼자 꿰매 차고 다니는 그런 여자를 아내로 맞이할 수는 도저히 없었으므로, 황만돌은 오직 일편단심으로 이 여자대학 정문 근방에 하숙을 고정시키고 있었던 것이다.

말인즉슨 우리들은 떡을 짐으로 날라 와도 바꾸지 못할 그 발랄하고 의욕에 찬 청년기의 3년을 오직 눈알 하나 바로 박힌 여자를 구하기 위해 시골 새밭골 구석에서 대서울의 여자대학 정문까지 쳐들어와 빌빌거려야 했던 장손이 황만돌의 충정을 어느 정도는 이해해 주어야 한다는 것이다. 시골에 있는 그의 부친 또한 가계를 면면히 이어갈 종부(宗婦)를 원했던 것도 사실이었기에 황만돌의 고심은 이만저만이 아니었다.

그러나 감나무 밑이라 한들 입만 벌리고 누워 있을 순 없었다. 3년을 기다리는 동안, 그 모르게 꼭지 말라 떨어지는 감이야 좀 많았을까마는 제 입으로 용케 겨냥되어 떨어지는 감은 아예 없었던 것이다. 그러나 그놈의 대학 정문 근방을 비비적거리고 다니다 보면 어떤 계기라도 생기겠지 했던 것이 3년이 허송된 것이었다. 또 그렇다고 아무 깔치나 붙잡고 회합을 신청할 수도 없는 노릇이었다. 요사이 계집애들이란 골은 하품나게 비었어도 도도하기 이를 데 없고, 그런 계집앨수록 바늘쌈지 입에 물고 다니는 듯싶게 말 몇 마디로 사람 망신 주는 데는 일가견 이루고들 있는 편이어서 함부로 말 걸다간 갈 데 없는 치한으로 간주되어, 코쭝배기에 썩은 가래라도 탁 뱉어버린다면 그야말로 땡 소리 한번 크게 나고 말 것이기 때문이었다.

그는 초조하고 비애스러웠다. 아침 출근길에, 길이 미어지도록 마주 걸어오는 그 8천의 여대생들 중에 제 것으로 점지해 둔 깔치 하나 없다는 게 한없이 비애스러웠다. 인생의 반려자 하나를 구하는 데 이렇게 긴 시간을 소비해야 한다면 인생 칠십에 화끈한 변은 언제 보고 사느냐가 문제인 것이었다. 가을 이슬까지 맞아 가며 거미줄을 주렁주렁 달고 지지리도 오래 피던 꽃나무 같은 꼬락서니로 살아갈 순 없는 노릇 아닌가.

그러나 꽃나무고 나발이고 간에 우선 걸려드는 깔치가 있어 주어야 죽을 쑤든지 요절을 내든지 결말을 낼 텐데, 3개 성상을 기다려야 그것이 이루어지질 않더라는 얘기였다. 요사인 떼지어 회합하는 일도 있어 어울리다 보면 어떻게 하날 물어 쓱싹하는 방법도 있긴 한 모양인데, 황만돌이 제 바닥인 새밭골로 내려간다면야 그 골에선 오리발로 별명 있을 만큼 안면지면 많기도 하지만 낯설고 물 선 서울 바닥에서야 그런 일 앞 터줄 시러베 같은 친구 한 놈 없던 터이었다. 그러나 고슴도치도 살친구 있다는 말로 찾아보면 제 짝이 어디든, 이 서울 바닥 한 모퉁이에서 똥을 싸고 있을지 호반의 벤치에서 신문을 보고 있을는지 몰라도, 있긴 있을 것으로 믿었다. 그러던 어느 날, 황만돌이 디데이를 맞이한 것이었다. 대학에서 오월제가 있다는 톱뉴스가 대학가 주변에 파다하게 퍼졌던 것이었다. 황만돌이 하숙 생활 3년 동안 대학의 오월제가 없었던 것은 아니었지만, 본시 작자 됨됨이 형광등이어서 그 착안을 이제서야 하게 된 것이었다.

오월제! 이 오월제를 그는 뛰어 보자는 심산이었다. 뭐니 뭐니 해도 오월제의 절정은 쌍쌍 파티가 있는 마지막 날일 것이다. 물론 그날은 장안의 내로라는 서숙들이 대학으로 구름처럼 몰려들긴 하겠지만, 적어도 4, 5천 명의 여자들에 하나같이 상대가 갖추어지란 법이야 없을 것이고 보면, 생판 승산이 없는 것도 아니었다.

오월제의 마지막 날은 토요일이었다. 그는 그날 아침, 사무실에 출근하자마자 시름시름 아픈 척을 하였다. 손으로 뱃구레를 꾹꾹 눌러 보기도 했으며 허리께를 만져 보았다 하며, 은연중 주위 사람들의 대갈통에 저 녀석 어디 편찮은 곳이 있는가 보군, 하는 인상이 들도록 하자는 심산이었다. 나 오늘 조퇴해야겠수다, 하고 박차고 일어서 나갈 배짱도 없는 주제고 보면 그런 작전밖에는 별도리 없었던 것이다. 그랬다가, 귀찮은데 그러지 말고 푹 쉬시지, 했다 하는 날이면 볼 장 다 보는 판이니 그런 모험이야 어찌 자청해서 할 수 있겠느냐 말이다. 그는 샐쭉거리기 잘하는 사환 금자를 시켜 고단위 소화제를 두 번인가 시위용으로 사다 먹고 난 후여서, 열시가 못 되어 소화가 깡그리 돼버려 이젠 배조차 고파 왔으므로 할 수 없이 어기적거리고 과장 앞으로 다가가서, 「과장님, 아무래도 안 되겠습니다. 꾀병 같습니다만 집에 가서 좀 누워야 하겠습니다.」

「왜 그러시오?」

「글쎄요, 저도 통 모를 일입니다. 뭘 잘못 먹은 모양이에요. 창자가 꼬인 건지 자꾸 배가 아픕니다.」

「가보시오.」

순전히 국민학교 3학년 아이의 작전이 척 맞아떨어지던 것에 황만돌은 붉은 혀를 날름하였다. 금방 뒈져 가는 시늉으로 책상을 정리한 그는 주위에 인사도 하는 둥 마는 둥 밖으로 뛰쳐나왔다. 그는 10여 미터나 활기 있게 걷던 걸음을 딱 멈추었다. 그리고 다시 당장 숨넘어갈 놈의 몰골이 되어 건널목을 걸어갔다. 주위 사람들이 힐끗거리며 그를 쳐다보았다. 그의 사무실은 빌딩의 15층에 있었다. 그 15층에선 황만돌이 신촌행 버스를 타야 할 정류소까지의 길이 한눈에 내려다보였다. 그 사무실에서 누구라도 창밖으로 눈 돌려 노루같이 껑충거리며 정류소로 가고 있는 그를 보기라도 한다면, 그야말로 다 끓인 국에 콧물 떨구는 식은 고사하고 사람 모가지 자르기를 놀부 마누라 흥부 따귀 치듯 하는 개인 회사야 말하면 잔소릴 것이었다.

그는 그런 시늉으로 건널목을 건너서 근 1백 미터를 걸어 정류소까지 가긴 하였으나, 이놈의 버스가 좀처럼 와주질 않았다. 15층 그의 사무실 넓은 창이 그를 위협이라도 하는 듯 햇빛에 번쩍번쩍 빛났다. 눈알 하나 똑바로 박힌 여자 얻기 위해 왔다갔다하다가 애새끼 정말 망가 되는가 보다고 그는 속으로 실소도 하였다.

　　신촌행 버스가 그 앞에 당도하자, 금방 용기백배해서 삼총사처럼 버스 위로 몸을 날렸다. 주위 사람들이야 자기의 속셈을 알 턱 없을 것이고, 또 안들 어쩌겠는가. 버스 속은 장안의 내로라는 젊은 서숙들로 초만원을 이루고 있었다. 이 녀석들이 전부 그리로 갈 놈들인 모양이군! 황만돌은 도도한 시선을 들어 버스 안을 휘둘러보았다. 그는 저돌적인 힘이 어깻죽지로 불끈 솟아오름을 느꼈다.

　　집에 당도하자 그는 재빨리 옷을 바꿔 입었다. 요사이 여자들은 치사한 넥타이나 매고, 옷깃 톡톡 털며, 마빡에 먼지 하나 없이 한평생 뛰어 봐야 과장 노릇쯤으로 그 목숨 다할 전형적인 월급쟁이 차림새의 남자들을 무조건 싫어하고 있음을 그는 잘 알고 있었기 때문이었다. 스포티하고 어딘가 약간은 엉뚱해 보이는 구석이 있으며, 자기의 약점을 남의 이야기하듯 솔직하게 내뱉어 버리며, 교통순경의 눈을 피해 건널목이 아닌 길을 아슬아슬하게 가로질러 가선 킥킥거리고 웃는 남자, 구두가 빤질거리지는 않되 진흙 따위 묻히고 다니지 않으며 잠바의 앞 단추를 풀어헤쳤으되 똘마니로 보이진 않으며, 대가리에 남성용 쥬단학은 바르지 않았으되 머리카락이 자연스럽게 넘어가 있어서 바람이 불면 멋있게 나부껴 주는 헤어스타일의 사내, 여자에게 고향이 어디며 나이가 몇 살이며 네 애빈 뭣 해먹고 사느냐 등 미주알고주알 캐묻지 않는 대범한 남자, 연애 경험 있지 하며 반협박 조로 여자의 과거사를 들추려 들지 않는 남자…… 대개 이런 류의 두루뭉술한 남자를 좋아하고 있다는 걸 황만돌은 미루어 알고 있었으므로, 그는 20여 분이나 소비하여 차림새에 신경을 쏟아

부었었다.

드디어 그는 견습 카우보이 비슷한 꼬라지가 되어 예의 여자대학 정문을 어슬렁거리고 들어섰다. 쌍쌍 파티는 곧 열리려 하는지 교정은 짝지은 선남선녀들로 입추의 여지가 없었다. 좀 켕기는 것을 참고 황만돌은 분홍빛 솜사탕을 두 개 사들고 교정 뒤편 동산 쪽으로 비슬거리며 올라갔다. 필경 제 짝을 못 찾았거나 바람맞은 공주가 몇몇은 미련 두고 동산 나뭇등걸에 기대어 서서 이 화창한 5월의 교정을 바라보며 서 있을 것으로 예상한 것이다.

그러나 그가 찾는 암거위는 좀처럼 발견되지 않았다. 근 한 시간 가까이나 솜사탕을 치켜들고 헤매던 끝에 인적이 드물고 교정의 소음이 먼 소리로 정리되어 들려오는 한 연못가에 노트 몇 권을 무릎 위에 포갠 채 연못에다 하염없이 돌을 던져 넣고 있는 여자 하나를 발견했다. 역시 내 님은 신문을 보고 있지는 않지만 호반에 있었던 것은 틀림없군! 그는 혼자 풀썩 웃었다.

하늘색 스웨터를 가슴의 굴곡이 선명하게 드러나도록 꼭 껴입은 그녀는 방금 우유통에서 걸러 낸 공주 같은 복숭앗빛 볼을 갖고 있었다. 분명 지극히 고집 세고 도덕적이며 고지식한 아버지와 오빠들 사이에서 사내 새끼와는 손목 한 번 잡아 볼 기회 없이 스물두세 살의 인생을 살아가는 아가씨일 것임에 틀림없다고 그는 속으로 아주 단정해 버렸다.

황만돌이 가까이 다가가도 그녀는 인기척을 느끼지 못하고, 돌을 맞은 수면의 파문을 따라 시선을 빼앗기고 있었다. 연못에 비친 하늘엔 구름 한 점 없었다. 황만돌은 그녀의 등에서 두 걸음 간격쯤에 서서 역시 아무 말 없이 그렇게 바라보고 있었다. 가슴이 뛰는 것 같았다. 젠장, 벌써 가슴이 뛰다니, 나도 어지간히 허약하군. 그는 자신을 이렇게 달래었다. 나이 스물여덟에 솜사탕 치켜들고 깔치 하나 꼬셔 보겠다고 언 동태처럼 삐쭉 서 있는 자신의 몰골도 그리 바람직한 꼬락서니는 못 된다 싶어 모처럼 곤욕감도 스며들던 참이었는데, 그때 그녀가 갑자기 얼굴을 홱 뒤로 돌리더니 약간은 비양거리는 조로 말했던 것이다.

「그중 하나 주시려면 얼른 주세요. 녹아요. 멍청하니 서 있지 말고.」

야 요것 봐라, 먼저 시빌 걸어오는군. 맹랑한 계집애군.

「아, 네. 뭘 열심히 생각하고 있는 것 같길래.」

「생각은요? 전 선생님이 저쪽 느티나무 숲에서 나올 적부터 줄곧 알고 있었던걸요.」

「네에, 그러셨군요.」

「아이, 대답도 민숭민숭하니 멋없어라.」

「뛰면서 대답하면 멋있을까요?」

「아뇨.」

「그럼, 토끼뜀을 하면서 대답할까요?」

「이렇게 귀를 잡고 말이죠? 아이참, 재미있을 것 같아요. 아하항 항!」

「아가씬 웃음이 재밌군요.」

「아이, 흉보면 싫어요.」

그녀는 어느새 황만돌의 왼손에 들려 있던 솜사탕 하나를 날렵히 빼앗아 들고는 토끼 항문같이 짙고 맑은 분홍색 혀를 내밀더니 솜사탕 한 가닥을 입속으로 날름 거두어들였다. 아이! 귀여워. 황만돌은 가슴이 짜릿하니 즐거웠다.

「짝이 바람맞혔나 보군요?」

「짝이 뭐예요. 전 그런 거 옛날부터 없었는걸요.」

그들은 설왕설래 몇 마디 주고받다가 그 잊지 못할 연못가를 일어섰다. 점심을 사겠다고 황만돌이 제의했고, 옥자가 그것을 쾌히 응낙했기 때문이었다. 거기 앉아 있어 보았자 말장난밖엔 더 할 것이 없었다. 자리를 떠서 숲길로 들어서자 옥자가 말했다.

「정말 노래라도 부르고 싶은 날이에요.」

「노래라면 한 곡쯤은 외워 둔 게 있지요.」

「불러 주실래요?」

옥자가 걸음을 사뿐히 멈추고 버선 꼬리같이 쪽 빠진 턱을 쳐들었다.

「옛날 어떤 동네에 바람난 아가씨, 온갖 산천 동네에 광고했더라, 어느 날 달밤에 대머리 까진 총각이, 깡깽이를 치면서 찾아왔더라, 깡깡 너의 깡깡 소리는 듣기가 좋아도, 너의 인물이 못나서 너는 딱지다, 딱지맞은 저 총각 물러가면서, 이 세상에 처녀가 너 하나뿐이냐, 울면서 연애 걸자고 누가 먼저 콕콕 찔렀나, 누가 먼저 연애하자고 옆구리를 콕콕 찔렀나.」

「황 선생님, 너무너무 재밌다, 정말.」

옥자는 그의 등을 가볍게 꼬집었다. 황만돌의 부푼 기분은 하늘 끝에 닿을 것만 같았다.

그들은 절정에 오른 5월제의 교정을 벗어나 정문까지 나왔고, 택시를 잡아 타고 시내 한복판 시청 앞까지 우쭐거리며 달려 나왔다. 그들이 택시를 타고 시내까지 쳐들어온 것은 순전히 황만돌의 고집으로, 어떻게 치사하게 학교 주변의 백 원짜리 자장면을 나무젓가락으로 건져 올리며 먹겠느냐고 우긴 데서부터였고, 그녀는 가볍게 사양하다가 그의 완강한 주장에 다소곳이 순종해 주었기 때문이었다. 적어도 황만돌의 속셈으로선, 그가 공자로 군림 않는다면 모처럼 잡은 파랑새를 놓치고 말 염려가 다분히 있다는 것이다. 그는 칼 빌딩의 스카이라운지로 옥자를 이끌었다. 그녀는 저항을 느끼는 듯 다소 불안한 시선으로 그를 힐끗 쳐다보았다.

「자주 찾아오는 단골입니다. 전망이 좋아서 늘 혼자 와보지요. 특히 토요일 오후 같은 때.」

황만돌은 그녀에게 시위도 할 겸 짝 없어 외로운 수거위라는 걸 그녀에게 은근히 비춰 주었다. 그녀는 햄버거를 오물거리며 귀엽게 먹었고, 황만돌은 야성미가 넘치는 몸짓으로 우물거리며 그것을 먹었다. 뭔가 오늘은 운수를 탄 날이라고 그는 속으로 쾌재를 불렀다. 달콤한 주스를 가볍게 마셔 가며 두 시간쯤 노닥거리다가 스카이라운지를 내려왔다. 알랭 드롱이 나오는 연애 영화를 요사이 계집애들은 무턱대고 좋아하고 있으므로 그는 거리의 신문 판매대를 훑어보았다. 마침 가까운 영화관에서 그것을 상영하고 있었으므로 그들은 그 영화를 보았고, 그녀는 영화를 볼 동안 자주 고개 숙여 난처해하였다. 관람을 마치고 밖으로 나왔을 때 벌써 밤은 여덟시를 넘고 있었으며, 근처의 식당에서 저녁을 먹고 또 다방에서 커피를 마시고 나왔을 땐 열시를 넘고 있었다. 그 동안 황만돌에겐 거금일 수밖에 없었던 8천6백 원을 날려 보냈다. 한 달 살아갈 일이 깜깜절벽 같았다. 그러나 그것을 생각할 게 아니었다.

「집에 갈 시간이에요.」

　그렇게 오랜 시간을 다소곳하고 때로는 깨 쏟아지는 재미로 조잘거리던 옥자가 갑자기 심각한 낯반대기로 이렇게 말했다.

「헤어져야 한다니…… 옥자, 슬프군.」

「내일 또 만나죠 뭐.」

「그걸 누가 모르나. 지금 당장 옥자가 가버리면 난 늙은 개처럼 이 도시의 시꺼먼 골목길을 밤새워 걸어야 할 것 같아서 말이야.」

「아이, 말만 들어도 불쌍하고 피곤해.」

　이렇게 말하면서도 그녀는 선뜻 손 들어 빠이빠이 하지는 않았다. 황만돌은 초조해졌다. 어영부영하다간 그녀를 놓칠 것만 같았다.

「우리 골목길로 들어가!」

　그는 옥자의 어깨에 가볍게 손을 얹었고, 그녀 역시 다소곳이 그의 말을 따랐다. 골목엔 여관도 많았다. 청심여관, 북청여관, 효일여관, 왜 저렇게 유독 여관 이름만은 고색창연한 것들뿐일까. 좀 귀엽고 아담하게 자극적인 이름을 가진 여관은 없을까. 그러나 여관 이름 타령으로 이 금 같은 시간을 흘려보낼 수는 없는 노릇이었다. 그는 어느 여관 앞에 그냥 우뚝 섰다. 젠장, 겨울이었다면 말하기 얼마나 좋을 것인가.

「옥자, 둘이서만 있고 싶지 않아?」

「지금 둘만 있잖아요?」

「아니, 아무도 보지 않는 완전한 둘만으로 말이야.」

「아이, 능글리스트야」 하면서도 그녀는 정작 그 앞에서 떠날 요량은 않았던 것이다. 황만돌은 용기내어 그녀를 현관으로 잡아끌었다. 「아이, 촌스럽게 굴지 말아요」 하면서 그녀는 가볍게 끌려왔다. 그들은 방으로 들어갔고, 하여 조금은 반항하는 그녀를 그는 사정 두지 않고 정복해 버렸다.

이튿날 아침, 그녀를 새벽같이 떠나보낸 황만돌은 비로소 자기가 많은 실수를 하고 있었음을 알게 되었다. 그녀가 그 대학의 문리대 3학년 학생이라는 건 알고 있었지만 무슨 과 전공이었는지, 그녀의 집 전화번호 같은 것도 물어 두지 않았던 게 그것이었다. 아무리 미주알고주알 캐묻는 것 싫어한다손 치더라도 최소한 그런 것쯤은 물어 두어야 했을 것이다.

우리들의 황만돌은 옥자를 찾기 위해 4일을 회사에 무단결근하였고, 그리하여 그 4일을 몽땅 그 여자 대학가의 주변 다방, 음악 감상실을 순례하는 데 홀랑 소비해 버렸던 것이다. 그러나 그의 노력은 헛되지 않아서 4일째의 마지막 날 오후에 옥자를 발견해 내는 데 성공했던 것이다. 마침 학교에서 수강을 끝내고 나온 모양으로 세 사람의 같은 또래의 친구들과 다방 모퉁이에 어울려 앉아 토스트를 사먹고 있었다. 황만돌은 금방 그리로 달려가고 싶었으나 그녀를 당황하게 만들고 싶지도 않았거니와 일변 그녀를 몇 시간쯤 몰래 관찰해

보고 싶은 충동도 일어나 가만히 이쪽 자리에 앉았다. 그녀들은 오래지 않아 넷이 같이 일어나서 깡충거리며 출입구 쪽으로 걸어 나갔다. 그도 그 뒤를 따라 나갔다. 그녀들은 무엇이 그리 재미있는지 연신 낄낄 웃고 있었다. 그녀들은 대학으로 들어오는 긴 보도를 거슬러 올라가 서대문 쪽으로 근 1킬로의 거리를 그렇게 떠들며 웃고 걸었다. 저만치 사설 학관인 영심학원(永心學院)의 4층 건물이 희멀쑥하게 서 있었다. 그녀들은 그 건물 안으로 깡충거리고 들어간 것이었다. 저것들이 저긴 왜 들어간다지? 황만돌도 정신없이 그 건물 안으로 달려 들어갔다. 현관엔 커다란 게시판이 앞을 탁 막고 있었다. 마침 대학 진학반 국어 1이 강의되려는 시간이었다. 그는 계단을 두 개씩이나 뛰어 시간표가 가리킨 2층 수강실로 뛰어들었다. 옥자는 그 교실 맨 뒷좌석 줄에 앉아 있었다. 그녀는 먼저 온 더벅머리 남자애들과 싸가지없게 툭툭 치며 깔깔 웃고 있었다. 황만돌은 시선에 부옇게 안개가 끼어 옴을 느꼈다. 그때 황만돌의 어깨를 툭 치는 사람이 있었다. 차림새로 보아 건물 관리인인 것 같았다.

「어지간히 끈질기시군, 선생.」

「끈질기다니요?」

「아직까지 재수를 하고 계시다니, 쯧쯧!」 하면서 그 관리인은 황만돌의 목덜미께를 뒤로 잡아 끌었다.

한심이 동화

3년 전, 여자 나이 스물에 새밭골을 빠져나와 무작정 서울로 올라왔을 적만 하더라도 그녀에게 조금의 희망은 있었다. 구로단지 눈썹 공장에라도 취직하여 쉴 참 간간이 그 학생이 살고 있을 법한 곳을 물색해 볼 수 있을 것이란 짐작이 그것이었다. 농촌 근로 봉사대로 새밭골에 내려왔던 그 서울 대학생에게 한심이는 19년 동안 생젖으로 간직하고 있던 그것을 바치고 말았던 것이다. 키가 길길이 자란 담배밭 고랑에서 하늘을 모잽이로 쳐다보고 누워 한심이는 훌쩍훌쩍 울었고, 그 녀석은 가죽 허리띠를 절그럭거리고 채우면서 싱숭생숭하게 씨부렸던 것이다.

「밤하늘에 별도 총총하군! 야, 흐느끼는 시늉 하지 마. 서울 가면 금방 편지할게.」

아시다시피 그 녀석이 어지간이 싱거운 놈 아니었다면 편지할 턱 없었고, 그 말을 철석같이 믿었던 한심이는 6개월을 기다렸고 그 기다림의 6개월이 그녀로 하여금 무작정 상경을 결심하게 만들었던 거였다. 그러나 말로만 듣던 구로단지는 빛도 못 보고 어느 고마우신 여편네를 만났고 그 여자 집에서 한 달을 공짜로 숙식을 제공받을 동안 그녀는 접대부로 팔려 가지 않으면 안 될 처지가 되어 버렸던 것이다. 영일옥. 맨 처음 팔려간 집이 영등포 버스 종점 근방에 있는 술집이었다. 꿈에도 그리던 그 대학생은 만나 보질 못했고, 또 만나 볼 건덕지도 없게 되었다고 자포자기가 된 것은 영일옥으로 가서 일주일째 되던 날, 목욕이라곤 한 2년을 내리 잊고 살았다 싶게 온몸이 냄새투성이인 건너편 정육점의 칼잡이에게 몸 주고 나서부터였다. 거리에 핀 꽃일망정 순정은 있는 법이어서 처음 얼마 동안은 그놈의 대학생인가 뭐가 하는 놈의 낯반대기가 영 잊혀지질 않고 설절인 배춧잎처럼 퍼럭퍼럭 살아 오르더니, 세월이 소금이라 시간 흘러가니 그것도 흐물흐물 잊혀지고 말았던 것이다.

그 정육점 최씨는 끔찍이도 한심이를 좋아했다. 최씨는 이틀이 멀다 하고 영일옥을 들락거렸고 한심이 역시 한 번 몸 준 사람인 이상 미우나 고우나 그저 덤덤하게 대해 주었던 것이다. 그와 사귀는 4개월 동안 한심이를 위시한 같은 집의 화심이나 길자는 쇠고기 한번 어금니 작살나게 얻어먹었다. 경주땅 최 부자가 한참 잘 나갈 적엔 쇠고기 살점 씹어 물만 빨고 뱉어 버렸다더니 종내엔 년들 지랄하던 꼴이 꼭 그짝이었다. 시종 한심이에게만 반정신을 빼앗기고 지내던 최씨는 제 자신이 고기 베어 달아 주고 월급 받는 주제에 돈 갑부 다음가게 흥청망청 돈 써댔고, 급기야는 그 정육점에서 쫓겨나는 신세가 되고 말았다. 한심이가 물론 그러는 최씨를 만류하는 척도 해보았지만 그는 막무가내였던 것이다. 그러나 정육점을 쫓겨나는 곤욕을 치렀을망정 그는 한심이를 잊어버릴 순 없었던가 보았다. 이제 그는 꼭두새벽부터 영일옥엘 찾아와선 남의 색시방 아랫목에 떡두꺼비 모양으로 진 치고 앉아서 까놓고 공짜술만 얻어 들이켜고 해장술에 파김치로 취해선 치근덕거려 주사를 부리기 시작했고, 급기야는 집 안 아무 데서나 그 칠칠치도 못한 서슥을 까 내놓고 오줌을 설설 갈겼다.

「이년아, 자리 떠. 이 계집애야, 땡 소리도 안 들리니? 하필이면 하고많은 것들 중에 그 말짜를 물었니?」

둘이 좋아지낼 적엔 기분 어쩌구 갖은 치사스러운 아양 다 떨어 쇠고기 얻어 한시절 엉덩이 앞뒤로 잘도 살 올리던 선배격인 화심이와 길자 년이 이젠 한심이 구박하길 팥쥐 어멈 콩쥐 몰아세우듯 하였다.

참다못한 한심이는 다시 중랑천 근방인 '옥돌옥'으로 자리를 옮겨 앉고 말았던 것이다. 그래도 옛날엔 새밭골 언덕바지에서 조밭을 매고 있던 신세였을망정 낯반대기 하나만은 그 면내에서 소문깨나 퍼뜨리던 처지였던 터라 옥돌옥으로 옮겨 앉고 두 달이 못 되어, 얼씨구 이젠 두 녀석이 겹으로 찍어 두고 다녔다. 줄 듯 줄 듯하면서 안 줘보는 게 화류계 고집이요 안달인데, 적어도 처신을 그런 정도쯤 해나가 실수 없자면 이 생활도 3, 4년은 절어야 터득하는 기술이겠거늘, 그 생활 1년 남짓한 한심이에겐 달라는 놈 안 주고 배겨낼 요량이 당초부터 없었던 것이다. 어찌 잘못 사귀다 보면 매달 월급 선금으로 당겨 그놈의 뒤치다꺼리하고 다니기 예사고 먹다 남은 쑥떡 같은 본계집이라고 쳐들어와선 남의 여자 머리채를 제 집 마루걸레 쥐어짜듯 해놓곤 씨근덕거리고 물러나는 꼴도 보게 되었던 것으로, 아무리 속절없는 화류계 사랑이지만 재어 볼 것은 재어 봐야 실수가 덜하다는 것을 한심이 선배들은 늘 말해 주었던 것이다. 총각이라 사귀고 보면 그놈 십중팔구는 백수건달이었고, 얌전해서 사귀어 보면 노름쟁이가 고작이었고, 멋쟁이여서 사귀고 보면 정릉 버스 종점에서 뱀탕 선전하는 약장수였던 것이다. 키가 멀쑥해서 가까이 해보면 이건 짝 없이 거만하고 되잖게 불쑥거려 잔재미 없었고, 키 작고 담차 보여 사귀어 보면 이건 떡값조차 떼먹고 달아나는 순 알도둑이었던 것이다. 세상 바닥에 나뒹구는 사내들이란, 공터에 내려앉은 까마귀 떼 같아서 어느 놈이 암컷이고 수컷인지 도대체 가려내기 그리 쉽지 않더란 것이다. 하물며 한심이 입장에선 더욱 그러하였다. 그렇다고 기왕에 망한 살림 일꾼 밥이나 봉두로 주듯 할 수도 없었지만, 이 접대부 생활이란 것이 어쩌다 보면 두 사람 한꺼번에 사귀어 크게 욕될 것도 없는 일이었다.

한심이가 옥돌옥에서 사귄 겹 애인 중의 한 사람은 상수도 검침원이었고, 한 사람은 요식업조합 수금원이었는데, 물론 두 사람에게 서로 상대편의 존재를 3개월가량 속여 온 것은 사실이었다. 그러나 설령 그들이 서울 변두리를 전전하며 수도 검침이나 하고 요식업조합 경비 수금이나 하며 빌빌거리고 시(市) 복판으론 한 달에 한두 번 들락거릴까 말까 할 정도로 한심한 존재들이었지만 수양산 그늘이 강동 팔십 리라고 그것 다 서울 바닥 물은 먹는 터라 그 눈치쯤이야 늦느냐 빠르냐가 문제지 바보온달 직계 자손 아닌 다음에야 거덜 안 날 리 만무하였다. 둘 중에도 다소 우락부락한 편인 요식업조합 수금원이란 작자가 어느 날 해도 덜 빠진 저녁나절에 게슴츠레하니 취하여 옥돌옥에 나타나선 설왕설래 따지고 자실 건덕지 주지 않고 한심이를 냅다 홀 바닥으로 끌어내선 그래도 명색이 사람인 것을 복날

개 잡듯 해두고는 사라졌던 것인데, 그길로 한심이는 몸져눕고 말았던 것이다. 1년 가야 출입 없이 빈둥거리고 놀며 그저 길 건너 복덕방 노인네들과 어울려 장기싸움이나 벌여, 길 가는 사람 모으기 하는 일이 전부이던 주인집 아저씨가 고소니 빵깐이니 고래고래 소리 지르며 대서방엘 들락거려 쌓는 눈치였으나 그것도 말이 안 되는 이야기로, 겹 애인 두다 사달났다는 말을 법정에 나가 앞뒤 따져 물어본들 5, 6년씩이나 갖은 고생 다 겪어 고등고시 합격되어 판사 된 분들을 자기 직업 잘못 택했다고 분통 터뜨리게 해주는 것부터 할 도리가 아닌 것이었다. 그깟 위자료 몇 푼 받아 낸다 치자. 반 할은 주인집 아저씨가 먹자 할 판이고, 주인 여편네 또한 내 질세라 약값 들추어 복장이 뱃가죽같이 얄미운 하얀 손바닥 내밀 것이 보름달 쳐다보듯 환하게 내다보일 것이고 보면 기실 아무것도 아닐 것이었다.

한심이는 일주일을 뒷골방에서 앓아 뒹굴면서 아예 살아갈 방법부터 고쳐 볼 것으로 생각을 굳혔다. 때늦은 감이 있긴 하였으나 기왕에 버린 몸일 바엔 좀 듬직하게 나이 들고 돈 많은 영감이라도 물고 늘어질 수밖에 없다는 결론이 그것이었다. 그녀는 이 지긋지긋한 접대부 생활을 깨끗이 청산하고 어느 부잣집 가정부로 얌전히 들어앉자는 생각이었다. 이 몰골로 고향 새밭골로 다시 돌아갈 수는 도저히 없었다. 돈 많은 사람들이란 취미가 또 괴상망측도 하여서 배꽃 같은 제 마누라 젖혀 두고 새우젓 냄새나는 식모방을 넘보는 싸가지없는 습성도 많이 가졌다는 이야기를 귀동냥으로 들어 왔던 터이었다. 그런 영감의 첩이라도 된다면 더 바랄 것이 또 어디 있는가 말이다. 그녀가 그런 궁리를 하는 동안 일주일이 흘렀고, 주인집 아저씨는 고소를 취하한다는 조건으로 가해자에게 7만 원의 위자료를 받아 내는 데 성공한 것이었다. 한심이는 그 돈을 깨끗이 옥돌옥의 빚으로 청산하고 그 집을 나왔다.

그녀는 곧장 직업소개소로 찾아갔다. 별로 비싼 임금을 요구하지 않았던 유리한 조건 때문에 그녀는 쉽사리 팔려 나갔다. 직업소개소의 한 녀석을 꾀어내어 몸을 제공한 탓으로 신원 보증도 그 녀석이 서주었다. 그녀가 팔려 간 곳은 서대문 대현동의 어느 말쑥한 양옥집이었다. 식구가 단출한 점이 우선 그녀 마음에 들었다. 또 전기로 가동되는 물건이라면 그 집에 다 있었다. 그런 것들이 집 안 요소에 적절하게 배치되어 있어서 허리 구부린다는 것이 치사할 지경이었다. 주스를 달라면 믹서기의 스위치만 누르면 되었고, 옷을 빨아 달래도 역시 손가락 하나로 세탁기의 스위치를 누르고 기다리고 서 있으면 되었다. 전기 난방 시설이어서 연탄 집게 들고 앞뒤뜰 서성댈 필요도 없었다. 정원의 잔디는 운전사가 말끔히 깎아 주었고, 초인종 소리가 났다 하면 깡충대기 잘하고 호기심 많은 이 집의 2학년짜리 막내가 재빠르게 뛰어나갔다. 모든 것이 완전했다. 다만 한심이에게 고민이 있다면 단 하루도 거르지 않고 달여 바쳐야 하는 마나님의 한약 심부름과, 이 집의 둘째 아들이며 고등학교 3학년인 상철이 유독 된장찌개를 좋아해서 끼니때마다 그것을 따로 준비해야 하는 번거로움이 있을 뿐이었다. 이 집의 40대 마나님은 전생에 한약으로 원수져 이 세상에 다시 태어났는지 양단 이불에 몸 감고 나자빠져 허구한 날 한약만 짜 마셨다. 그런 여편네가 예쁘기라도 했으면 시중드는 일이 덜 고역이련만 그 여자는 못나도 분수 나름이지 주민등록증 안 가졌으면 그대로 갯들 호박이었다. 아무리 남의 일이긴 하지만 심장 틀리게 박색이었던 것이다. 게다가 몸뚱이에 살은 또 얼마나 욕심껏 올려놨는지 그 여자가 방에 가만히 누워 있을 땐, 다과점 진열장에 가로놓인 삼미표 식빵을 연상케 하였다. 물론 한심이가 눈독을 들이고 있는 건 이 집의 가장인 도상태(都相台) 사장이었으므로 그깟 마나님 생겨 먹은 것 가지고 골 썩일 필요는 없었다. 뚱뚱한 사람들이란 혈압 관계에 신경 쓰여 그러는지는 몰라도 한심이가 도 사장의 거처방을 쓸고 닦는다는 구실로 그 방에서 장시간

맴돌며 재잘거려도 마나님은 대범하고 무신경하였다. 말씀드린 바 있거니와 한심이가 옛날 새밭골에서 살 적이나 서울 바닥 변두리 주변의 작부로 전전할 적에도 얼굴 한번 반반했던 탓으로 남에게 줄미움받고 살아오진 않았던 터였으므로, 도상태 사장 역시 보는 눈 있고 음흉하기 남다를 바 없어 자기 마누라가 외출이라도 했을 땐 한심이를 은근히 불러 팔다리 안마시킨다든지 두 발 내맡기고 씻게 내버려 둔다든지 하는 짓거리들을 질깃질깃 즐기곤 했었으므로, 시간만 흐른다면 도 사장을 자기 방으로 기어들게끔 꾈 수 있는 자신이 희미하게 서 있었다. 귀찮은 게 있다면 운전사인 오씨가 집 모퉁이 어디쯤에서 만나면 다 큰 남의 여자 절구통을 슬쩍 건드리면서, 「한심아, 나하구 창경원 구경 안 갈래?」 할 적엔 이 녀석이 사람 알기 분수 나름이지 낮부엉이같이 붙은 데도 모르고 제 맘대로 그림 그리고 있구나 싶어, 「딴 골목에 가서 알아봐욧」 했지만, 그녀 속셈 천에 하나라도 알 리 없는 오씨는 「거기 가면 기린, 낙타, 물개, 원숭이, 하마, 다 구경시켜 줄게」 하던 것이어서 「소싯적에 다 봤응께 구로단지 근방에나 가서 알아봐요」 하고 탁 쏘아붙이면, 「아따, 그년 도도하게 구네.」 어쩌구 씨부렁대며 돌아서던 것이어서, 오씨 정도는 그런 식으로 튕겨 주면 되지만 정말 문제는 이 집 둘째 아들 상철이었다. 식구 모두가 한결같이 그녀의 매운 손끝이나 고분고분하고 상냥한 것에 만족이건만 상철이만은 유독 병아리 채가는 솔개 눈으로 그녀를 보았다. 오금에 때가 묻었느니, 손등에 음식 찌꺼기가 묻어 있느니, 개코를 섬으로 회 쳐 먹었는지 한심이 나타났다 하면 쉰 냄새 난다며 투정 부리다가 제 어미에게 핀잔도 더러 들었던 것이다. 처음엔 그렇기도 하려니 해서 옛적에 쓰던 향수병 슬쩍 꺼내 몇 방울 뿌려도 보았는데 이번엔 또 썩는 냄새 난다며 투정 부려 사람 부아 돋웠다. 마빡에 피도 덜 마른 녀석이 입성은 중늙은이로 버릇 들여, 있는 솜씨 다 부려 찌개 끓여 바치건만 미원 많이 쳤느니 두부가 설익었

154

느니 투정이었는데, 안 미울 수가 없었던 것은 그러면서도 밥그릇 비울 동안 찌개는 제가 도맡아 퍼 올렸던 것이었다. 녀석은, 드러내 놓고 한심이를 좋아하는 제 동생 동철을 경멸하고 있었다.

「임마, 구린내나는 식모가 뭐 그리 좋아 누나 누나 하니?」

정수리 칵 쥐어박고 심통 부렸는데, 평소 형님 잘 따르던 동철이 이때만은 반항하였다.

「내가 누나라고 부르는데 형이 왜 심통이야?」

「이 새끼가 어디다 대거리니?」

「괜스레 가만있는 사람을 건드려, 씨이.」

「임마, 내가 건드렸니? 쥐어박았지.」

「마찬가지지.」

「네 방으로 꺼져! 임마.」

이런 땐 동철이 녀석이 한술 더 떠서, 「누나, 내 방으로 놀러 와.」 혀끝 날름하고 제 방으로 쭈르르 뛰어가고 말았던 것이다. 그러자니 자연 상철에겐 주눅이 들지 않을 수 없었다. 작부 생활 청산하고 작정 고쳐 먹어 이 집구석 들어섰을 때, 이따위 시시껄렁한 시련이 도사리고 있을 줄은 몰랐다. 간혹은 잔신경 쓸 일 없던 그 생활로 후딱 돌아설까도 불끈 생각했지만 꾹 눌러 참았다. 그 지긋지긋하고 몸살 나던 생활을 다시 그림 그리다니 당치 않은 일이다. 숱한 시러베 같은 놈들 손이 연신 사타구니로 들어오고, 못 먹는 술 밤낮으로 퍼먹어 매상 올려 봤자 다 남의 좋은 일일 뿐이었던 것이다. 세상에 무슨 일인들 수월한 게 있으랴. 오직 자기의 온 신경을 도상태 사장에게 쏟아 붓는 일뿐이라고 그녀는 도사렸다. 물론 한심이는 자기가 맘먹고 있으며 하려고 하는 계획이, 공자가 들었다면 적어도 일주일은 밥 먹지 않고 탄식할 일이란 걸 막연하나마 마음 켕겨 하였다. 그러나 자기가 이런 악돌이로 변한 것이 순전히 자기 탓만도 아니더란 것이다. 말하자면, 세상이 전부 그런 몰골로 돌아가고 있었던 것이다. 양심껏 살아가는 놈치고 잘되는 것 못 봤고, 솔직하고 강직한 놈치고 남의 눈총 받지 않는 사람 없었다. 제아무리 용가리로 빠졌대도 주위에서 거들어 주지 않으면 해면처럼 무기력하였으며, 제아무리 똑똑한 사람이었대도 찍어 주지 않으면 국회의원 못 되었던 것 아닌가. 그런 것들이 모두 돈이란 것과 연관지어져 있고 그 위력 밑에 있어 오지 않았던가. 한심이 역시 도상태의 첩으로라도 들어앉을 수만 있다면, 여우 목도리 모가지에 감고 종로 바닥 어디쯤 사뿐사뿐 걸어가다가 옛날 영일옥이나 옥돌옥에 같이 있던 화심이나 길자 들을 만난다면 모가지 끊어지게 놀라고 부러워할 것은 틀림없는 사실인 것이요, 저희들끼리 모이면 모르되 적어도 면전에서 한심아 얘재 하며 깔보려 들진 못할 것이다. 그날이 올 때까지 참자, 그리고 이 일만은 꼭 성취하자고 한심이는 다짐하였다.

그녀는 열내어 도 사장의 서재랑 거처방을 티 하나 없이 정돈해 주고, 발 씻으라고 내밀면 밀감 껍질 만지작거리듯 보드라운 손길로 따뜻한 물 끼얹어 씻었다. 젖무덤을 그의 목덜미에 대고 이죽거리며 무릎까지 씻어 주어 볼따구니에 미열이 오르도록 하여도 보았고, 허벅지까지 치마 걷어붙이고 방 훔쳐 그의 시선이 똑바로 박히게도 하였다. 그녀 나이 스물셋, 주인 여편네가 파리에서 직수입해 온 화장품을 섬으로 발라 짓이긴다 하여도 나이엔 못 당할 것이며, 발버둥을 친다 해도 오십 줄에 들어선 중늙은이임엔 틀림없을 것이다. 한심이가 일개 가정부일망정 스물세 살의 배꽃 같은 살색이야 어디 갈까 싶었다. 팥이 제아무리 퍼져도 솥 안에 다 있다고 스물셋의 연령이 가진 싱싱한 아름다움이야 돌아설 날 아직은 멀었을 것이었다. 자기의 방을 도상태가 언제고 한번은 침범하고야 말 것이란 걸 믿어 의심치 않았다.

한심이의 그런 계산은 얼마든지 가능성을 갖고 있었으며, 또 그녀의 그런 노력도 헛되지 않았다. 도상태의 무릎까지 깨끗하게 정성

들여 씻어 주었던 바로 그날 밤 자정쯤, 한심이는 억세게 자기의 가슴과 배를 누르고 있는 남자의 방문을 받았던 것이었다. 그녀는 그 육중하고 격렬한 도상태의 욕구를 고스란히 받아들였다. 그러나 바로 옆에 상철이 녀석 방이 있다는 걸 생각해 소리만은 참고 참으며 내지 않았다. 고비가 지나자 도상태는 썩은 통나무처럼 옆으로 벌렁 나자빠졌다. 그녀는 가만히 그의 목덜미를 감싸 쥐고 머리카락 사이로 손가락을 밀어 올렸다. 그러나 아무리 손가락을 밀어 올려 보아도 머리카락은 만져지질 않았다. 이상했다. 그녀는 손 전체를 이리저리 헤쳐 보았다. 막깎은 머리였다. 한심이는 가슴이 철렁 내려앉았다. 그녀는 쏜살같이 일어나 우선 문부터 안으로 잠그고 전등을 켰다. 방 안이 대낮같이 밝아지고 눈알이 솔방울만 하게 굵은 상철이란 놈이 마빡에 지르르 땀 흘리며 멀뚱멀뚱 배포 좋게 누워 천장을 바라보고 있었다.

(1975년)

과외수업

내가 청량리역이란 델 도착한 것은 새벽 여섯시가 실히 넘었을 때였습니다. 스팀 장치란 게 신통찮아 밤새 사람을 떨게 하던 그놈의 기차는 어찌 그리도 삐걱거려 쌓던지, 태백산 중허리를 한참 감아 돌 때는 와짝 무너질까 봐 겁날 정도로 들입다 용깨나 쓰더군요.

어찌 되었든, 나는 몽매에도 그리던 서울이란 델 우선은 도착하고만 것이었습니다. 피곤히 잠들어 있던 승객들이, 바위틈에 숨어 있던 방게 떼처럼 부스스 일어나 아가릴 함지박으로 벌리고 하품들을 하며 출구를 향해 떼지어 내릴 때도 나는 도저히 일어날 엄두가 나지 않아 강생원들이 빈 병들을 회수하기 위해 객실의 의자 밑구멍에 대가릴 처박고 뒤지며 다닐 시각까지도 찻간에서 선뜻 내려가질 못했습니다.

「이 새꺄! 왜 안 내려?」

물론 내 꼬라지로 보아 무작정 상경한 놈임에 틀림없을 것으로 간주했던 강생원이 의자 밑을 기웃거리던 쌍통을 기웃하니 쳐들고 나를 보며 반시비조로 나왔습니다. 그제사 내 정신이 후딱 들었습니다.

「임마, 부모 속 썩이들 말고 낮차로 내려가. 짜아식, 남이 서울 서

158

울 하니까…….」

그 잡것이 내게 무슨 선심이라도 쓰듯, 그렇게 주절거리곤 빈 병으로 와그작거리는 바구니를 들쳐 메곤 다음 객차로 건너가 버렸습니다. 나는 새벽바람이 어슬어슬한 홈으로 내려섰습니다. 기름기가 밴 바람 냄새가 코에 스치자 약간의 역겨움을 느끼긴 하였습니다만, 나는 그게 바로 서울의 냄새라는 걸 직감했습니다. 하기야 내 나이 열아홉이 되도록 내 코가 맡아 온 냄새라곤 돼지우리 썩는 냄새에, 메주덩이가 퀴퀴하니 쉬어 가는 안방 냄새밖엔 맡아 온 게 없으니까 기름 냄새가 역겨웠던 것은 너무나 당연하겠지요. 그깟 냄새야 어떻든 새벽의 찬바람이 내 몸을 감아 들자 언뜻 내 자신이 서글프고 지랄 같다는 생각이 콧등을 시큰하게 만들었습니다. 객지 바람이라서 그랬던 모양이죠. 그러나 나는 금방 머리를 저어 버리고, 사람들이 거의 다 빨려 들어가 버린 어둠침침한 지하도 속으로 재빨리 걸어 들어갔습니다. 송죽같이 먹은 마음이 벌써 흔들리려 한다니 그건 말씀이 아니라고 내 자신을 달랬습니다. 젊어 고생은 사서도 한다고 최희준의 노래에도 있지 않느냐고 나는 내 마음 저 깊숙한 곳에 대고 소리 질렀습니다.

하긴 내가 무작정 상경한 몸이긴 하지만서도 적어도 내 비닐 잠바 속주머니 속엔 전라도 영광 굴비 뺨칠 정도로 기름 촐촐 흐르고 바락바락한 일금 2만 원이 고스란히 들어 있었으니까요. 서울이 풀 한 포기 없는 사막이라 기를 쓰고 죽자고 든대도 현찰 2만 원이면 보름은 제 안 살고 못 배길 것으로 자신했기 때문에 적어도 지금만은 두둑한 배짱으로 버틸 수 있을 것 같았습니다. 서울이 제아무리 살벌하고 곁의 사람 볼 틈 없이 불알에 요령 소리 나도록 바쁘게 돌아가야 할 바닥일망정 사람이 모여 사는 곳임엔 틀림없겠고, 그 수많은 사람들의 반 넘어는 본디 나와 같은 촌놈들이란 걸 내가 빤히 알고 있는데 나라고 늙은 암쥐 모양 끝까지 비슬거리지는 않으리라고 마음 한 번 굳게 먹는 동안 나는 역 광장에까지 나와 있었습니다. 참 광장 한번 째지게 넓데요. 시골에 있는 우리 국민학교 운동장은 거기에 비하면 당나귀 귓밥 정도더군요. 하긴 그 넓은 광장에 척 들어서니까 나도 또다시 어리둥절할 수밖에 없더군요. 이놈의 도시는 잠도 안 자고 버티는지 벌써 꼭두새벽에 광장 건너편의 로터리에는 택시들이 즐비하였고 영등포요, 면목동 가요 하는 운전사들의 목소리가 사방에서 들려와 솔직히 말해서 한여름 논바닥에서 서로 지악스럽게 대거리해 쌓던 개구리 소리를 떠올리게 했습니다. 그리고 광장 건너편 저만치 마주 보이는 큰 건물의 맞바래기엔 남진이 웃통을 시원스럽게 벗어 던지고 요조숙녀 같은 웬 젊은 여자 턱주가리를 제 코앞으로 바싹 치켜들고 금방 요절을 낼 낌새로 보이는 그림이 붙어 있었는데 나중에사 알고 보니 그게 영화 선전 간판이더군요. 사방으로 뻗어 있는 도로 주변에 길길이 솟아 있는 빌딩들 턱에 매달린 아크릴 간판들이 꺼물꺼물 졸고 있었습니다. 나는 광장 주변 골목 사이에 끼인 여인숙 간판 하나를 골라잡고 걸어갔습니다. 많은 여인들이 쏟아져 나와 잠시 몸 녹이고 갈 손님들을 이끌고 있었습니다만 그 쌍년들이 내겐 말 한마디 건네 오지 않았습니다.

나는 돼지우리는 명함도 못 내밀 만치 지독한 냄새가 풍기는 골목길에 들어섰고, 그래서 재건 여인숙의 문을 밀쳤습니다. 내가 들어서자, 성냥갑만 한 방에서 자던 쪼다같이 생긴 여자가 문을 드르륵 열더니, 「뭣 땜에 그러니?」 하고 시비를 걸어왔습니다.

「눈 좀 붙이고 갈라는데?」 내가 이렇게 대답하자, 「5백 원. 선불이여.」

간단하게 씹어뱉곤 아직도 잠이 덜 깬 건지 하품은 우라지게 해대면서도, 엉덩짝 달랑 들어 빈방 안내해 줄 요량은 않고 있었습니다.

「나도 돈 있어」 하며 버럭 소리 지르고 다발 돈 꺼내 코앞에 대고 냅다 흔들어 이 여자의 잠을 근본적으로 깨워 줄까 보다고 생각은 했지만, 꾹 눌러 맘 잡숫고 부스러깃돈 5백 원 꺼내 디밀자, 그제사 얼른 받아 손가락 사이에 끼곤 부스스 일어나며 「따라와」 하였습니다. 그 여자는 자라 콧구멍만 한 골방에다 날 몰아 처박고는 선뜻 나갈 생각은 않고 뭣인가 한참 주저하더니, 「학생 혼자 잘 텨?」 하던 것이었는데, 아까와는 달리 제법 풀 죽은 목소리여서 나는 이게 무슨 도깨비 보물방망이 두드리는 소린가 싶어 멀뚱히 곱지도 못한 그 여자 쌍통만을 쳐다보고 있었지요. 그 여자는 1천5백 원만 내면 내 나이 또래 여자 한 명을 붙여 주겠다는 것을 청산유수로 좔좔 외어 바치는 것이었습니다. 맨 처음 그 소리를 듣자, 나는 가슴이 캉캉 뛰고 관자놀이로 열이 올랐습니다. 그러나 그게 어디 될 뻔이나 한 소리입니까. 내사 귀동냥으로 얻어들은 소리긴 합니다만 요새 나도는 국제 매독에 걸렸다 하면 코가 내려앉는다더군요. 그래서 딱 잘라, 「난 그런 거 안 해봤어요」 하였는데, 하긴 내 쪽이 부끄럽고 멀쑥해서 고개를 꼬아 방 안쪽으로 돌린 채 쏘아붙였던 것이지요. 그 여잔 내 말을 날름 주워선, 「안 해봤으니깐 개시로 해보란 거여, 개시로」 하고, 이젠 반애걸 조로 사정해 왔는데 그 말을 듣는 둥 마는 둥 하품을 입에 물고 누울 채비를 하자, 「하긴 두멧놈이 그 짓 해봤을라구!」

볼멘소리 저 혼자 몇 마디 씨부리더니 문 쾅 닫고 나가 버렸습니다. 별꼴이 반쪽이라더니 그래도 기왕지사 사람 탈 쓰고 태어난 바에야 자기 넷째 동생 같은 나를 보고 그런 벼락 맞아 온전할 말씀을 주섬주섬 권해서야 쓰겠느냐 말입니다. 또 구렁이알 같은 이 돈을 그런 쓰잘데없는 잡놈의 일에다 탕진할 수는 없는 것 아니겠습니까. 그러나저러나 서울 와서 첫 대면으로 말마디나 나누어 본 족속이란 게 하필이면 꼴같잖은 갈보 소개쟁이를 만나게 되다니 싶어 밥맛없었지만 낸들 딴 도리 없는 형편이어서 옷 입은 채로 배 깔고 누워 버렸습니다. 그러나 그 여자가 소매치기라도 끌고 와서 남의 돈이나 쌔벼 내지 않을까 하는 의심이 부쩍 들어, 나는 새벽잠을 조져 버렸던 것이지요. 그게 아니래도 맞은편 방에서 뭐가 그리 급하고 안달인지 새벽 내내 가쁜 숨 몰아쉬는 품이 흡사 달구지 끌고 가파른 언덕바지 올라가는 황소 콧숨 몰아쉬듯 숨가빠하는 통에 괜히 날 용쓰게 만들어 오히려 정신이 파락파락 되살아났던 것이었습니다. 뭔가 자꾸만 지랄 같다는 생각으로 서울의 첫새벽을 나는 뜬눈으로 새웠습니다.

나는 느지막이 그 여인숙을 나왔지요. 사실 나로 말하면 별 볼일 없는 놈이었고 그저 한 일주일 동안 입이나 먹고 살 만한 식당 보이 같은 거나 얻어 서울 바닥에 몸 붙이고 살고자 작정하고 있었으므로 그런 직업 정도야 새벽같이 일어나지 않아도 될 성싶었기 때문이었습니다. 나는 그 냄새나는 골목을 빠져나와 역 광장으로 들어섰습니다. 거기엔 벌써부터 차를 타려는 승객들로 와글거리고 있더군요. 그 많은 사람들이 한곳에 몰려 와글거리는 걸 보자 나는 언뜻 거기 폭탄 한 방 떨어졌으면 오지겠다는 싸가지없는 생각을 떠올렸습니다. 하기야 아주 지체 높으신 어른들도 간혹 이런 생각을 하는가 보던데요. 나는 식당으로 들어가 150원 선금 내고 설렁탕 한 그릇을 싹 비웠습니다. 서울 놈들은 중국 놈 뺨치게 의심이 많아서 꼭 선금부터 달라는 덴 부아가 치밉디다. 아침 요기를 마친 나는 시건방지게 버스 탈 것 없이 오줌 낫잡아 미리 누고는 동대문 쪽으로 천천히 서울을 향해 쳐들어가기로 했습니다. 말씀드린 바였지만 지향 없이 서울에 온 이 몸이 무슨 큰 볼일이 있다고 버스를 타고 도회 복판으로 쳐들어갈 건덕지라곤 없었으니까요. 나중에사 알고 보니 복판으로 들어가자면 신설동 로터리에서 곧장 앞 사람 뒤꼭지만 보고 걸었어야 했는데, 신호등이 켜 있는 대로 사람들이 몰려가고 몰려오길래 나도 짝없이 그 사람들 따라 건너가고 오고 하다 보니 나중엔 꼬리 잘린 똥개 모양으로 이리 갈까 저리 갈까, 이정표 없는 삼거리길이 되어 버려 엉뚱하게도 미아리고개 너머까지 걸어오게 되었더랍니다. 난 맨 처음 한 많은 미아리고개라 하길래 메뚜기 이마처럼 가파른 줄 알았더니 별것 아니더군요. 거기까지 가는 동안 여러 곳의 음식점 앞을 지나쳐 왔지요. 그래서 나는 자꾸만 초조해 갔습니다. 그들 음식점의 문틈으로 삐쭉이 들여다보노라면 손님들 앞을 오고가는 보이나 계집애 들이 한결같이 깎아 놓은 밤톨 모양으로 이목구비가 반듯반듯하여 나 같은 촌내기는 채용해 줄 것 같지도 않았기 때문이지요. 초조해지고 자신을 잃어 가니까 이젠 배까지 고파져서 종내엔 온몸이 천근같이 무거워졌습니다. 그러나 나는 간신히 최희준이 부른 젊어서 고생은 사서도 한다는 노래를 흥얼거리곤 하였습니다. 일단 내가 무작정 상경한 이상, 남진이나 나훈아 같은 유명한 가수가 되기 전에는 고향으로 돌아가지 않겠다는 최초의 결심과 포부와 희망을 요 정도의 고생쯤으로 좌절시킬 수는 절대로 없다고 생각했습니다. 사실 우리 고향 동네에서도 나처럼 중학교밖엔 졸업을 못하고 지게 목발 두드리다가 그놈의 지게, 산 계곡에다 냅다 꼰질러 버리고 서울로 달아났던 놈들이 추석 때나 고향에 척 나타나서 빨간 머플러 척 두르고 가죽 잠바를 으스대며, 「야, 나 최무룡이 그 새끼 봤다. 그 새끼 말이야, 난 내 친구들하구 경양식집에 가서 들입다 때려 먹고 놀고 있는데, 그 새끼가 말야, 김지미하고 턱 나타나서 맥주 한 잔 쭉 들이켜더니 신나게 놀고 있는 우리 쪽을 부러운 쌍통으로 바라보고 앉았더군. 나중엔 합석을 하자구 말야, 참 기가 차더군.」

이렇게 겉보리 경사를 써가며 말했는데, 경양식집이 뭣들 하는 곳인지는 모르지만 그 녀석의 말이 처음부터 끝까지 깡그리 공갈인 줄 우리들 몇몇은 알고 있었지만 최무룡하고 김지미가 이혼한 지 옛날인데 요사이도 늘 붙어 다니긴 하는구나 싶어 재미있게 듣고 있었지요. 공갈이나마 나는 그 녀석이 한없이 부러웠습니다. 모두들 그 녀석을 줄줄 따라다녔지요.

이젠 배도 고프고 기운도 빠지고 해서 나는 어느 허술한 우동집으로 쓰윽 기어 들어갔습니다. 그 집은 예대(藝大)가 있는 둔덕 아래로 흐르는 개천 위에다 마루를 깔고 지은 허술한 판자 식당이었는데 한국 사람이 경영하는 중국 음식점이었습니다. '영일반점'이라는. 음식점 하면 자장 냄새나 신선한 파 냄새 정도가 물씬 풍겨야 그게 제격일 텐데 이놈의 집구석은 들어서자마자 마룻바닥으로부터 쥐 썩는 냄새 같은 게 풍겨 올라 코가 반쪽이래도 옆으로 돌릴 지경이었지요. 하긴 남의 흉보는 버릇도 이력나면 장래가 낭패라는 어르신네들 말씀도 있고 하니 이쯤 해두고, 나는 한 사람의 손님도 없는 홀로 들어갔던 것입니다. 내가 들어서자 홀과 잇대어 만든 방에서 배가 동산 같은 아줌마 한 분이 나왔습니다. 그 여자는 그렇게 나오긴 하였지만 힐끗 내게 시선 주고는 주방으로 들어가면서, 「난옥아, 손님 왔다」 하고 어디다 대고 바락 소리치는 것이었습니다. 그제사 저 안쪽 어디쯤에서, 「네, 곧 나가요」 하는 내 나이 또래의 카랑카랑한 계집애 목소리가 들려왔지요. 난옥이라 불린 그 계집애는 아마 마침 오줌 누러 갔던 모양으로 홀 안으로 바쁘게 들어서면서 치마 밑으로 속옷을 추스르고 있었기 때문입니다. 그녀는 내게로 오긴 하였습니다만 약간 비껴 서서 뭘 드시겠냐고 물었습니다. 자장면이라고 말하자 고년은 별로 이쁘지도 못한 손으로 제 아가리를 틀어막고 킥킥 웃으면서 주방으로 쭈르르 달려갔습니다. 이년이 식은 밥을 처먹고 냉방에서 잤나, 웃긴 왜 웃어, 하고 싶었지만 나는 꾹 참았지요. 고년이 웃었던 이치를 나는 대강 짐작하고 있었기 때문입니다. 우리 엄마가 날 낳아서 쥐구멍에다 코를 처박아 두었던지 내 얼굴의 딴 곳은 새물에 오른 고등어 뱃가죽같이 팅팅하고 고운데 유독 코끝만은 뜯다 만 것처럼 얼금뱅이가 되어 있었지요. 하여튼 나는 계집애가 날라 온 자장면 한 그릇을 후딱 비우고도 얼른 일어나지 못했던 것

164

은, 여름날 호박 잎사귀같이 척 늘어진 몸이 나무의자에라도 일단 앉아 버리자 물먹은 솜처럼 착 가라앉았고, 또 솔직히 말씀드려서 그 식당의 분위기가 나 같은 놈이 붙어 살긴 안성맞춤일 것 같아서 내 딴엔 수작 한번 붙여 볼까 하고 속으로 뜸을 들이고 있었기 때문이었지요. 더욱이 내가 자장면 한 그릇을 다 비우자 고년이 청하지도 않은 냉수 한 컵을 내 앉은 탁자 앞에 날라 놓으면서,「참 맛있게 잡숫네요! 그땐 냉수 한 컵이 젤예요.」

이번엔 웃지도 않고 돌아섰기 때문에 이 서울 바닥에서 맨 처음 받아 보는 선심이고 관심이었기 때문에 나는 김상희의 노래처럼 얼굴 빨개졌지요. 내가 진작 일어서서 나갈 낌새를 보이지 않자 주방에 있던 아이 밴 주인 아줌마가 몇 번인가 이쪽을 힐끗거리더니 이번엔 작정한 듯 내게로 다가왔습니다.

「학생, 시골서 금방 올라온 듯한데, 보아하니 마뜩하게 갈 곳도 없어 뵈네. 사정이 정말 그렇다면 우리 집에 눌러 있지?」 하는 것이었습니다. 그 아줌마가 그렇게 나올 줄은 정말 예상 밖이었으므로 나는 이런 저런 생각 없이 우선 뛸 듯이 기뻤습니다. 그래서 나도 모르는 사이에 손가락으로 딱 소릴 내었지요. 나는 아줌마를 보고 씩 웃는 것으로 대답을 대신하였습니다. 그날로 이 몸은 영일반점의 정식 티오로서 입적을 한 셈이지요. 알고 보니 그 집의 껍데기는 간단한 토공일, 말하자면 허물어진 담장 보수, 연탄 아궁이 설치 같은 일로 종일 밖에서만 돈벌이하는 일꾼이어서 식당일은 아줌마와 난옥이 둘이서 도맡아 하고 있었는데 아줌마 배가 임신 5개월을 넘어서자 숨가빠 전처럼 움직일 수가 없었던가 봐요. 간혹 이웃에서 배달 주문이라도 오면 참 딱했던 나머지 어디서 나 같은 으바리가 공으로 굴러 들어오지나 않을까 하고 내심 기다려 마지않았던 모양이에요. 나 또한 누이 좋고 매부 좋은 식이 됐지요. 더구나 잠바 안주머니에 꼬불쳐 두었던 현금 2만 원을 한 푼 축내지 않고 고스란히 보관할 수 있었다는 게 여간 다행한 일이 아니었습니다. 지체 높은 어르신네들이야 그깟 구린내나는 식당 보이 자리 하나 가지고 말이 많다고 하겠지만 용가리도 아닌 주제에 그런 직업이라도 쉽사리 굴러 들어온 게 세상 살아 보면 그리 쉽지 않더라는 어르신네들 말씀 하나 버릴 것 없지요. 세상일이야 뜻대로 되는 것보다 안 되는 일이 더 많아야 맛이란 말도 있긴 합니다만.

그 식당은 개천 건너 언덕에 덩그렇게 서 있는 예대 학생과 고등학교 학생들이 많이 드나들었습니다. 이 꼴난 식당이 개천 위에 지은 집이라 냄새 하난 별나게도 풍겨 올랐지만, 이 집의 음식은 질보다 양에 치중하고 있었기 때문에 가난한 학생들이 드나들기엔 제격이었습니다. 아지매 떡도 싸야 사 먹지요. 말이 났으니 이야기인데, 요사이 그 양주라고 하던가, 시골 노인네들 담배쌈지만 하게 납작한 양주 한 병을 2만 원, 3만 원을 주고 사 마시는 골 빈 놈들도 더러 있는 모양인데, 이 바닥의 그 흔한 벼락이 그런 놈에겐 왜 안 떨어지는지 하느님도 요사이는 너무 무심하게 지나치시는 게 많은 걸 보니 그 노인네도 이제 돌아가실 날 멀지 않았는가 보죠? 하느님은 죽지 않는 게 특색이라고 누가 말하는 걸 귀동냥으로 들은 적 있습니다만 자긴들 무슨 용가리뼈라고 죽지 않고 버틸 수 있겠습니까? 하여튼 그 집에 드나드는 단골들이란 것이 내겐 여간 다행한 일이 아니었습니다. 그들은 주방에서 음식이 나올 때까지 가만히 앉아 기다리는 성질들이 못 되어서 나무젓가락으로 탁자를 두드려 가면서, 「벗으라면 벗겠어요, 당신이 벗으라시면. 달라면 주겠어요, 당신이 달라시면……」 같은 국내의 최신 유행가들을 꽁치고기 두름 이듯 줄줄 엮어 부르는 데는 가수가 꿈인 내겐 환장할 지경으로 좋았습니다. 그런가 하면 학생들은 저희들끼리 영어 마디깨나 주고받기도 하였는데 서당개 3년에 풍월 짓는다고 나도 미국말 한두 마디 쏼라댈 수 있다면 얼마나 좋겠습니까. 그렇다고 내가 그런 데만 정신 팔

166

아 농땡이 치는 것은 아니었습니다. 나는 보름이 못 가서 그 집에선 없어서 안 될 일꾼 몫을 했으니까요. 아줌마가 몸 불편한 것을 알았기 때문에 밥 짓는 물까지 새벽같이 일어나 공동 수도에서 받아다 날랐을 뿐 아니라 전엔 난옥이가 하던 일을 반은 떠맡아 억척같이 해냈지요. 상놈 밥 덕으로 산다고 꾀부려 보면 볼수록 미움받기 십상이지, 그놈 잘한다고 칭찬할 놈이야 천에 하나 있다 하면 그놈이 바로 미친놈이겠지요. 내가 한결같이 새벽부터 불알에 무좀 일도록 쫓아다니니까 나중엔 난옥이도 슬그머니 미안했던지 나와 같이 일어나는 시간이 많아졌습니다. 남 보기에 미안하니까 일찍 일어났지 말짱 헛것이었습니다. 남 보기에 미안하니까 일찍 일어나선 홀까지 나오면 아무 식탁에나 가서 다시 코 박고 새벽잠에 곯아떨어지는 것뿐이지요. 그러는 난옥이에게 비닐 잠바를 벗어 덮어 주기도 하며 그대로 두었지요. 하긴 꼴난 비닐 잠바 덮어 주는 거야, 신성일이 여배우에게 덮어 주는 잠바에 비교하면 짚신과 널구두 사이겠지만 영화 같은 데서 그렇게 해주니까 남녀 사이가 갑자기 가까워지던 걸 나는 시골서 상영되는 영화에서도 눈이 시리도록 보아 왔으니까요. 비닐 잠바나 털 잠바의 차이는 있겠지만 그 덮어 주는 마음이야 신성일과 내가 무슨 차이가 있겠습니까. 나도 언젠가 일류 가수가 되면 난옥이쯤이야 낙타털 오버 씌워 줄 수 있을지 모르니까요.

난옥이와의 새벽 나들이는 퍽 즐거웠습니다. 자정까지 삐걱거리고 발광하던 그 거대한 도시가 새벽 네시에서 다섯시 사이엔 그렇게 피곤하게 가라앉을 수가 없더군요. 그렇게 등천을 하던 도시의 퀴퀴한 냄새도 그 시간에만은 깡그리 땅속 깊숙이로 빨려 들었습니다. 간혹 일찍 깨어 장사 나가는 택시들이 새벽바람을 가르고 고개를 넘어가는 외에는 온 도시가 거대한 항아리처럼 비어 있는 것이었습니다. 그런 새벽 거리를 걸어가면서 난옥이와 말을 주고받으면 말 마디마디가 하나 놓쳐지지 않고 그대로 귓밥에 맺혀 와 빈 도시가 쩡

쩡 울리는 듯하여 우린 목청을 한 옥타브씩 내려야 했습니다. 그런 우리들은 흡사 북극의 빙판에 물개 사냥을 나온 에스키모 부부를 연상시켜 칼칼 웃기도 하였습니다. 그래서, 이 식당일이 고되고 때로는 시들도 하지만 주인 아줌마의 마음이 떡이라 영일반점을 이별 못 하는 난옥이나 나나 입장이 비슷해 나는 슬며시 난옥이를 사랑하고 싶어졌던 것입니다. 사랑하고 싶어진다고 생각하니까 괜히 삶이 뿌듯해지면서 가슴이 두근거렸습니다. 그러나 가수가 되기 전에는 아무 여자하고도 사랑해선 안 된다고 생각하면서 나는 난옥이의 손을 꼭 쥐었습니다. 그랬더니 난옥이는 자기 한 손가락 끝을 가지고 내 손바닥을 살살 간질였습니다. 토공일을 하는 주인 황씨가 저녁 늦게 술 처먹고 들어와서 아무 데나 오줌을 깔기고 아줌마에게 곤조 부리는 일만 없어 준다면 나와 난옥이의 생활은 그런대로 잘 나가고 있었습니다. 황씨가 아무 데나 서숙을 내놓고 오줌 깔기는 것을 보고 나는 간혹 말리기도 하였습니다만, 「야, 이 새꺄! 내 집에 내 좆으로 오줌 싸건 똥 싸건, 이 새꺄 니가 왜 촐래를 떨고 나서니? 이 마루 밑에 흐르고 있는 건 똥오줌 아니고 무릉도원에서 흘러오는 복사꽃인 줄 아니?」

새끼가 그렇게 문자를 쓰는 데는 나도 할 말이 없었습니다. 내가 왜 그 새끼라 하는가 하면, 그 새끼 술 처먹고 노는 꼬라지는 정말 꼴불견이기 때문이죠. 사내 새끼가 노가다 곤조를 부릴 일이 있으면 제 계집 귀싸대기 한두 대 패주어 버르장머리 따끔하게 고쳐 놓는 게 남자 체통이련만 그 새낀 술만 처먹었다 하면 제 여편네를 통 잠 못 자게 하더란 것입니다. 옛날 불알 발갈 적 이야기부터 시작되어 이 밤 이때까지 얘기를 밤새도록 편찬해 엮어 내는 것이었습니다. 아줌마도 천생연분이지, 그런 남편에게 똑같이 밤새워 맞대꾸해 주며 앉았으니까요. 맞대꾸를 하지 않으면 그 새끼가 쿠사리를 주기 때문이죠. 그런 식으로 술 다 깨고 나면 새벽부터 본격적으로 잠들기 시작하죠. 원체 인종이 많으니까 별놈들이 다 끓어 모여 살아가는가 보죠.

식당은 한 달에 한두 번씩 부정기적으로 문을 닫았습니다. 그런 날은 난옥이와 내게 있어선 더할 수 없이 기쁜 날입니다. 난옥이는 이제 한참 속살이 오르는지 틈만 있으면 잠잘 요량부터 먼저인 것을 꼬셔서 창경원으로 끌고 갔습니다. 내가 난옥이를 데리고 구경을 가는 데는 몇 가지 이유가 있었습니다. 거긴 첫째로 서울 시내에서 나와 같은 시골 사람들이 한곳에 가장 많이 모여드는 곳이어서 왠지 마음이 편해서 좋았습니다. 그리고 우리 속에 갇힌 갖가지 우람한 동물들이 내겐 그렇게 신선하게 보일 수가 없었습니다. 내가 이 거대한 도시에 사는 동안 싱싱하고 활기에 찬 것이라곤 새벽바람과 창경원의 동물 가족밖엔 본 것이 없었으니까요. 사자, 코끼리, 호랑이, 하마, 낙타, 곰, 여우, 물개 등 갖가지 동물들의 고향이 어딘가를 그 우리 위쪽에 적혀 있는 대로 콩고, 남미, 아프리카, 오스트리아, 브라질…… 그런 나라들의 시퍼렇고 드넓은 초원과 원시림을 상상해 보면서, 그리고 우리들 멋대로 노가리를 까대며 즐기는 것이었습니다.

「저기 흰곰 있지? 저건 제 고향이 북극인데 거긴 밤만 육 개월이라더라.」

「거기 식당 보이들은 육 개월 동안 밥 굶고 살겠다?」

「이 으바리 같은 것아, 여기까지 와서 보이보이 하들 말어, 칵 처박아 버릴라.」

난옥이는 금방 샐쭉해져서 저만치 달아나고 마는 것이었습니다. 우리는 숲 깊숙이로 들어가서 갖고 온 김밥을 까먹고 사이다까지 한 병씩 까 나눠 먹은 다음, 난옥이를 저만치 앉히고 나는 노래 연습을 시작했습니다. 우선 내 십팔번 '복사꽃 능금꽃이 피는 내 고향'을 한 곡 뽑은 다음 남진의 히트송들, 나훈아의 히트송들을 깡그리 불렀지요. 노래 이야기가 나왔으니 연설인데, 노래하면 내 설령 미아리고개 밑에 영일반점 시다바리 신세이긴 하지만 왕년에 우리 면내에서 열린 콩쿠르 대회 수상 경력이 다채로웠다 이거지요. 내 노래 솜씨를 가만히 듣고 있던 난옥이란 년이 역시 사람 알아보는 눈치 하나 있었던 모양으로 내게 쪼르르 달려와서 속삭였던 것입니다.

「기현(基鉉)아! 왜 아직 방송국 노래자랑에 한 번도 안 나갔지, 그런 실력으로?」

난옥이가 이렇게 씨부렸을 때 나 역시 찔끔하기는 마찬가지였습니다. 내가 아무리 본데없는 두멧것이기로서니 텔레비전의 노래자랑쯤이야 수없이 보아 온 터수이지만, 나는 감히 거기 출연할 엄두를 못 내고 있었다 이거지요. 그래서, 「이 병신아, 내가 백이 있어야 나가지?」 했더니, 「얼랠래, 무신 소리여. 거긴 아무나 나가는 기여, 이것아. 누구든지 신청해서 노래만 잘 부르면 되는 거여.」

요년이 정말이더냐 싶어 나는 차근차근 물어봤더니 주말 노래자랑에 출연하는 데 무슨 학력이고, 고향이 어디고, 잡다한 것은 묻지도 캐지도 않는다는 것이었습니다. 난옥이의 그런 말을 나도 어렴풋이 들어서 알곤 있었지만 이젠 확실해졌던 것입니다. 일단 나도 거기에 출연할 자격이 있다는 자신이 서자, 걱정이 생기기 시작했습니다. 그것은 내 복장 때문이었습니다. 전국의 3천만 시청자들에게 비닐 잠바 입은 채로 마이크 앞에 쭈글스럽게 나타난다는 건 우선 내 자존심도 허락지 않았지만 더욱이 그 텔레비전 방송은 우리 고향에서도 나오고 있는데 내 고향 사람들이 그런 내 쌍통과 몰골을 보았다면, 「저 녀석 서울 오입 간 지 두 달 넘었는데 아직 입고 갈 때 그 옷으로 어정거리누만!」 하고 혀끝이나 몇 번 차줄 것은 말해 잔소리요, 그래서 나는 난옥이가 눈까지 뒤집고 놀랐던 내 비상의 재산 현금 2만 원을 그 창경원 숲속에서 처음으로 공개했던 것이지요. 처음 그걸 본 이년이 한다는 소리가 두말할 것 없이 훔쳤다는 것입니다.

170

아구통을 박살내 주고 싶었지만, 나는 차근차근 이 돈의 출처를 고년에게 알아듣도록 이야기해 주었습니다.

우린 그길로 창경원을 빠져나와 영일반점 부근 어느 허술한 양복점으로 가서 양복 한 벌을 맞추었습니다. 그리고 그날부턴 짜고 매운 것은 목구멍에 넘기질 않았습니다. 목청을 보호하려면 자극성 있는 음식은 좋지 못하니까요. 그런 나의 노력은 헛되지 않아 수요일의 예비 심사에 합격되어 열 명이 나가서 부르는 주말 대항 팀에 끼이게 되었습니다. 말씀드린 바 있지만 원체 족보 없이 배운 노래라서 박자 관념이 좀 희박하긴 하지만 남진, 나훈아가 부른 그대로 따라 부르라 한다면 나도 자신 있습니다. 고향에 있을 때 텔레비전이라 하면 기를 쓰고 구경해서 우리 나라 남녀 가수들의 제스처까지도 어떻게 돌아간다는 것쯤은 원숭이 뺨치게 흉내낼 수 있었습니다. 누구의 제스처는 엘비스 프레슬리에게서 따온 것이라는 것, 누구의 제스처는 김추자에게서 따온 것이라는 것을 나는 알고 있습니다. 이런 것을 다 알고 있는 것은 시골까지 나오는 텔레비전 방송 덕분이죠 뭐. 사실 요사이 시골 사람들은 다리에 종기가 나도 병원엘 못 가 똥처발라 칭칭 동여매고 있을 처지일지언정 텔레비전에서 흘러나오는 유행가 한두 마디 쌀라거리지 못하는 사람도 드물지요. 사실 내가 가수로 출세하고 싶은 포부를 가진 것도 세태가 그렇게 변해 가고 있기 때문이기도 합니다. 요사인 국민학교 아동들조차 '나리나리 개나리 입에 따라 물고요 병아리 떼 쫑쫑쫑 봄 나들이 갑니다' 하는 노래를 모르고 있으면서 '청계천에 집을 짓고 한정 없이 살고 싶네 뚜루루루루'쯤은 좔좔 외우고 다니데요.

나는 금요일날, 방송국에서 지정해 준 스튜디오로 난옥이와 둘이서 갔습니다. 마음씨 좋은 아줌마는 내가 텔레비전 녹화에 출연하게 되었다는 말을 듣자 눈을 왕방울로 뜨고 놀란 다음, 가게는 잠시 문을 닫겠다면서 응원대로 난옥이까지 끼워 보내 주었습니다. 나는 그러는 아줌마가 한없이 고마웠습니다. 지정해 준 스튜디오로 가보니까 방청석엔 정말 입추의 여지를 두지 않고 사람들로 꽉 메워져 있더군요. 한 곡이 끝날 때마다 그 방청석에서 우레와 같은 박수 소리가 터져 나왔습니다. 그런데 출연자들은 대부분이 기타를 가지고 나온 사람들이 많았습니다. 아마 팝송인가 뭔가를 부를 작정인 모양인데 그런 노래는 시래기죽 먹고 배 앓는 소리밖에 아무것도 아닌데 왜 박수를 보내는지 알 수 없더군요. 드디어 내 차례가 왔습니다. 물론 나는 연출자 아저씨가 미리 주의를 준 대로 무대까지 탱크처럼 뛰어 나갔습니다. 천장에 붙은 라이트 빛이 내 정수리로 쏟아져 내리고 밴드들이 일제히 꽝 하고 전주를 터뜨리자 나는 순간적으로 혼이 빠져 달아나는 것 같았습니다. 그러나 청춘이 그런 것으로 기죽을 수는 없지요. 나는 연습해 둔, 복사꽃 능금꽃이 피는 내 고향 만나면 즐거웠던 외나무다리…… 한 곡 뽑아 뱉었지요. 잠시 후에 심사평이 나왔는데 바이브레이션은 좋으나 박자 관념이 희박하고 음정이 불안했다는 이유로 나는 탈락을 시키더군요. 물론 다음 기회에 재도전하기로 하고 우리는 방송국을 나왔습니다. 까놓고 얘기해서 산골 두멧놈이 서울의 유명한 텔레비전에 나타나서 노래를 불렀다 하면 아마 깜짝 놀랄 일이죠 뭐. 시골 면장쯤이야 죽었다 다시 산다 하여도 해보기 힘든 일이지요. 한다는 대학교수들도 거기 못 나가서 안달이라던데요. 나는 그야말로 무작정 서울로 올라온 것은 백 번 잘한 일이라고 생각했습니다. 열 번 찍어 안 넘어가는 나무가 없다고 자주 도전하다 보면 결국 한번은 장원이 될 것이고, 그리고 유명해질 테지요. 요샌 또 유명세라는 게 있나 보데요. 그런 것도 미리 걱정을 해두어야지요.

영일반점으로 돌아와 아줌마에게 솔직히 탈락됐다고 이야기하고 또 재도전하겠다는 말도 잊지 않았습니다. 사나이의 기백이 고만한 실패로 조각날 수야 없지 않습니까. 그러니까 난옥이 년이 공연히 샐쭉해서 나보고 말도 안 걸데요. 나는 시다바리일에 몰두했지요. 아줌마의 배가 하루가 다르게 불러 올라왔기 때문에 난옥이와 나는 그만치 바빠졌습니다. 어떤 날은 종일을 파리만 날리는 때도 있었지만 분식날 같은 땐 오줌 누고 무엇 볼 사이 없이 바빴습니다.

우리 집에 오는 단골 학생들이 나를 차근차근 뜯어보다가, 「저 새끼 노래자랑에 나왔던 놈 아냐?」 하고 기가 차다는 듯이 저희들끼리 낄낄거리곤 하였으므로 나는 우쭐해지는 기분이었습니다. 왜 그런지 그런 말이 나오면 난옥이 년만은 샐쭉해지기 일쑤였습니다. 나는 난옥이의 그런 태도를 이해할 수 없었습니다. 자기가 좋아하는 사나이가 유명해지려고 하는데 왜 가자미 눈깔인지 그 심사를 도저히 알수가 없다는 것이지요. 그러나 나는 모르는 척해 두었습니다. 여자란 본래 그런 것인지도 모르기 때문입니다.

아줌마의 몸이 불편해지면 질수록 황씨의 주사는 심해져 갔습니다. 어떤 땐, 원숭이 밑구멍같이 벌겋게 취한 쌍통으로 홀 안에 척 들어서면서 난옥이 엉덩이를 슬쩍 건드리는가 하면 공연히 나를 몰아세우기도 하였습니다. 그땐 난옥이 년이 좀 뾰로통해 주었으면 좋으련만, 이년이 그때마다 해실해실 웃곤 하여 나는 허파가 뒤집힐 정도로 질투가 났습니다. 롯데 왕사탕 같은 것도 주머니에 넣고 와서 제계집 제쳐 두고 난옥이 년에게 슬쩍 건네주는 눈치였는데 난 그때마다 눈에 쌍심지를 켜고 바라보곤 하였습니다. 고년이 이제 나이 열여덟에 벌써 화냥기를 끼고 도는 걸 보면 참 한심스럽기도 하였습니다. 황씨가 술에 취해 들어오는 날이 많아지니까 나는 이 집에 있기가 써늘해졌습니다. 서울 바닥 어디에 식당 없는 곳이 있나요. 그러나 난옥이가 이 집에 있고자 하는 이상 낸들 빌붙어 있을 수밖에 없겠지요. 그 새끼야 술을 처먹든 토해 올리든 사실 나하고는 별 볼일 없는 얘기니깐요. 어쨌든 머지않은 장래에 난옥이 년을 꼬셔서 이놈의 식당에서 싹 꺼져 버릴 요량을 하였습니다. 지금 당장 쇼부를 내고 싶었지만 구정이 다가오고 있었기 때문입니다. 나는 구정 때 시골을 다녀올 작정을 하고 있었으니깐요. 내가 다시 시골집으로 어기적거리고 내려간다면 나 때문에 골치깨나 썩이던 부모님들이 반가워할 리 만무이겠지만, 서울에서 내로라는 사람들도 출연하기 힘든 텔레비전에 내 얼굴이 나왔다는 그것만으로도 나는 얼마든지 삐기고 날 세울 수 있을 테니깐요. 내가 주말 장원이 되고 안 되고가 그게 별 상관 아니거든요. 말로써 백 번 하면 뭘 합니까. 나는 그 후 꼭 20일 만에 고향으로 내려갔더랬는데 굉장하더군요. 나와 같은 또래의 친구 몇몇은 내가 고향에 체류하는 동안 우리 집에서 살다시피 했으니깐요. 부모님이랑 동네 어른들이 내 얼굴이 거기에 나왔다는 것을 알고 있음은 물론 그 인기로 말하면 면장쯤은 새 발의 피였다니까요. 내가 버스에서 척 내리자 매표소 근처에서 빌빌거리고 있던 내 친구 녀석들이 금방 숨넘어갈 듯이 놀라며 날 에워싸고 질문 공세를 퍼부었습니다. 젠장, 그들은 나를 에베레스트를 정복하고 돌아온 놈만큼이나 대견스레 여기더군요. 내 가방은 벌써 어느 놈이 빼앗아 들고 뒤따랐습니다. 나는 보무도 당당히 우리 집으로 향했던 그때의 기억을 평생 잊지 못할 것입니다. 녀석들은 내게 묻기를, 「너보니까 하낫도 긴장해 있지 않더라, 뱃심 좋던데.」

나는 대답했지요.

「그때 심사 보던 사람 있잖아, 황 선생이라구, 자기한테 지도받아보라구 중간에 사람 넣어 절충해 온 걸 생각해 보마구 해두었지.」

「야, 너 출셋길 확 틔었구나야!」

「뭐 별것 아니더군. 부닥쳐 보니까, 그렇게 쉬운 것도 어려운 것도.」

나는 공갈을 쳤지요. 그 녀석들이야 내가 아무리 노가리를 쳐도 그대로 믿을 수밖에 없었지요. 우선 나는 말솜씨부터가 노숙해져 있었고 자연스럽게 흘러나오고 있었으니깐요. 오뉴월 하루 볕이 무섭

174

다고, 서울 바닥 수돗물이 먹을 땐 몰랐는데 먹고 나서 시골에 와보니 당장 효과가 나더군요. 그 녀석들이 당연한 것처럼, 「너 애인 생겼지러?」 하고 물었을 때 나는 입가에 가늘게 미소를 흘리며, 「응, 모 식품회사에서 경리일을 보고 있어」라고 대답해 주었는데, 녀석들이 그 말 듣자 빙판에 자빠진 황소 눈깔을 해가지고 날 쳐다보고 할 말 못 하길래 난 그 녀석의 어깨를 툭 치며, 「야 임마, 숨넘어가」 하며 점잖게 웃었지요. 자식들 참 골 빈 놈들이죠. 녀석들은 숨통으로 밥숟갈 퍼 넣었다 하면 우리 집으로 쳐들어와서 노래 연습이니 뭐니 해서 지랄해 올렸는데, 내겐 녀석들의 안간힘들이 시들하고 유치했을 뿐 아니라 난옥이가 보고 싶기도 하여서 예정한 일주일을 이틀이나 못 까먹고 서울로 올라와 버렸습니다. 그 녀석들과 백 년을 어울려 봤자 뭐 쇼부날 게 있어야지요. 요사이 한국 가요계의 흐름이나 동향에 대해서 통 숙맥이던 그들이 케케묵은 남인수 노래 따위나 불러 놓고 어떠냐고 물어 쌓는 데는 염통이 쑤실 정도였습니다.

나는 일단 영일반점으로 돌아가서 난옥이와 협의한 다음 좀 깨끗하고 고급 손님들이 드나드는 양식집 같은 데로 옮겨 가야겠다고 작정하고 있었습니다. 그러나 일변 이 난옥이와의 일련의 문제를 시간을 두고 곰곰이 생각해 볼 가치가 있다고 생각했습니다. 내가 만약 가수라도 되는 날엔 파티 같은 데도 참석하게 될 것이고 회합에도 드나들게 될 것이고 보면, 그때 난옥이를 아내라고 팔짱 끼고 다닐 수는 없는 노릇일 테니까요. 그러나 요사이 유명한 사람들치고 이혼 한두 번 안 한 사람 드물고 보면, 이것도 고민거리가 되겠지요. 그러나 그건 또 그때 가서 능히 해결될 문제일 것 같기도 하였습니다. 난옥이 년의 소갈머리로 봐서 이혼하자고 들면 아마 위자료 1, 2백쯤이야 가을바람에 낙엽 날리듯 할 텐데 별걱정 접어 두시는 게 좋겠지요. 고년이 언젠가 한 번은 내게서 떨어져 나가야 한다는 걸 내 자신이 속에 꾹 넣고 생각하고 있으면 될 테지요.

　나는 다시 청량리 역두에 당당하게 내려 대왕 코너로 들어가서 난
옥이에게 줄 스웨터 한 벌을 사들고 미아리 영일반점으로 향했습니
다. 왠지 나는 그 동안 많이도 당당해져 있었습니다. 그러나 내가 영
일반점에 척 도착하니까 문이 안으로 잠겨 있었습니다. 문틈으로 가
만히 안의 동정을 살펴보니 뭔가 작살이 난 분위기더군요. 나는 움
찔해졌습니다. 집구석이 너무도 조용하였기 때문이었지요. 나는 무
작정 문을 두드렸습니다. 한참 있다가 인기척이 나더니 배가 동산
같은 주인 아줌마가 비척거리고 나와서 문을 따주었는데, 내가 거기
서 있는 것을 보자 왈칵 울음을 터뜨렸습니다. 씨팔, 기분 잡치데요.
금의환향하고 돌아온 이 청운의 뜻을 품은 황야의 사나이를 보고 멕
시코 여인 같은 여자가 붙들고 울음보를 터뜨리다니 참, 하는 생각이
듭디다. 나는 아줌마의 어깨를 흔들었습니다.

　「왜 이러십니까, 아줌마?」

　내가 다그치자 아줌마는 우선 안으로 들어가 보자면서 나를 잡아
끌었습니다.

　「그이가 글쎄 난옥이 년과 붙어서 바로 그저께 집을 나가구 말았
　다구.」

　「아니?」

　「난 이제 어쩌지? 난 이제 어쩌지이?」

　이 여자가 지금 명심보감을 읽고 있나 싶어 재차 다그쳤더니 똑같
은 말을 되뇌곤, 「난 이제 어쩌지? 난 이제 어쩌지이?」 하고 눈 가득
히 눈물을 채우고 나의 손을 꼭 잡고 놓질 않았습니다. 내가 좀 허약
한 놈이었다면 그날로 숨넘어가고 말았을 겁니다.

　「이년이 잘 나가다가 삼천포로 빠졌군!」

　나는 한참 만에 이렇게 씨부렸습니다. 그러자 이상하게도 생후 처
음으로 담배를 피우고 싶다는 생각이 불끈 솟아오르더군요. 그래서,

「아줌마, 나 담배 한 대 줘요」했습니다. 나도 모르게 그런 말이 툭 튀어나오더군요. 아줌마는 그 새끼가 버리고 간 청자 담뱃갑을 내 앞으로 쓰윽 밀어 주었습니다. 나는 한 대 불 달아 물었지요. 담배를 달아 물고 아줌마를 이윽히 바라보았습니다. 아줌마는 줄창 울고 있었던 모양으로 눈두덩이 벌겋게 부어올라 있었습니다. 아줌마의 그런 시선이 사뭇 내게 매달려 있었습니다. 아줌마의 그런 시선을 마주 바라보며 앉았노라니, 영일반점도 이젠 끝장을 내어야 할 판으로 생각되던 내 작심이 한 겹 두 겹 벗겨져 내리는 것이었습니다.

자기를 버리고 내빼 버린 그 철딱서니없는 남편이란 작자와 난옥이에 대해서 아줌마는 끝내 한마디의 원망도 퍼부을 줄 몰랐습니다. 머지않아 아줌마는 아이를 낳을 것입니다. 그 태어날 아이를 위해서 아줌마는 끝내 욕설을 입에 담지 않고 있다는 것이 어렴풋이나마 짐작이 되어 왔습니다. 착하고 티 없는 아이를 낳고 싶어하는 아줌마의 속으로 트는 안간힘을 나는 그 시선에서 느낄 수 있었습니다. 우리들이 살고 있는 이 마룻바닥 아래로 세상 온갖 잡동사니 인생들이 내뱉어 놓은 똥물이 흐르고 있다 할지라도 아줌마의 뱃속에서 용트림하는 새로운 생명만은 정결한 것임을 나는 알 듯하였습니다. 아줌마의 그런 안간힘과 그 안간힘에 매달린 새 생명의 체중이 내 팔을 잡고 있는 그의 두 손끝에 천근으로 내려와 맺힌 것을 느낄 수 있었습니다. 나는 그 손을 뿌리치고 일어서 버릴 기력이 없었습니다. 그것은 내가 가수가 되려는 허황된 꿈보다는 몇천 배나 더 확실하고 큰 힘인 것 같았습니다. 그따위 시시껄렁한 욕망쯤이야 아줌마의 두 손아귀 속에서 산산이 부서져 박살나던 것을 나는 의식하고 있었습니다. 난옥이 따윈 새 발의 피다. 나는 막연하나마 이런 생각을 했지요. 내가 병신이라 누가 꾸짖은들 어떻습니까. 최소한 난옥이 년을 찾아 나서는 병신짓만은 하고 싶지 않았으니까요.

우연히 한번 만난다면 난 고년의 귀싸대기를 착 쥐어박고 돌아서 버릴 테니까요. 나는 눈물이 나려는 걸 싹 가다듬고 아줌마에게 말했습니다.

「가게 문을 빨리 열자구요.」

나는 갑자기 거인이 된 느낌이었습니다.

(1974년)

묻힌 이야기

마부 이야기

그 박허술(朴虛述)이란 못난 작자가 피난민들에 싸잡혀 우리 마을로 기어든 것은, 여름 더위가 삼굿같이 기승부리던 때였다.

은나라가 전쟁의 와중에 찌들려 있음으로 하여, 사람들의 표정에서 하나같이 읽을 수 있었던 암담한 두려움과, 칠칠찮은 목숨 하루하루 이어감이 더없이 지루하고 속절없음으로 가슴 미어지던 그런 판국에 유독 그 작자만은 나라의 진통 같은 것에 괘념치 않아하던 것이었다. 피난민들이라곤 하지만 대다수의 사람들이 막연하나마 제 갈 곳을 대충은 짐작 두어 발길 놓고 있을 것이었고, 그러한 사람들이었기에 해 뜨고 지고 간에 가던 발길 쉼 없이 재촉하던 것이었는데, 그러나 박허술만은 전육은 다 빠지고 뼈만 엉킨 병색의 여편네를 동사(洞舍) 옆에 달린 봉당방에 냅다 꼰질러 박고는 떡두꺼비 모양으로 버티고 앉아 간혹 동사를 드나드는 피난민들의 싹이나 쳐다보고 있었다. 난민 신세들이었긴 하지만 왕년 한시절엔 도회지 바닥에서 빅토리아 표 유성기도 틀어 놓고 모여 앉아 화채 그릇깨나 비워 더운 가슴 달게 식히던 시절도 있었기로, 마을에 찾아와 빈 행랑채라도 빌리자고 통정해 쌓던 몸놀림이란 당초부터 몸에 배어 있지 못해 오히려 이쪽을 민망케 하였고, 마을 주민들과 대화를 나누는 사이 저희들끼리 주고받던 경원의 눈길하며, 주민들의 사투리를 돌아서서 흉내내고 끼룩거리고 웃음 삼키던 싸가지없는 짓거리도 간혹 하던 것이었는데, 그 작자만은 산골 촌놈들이라고 턱없이 얕잡아 눌러 보는 기색이란 없었던 것이다.

마을에선 거의 버려두다시피 한 동사 건물 마룻바닥을 무료로 그들에게 내어 놓고 있는 형편이었고, 그들 역시 부담 두지 않고 덥고 찌든 피난 생활의 하룻밤을 불알까지 쥐어뜯던 그놈의 극성맞은 모기 떼만 아니면, 순 공다지로 자고 뜰 수가 있었다. 하지만 그 작자는 봉당방을 차지하고 난 후부턴 발길 옮겨 볼 낌새를 보이지 않았다. 더욱 육갑이던 것은 병골인 여편네에게도 심지 써 돌볼 작정 않는 것 같았고, 시시각각으로 불길해져 가는 전황 같은 것에도 마음 쓰여 하지 않았으며, 또 그렇다고 우리 마을에 아주 살 붙이고 살 작정으로 사람들과 터놓고 교분 맺으려고도 하지 않았다. 그래서 종내엔 저것이 무슨 첩자 비슷한 종자붙이나 아닌가 하고 의심 두는 축도 더러 있었지만, 작자 되어 처먹은 몰골이 좁쌀 하나에 글씨 열 자쯤은 새겨 넣을 수 있는 모사꾼으로는 도저히 가늠될 수 없는 흑싸리 쭉정이 같은 녀석으로 보였다.

잠깐 뜯어보아도 적지 않은 세월을 음지로만 살아왔을 따라지 인생임엔 틀림없겠는데, 그러나 박허술에게만은 그것이 궁상기로 굳어지지 않고 그 풍채 어딘가엔 고집도 불쑥거려 내어 씹을 줄 아는 미련한 뚝심도 있는 것 같았다.

여편네 역시 육탈은 다 되었지만 그리 급사할 병은 아닌 모양으로 더러는 부엌으로 기어 나와 조석도 끓여 주는 눈치였는데, 그리하면 제 계집 귀한 줄도 더러는 알련만 이 작자는 본디 목석 찜 쪄 먹은 양으로 그런 데는 무신경한 것 같았다. 어떻게 보면 오장육부 한 모

180

통이 어디가 모타리로 빠져 달아난 멍청하게 허기진 놈으로도 생각
되었다. 마을 여편네들이 간혹 잡곡 됫박도 날라다 주어 보건만 작
자가 애써 넙죽거리지도 않는 편이어서, 아이도 때리다 보면 울어
주어야 맛이라고 그자의 무신경에는 오히려 이쪽이 무안할 지경이
었다.

그들 내외가 마을로 들어온 뒤, 한 달이 좋이 흘렀을까 할 즈음, 그
렇게 불난 집 쥐구멍으로 들쑥날쑥이던 피난민들의 성화가 뜸해지
는가 했더니 만 하루 동안은 사람의 발길이 뚝 끊기었다. 사위(四圍)
가 대추 낱이 떨어져도 놀랄 정도로 고요하였다. 마을 사람들은 돌
쩌귀 단단히 당겨 문 처닫고 떡바위에 모여 앉은 비단개구리들 모양
으로 더운 방 안에 우중충 모여 앉아 있었다.

하루가 완전히 그런 암담한 고요 속에 잠적해 들고 밤이 왔다. 어
둠이 깔리자 달은 무슨 안달이었는지 허겁지겁 떠올랐고, 호박꽃 또
한 그렇게 밝게 필 수가 없었다. 아니나 다를까, 삼경이 조금 지났을
까 말까 한데 찢어발기는 듯한 총소리가 바로 마을 뒷산 등성이에서
야멸차게 볶아치더니 읍내 쪽 길에서 홀연히 마을로 다가오는 말발
굽 소리가 들려왔다. 인민군 기병대였다. 밤하늘에 대고 징징 풀어
대는 그놈의 겁 없던 호마(胡馬)의 울음소리와 편자 소리는 오히려
총소리보다도 등골을 타고 내려 산 사람 겁주는 데는 그 위에 더 덮
을 게 없었다.

그놈들이 만 하루 동안을 마을 냇가에 진을 치고 북새통을 치는
사이 우리들은 곡기 한 톨 입에 못 넣고 이불 뒤집어쓴 채 식은땀만
섬으로 흘리고 있었다.

그놈들이 마을을 뜬 뒤, 놀랍게도 군마 한 필이 동사 앞마당에서
유유히 풀을 씹고 있는 광경을 보게 되었다. 박허술 또한 그 말 옆에
서서 희물거리며 웃고 있는 괴이한 꼬라지도 보게 된 것이었다. 그
말이 뒷다리 하나를 절름거리고 있던 것으로 보아 부대 이동 때 낙

오됐거나 고의로 버리고 간 말임에는 틀림없겠으나, 즘생 한두 번 다루어 본 사람이면 다 알고 있는 터로 고도의 군사 훈련까지 치렀을 군마를 어찌 제 것으로 다루어 볼 엄두가 났던 것인지 모두들 놀라워 혀 빼물었는데, 나중에사 마을에 나돈 풍문이었지만 그자가 소싯적엔 만주 봉천 바닥에서 마차 여물통깨나 나르던 전력이 있다고들 들어, 그자의 꿍꿍이를 대강은 짐작하였던 것이다.

그가 수복 후까지 그 한 필의 말을 인민군들에게 징발당하거나 빼앗기지 않고 견뎌 온 것은, 마을의 지리적인 취약성 때문에 점령군의 출입이 잦지 못했던 탓도 있었지만 남의 일을 아무 데서나 애써 넙죽거리기 좋아하지 않던 마을 사람들의 천성 때문이기도 하였다. 또한 그럴 수가 없었던 것은, 그 와중에서도 마을 어디쯤이고 세간 나를 일이라도 생겼다 하면 그가 이 눈치 저 눈치 살피지 않고 나서서 말을 이용해 주어 남의 걱정 큰 몫으로 덜어 주던 그 묵묵한 마음씀 때문이기도 했다. 어쨌든 말을 얻고 난 후부터 박허술은 억세고 괄괄한 천성을 되찾은 듯한 느낌도 들었으며, 통 돌볼 엄두를 내지 않던 여편네의 병세에 대해서도 관심을 보이기 시작했던 것이다.

수복이 되자 박허술은 꼬리에 불 단 짐승처럼 바빠지기 시작했다. 그 동안 중단되었던 외장(外場)이 서기 시작했기 때문이다. 유일한 교통수단이기도 했던 소달구지가 난리통을 치르고 나자 인근 동리에도 한두 필 있을까 말까 할 정도로 징발당해 빼앗기고 있었으므로, 인조견 자투리라도 메고 다니는 장돌뱅이라 하면, 박허술에게 사정 안 할 도리가 없었다. 그래서 그는 꼭두새벽에 집 나서서는 밤이 칠흑이어야 집구석에 겨우 돌아올 정도로 바빴다. 작자가 천성이라도 분수 나름이지, 어쩌다 비라도 질금거려 공치는 날이면 영 좀 쑤셔 하던 모양이었다. 천성이 그래선지 몰라도 마을에서 짐 나를 일 있어 오밤중에라도 깨워 부탁하면 두말 않고 걷어붙이고 일어나 아예 그 밤 다 걸려 일 마쳐 주고 다시 누웠으면 누웠지 밝은 날에

봅시다 하는 대답 모르던 것이었다. 이쪽에서 늘 미안해했던 것은 마을 사람이 시킨 일은 아예 삯전 받아 줄 요량 않던 것이었고, 혼삿짐 같은 것도 날라다 주면 잔칫집 언저리에서 서름거리지 않고 막걸리 두어 주발 청해서 받아 마시면 인중 쓱 문지르고 미련 두지 않고 돌아섰던 것이었다. 그렇다고 그런 모자란 듯한 짓거리들이 꼭 누구의 은혜를 갚아 올린다거나 되로 주고 말로 받는다는 식의 세상사의 얄팍한 계산에 얼붙어 있는 낌새도 없어 보였다. 작자가 반편 비슷한 곳도 영 없었던 것은 아니었지만 짐짓 그렇게만 속단할 수 없었던 것은 외장을 도는 장돌뱅이들에겐 저 처먹고 살 만치의 삯은 받아 낼 줄도 알았던 것이며, 어쩌다가 염치 사정 타고나지 못한 장꾼이 사람 어정한 것 노려 한두 번 품삯 떼어먹는 일일랑 모르는 척 참고 견디다 그 후로는 이마빡에 도금을 시켜 준대도 그놈의 짐은 다시 제 달구지에 얹지 않았던 것이다. 낫으로 모가지를 찍는다 해도 'ㄱ'이라고 대답 못할 처지의 판무식이었지만 그만한 앞뒤 계산은 대가리 속으로 치부할 줄은 알았다. 그 사람의 옛날 일이야 설령 화적패였다 할지라도 무턱대고 욕할 사람은 못 되었다.

어쨌든 그는 그 한 필의 말을 얻은 연분과 제 육신 아낄 줄 모르는 천성으로 하여 제법 현찰을 굴리게 된 것만은 틀림없었다. 그는 그런 돈을 농짝 어디쯤에다 건사해 두질 못하고, 1학년 아이 송아지 대갈통 하나 그려 잡기장 한 장 축내어 넘기듯 허술하게 써버리는 눈치였는데, 그 작자의 그런 허술한 기미를 맨 먼저 알아챈 개자식, 이웃 마을에서 한약방을 한답시고 계피 몇 쪼가리 빼닫이에 넣어 두고 때로는 시퍼렇게 살아 있는 사람 약 잘못 지어 주어 생목숨 급살 맞게 욕보이기 일쑤이던 돌팔이 공도덕(孔道德) 영감이었다. 마을에서 읍내 병원까지 가려면 걸음아 나 죽는다 하고 걸어도 한 시간 반은 넘게 걸리는 터이어서, 아새끼 경기라도 들어 금방 숨넘어갈 지경이면, 미우나 고우나 공도덕 영감 찾아가 통사정할 도리밖엔 없었다.

그놈의 담배 부스러기 같은 약재가 어떤 땐 천우신조로 척 맞아떨어져 아이가 숨 돌려 주는 기적도 더러는 있어, 짖지는 못할망정 마루에 싼 똥 핥아먹어 주는 늙은 개 모양으로 없는 것보다는 낫다는 생각도 들긴 하는 영감이었다. 그런 식으로 지어 주는 약값이라는 게 또 엄청나게 비싼 것이어서 약 지어 팔아 논밭전지 알짜로만 골라 사서는 남 소작 주어 두고 양기(陽氣)에 좋다는 입 주전부리는 저 혼자 다 하고 살았다. 못난 석공(石工) 눈 껌쩍이는 짓거리부터 먼저 한다고 꼭 돈부터 가려 쥐고서야 왕진이란 것도 와주었다. 공 영감이 순 어거지로 벌고 있다는 것은 누구도 잘 아는 터로, 작년 여름만 하더라도 앞 냇가에 나가 풍당질하던 아이가 물에 빠져 이미 숨 거둔 목숨 건져 내어, 죽은 아이 자지를 이리 까보고 저리 까보며 속 타는 부모 심정으로 공 영감을 불러냈던 것인데, 돈부터 받아 쌈지에 챙겨 넣고 불려 온 공도덕 영감은 물 먹어 올챙이배 같은 아이를 아랫목에 뉘고는 아궁지에 장작불 지피라 일렀다. 방이 쩔쩔 끓을 때까지 죽은 아이 모가지 치켜드는 기적 없자 안달이 난 부모가 영감을 닦달하자 「아새끼들이란, 배부르고 등 뜨스면 사는 기여」 하고 휑하니 밖으로 나서고 말던 영감이었다.

박허술이 공 영감과 교분을 트게 된 것도 순전히 제 여편네의 속병 때문이었고, 그 조조(曹操) 열 잡아먹어도 딸꾹질 한 번 안 할 공 영감이 박허술의 돈을 빌려 쓰기 시작한 것이 하나 이상할 것 없었다. 그 영감이 돈 빌릴 때면 무슨 차용증 비슷한 것을 박허술에게 건네는 눈치도 있었는데, 그 차용증이란 게 맹랑한 것이었다. 차용인인 공 영감 자신의 인장을 찍어 건네는 게 아니고, 「아뿔싸! 내가 도장을 잊어뿌고 집에 나두고 기양 왔네」라고 적당히 얼버무린 다음, '차용증 一金 貳拾萬圓整, 上記金額을 正히 借用함, 四月參日, 汝之印不分明 吾之印押捺 늘치미골 朴虛述'이라 쓰고 오히려 박허술의 지장을 찍게 하여 되돌려 주었던 것이다. 그것도 공도덕 영감 편에서 자

진하여 문서를 닦아 주니 그런대로 받아 구겨 넣었지 대다수의 사람
들에겐 그런 문서 쪼가리 한 장 받아들지를 않았다. 그를 찾아와 통
사정하는 사람 있으면 「뭐 궁상시럽게 그러시오? 가진 돈 노나 쓰자
는데」 하며 그는 그날 받은 삯전을 주머니 뒤져 내어 건네주곤 그 사
람이야 집구석으로 돌아가든지 말든지 궐련 꺼내 입에 물고 맞은편
벽만 멀거니 바라보고 앉았던 것이었다.

그러고 나면 빌려 간 돈 달라고 재촉하는 법도 없었고 안달하는
법도 없었다. 사람들이, 약정한 날짜에 찾아와 원리금 졸가리 깨끗이
따져 돈 돌려주면 그 사람 셈하는 거동, 속수무책인 남의 집안싸움
구경하듯 바라보고 있다가 이잣돈으로 따라온 액수일랑 방바닥에
팽개쳐 역정내며 「시상에 쥐새끼도 아닌 돈 쪼가리가 새끼 치는 것
도 첨 볼세!」 했다. 그런 박허술의 반 골 빈 짓거리들이 세상살이를
한낱 우스개로 아는 허황한 뱃심이기보다는, 남의 열 계집이야 요조
숙녀인들 말짱 헛것이듯 오직 자기 한 몸 움직여 불어나는 재물 이
외엔 곁눈질 않던 그의 결벽성 때문이었고, 오직 일한다는 기세만으
로 만족하고 살아가는 무딘 의지 같은 게 그의 폐부 깊숙이 움터 있
음을 짐작하기 어렵지 않았다.

그러자니 자연 여편네에게도 신통한 약 한 첩 달여 먹일 처지도
못 되었던 것이다. 굴신 못 하는 그녀 역시 바깥 것이 번 돈을 그런
식으로 허술하게 돌리는 것 신경 쓰여 하지 않는 눈치였는데, 그것
또한 한솥밥 뜨고 있는 처지라 그러한지 천생연분으로 보여, 돈 꾸러
가는 사람 이 눈치 저 눈치 살피고 자시고 할 것 없어 좋았다. 말이
났으니 이야긴데, 바깥양반 하는 일에 때그르르 굴러 나와 서서 남의
열 마디 말 흙 묻히지 않고 날름날름 잽싸게 주워 받아 악다구니해
올리는 여자 안 미울 리 없고, 뺨따귀라도 한 대 퍼드러지게 패주었
으면 싶은 마음 갖게 하는 여자가 이 세상엔 많기도 많은 걸 보면, 그
여편네 또한 박허술에겐 일품으로 얻어 걸린 여잘 수밖에 없었다.

그런 내외의 약점이 공 영감의 족제비 같은 눈에 안 뜨일 리 없었다. 공 영감은 그녀의 약값으로 엄청난 돈을 그들에게서 긁어내는가 하면 지어 주는 약첩 역시 효험이 있는 건지 없는 건지 의심도 안심도 안 되게 병세가 오락가락하는 선에서 조절하는 눈치도 사람이 어지간히 눈치 있으면 알 듯도 하련만, 그 육실할 개자식이 사람 목숨 두고 농간질하리라곤 농담으론들 생각 못 할 일이었으므로 그저 여편네 한 목숨 공 영감에게 등기 이전해 둔 양으로 그 작자는 밤잠 안 자고 말달구지에 매달려 외장돌기에 신명나 있을 뿐이었다. 그러자니 약값으로 들어간 돈은 고사하고 차용 형식으로 공 영감에게로 넘어가 있는 돈도 수월찮게 많았다.

그즈음, 북으로 도망가다가 미처 길 못 잡아 뒤로 처진 인민군의 잔당이나 공비 들이 산간 지방에 자주 출몰하여 전쟁의 끝 매조짐이 뒤숭숭하였다. 장바닥 변두리 토담 옆에 웅크리고 앉아 파장짐을 기다리고 있노라면, 백주에 낮도깨비로 나타난 공비들이 사람 쏴 죽이고 불질렀느니, 고갯길을 지나가는 '가시끼리' 차를 세우고 옷을 홀랑 벗겼느니 하는 소문들이 이 입 저 입으로 들려와, 이놈의 말몰이도 질내 하다간 포수에 쫓기는 노루 새끼처럼 목숨 하나 온전히 부지 못 하겠구나 하는 생각도 간혹은 섬뜩 들었던 것이었다. 박 허술은 포장집에 벌리고 앉아 돼지고기 국말이밥이라도 정신없이 훌훌 퍼먹다가도 언뜻 곰의 굴 같은 봉당방에 모잽이로 누웠다 앉았다 할 여편네의 볕 못 봐 죽사발같이 허연 낯반대기가 아물거리고 떠올라, 고기 한 점 목구멍으로 넘기다가 중치에 걸어 두고 일어서 버리기 몇 번이었다. 그런 뒤숭숭한 시절, 소문이 여편네 귀에라도 들렸던지 새벽같이 말 길마 얹으려 일어나는 사람보고 주제에 「이보소, 조심해 댕기소」 하던 걸 보면 이편에서 오히려 측은하여 속상하던 터였으므로 내처 대답 않고 길 떠버리곤 하였던 것이다. 자기 한 몸 어쩌다 액 붙어 공비들에게 끌려가는 곤욕 치르는 것이야 그 작자 성질에 대수롭잖게 여길 거야 뻔한 노릇이지만, 거기 봉당방 구석에 죽지 못해 남아 있을 여편네 몰골이 마음에 밟혀, 아니래도 말 엉덩이를 땀 흘려 따라가다가도 그 생각 나면 어깨쭘에 힘도 빠졌다.

이런 생각 저런 궁리 끝에 그는 시절 안정되고 좋아질 때까지 땅 몇 마지기나 사서 뒈져 볼까 하는 생각도 들어, 그날은 말채 휘둘러 길 재촉하여 일찍 돌아와 공 영감을 찾아갔다. 하긴 공 영감 사랑방에 들어가 앉아 세상 돌아가는 끄트머리 더듬거려 이야기 늘어놓아도 정작 빌려간 돈 내놓으란 말 목구멍에 수세미 막힌 듯 넘어오질 않아 굼뜬 영덕 터럭게 장판방에 놓아 둔 모양으로 엉덩이 미적거리고 앉았으니 그자의 꼬라지가 공 영감 편에서 오히려 보기 민망하였다. 그래서 뭐 할 말이라도 있어 왔느냐고 넌지시 물었는데, 그제사 제 속 보관을 말 이음새 꼴같잖게 내뱉기 시작하였다. 그자의 힘들여 하는 말 곱게 앉아 끝까지 들어 주던 공 영감이, 「자네 정신 나간 사람 앙이가? 내가 워느 시절에 자네 돈 꿔 쓴 일이 있다 말고?」 했을 땐 박허술이 실없이 씩 웃고 말았다. 그러나 공도덕 영감 편에선 더욱 어처구니없어하며 팽팽하게 긴장했던 것이다.

「자네 시방 웃고 있는데 내 진정으로 그러는 줄 알게.」

공 영감이 턱주가리 쑥 내 쳐들고 흔드는 바람에 그는 찔끔하였다.

「농담두 진담처럼 허시네요!」

「이 사람 생사람잡기 꼭 알맞네!」

공 영감 편에서 앉음새 고쳐 상반신 꼿꼿하게 세우길래 엇 뜨거라 싶어,

「참말로 이래십니껴?」

이편에서 다그치지 않을 수 없었다.

「참말이라니? 이 사람아, 차용증이라도 있나! 있으면 꺼내 보게.」

하길래 옳다구나 싶어 더러는 잃어버리고 혹은 한 귀퉁이 찢겨 없어

진, 가을 마당에 버려진 배추 쓰레기 같은 종이 몇 조각 제 무릎 앞에 너저분하게 늘어놓았다.

「자네도 눈 있거든 땍땍히 보게. 저게 누구 지장이 찍혔제? 내 지장이 찍혔나, 자네 지장이 찍혔나? 자네 돈에 자네 지장 찍고 돈 가져간 것밖에 더 되나? 그게 무신 차용증이라꼬 옭매 차고 댕기노?」

이 영감이 미쳐도 온전히 미쳤구나 싶어 처음부터 말 졸가리 따져 보고 의미 짚어 보느라 박허술은 꽤나 긴 시간을 보냈다. 한참 만에서야, 까치집 까마귀에게 뺏기듯 공 영감에게 왕창 속은 걸 알고 이런 똥물에 튀겨 죽일 영감과 중언부언해 보았자 그 짓이 헛것인 줄 알고 차용증인가 뭔가를 당황불에 확 싸질러 버렸다.

「영감, 틀은 호랭이 틀인데 하는 짓은 쪽재비세요? 그 돈 말꼬리에 귀싸대기 맞아 가며 좆터래기 닳도록 걸어서 번 돈이니 그리나 아시오.」

박허술은 그 집구석을 나와 버렸다. 집으로 돌아와 속 차려 곰곰이 생각하니 속고 병신 되었다는 야속함보다는 저놈의 원수 같은 여편네가 어찌나 불쌍하게 생각되던지, 자기 평생 언제 한번 흘려 볼까 생각되던 눈물이 앞 가려 먼 산등성이가 뿌옇게 흐려 보였다. 그러나 여편네에겐 그런 눈치 보이지 않고 천연한 척 마누라 한 번 으스러지게 안아 주었다. 공비들에게 맞아 죽든지 끌려가든지, 팔자 손금에 말몰이나 그냥 하라는 운명인가 하여 먼 산 너스러지게 바라보다가 자리에 눕고 말았다.

어느 땐가, 꿈자리가 뒤숭숭하여 언뜻 깨어 보니 지게문이 불빛으로 훤히 밝혀 있었다. 마을 여기저기서 경황없이 몰려가는 발소리가 들리고 살기 긴 긴장이 그 불빛을 타고 방 안으로 스며드는 듯했다. 뭔가 심상치 않은 낭패가 마을에 들이닥친 게 분명하였다. 벗어 둔 바지에 발 쑤셔 넣고 문 열고 바깥 동정 살피는데, 바로 그때 살기등등한 몇 놈들이 뜰로 우르르 뛰어들었다. 어느새 깨었는지 여편네가 바짓가랑이를 잡고 놓아 주질 않았지만 설마 사람 죽일까 싶어 뿌리치고 뜰로 내려섰다. 벌써 한 놈이 마당 귀퉁이에 매어 둔 말고삐를 잡아채 당기고 있었다.

「그건 왜 건드리시오?」

박허술은 얼결에 목소리가 떨리었고, 비로소 놈들이 공비란 걸 알아차렸다. 그는 와락 그들 앞으로 쫓아갔다.

「동무, 우리는 인민의 전사들이오. 동무의 말은 지금 전사들의 혁명 대열에 참가하려 하고 있는 거요. 동무는 물론 이 말의 혁명 가담에 적극 찬동하겠지요?」

「…….」

「왜 말이 없소? 동무는 벙어리요? 엉, 동무!」

한 녀석이 이렇게 윽박지르며 박허술 앞으로 쓱 나섰다. 그러나 박허술은 움찔하지도 않았다.

「남의 말은 왜 끌어내? 야, 이 씨부랄눔의 자슥들아, 동무 동무 하들 말어! 나한텐 소싯적부터 동무라곤 없었어. 이 시상에 내 동무혈 눔 있으면 썩 나서 봐여. 누굴 보고 동무 동무여.」

그는 앞에 있는 녀석의 멱살부터 바싹 감아쥐었다. 조만간 녀석을 패대기칠 조짐으로,

「요 반동분자 놈우 새끼!」

저쪽 한편에서 한 놈이 이렇게 씹어 뱉더니, 그 말 채 떨어지기 전에 총구에서 시뻘건 불길을 칵 싸질렀다. 박허술은 흡사 통나무 쓰러지듯, 땅에 코를 끌어 박고 모잽이로 나자빠졌다. 그것은 순식간의 일이었고, 참으로 속절없는 죽음이었다. 사람을 쏴 죽이고도 놈들은 쓰다 달단 말 한마디 없이 말을 몰고 떠나 버렸다. 그의 아내가 기진한 걸음으로 남편 곁으로 가보았을 때, 모잽이로 넘어진 채로인 자기의 사내는 희한하게도 한쪽 팔을 마저 거두지 못하고 꼭

히 누굴 가리키는 뜻도 아니면서 오른팔을 꼿꼿이 허공에다 꽂아 두고 있었다.

군수 이야기

군수 박독불(朴獨不) 씨가 우리 고을로 부임해 오던 날은 매우 청명한 봄날이었다. 4월 하순의 나른한 햇볕이 군청 넓은 뜨락을 쬐고 있었으며, 새로운 군수를 기분 좋게 맞아들이기 위해 청사 안팎을 깨끗하게 쓸고, 전 직원이 그가 탄 지프가 나타나 주기를 도열하고 기다렸다.

이윽고 먼지를 함빡 뒤집어쓴 그의 차가 군청 옆길을 돌아 뜰로 들어서는 것이 보였다. 그 차는 날개 찌부러진 매미처럼 엉금엉금 기어와선 끄르륵 하고 트림 두어 번 뻐그러지게 빼내더니 마지못해 직원들 앞에서 멈추어 주었다. 내무과장이 겨울 동태같이 뻣뻣한 잰걸음으로 다가가 문을 열고 박독불 씨를 영접했다. 그러나 그는 꽤 오랜 시간을 꿈지럭거리던 끝에 차에서 내렸다. 그때 직원들은 놀라지 않을 수 없었는데, 그것은 너무나 파격적으로 글러 먹고 있던 그의 차림새 때문이었다. 도대체 그 군수님에게 아내라는 여자가 있다면, 분명 조막손일 거라고 모두들 생각했다. 그의 구두는 그 흔해 빠진 낙타표 구두약 한 번 맛본 것 같지 않았고, 신사복은 입었으되 흡사 등골 너머 두멧사람 군대에 끌려갔다가 덩치 큰 놈 옷 빌려 입고 고향 온 몰골 그대로였다. 그는 어물어물 몇 과장들과 유지들의 악수를 받았다. 전 직원들이 약간은 농지거리하는 기분으로 군수의 거동을 바라보고 있었다.

드디어 앞에 임시로 마련된 강단에서, 시골 우시장 변두리에서 우황청심환 팔던 약장수의 그것과 닮은 컬컬하게 쉰 목소리가 들려왔다.

「내가 이번 여러분과 같이 일하려고 찾아온 박독불이오.」

뒤편에 서 있던 쫄짜들 중에서 누가 「성명 삼 자 유별납니다」라고 중얼거림으로 해서 몇몇이 쿡쿡 웃음을 삼켰다. 이어서 '불초 소생의 능력에 미흡한 점 많고 인간 됨됨이 시원치 못하나 여러분이 일치단결하여 창의력을 발휘해 주고……' 라는 식의 상투적인 말씀이 나올 것으로 생각하던 직원들은 곧장 군수실로 걸어가는 그를 보았던 것이다. 모두들, 조금씩 절룩거리며 군수실로 들어가는 그의 뒷모습을 보며 또 한 번 쿡쿡 웃었다.

「얼씨구, 절기조차 하시는군!」

이를테면, 그의 멋대가리없는 부임 인사와 옷매무새로 하여 직원들은 벌써 그를 대수로운 사람으론 보지 않았던 것이다. 그의 절룩거림 역시 그런 직위쯤에 있는 사람을 두고 연상함직한, 어느 전장에서 용전 분투하다가 흉탄에 맞아 부상한 연유라는 차원에서 생각되는 게 아니고, 그의 어린 시절 누구 집 담장에 있던 호박이라도 몰래 따 내리다 주인에게 들켜 지겟작대기로 종아리 맞아 얻어 걸린 절름거림이란 생각이 더 짙게 들었던 것이다.

그러나 우리들이 받은 인상에서처럼 그는 결코 무능한 군수는 아니었다. 그가 별스러웠던 것은 운전사 면허, 요리사 면허, 전기배선공 면허 따위를 대여섯 개쯤 갖고 있는 재주꾼이었고, 쌀단지 관개 시설 확장공사에도 전문적인 식견을 갖고 있어서 시멘트와 자갈의 혼합 비율을 어물쩍 속여 넘기려는 토공업자의 부정을 즉석에서 캐내었다. 산하 면 단위에서 추진하고 있는 조림 사업의 허점이나, 통계 실적의 허구성을 발견해 내어 타성 일변도인 일선 행정원에게 경종을 퍼부었으며, 전시포나 경작 시범 포지를 꼭 도로변에만 지정해서 오직 높은 사람에게 보이기 위한 전시 행정의 취약성과 모순성을 누누이 상기시키고 산간벽지라도 재배 품종의 적성을 가려 시범 포지를 선정하는 과감성을 발휘했다.

사팔공법에 의해 배정되는 밀가루를 적절한 공사에 효과적으로 배정하였고, 지방 유지랍시고 아가리에 성냥개비를 씹고 빈들거리면서 허구한 날 술집 작부들과 오입질 뻔질나게 하다가 관에서 흘러나오는 이권 같은 데나 넙죽넙죽 손 벌리는 작자들에겐 가차없이 욕 퍼붓고 돌아서 버렸다.

세상이 그렇게 열심히 일하는 공무원일수록 가난한 것은 또 별일이었다. 이 고을로 부임해 오는 대다수의 군수님들은 자기의 소생들은 하다못해 지방 도시에라도 유학시키고 있는 입장들이어서 식구들이 단출했던 것이었는데 박독불 씨만은 식구 전체가 이 시골로 이사해 왔고 또 아이들도 이 고을 할 수 없는 학교로 전입학을 해왔다.

사람이 군수쯤 되면 도회지 변두리에 자기 집 한 채쯤은 갖고 있어 욕될 일도 아니련만 그는 그런 싸구려 집 한 채도 갖고 있지 못한가 보았다. 그러나 순 흥부 꿋발로 애새끼는 기를 쓰고 낳아서 거의 연년생으로 보이는 팔 남매의 아이들을 올망졸망 거느리고 있었다. 풀방망이 돌림이 인생의 '아지노모도'라는 것만 알았지, 그렇게 낳아놓은 아이들을 교육 하나 반듯하게 시켜 내어 놓지 못하는 형편 같았다.

그의 아내 역시 그 흔해서 갈보도 입고 다니는 깔깔이 치마저고리 한 벌쯤은 장만해서 입고 엉덩짝을 돼지 나발처럼 흔들어 대며 신작로 누비고 다니며 월급쟁이 여편네들 위에 군림함직도 하건만, 소위 군수의 여편네란 여인이 산골 시어머니들이나 입고 다녀 어울릴 수밖에 없는 색 낡은 자색의 스웨터—가을부터 봄까지 내리 입고 벗지 못해 닳아가고 있었다.

아시다시피, 제 남편이 과장쯤 되면 그 계집은 국장 이상으로 군림하고자 함에 양심 거리낄 것 없는, 명심보감 백 번 읽어 바쳐도 인간 되기 글러 버린 여자들을 참으로 많이 보아 온 터 아닌가. 그러나 그녀는 화석처럼 세상 돌아가는 물정에는 무감각하게 집 안에만 틀어박혀 살았다. 산골 바닥의 하찮은 동장 벼슬 하는 남편 둔 여인네들도 동장댁으로 부르지 않으면 토라지는 가관을 겪어야 할 판국에 그녀의 그런 태도는 너무하다는 생각도 들었던 것이다. 하다못해 무슨 계조직이라도 해서 한 달에 한두 번 여편네들과 어울리는 것쯤이야 너무나 자연스러우련만 그러한 모임에도 통 발길 끊고 사는 형편이었다. 그녀가 바깥소식을 얻어 들을 수 있는 유일한 소식통은 물론 아직 장난기를 벗지 못한 자식들과 남편 차의 운전사인 김계동(金桂東) 씨였다.

아이들이란 것도 그랬다. 군수의 소생쯤 되면 병정놀이를 한대도 뭔가 우두머리가 되어 길길이 뛰어야 보는 사람 시원할 터인데, 이건 헛물만 켠 아이들뿐인지 병정놀이다 하면 쫄짜였다. 강가로 고기 잡으러 갔다 하면 다른 아이들 벗어 둔 옷만 지키다 오는 것이었고, 산에 꽃나무 꺾으러 갔다 하면 남의 아이 꺾어 둔 것 집까지 날라다 주고 정작 자기는 빈손으로 돌아왔다. 줄넘기했다 하면 줄 드는 역할에 땀 빼고 있었으며, 달리기를 해도 맨 꼴찌로 기 쓰고 따라가다가 퍽석 엎드려 턱주가리에 아까징끼 뺄 날 없었으며, 허구한 날 누구에게 쥐어박혀 삘렐레 울고 들어오는 것은 신물나 못 보았다. 또 울고 들어오는 아이 편들어 팔 걷고 대문 나설 어른도 이 집에선 키우질 않고 있었다.

「경칠이 그 새끼, 제 아부진 계장인데 날 보구 쫄짜를 시키잖아.」

「분대장쯤 시켜 달래지 그랬니?」

그래도 맨 맏이인 열아홉의 딸이 우는 동생 속타 못 봐 대꾸라도 해주면,

「경칠이 그 새끼가, 너네 아버진 군수니까 임마 너도 군수인 줄 아니, 하고 된통 지랄하잖아.」

「그리고 뭐라디?」

「경칠이 그 새끼가 제가 장군이라면서 날 보구 원산폭격을 시키잖아.」

「잘됐구나! 원산폭격이라도 했으니.」

원산폭격이란 말을 액면 그대로 받아들여 비행사쯤의 벼슬놀음하
고 돌아온 줄 아는 군수의 아내는 그쯤 아이 달래어 둬두었던 것이
다. 그런 아이들에게 운전사 김계동 씨가 있어서, 당장 뛰어나가 경
칠이란 놈을 찾아내 마빡에 알밤 여남은 개는 숨 안 쉬고 먹여 준다
든지 촛대뼈를 죽지 못할 정도로 차주면서,

「야 이 새끼들아, 용이 개천에 빠지면 깔다구 새끼가 엉겨 붙는다
더니! 야가 누군 줄 알기나 하는 기여? 곱게 모셔도 너희 놈들과
놀아 줄까 말까 한 군수님의 아들이란 말야. 알아서 혀. 다시 한 번
까불면 시멘트로 똥구멍을 싹 발라 버릴 테니까.」

하고 골목이 터지도록 야비하게 소리 지르면, 아이들은 정말 깔다구
새끼라도 된 듯 담벼락에 옮겨 붙어 할딱거렸던 것이다. 그래서 박
독불 군수의 소생들은 그들의 애로를 김계동 씨에게만 일러바치기
재미있어하였고, 그때마다 김계동 씨는 그들의 곤욕을 대신 떠맡아
시원스럽고 화끈하게 해결해 줌에 인색하지 않았다.

아이들의 눈에는 자기 아버지보다 오히려 운전사 김계동 씨가 군
수스러웠다. 저런 사람이 왜 진작 군수가 못 되고 자기 아버지 차나
운전하고 빌빌거리고 있으며, 자기 아버지 같은 으바리가 어떻게 벌
써 군수가 된 것일까, 속 차려 생각해 보아도 결론이 나지 않았던 것
이었다. 다부진 체격이나 말마디가 또박또박 부러지고 일거일동이
암팡지던 김계동 씨를 아이들은 존경하여 마지않았다. 어느 날 군수
의 아이들은 은근슬쩍 그들이 가장 의심스럽던 말을 물어보았다.

「아저씨, 아저씬 왜 입때꺼정 군수가 안 됐어?」

한참 동안 보닛 밑에 대가릴 처박고 전기회로 같은 걸 점검하던
김계동 씨가 히물쩍한 웃음기가 묻은 낯짝을 들어 올렸다.

「애, 그깟 군수질하면 뭘 하니?」

「왜애, 군수 하면 부하도 많잖아요.」

「부하 많으면 무슨 쓸모냐?」

「대길이지 뭐.」

「얘얘, 그만둬. 군수 되는 거 반갑잖아. 너네 아버지처럼 될까 겁난
다.」

이렇게 말하는 김계동 씨의 저의는 필경 박독불 군수의 가난을 두
고 하는 말씀임은 짐작으로도 알조였는데, 기실 김씨로 말하자면 당
연한 말이었다. 그것은 집구석에 식솔 많기로 따진다면 김씨 입이
바소쿠리라도 감히 어쩔 수 없을 테지만, 차려 놓아 버티고 사는 걸
두고 따진다면 할 말 많았다.

전기믹서, 전기밥솥, 전축, 한 달 동안 태엽 감아 주지 않아도 때맞
추어 시간 쳐주는 전자벽시계, 과자에 초콜릿이 점점이 박힌 신발매
초코쿠키가 아니면 처먹질 않는 아이들과 일제 화장품 아니면 낯반
대기에 찍어 바를 줄 모르는 계집과, 겨우 아모레 화장품을 애용하는
식모 정심이 있다.

김계동 씨 역시 박봉이긴 마찬가지면서 잘도 돈 벌어들이며 씀씀
이도 흔하였다. 그것이 남의 일이긴 하였지만, 군수 또한 김씨가 주
머니에서 고급 궐련을 쑥쑥 꺼내 입에 달아 무는 광경을 덤덤히 바
라보면서, 그의 어느 곳이 잘못되어 가고 있다는 불안을 느끼곤 하였
던 것이다.

그런 불안이 점점 익어 가던 어느 날, 박독불 군수는 출장지에서
돌아오게 되었는데, 그의 사무실에서 콧잔등에 거만기가 잔뜩 낀 두
명의 낯선 사람을 만나게 되었다. 두 사람 다 가죽 잠바를 입고 있었
다. 그들의 입가에 묻은 차가운 웃음기가 눈에 거슬렸다. 군수가 들
어가자 그들은 개구쟁이 성화에 못 이겨 일어서는 늙은 사냥개 모양
으로 느릿느릿 게으름을 피우며 의자에서 일어났다.

「웬일들이오?」

그들의 거만이 눈에 거슬렸던 박독불 군수는 퉁명스럽게 내쏘았

다. 순간, 군수는 그의 젊은 시절을 깡그리 소모시켜 바쳤던 군대의 중대장 시절이 머리에 떠올랐다. 그는 돌발적인 일에 갑자기 부닥치게 되었을 때, 군대 시절을 떠올리는 버릇이 있었다. 그런 버릇은 순식간에 해치워야 할 시련이나 고통을 딱 맞닥뜨렸을 때, 그를 꽤나 시원스럽게 구출해 주던 추진력의 구실을 하던 것이었기 때문이었다. 그들은 군수의 당당한 표정에 의외라는 듯 당혹한 표정을 짓고 한참 동안 바라보고 있다가,

「죄송합니다만, 국에까지 우리들과 동행해 주셔야 하겠습니다.」

그들의 지극히 공손한 말대답은 오히려 이쪽을 위압하려는 저의가 있었다.

「동행이라니?」

「군수님께서 잘 알고 계실 줄 믿는데요? 딴청 부리시면 잠시나마 저희들이 난처해집니다.」

「무슨 일인가를 묻지 않는가?」

「가보시면 충분히 알게 되실 걸로 생각됩니다만?」

이쪽은 반말 비슷하게 쏘아 대는데도 그들이 애써 정중하려던 것은, 사형수에게 한 개비의 담배를 베풀듯 얄팍한 관용이 도사린 듯했다.

「당신들이 어디서 왔다는 건 짐작하겠지만 나는 적어도 한 고을의 군수야. 당신들이 나를 할 수 없이 보는지는 알 바 없지만, 나는 내 직업에 만족하고 있고 또 열심히 일하고 있다고 자부해. 이런 나의 자부심만으로도 왜 나를 연행하려는지를 물을 권리는 있다고 생각하는데?」

그들은 이것 참 좆같이 난처하게 되었는데 하는 눈짓으로 한참이더니, 그중 한 사람이 결심한 듯 군수 곁으로 소 죽은 넋이 덮어쓴 걸음으로 다가와 목청 낮추어 말했다.

「말씀드리죠. 군수님께서는 지금 이 군에 부임하신 이래 팔 개월

동안 각 면으로부터 그리고 관계 부서로부터 매달 십팔구만 환을 생활비 보조금 조로 부당 징수하신 혐의를 받고 계십니다.」

「누굴 놀리는 거요? 확실한 물증이라도 있소?」

「아, 있다마다요.」

「무슨 말이오?」

「네, 군수님의 운전사인 김계동 씨가 시종 그 일을 맡아 온 것으로 알고 있습니다만, 법정에서 흑백이 가려지겠지요.」

순간, 박독불 씨는 그 특유의 웃음기를 입가로 흘려내렸다. 이 일의 윤곽이 비로소 그의 뇌리에 떠올랐기 때문이었다. 군수는 천천히 그 옆에 서 있는 사람에게로 몸을 돌렸다. 그리고 그의 귀싸대기를 사정 두지 않고 두 번이나 힘껏 때렸다. 불의의 구타를 당한 그 사람은 눈이 찢어져라 크게 뜨고 군수를 바라다보았다.

「이놈아, 내가 교도소엘 가? 말이 될 법한 일이여? 말이 되느냐 말여, 대답해!」

「아아니, 당신 미쳤소?」

「미쳐? 대답만 해. 말이 되느냐 말여, 대답하라니깐.」

「네에, 군수님. 그야말로 말씀 아니라고 생각합니다아, 쳇!」

「좋아요, 그럼 기다리시오.」

「독불 씨의 인격을 믿겠소.」

박독불 씨의 당당한 거동과 언행에, 말 아니게 역습으로 위압당해 버린 두 사람은 그가 출입문을 열고 밖으로 나가는 꼬라지를 닭 쫓던 개 모양으로 멀거니 바라보고 서 있었다.

그의 승용 지프엔 김씨가 운전석에 앉아 홀딱 벗은 여자가 눈 덮인 산정을 배경으로 방자하게 발랑 나자빠져 있는 주간지의 사진을 눈알 빠지게 들여다보고 있었다. 그는 사무실 안에서 있었던 일련의 사건을 모르고 있었던 게 분명하였다. 군수가 다가가 그에게 차에서 내리라고 명령하였다. 그리고 그 자신이 운전석으로 올라가 핸들을 잡았다.

「어쩌시려고 그러십니까, 군수님?」

「나 면허증 있는 거 자네 알지?」

「그래도 제가 있지 않습니까?」

「응, 나 혼자서 잠깐 다녀올 곳이 있어서 그래. 나 담배 한 대 주게.」

김씨는 잽싸게 담배를 꺼내 주고 가스라이터로 불까지 후딱 댕겨 올렸다. 그는 한 모금의 연기를 길게 빨아 마셨다. 그리고 키를 넣어 시동을 걸었고, 아직도 주간지를 들고 엉거주춤 서 있는 김계동 씨를 남겨 두고 차를 청사 밖으로 내몰았다.

두 수사관과 운전사 김씨가 세 시간 동안이나 눈 빠지게 박독불 씨를 기다리고 있었다. 그러나 그는 다시 돌아오지 않았다. 해가 질 무렵에야 그를 발견한 한 주민의 신고가 있었다. 그는 군 소재지가 위치한 지점에서 8킬로 남짓이나 벗어난 인적 드문 낭떠러지 아래, 차와 함께 추락하여 피투성이가 된 채로 숨져 있었다. 단순한 사고로 인한 것이었는지, 혹은 그 자신의 의사에 따른 것인지는 알 길이 없었다. 다만 확실한 것은 그가 그 시간에 그 장소에까지 와야 했을 아무런 건덕지도 없다는 것이었다.

군수의 아내가 사고 현장에 깜깜한 마음으로 도착했을 때, 그의 시체를 둘러싸고 있던 사람들이 마지막으로 그의 아내를 위해 길을 터 주었다. 모잽이로 넘어진 채로인 자기의 사내는 희한하게도 한쪽 팔을 마저 거두지 못하고, 꼭히 누굴 가리키는 뜻도 아니면서 오른팔을 꼿꼿이 허공에다 꽂아 두고 있었다.

(1974년)

즉심대기소

니기미라고 나는 혼자 중얼거렸다. 그것은 우리가 방으로 들어서
자마자 곧장 밖으로부터 쇠빗장을 걸어 잠그는 소리가 들려왔기 때
문이었다. 우리는 암담하였고 지랄 같다는 생각이 들었다.

그을음이 잔뜩 낀 전등의 느끼한 불빛을 받고 있는 방 안엔 15, 6
명의 남녀가 오랜 가뭄으로 꼭지 떨어진 오이들처럼 개차반으로 나
동그라져 있었다. 우리는 애당초, 거지 발싸개에서나 풍길 듯한 혐
오스러운 냄새로 가득 찬 이따위 구치실에 속절없이 처박혀 본 적도
없으며 최소한 이런 방구석에 갇히리라곤 차마 예상하지 못했었다.
그런 막연한 선민 의식쯤이야 5백 원짜리 한두 장 꼬불쳐 갖고 다니
는 형편에 있는 건달이면 늘상 하고 있는 생각일 것이었다. 그 심보
를 당돌하다 할 수 없던 게, 어떤 땐 그놈의 5백 원짜리 몇 장이 사람
구실 몇 배를 도맡아 거뜬하게 해결해 주던 경험들을 출입깨나 한다
는 놈이면 누구나 한두 번씩 갖고 있을 터이니까. 참으로 치사해서
아침에 먹은 깍두기가 곤두설 노릇이지만, 우리는 맨 처음 우리 두
사람을 이 방에다 주저 없이 처넣으려 하던 그 늙다리 순경을 적선
하랍시고 구슬려 보았던 것이다. 솔직히 말해서 나는 평소부터 순경

따위에 겁 집어먹구 허겁지겁이던 일부 선천적인 겁쟁이들을 멸시함에 인색하지 않았던 것이다.

「이 사무실에서 그냥 대기할 수 있도록 선처해 주십시오.」

처음에 다소 느긋한 기분으로 도도하게 문자를 써가면서 그 순경에게 타이르듯 했던 것은, 내가 화나면 더 괴로울 거라는 식의 공갈조의 거드름이 소 새끼처럼 둔한 순경의 뇌리에 화살처럼 박혀 줄 것을 기대함과 동시에 은주(銀珠) 앞에선 될수록 체통을 지켜 보겠다는 내 대장부 심사 때문이기도 했다. 깔치 앞에서 체통을 잃는다는 건 수탉으로 치면 꽃볏에 개똥칠하는 결과와 다를 바 없겠기 때문이었다. 그러나 이 순경은 내 노숙한 제의를 어느 동네에서 똥개가 짖는가 식으로 묵살하고 있었을 뿐만 아니라, 그가 참고 있는 졸음 때문에 입을 한껏 벌려 두 번이나 하품을 토해 버림으로 하여 나를 지극히 미치게 만들었던 것이다. 나는 씨부랄 같은 부아가 끓어올랐으나 참아야지 별수가 없었다.

「우리들의 고충을 살펴 주셔야겠습니다.」

화장실을 가리키는 전등처럼 발갛게 불이 들어와 있는 '즉심대기소(卽審待機所)'라는 아크릴 표지판과 늙다리 순경의 콧등에 피마자씨처럼 고집스럽게 매달린 검은 점을 번갈아 보면서 나는 드디어 애원하다시피 하였다.

「고충 봐주다간 순경질 못 해먹어요.」

「그럼 이 아가씨만이라도 사무실에 남게 해주십시오.」

나는 은주를 가리키면서, 제발 이 늙다리 순경이 책상 위에 떨군 고개를 들어 난색일 수밖에 없는 우리들의 표정을 너그러움과 정감이 어린 시선으로 읽어 봐주기를 바랐다. 그러나 그는 무정하게 말했던 것이었다.

「말하자면 윤리 도덕상 체면상 여자만은 그렇게 대접해 줘야 쓰겠다 이 말씀인데, 여기 와선 체면 쪼가리 찢어지게 찾아 쌓누만. 아까 강변에서 서로 붙잡고 풍기문란하게 놀 적엔 그 생각 없었고?
윤리 도덕이 십 원짜리 우표딱진 줄 알아? 너들 맘대로 떼었다 붙
였다 하게.」

앞으로 당기면 기를 쓰고 뒤로만 버티고 물러나는 돼지 귀신이 뒤
집어썼었는지 그는 내 말을 들어먹어 주질 않았다. 그 이상 중언부
언해 보았자 은주 민망하게 창피만 찍어 바를 것 외에는 승산이 도
무지 없겠으므로 나는 그와의 대거리를 그만두고 성큼 이 방에 들어
서고 만 것이었다.

은주는 조만간 울음을 터뜨릴 징조가 역연하였다. 이런 걸 두고
망신살이 뻗쳤다고 하는구나 싶었다. 나는 한 번 더 그 순경에게 매
달리지 않았던 것을 깊이깊이 후회했다. 적어도 그 방 안에선 우리
들이란 존재가 얼마나 이질적인지를 단박 느낄 수가 있었기 때문이
었다. 얼른 보아도 방 안엔 어떤 종자들이 모여 있는가를 알조다. 갈
보 아니면 대폿집 작부, 역전 빌붙이들, 조바 새끼들, 막걸리 배달꾼,
이런 따위의 문교부 혜택이라면 젓가락으로 찍어서라도 맛 못 본
순 말짜들이란 것을 나는 직감으로 느낄 수 있었다. 아니나 다를까
였다.

「이번엔 한 쌍이 같이 듭시누만! 고년 삼삼한 게 떡심깨나 쓰겠어,
킥.」

방 어느 구석쯤에선가 우리를 두고 빈정거리는 투의 남자 목소리
가 들려왔다. 나는 못 들은 척하였다. 이런 곳에서 가오를 세운답시
고 기사도를 뽑아 올린다는 건 오직 우스꽝스러울 뿐일 것이기 때문
이었다.

나는 우선 훌쩍거리고 있는 은주와 앉아야 할 자리를 찾아 두리번
거렸다. 그러나 우리들이 앉아야 할 자리는 아무 데도 없었다.

방은 쉴 새 없이 냄새를 피워 올리고 있었다. 보리밥이 사흘쯤을
두고 쉬어 가는 냄새, 국말이집 수챗구멍에서 건져 낸 수세미 뭉치에

서 풍겨 오는 냄새, 게으른 놈의 사타구니 땀 냄새, 이런 야비한 냄새들이 뒤섞여 우리들의 코밑을 직사하게 괴롭혔던 것이다. 사방의 벽엔 쇠끝 같은 것으로, '내 사랑하는 정심아, 제발 부탁이니 발톱 좀 깎고 다녀라' 하는 식의 잡놈의 낙서가 여기저기 보였다. 그런 모든 것들이 우리들을 모멸로 틀어박고 있었다.

　은주는 여전히 훌쩍거리고 있었다. 나는 아까부터 그녀를 달래 주어야겠다고 생각해 왔다. 울고 있는 여자를 금방 웃고 있는 여자로 바꿔 놓을 줄 모르는 멍청이 같은 남자는 진작부터 남 속 썩이지 말고 칵 뒈져야 한다고 그녀는 말해 왔다. 그러나 이런 판국에 철학가처럼 문자나 주절거려 되씹고 있을 순 없겠으며 더욱이 명심보감이나 마태복음을 들출 수도 없는 노릇이었다. 또 그래 보았자 헛일이고, '너 미쳤니' 하는 낯짝으로 그녀는 불쌍한 나를 쳐다보겠기 때문이었다. 아니라면, '저 밤하늘 높이 크게 반짝이는 별은 당신 별이고 그 옆에 조그맣게 반짝이는 것은 내 별이지요' 했던 아까의 사랑 이야기들을 그녀에게 다시 들려준다면 그녀는 나를 '이 단단히 골 빈 놈아' 하는 낯짝으로 쳐다보기 십중팔구일 것이었다. 나는 종내 그녀를 콱 쥐어박아 버릴까도 생각했으나 그 짓은 더욱 못 할 노릇이었다. 속수무책이란 이런 걸 두고 말씀한 것임을 나는 비로소 느꼈다. 나는 안절부절못했다. 그런 내 남모를 고충을 전연 예기치 못한 엉뚱한 사람이 대뜸 해결해 준 것이었다. 그것은 방 한쪽 벽에 나란히 앉아 있던 대여섯 명의 여자들 식구통에서 튀어나온 말로 인하였다.

　「이봐, 이 순정덩어리야. 지렁이 갈비 뜯는 소리 고만하고 싸게 앉아 버려. 썩은 폼 밤새워 잡을 테여?」

　된통스럽게 쏘아붙이는 한 여자의 말에 은주는, 종아리 맞은 암탉처럼 울음을 뚝 그치고 앉아 버렸던 것이었다. 나는 방금 말한 여자를 뚫어질 듯 쏘아보았다.

「야, 이 몸도 왕년엔 순정 때문에 눈물 한번 짭짤하게 흘렸다아.」

지독한 곰보딱지인 그녀는 이렇게 너스레를 떨며 담배 한 개비를 꺼내 척 꼬나 물었다.

「니년에게도 죽고 못 사는 골 빈 수캐가 있었더랬니?」

「어언니! 사람 괄시 단숨에 하지 말어. 그땐 나도 개×지가 아니었다우.」

「식구통 닫아 둬. 썩 웃는다 애.」

「웃는 건 언니 자유지만서두, 언니 하는 말씀이 내 가다찌가 틀려 먹었다 이건데에, 당장 여기서 날 보구 있는 저 바지씨 한번 꼬셔 보일까? 볼 테?」

「이 화냥년아, 의리 부도내지 말고 그만두시지. 임자 있는 몸 같으니께.」

그녀들은 내가 쏘아보는 것에도 전연 괘념치 않았을 뿐 아니라 오히려 이쪽이 무안해서 돌아서도록 온갖 잡소리를 주저 없이 토해 뱉고 있었다. 나는 낯짝에 주눅을 잔뜩 이겨 발라 가지고 슬그머니 돌아서는 수밖에 없었다. 그러나 적어도 은주가 이런 처지에서 내게 바라는 게 무엇일까. 그녀는 말을 않고 있는 것이다. 「야 이 뚱치들아, 아가릴 닥쳐 주었으면 기쁘겠어」 하고 어깨를 이죽거리며 쓱 앞으로 나설 수 있는 객기일까. 그러나 그럴 경우 그쪽 어느 한 년이 으스스 떨며, 「여어 정심아, 이놈의 시비가 제 구멍으로 들어섰다아」 하며 가랑이 쩍 벌리고 마주 일어서 버릴 경우, 그때의 낭패를 나는 감당할 수 없을 것 같았다.

그들에겐 썩지 못해 육신이 근질근질한 몰염치한 완력이 있을 것이기 때문이었다. 체면이고 나발이고가 그들에게 있어선 사치이며 개 발의 대갈일 것이다. 팔목이라도 물어뜯긴다면 그 팔목으로 내 어찌 은주의 허리통을 감아줄 수 있단 말인가. 나는 잘못 맞춰 놓은 목각인형처럼 끼덕거리고 은주 옆으로 다가가 쪼그리고 앉아 버렸다. 그리고 희미한 불빛을 가증스럽게 뿜어내고 있는 전구를 무료하게 쳐다보았다. 60와트짜리 전구라면 60와트의 전력을 몽땅 당겨내고 있을 것은 뻔한 이치일 텐데, 그 전력을 어디다 탕진하느라고 저따위 치사한 불빛만을 이 방안에다 내리 붓고 있는 것일까. 그런 불빛이 이상하게도 이 방의 너절한 분위기와 척 어울려 떨어졌던 것이다.

「이봐, 청년.」

우리가 이 방에 들어와 그런 따위의 곤욕을 치르고 앉게 될 때까지, 한쪽 벽 아래에 갖다 놓은 이 방 안에선 오직 하나뿐인 나무의자에 줄곧 팔짱을 끼고 시건방지게 앉아 있던 중년의 사내가 우리를 턱으로 가리키며 말했다. 부랑깨나 쓰는 부잣집 불도그가 판잣집 골목으로 저녁 산책을 나온 듯이 사내는 제 딴은 위세를 부리고 싶어 하고 있음을 그의 당당한 몸짓에서 엿볼 수 있었다. 말하자면 그는 순 개판으로 돌아가고 있는 이 방 안의 분위기가 못마땅하기 예사가 아니었고, 그래서 아까부터 눈꼬리에 풀을 잔뜩 먹이고 일군의 여자들을 노려보고 있던 것을 나는 알고 있었다. 나는 우선 그의 단정한 옷매무새와 잘 빗겨 올린 대갈통의 머리칼과 아직도 윤기가 돌아 반짝이는 구두코를 바라보았다. 그는 술에 취해 있지도 않았으며 그렇다고 만원 버스 같은 데서 여자 치맛자락 속으로 콧구멍 후비던 손가락이나 느닷없이 집어넣을 치한으로도 보이지 않았다. 그 중년의 사내는, 일단 이런 구치실 같은 데나 호락호락하게 갇힐 위인쯤은 죽어도 아니라는 깍듯한 외모를 갖고 있었다. 그가 이 방 안에서 단 한 개뿐인 나무의자를 차지하고 앉은 것만 보아도 제법 성깔깨나 부릴 줄 아는 놈으로 보아 실수 없을 것 같았다.

「이쪽으로 와서 앉아요.」

그는 자기 의자 앞의 자리로 우리들을 부르고 있었다. 그것은 분명 우리들이 풍기고 있음직한 고급스러운 신분에 대한 호의일 것이며, 우리를 자기 근처에 둠으로 해서 동류의식을 형성해 보자는 얄팍한 계산이 그 심중에 도사리고 있음이 분명했다. 그러나 나는 주저스러웠다. 우리가 그쪽으로 옮겨 앉은들 무슨 뾰족한 수라도 생긴단 말인가. 설령 그리로 갔다고 하자. 저 똥치들과 대판으로 싸움이라도 벌인단 말인가. 주눅 붙어 있긴 마찬가지일 것이었다. 그리하여 나는 뒤 마려운 개 모양으로 이 사람 저 사람 두리번거리며 앉아 있을 수밖에 없었다.

그때, 우리들이 들어왔던 문의 쇠빗장이 밖에서부터 신경질적으로 열리고 있는 소리가 들려왔다. 그러나 그 소리가 들리는 문 쪽으로 기대와 호기심에 찬 시선을 보내고 있었던 것은 나와 은주 그리고 그 중년의 사내, 세 사람뿐이었다. 그녀들은 소리가 들리나마나 여전히 킬킬거리고 있었으며, 자기들끼리 방귀를 뀌어 놓고 장본인을 찾아내느라고 궁싯거리고 있을 뿐이었다.

문이 열리고 예의 그 늙다리 순경이 방 안으로 쑥 들어섰다. 그는 손전등을 들고 있었으며 그 촉광 높은 전등으로 침침한 방 안 구석구석을 비춰 보고 있었다. 그는 흡사 분무식 에프킬라 파리약통을 든 결벽성 많은 가정부처럼 한 마리의 모기나 파리도 놓치기 싫다는 듯 방 안 여기저기를 철저하게 비춰 보았다.

「전원 모두 일어서시오.」

그는 비추던 전등을 꺼버리더니 느닷없이 이렇게 명령했다.

「전원은 뭐고 모두는 뭐여! 곶감 접말이네, 축구 차고 해변가로 가지, 히히힛!」

그녀들은 여전히 킬킬 웃으며 주섬주섬 일어섰다. 다만 그 중년의 사내만은 어깨를 더욱 떠벌리고 의자에 버티고 앉아 있었다. 코에 익어 이젠 면역이 되었던 방 안의 냄새가 다시 눈발처럼 풀풀 날려 우리들의 코를 찔러 대기 시작했다.

「빨리빨리 움직여 줘요.」

「아저씨, 소 몰다 왔는가 뵈어.」

「누가 아니라니.」

일어서긴 했지만 여전히 키들거리고 있는 그녀들 쪽에다 다시 켠 손전등의 불빛을 가로세로 직직 그어 대며 순경은 재촉하고 있었다.

「박 순경님, 내일 우리 집에 놀러 안 오실래요?」

늙어 보이는 데다 꼴에 염치없게 발랑코인 한 여자가 순경 앞으로 다가가 딱 바라지게 서 보이며 윙크랍시고 오버 단추 같은 눈을 씀벅하였다.

「이게 제 버릇 개도 못 주는군! 유난 떨지 말고 저리 비켯.」

「과히 싫지 않은 모양인데, 뭘 그러슈. 이래 뵈두 그거 하난 긴자꾸라구요.」

대답할 말 잃어버린 순경은 하도 기가 차 힘없이 그녀를 밀치고 난 다음, 두 평 남짓한 공터를 비우고 백묵을 꺼내더니 이쪽 벽 아래서 저쪽 벽 아래까지 죽 그었다.

「여자들은 이쪽으로 와서 앉아요.」

그는 다시 명령했다. 그러나 벽에 기대어 서 있던 6, 7명의 갈보들이 담 넘어온 이웃집 암탉 본 수컷 모양으로 쭈르르 그리로 몰려갔다.

「박 순경님은 인정도 많으셔.」

「시끄러. 입 닫고 가 있어, 지랄 말고.」

「말씀 곱게 해주셔요, 딸 같은 애들보고.」

늙어 보이던 발랑코가 말했다.

「뭐, 딸?」

「그래요.」

「야, 이거 바야흐로 사람 미치고 환장하게 만드누만.」

「미치면 팔짝 뛰겠네요?」

「야, 내 졌다, 졌어.」

「헤, 박 순경님 지송합니다.」

여자들이 그쪽으로 몰려가자 남자들은 다시 주섬주섬 자리를 차지하고 앉았다. 우리도 그랬다. 은주는 내 손을 꼭 쥐고 있었으며 방에 들어온 순경에게 다시 물고 늘어질 기회라도 포착하고자 한시도 순경에게서 시선을 떼지 않고 있었다. 적어도 나는 은주만이라도 이 방에서 되돌려 내보내고 싶은 욕심을 그때까지도 포기하지 못하고 있었으며 그녀로 하여금 즉심(卽審)을 받게 되는 곤욕을 치르게 할 수는 더욱 없었다. 그리하여 조만간 저 둔한 순경에게 다시 한 번 말을 걸어 볼 요량을 잔뜩 하고 있었다. 다른 사람들의 처지나 기분을 생각해서 그녀들을 격리 수용코자 하는 데까지 염두에 둘 수 있는 사람이라면, 내 요구도 조금은 들어줄 수 있는 여지를 가진 사람이라고 나는 기대와 자위가 반반인 시선을 줄곧 그에게 쏟아붓고 있었다.

「여봐요 아가씨, 당신은 왜 저리로 안 가는 거요? 당신은 여자 아니오?」

이쪽으로 몰린 남자들 틈바구니에서 고개를 숙이고 있는 은주를 발견한 순경이 불쑥 이렇게 내뱉으며 쏘아보았다. 그녀의 표정이 일순 바람 빠진 풍선처럼 쭈그러졌다. 그리고 나 또한 기대가 일도양단으로 박살나 버린 것에 대해서 말할 수 없는 수모를 느꼈고, 저 늙다리 순경을 한 대 갈겨 버릴까, 하는 생각까지 했다. 그러나 그것이 도대체 행동으로 옮겨지지 않는 것이 안타까울 뿐이었다. 나는 어처구니없이 위축당하고 있는 자신에 기가 찼다. 이럴 수가 없었다. 얼른 그곳으로 나가지 못하고 내 팔목을 쥔 채 우물쭈물하고 있는 은주를 보고 순경은 다시 한 번 다그쳤다.

「이봐, 당신은 뭐요? 왜 아직까지 거기 있느냐 말요?」

그는 단호히 우리들 앞에 버티고 서 있었으며, 또한 주위의 사람들이 신경질적인 시선을 우리들에게 보내고 있었으므로 그녀는 비로소 쥐었던 내 팔을 스르르 풀고 백묵으로 그은 선을 넘어갔다. 나는 바늘 끝으로도 찔러 볼 자리가 없는 이 늙다리 순경에게 다시 말을 붙일 힘을 잃고 최후의 일발이 가슴에 명중된 마상(馬上)의 산초 빌라처럼 모가지를 아래로 떨구고 말았다. 그러자 그곳에 모여 앉았던 똥치들이 끼들끼들 웃으며 말했다.

「애 순자야, 너 저리 비키고 이 순정덩어리 그리로 모셔.」

「내가 왜 비켜?」

「이년이 비키라면 비킬 노릇이지 어디다 여물통을 처놀려?」

발랑코가 꽥 소리 질렀다.

「언니 자리나 내주시지 그래요. 저것이 뭐 그리 공주라고 언니가 쌍지팡이오?」

「이년이, 노가리 깔 텨? 너 집에 가면 몰매 맞아.」

「어언니, 좀 살살 웃겨요, 빤스 끈 터진다니깐.」

곰보딱지도 지지 않고 열심히 대거리하고 있었다.

「이년이, 곤조통 부릴 텨?」

말이 채 떨어지기도 전에 발랑코의 두 팔이 여자의 머리채를 걸레 짜듯 휘어 감아쥐고 제 앙가슴 앞으로 칵 끌어당기더니 무릎을 들어 뱃구레를 쥐어박았다. 꼴이 합기도 도장깨나 출입한 경력 있는 섣부른 남자들이야 열 있어 헛일이었다. 그러자 머리채가 감겨 쥐어졌던 여자는 일순 앞으로 고꾸라지는 듯싶더니 엉덩짝을 허공에다 박고 딱 버티고 섰다.

「이 늙은 잡년이 사람 잡네!」

잡힌 머리채 때문에 앞으로 질질 끌리기는 하면서도 오기 하나는 풋나물처럼 살아서 상대편 여인의 팔을 꼬집어 비틀기 시작했다.

「이년이 비겁하게 꼬집어!」

나머지 여자들은 방심한 상태에서 얼씨구 하는 낯짝으로 두 여자를 올려다보며 킥킥 웃기도 하였고 한두 사람은 박수까지 치며 재미 있어 배꼽 터지겠다는 표정을 짓고 있었다. 순경이 그리로 들이닥쳤고 오랜 고역 끝에 두 여자를 떼어 놓았다.

「너들 여기까지 들어와서 정말 곤조통 부릴 거야?」

순경이 코끼리 코 푸는 소리로 씩씩거리며 말했다.

「죄송합니다아.」

늙다리 발랑코가 저쪽으로 비켜 앉으며 이렇게 말했다. 그러자 그 중 맨 구석 쪽에 앉았던 한 여자가 은주를 낚아채다 그 자리에 앉혔다. 은주는 홍당무가 된 얼굴로 자신을 팽개치듯 그곳으로 끌려가 앉았다. 여자들의 서슬로 보아 말 안 들었다간 불두덩이라도 차일 것 같았기 때문이었다. 그러나 은주가 앉은 자리는 그중 한갓져서 바위틈에 붙어 있는 부엉이 집처럼 여간 살펴서는 보이지 않는 구석 자리였으므로 그녀들의 배려가 영 농담은 아닌 것 같았다. 말하자면, 그녀들은 은주를 숨겨 주고 있는 것 같았다. 중년의 사내가 그들이 은주를 비호하려는 태도에 픽 웃고 있었다. 나 역시 그러하였다. 적어도 그녀들에게 있어서 여대생인 은주가 자기들 편이란 사실을 확인시켜 준 그 순경에게 감사하고 있으리라고 생각했다. 그들은 분명 양갓집 아가씨며 곱살한 은주가 냄새투성이며 상처투성이인 자기들 옆에 단 하룻밤일망정 곁에 있어 준다는 사실에 너무나 흥분하고 있으리란 내 짐작이었다.

일단 방 안의 질서가 그런대로 잡히고 분위기가 가라앉는 낌새를 보이자, 순경이 밖으로 나갈 채비를 차렸다.

「물론 여러분들이 불편하시단 것을 잘 알고 남음이 있습니다. 그런대로 하룻밤만 참아 주시길 바랍니다. 자리가 협소해서 정말 미안합니다. 그리고 될 수 있는 대로 질서를 지켜 주십시오. 특히 이 방 안에는 여러 층의 사람들이 모인 곳이니까 말입니다.」

대강 주의를 준 다음 그가 문 쪽으로 돌아서려 하자 그때까지 의자에 목석으로 앉아 있던 그 중년의 사내가 엉덩이에 불 맞은 놈처럼 벌떡 일어서더니 순경 앞을 척 가로막고 섰는데, 그의 얼굴이 보기에도 민망하리만치 비열하게 일그러져 있었다.

「소변 좀 볼 수 있을까요?」

「당신 한 시간 전에 소변보고 들어왔잖소?」

「죄송합니다.」

「당신 소변본답시고 밖에 나가서 딴 짓 하려는 것 아니오, 또?」

「아닙니다, 이번엔 정말입니다.」

「아랫도리에 힘을 바짝 주고 참아요.」

「사정 좀 봐주시오.」

「따라와요.」

순경은 그 사내를 앞세우고 밖으로 나갔다. 물론 그 사내가 그렇게 오줄나게 요기를 느끼고 있었다고는 우리 모두가 생각지 않았다. 그는 1분 전까지만 해도 눈살 한 번 찌푸리지 않고 의자에 버티고 앉아 있었기 때문이었다. 그는 사무실로 나가 숙직 근무자를 구슬리든지 모종의 거래를 하든지 공갈을 치든지 간에 이 방에서 빠져나가려는 속셈임에 틀림없었다. 그 사내가 밖으로 나가자 몇 명의 남녀들이 사무실과 이 방과의 사이에 만들어 둔 창으로 몰려갔다. 조금 있다가 그들은 킥킥 웃고 있었다.

「저치 좀 봐! 또 꼬시려 드는군!」

「치사한 자식이군.」

「깨끗이 하룻밤 묵고 벌금 물고 나가면 될 텐데 왜 저렇게 못 참아 발광이지? 치사한 놈 봤네.」

한 여자가 이렇게 말했다.

「누가 아니라니.」

「넥타이깨나 맨 자식이 하는 짓은 영 쪽재비 짓이다야.」

그들의 대화로 보아 아마 그 사내는 숙직 근무자에게 매달리고 있는 것 같았다.

「저치 좀 봐! 힝(돈)을 디미는데.」

「안 될걸.」

210

역시 5분이 못 되어 그 사내는 방 안으로 다시 밀려 들어오고 있었다. 밀려 들어온 그의 표정 한번 더럽게 죽사발이었다. 그가 비워 두고 간 나무의자는 상고머리를 한 리어카꾼 비슷한 녀석이 차지하고 앉아 버린 것을 알자 그는 머쓱해진 태도로 잠시 그렇게 오줄없는 수캐 모양으로 서 있더니,

「임마, 자리 내놔!」

「이 자리 아씨가 사둔 거유?」

「이 자식이 누굴 보고 대거리여?」

「아저씨보고 대거리 못 하란 법 없잖아요. 씨, 괜히 신경질이셔.」

「이놈아, 니 눈엔 어른도 안 보이나?」

「내 눈엔 아저씨가 눈사람으로 보여유.」

「이놈! 이거 기 차는데!」

「매는 안 차구유?」

「이 자식이.」

「왜 때려요? 아씨가 우리 집 호주나 되는가유?」

「임마, 이 자린 내 자리란 말여.」

「씨, 나가려다 쫓겨 들어온 주제에 골대는 되게 세우려 드네.」

「야! 저 불쌍한 아저씨를 한 번 주물러 줄 년 여기 없어?」

하고 한 여자가 꽥 소리 질렀기 때문에 사내는 들었던 팔을 그만 아래로 늘어뜨리고 땅바닥에 풀썩 주저앉고 말았다. 한주먹도 안 되는 랭킹 7위의 시시한 선수에게 일격으로 참패를 당한 챔피언의 팅팅 부은 몰골을 하고 사내는 주저앉고 만 것이었다.

나는 은주 편을 힐끗 돌아다보았다. 그녀는 두 다리를 세운 사이에 머리를 끼우고 숫제 엎드려 있었다. 더욱이나 어처구니없게도 그런 따위의 직업여성들 틈에 끼여 수모를 당하고 있는 심정을 헤아려 나는 한없이 미안했고, 이젠 그녀가 나를 만나 주지도 않을 것 같은 생각이 들어 정말 미치고 환장할 노릇이었다. 나는 아까 그 강가에

서 순찰 순경에게 붙잡힐 적에 은주의 팔을 잡고 냅다 뛰어 버리지 못한 지지리도 못난 자신을 거듭거듭 후회하고 미워했다. 한번 뛰어볼 일이었다. 그러나 우린 그때 너무도 순순히 그 순경을 따라온 것이었다. 젊은 놈이 혈기가 없나, 배짱이 없었겠나 말이다. 더욱이나 그녀를 즉심을 받게 한답시고 법정에다 세울 것을 생각하니 앞이 캄캄하고 암담하였다. 가두풍기문란죄로 들어온 직업여성들이 우글거리는 이따위 방에 갇혀 있다니 정말 치욕스럽다고 생각했다. 사람의 입장이 순식간에 이렇게 찌들고 옹색해지다니, 나는 자꾸 자조를 되씹을 수밖에 딴 도리가 없었다.

시간은 흘렀고 지친 사람들이 하나 둘 바닥에 모잽이로 누워 잠들기 시작했다. 웅성거리던 바깥의 소음도 잦아졌다. 코 고는 소리가 들려왔다. 신경도 저쯤 편하고 둔하면 세상이 거꾸로 돌아간대도 어지러울 리 없겠다 싶었다.

그때 저쪽 여자들 틈새에서 가만한 노랫소리가 들려왔다.

「푸른 하늘 은하수 하얀 쪽배에, 계수나무 한 나무 토끼 한 마리, 돛대도 아니 달고 삿대도 없이, 가기도 잘도 간다 서쪽 나라로.」

앳된 여자의 노랫소리는 느릿느릿 퍼져 나갔고, 그 여운이 방 안 가득히 차 올랐다. 여자의 목소는 이상하게도 물 젖은 상추 입사귀처럼 푸릇푸릇 생기로 차 있었고 바닷물에서 금방 건져 올린 미역타래처럼 탄력이 있었다.

「은하수를 건너서 구름 나라로, 구름 나라 지나서 어디로 가나, 멀리서 반짝반짝 비치는 것, 샛별이 등대란다 길을 찾아라.」

그녀의 나직한 노랫소리는 이렇게 그치고 있었다. 그것은 매우 신선한 귀띔이었고, 마력적인 감흥을 우리 모두에게 안겨 주는 것이었다. 너무 오랜만에 만난 고향 친구끼리 말을 잃어버리듯이 나는 그 곰보딱지 여자를 오래도록 바라보고 있었다. 그때 한쪽에선 졸음에 겨운 남자의 목소리가 들려왔다.

「야 이것아, 너 집구석에 가서 불러, 안면방해야. 지가 무슨 이미자라고.」

「사람 괄시 너무 말아요, 나라고 가수 못 되란 법 있어요?」

「허긴 그렇군.」

남자는 짐짓 풀 죽은 목소리로 이렇게 되받곤 돌아앉아 버렸다. 중년 사내가 그때 부스스 일어서고 있었다. 자리에서 일어난 그는 출입구 쪽으로 비실거리며 걸어갔고 문을 두드리기 시작했다. 그러나 몇 번인가 문을 두드리고 흔들고 해보았지만 밖에선 아무런 반응도 없었다. 그는 더욱 세차게 문을 흔들어 댔고, 그리하여 잠 속에 빠졌던 방 안의 사람들이 누에처럼 깨어 일어나 투덜대기 시작했다.

「어느 놈이 이 발광이여?」

「좆같은 게 밤새도록 지랄이여, 지랄이.」

「여보 신사양반, 좀 잠잠 못 하겠소? 배웠다는 소생이 도대체 왜 저 모양일까. 염라대왕이 용감을 앓고 있나, 저런 놈을 왜 안 잡아가노!」

우리들 중에서 역전 빌붙이 같은 한 녀석이 나이에 어울리지 않게 노숙한 목청으로 이렇게 말했다. 살이 있는 곳을 잔뜩 감아쥔 사내는 그 녀석을 돌아다보면서 말했다.

「소변보러 갈 참이야, 왜 그래?」

「소변보러? 당신 아까도 소변보러 간다더니?」

「백 번을 본들 니가 무슨 상관이야?」

「하긴 그래, 남이야 밤송이로 똥구멍을 닦든 빈대를 타고 강을 건너든 내 상관할 바 아니지. 그렇지만 당신은 가만 보니 너무 이기주의란 말이야, 이 새끼. 너 혼자 입장만 생각하니? 너 이 새끼, 이 방 안에 자는 사람 다 깨워 놓은 건 생각 안 하니? 별 통수도 못 치는 주제에 시끄럽긴 왜 그리 시끄러워?」

나이로 따진대도 20년은 족히 짝이 질 그런 입장에서 녀석은 사내에게 바가지로 욕을 퍼붓고 있었다. 그러나 녀석과 대거리해서 다투고 있기엔 그 중년의 사내는 너무나 다급한 상태에 있었으므로 문만 부서져라 두들기고 차고, 있는 발광을 다 하였다. 그러나 방 안에 있는 누구도 그의 몸 달아하는 태도에 동정의 눈길을 보내는 사람은 없었다. 오히려 저 사내의 오줌통이 팡 하고 터지기라도 한다면 하는, 건넛마을 불구경하듯 느긋한 기분으로 바라보고 있을 뿐이었다. 그제사 저쪽 숙직실 쪽에서 늙다리 순경이 느릿느릿 나타났다.

「누구요? 무슨 일이오?」

「아, 네. 소변이 마려워서요.」

이쪽에서 사내가 다급하게 말했다. 그러나 이쪽의 다급함과는 달리 저쪽은 오뉴월 쇠불알처럼 척 늘어져서 뭔가 중얼중얼하더니,

「당신 소변보고 싶다고 사람 속이구선, 또 딴 짓 하려는 게지?」

「아, 아닙니다. 그게 아니에요. 이번엔 진짭니다. 속히 문 좀 열어 줘요.」

「여보시오, 난 밤새도록 당신에게 속고만 있으란 말이오? 그만 포기하시오.」

「글쎄 문 열어 보면 알 것 아니오?」

「그만두시오. 밤새도록 거짓말만 하는 주제에. 돈이 통하지 않는 걸 알 텐데.」

늙다리 순경은 다시 투덜거리며 저쪽 어디로 가버리는 눈치였다. 문이 열리는 일이 글러 버린 것을 알아차린 신사는 쭈적쭈적 뒤로 돌아서 자리로 물러서는 눈치였으나 요기만은 더 이상 못 참겠다는 듯 눈꼬리를 바짝 움츠리고 있었다. 내가 보기에도 민망할 정도로 그는 안절부절못했으나 누구 한 사람 그의 용변을 위해 순경을 불러주는 사람이 없었다. 한 사람이라도 거들어 준다면 그는 시원스럽게 용변을 볼 수 있으련만 나 자신부터가 그렇지를 못했다. 다만 그녀들 중에 누가 「애 길자야, 저 양반에게 네 털요강이라도 좀 내주라

214

구」 하고 칼칼 웃었을 뿐이었다. 일단 자기 자리로 돌아간 사내는 뒤 곁으로 난 창문을 발견하고는 어떻게 몸부림쳐서 기어 올라가더니 야자나무에 붙은 원숭이 꼴을 해가지고 쏴 하고 오줌을 갈겨 댔다. 염치 불고하고 요기를 해결한 그는 얼굴 살갗을 다리미로 다린 듯 쭉 펴고 자리로 돌아와 앉았다.

「각하, 시원하십니까?」

누가 잠에 겨운 목소린 채 다소 농 섞인 투로 물었다.

「네에, 이젠 이십 년을 갇혀 있어도 좋을 기분입니다.」

「좋은 경험 하셨습니다.」

사람들은 제 좋을 대로 자리를 차지하고 사내로 인해 망쳐 버린 새벽잠을 다시 청하느라고 끙끙 앓는 소리를 내며 하나 둘 모잽이로 누웠다. 그들은 그 사내의 소란을 벌써 씻은 듯이 용서해 버린 쓸쓸한 피곤에 젖어 들고 있었다. 조금 전까지만 해도 그를 경원의 눈초리로 쏘아보았지만 썰물이 모래톱을 씻어 내리듯 한번 지나가 버린 일은 그대로 묻고 잊어 주는 게 편하다는 생각들에 젖어 있은 지 오래인 듯했다. 사실 누구를 미워하고 누구를 귀여워해 줄 틈도 없이 바쁘게 돌아가야 하며 그 직업이 어떤 것이든 살아감에 바쁘기는 매 일반이라는 이야기들을 그들의 피곤이 묻은 눈 언저리에서 읽을 수 있었다. 내일 아침에는 다시 즉심을 받으러 몰려가야 하고 과료를 물고 혹은 구류를 치러야 할 입장들이긴 했지만, 지금 당장은 누워 있는 그 자리가 피할 수 없는 자기의 자리라는 걸 아무 거리낌 없이 받아들이고 있음에 틀림없었다.

어느 때나 되었을까, 바깥으로부터 쇠빗장을 여는 소리가 들려왔 다. 그리고 지체 없이 문이 열리면서 바깥의 아침 빛이 쏴 하고 방 안으로 쏟아져 들어왔다. 차고 신선한 공기가 금방 방 안에 생기를 헹구고 있었다. 사무실에 걸린 벽시계가 그때 여섯 번을 치고 있었 다. 우리는 갑자기 곡마단의 공연 시간이 임박함을 알아차린 시골 아이들처럼 바빠졌다. 두 사람의 당직 순경이 방 안으로 들어오며 말했다.

「고생들 하셨습니다. 모두들 밖으로 나가십시오.」

우리들 중 일부는 벌써 입맛을 쩝쩝 다시며 밖으로 나가고 있었고 일부는 동료들을 깨우고 있었다. 나는 은주를 돌아다보았다. 그녀는 핸드백에서 빗을 꺼내 흐트러진 머리를 빗질하고 있었다. 두어 명의 여자들이 은주의 옷매무새를 고쳐 주고 있었다. 그녀의 얼굴은 하룻밤 사이에 퍽 초췌해져 있었다. 그녀는 곧장 내게로 달려오지 않고 주위의 여자들과 가볍게 웃으면서 몇 마디 주고받았다.

우리 모두는 아침 햇살이 내리 붓고 있는 건물의 뒤뜰로 걸어 나갔다.

「남자분들은 앞쪽으로, 여자분들은 뒤쪽으로 정렬해 주십시오.」

당직 순경이 뒤따라오며 이렇게 말했다. 나는 다시 몹시 초췌해진 모든 사람들의 얼굴에 기어오르는 비열함과 그들 틈에 끼여 있는 내 자신에게 말할 수 없는 혐오를 느꼈다. 더욱이나 어쩌다 저따위 똥치들과 같이 어울려 대열을 짓고 내 이름이 호명되면 네 하고 대답하여야 하며, 앉았다 일어섰다 하게 되었는지 딱하고 서글펐다.

정작 방 안에 있을 적엔 느끼지 못했었으나 햇볕 속으로 나오자 멍든 사과처럼 시꺼먼 속살이 들여다보이는 그녀들의 난한 나일론 류의 옷차림과, 귀한 구석이라고는 볼따귀 위에 점 하나 없이 철저하게 제멋대로인 그녀들의 싸가지없는 얼굴들을 보자 나는 기가 차서 귀가 멍할 지경이었다. 그러나 은주가 여전히 그녀들 틈에 끼여 역시 대답하고, 앉았다 일어섰다 하고 있는 게 보였다.

뒤편 한쪽 담장으로 트인 후문 밖으로 출근하는 사람들과 학생들이 우리들의 대열을 힐끔힐끔 들여다보곤 웃는가 하면 혹은 얼른 고개를 돌려 버리기도 하였다.

바로 그때 한 여자가 슬그머니 내 곁으로 다가왔다. 늙다리 발랑

코였다. 그녀는 잠시 머뭇거리는 눈치더니 느닷없이 내 옆구리를 툭 치면서 이렇게 말했다.

「우리 중 한 년이 저 아가씨를 잡고 토껴 버릴 테니 그리 아시오.」

나는 그녀의 엉뚱한 제안에 몹시 놀랐고 그리하여 어리둥절한 나머지 입을 절반쯤 벌리고 쳐다보기 한참이었다.

「당신은 그 짓 못 할걸요. 우린 할 수 있어요. 한 달에 두세 번은 해왔으니까요. 과료 물 돈은 어디 하늘에서 떨어진답디까. 더욱이나 저 아가씬 얌전해 보이는데 워째 우리들과 줄레줄레 재판 받으러 걸어가지, 창피스럽게.」

그녀는 대강 이렇게 중얼거리곤 다시 슬그머니 그들이 모여 있는 쪽으로 걸어가고 있었다. 그때 나는 몇 사람의 여자들이 은주를 둘러싸고 뭔가 은밀하게 쑥덕거리고 있는 것을 보았다. 일순 은주의 시선이 내게로 왔다간 재빠르게 거두어졌다.

나는 도대체 어처구니없는 그녀들의 꼬라지를 바라보고 있었다. 저렇게 얌전하고 깔끔한 판탈롱 아가씨가 그것도 희한한 여자들과 어울려 모의를 하고 있다니, 참으로 세상은 너무 일찍 하직할 곳도 못 된다고 나는 생각했다. 대열을 점검하고 난 두 당직 순경이 무언가 숫자 확인을 위해 사무실 쪽으로 걸어가고 있었다. 그들의 뒷모습이 완전히 사무실로 빨려 들어가는 것과 동시에 곰보딱지 여자가 은주의 팔을 잡고 뒤편의 문 쪽으로 냅다 뛰어가는 게 보였다.

「저년들 보라구요, 달아납니다.」

우리들 중에서 그때 누가 다급하게 소리치고 있었다. 바로 그 중년의 사내였다. 얼핏 보아도 그는 이상할 정도로 흥분되어 있었고 그녀들이 달아나고 있는 현장을 자기가 맨 먼저 발견했다는 득의에 차 있었다.

「뭣들 하고 있느냐 말욧, 저년들이 달아나고 있단 말이욧.」

사내는 사무실 쪽으로 소리치며 달려가고 있었다. 우리 모두는 그녀들이 달아나고 있는 문 쪽을 보고 있었다. 문에 금방 빠져 달아나던 그 곰보딱지가 일순 멈추고 돌아서더니, 이쪽을 향하여 손을 흔들었다.

「어언니, 나 먼저 가우.」

분명 그녀 옆에 서 있던 은주도 나를 향하여 선명하게 빨간 혓바닥을 날름하는 것을 나는 보았다. 그러나 그때 사내의 신고로 뛰쳐나온 순경이 마침 돌아서고 있는 두 여자를 보았으므로 호루라기를 꺼내 호록호록 불면서 그녀들을 뒤쫓아가고 있었다. 남아 있던 여자들 중에서 누가 시큰둥하게 말했다.

「곰 같은 년, 지랄한다고 손은 흔들어.」

(1974년)

달 밤

「이봐, 달규, 좀 비켜 앉어.」

최 영감이 두부찌개 냄비로 숟가락을 가져가면서 이렇게 말했다.

「씨발, 잘 보이지도 않는 외짝 눈깔로 안주 하나 팔자로 밝히누만.」

술기운으로 벌건 낯짝을 하고 있던 황가가 이렇게 쏘아붙였다.

「이런 후레자식 봤나? 내가 안주 밝히는데 니가 왜 배가 아파?」

하긴 최 영감의 안주 걸신은 평소부터 다소 심한 편이었다. 안주보단 술 편인 황가의 입장에선 눈에 켕기지 않을 리 없었다.

「어느 놈은 안주 싫어 안 처먹나?」

황가가 이렇게 빈정거리자, 최 영감은 기어코 냄비로 가던 숟가락을 상 위에다 팽개치고 말았다.

「내 이눔 자식들하구 앞으로 술자리 같이하면 소 밑구멍으로 열 번 빠진 놈이여.」

최 영감은 항상 입설이 자발없어 실수도 많았었다. 아니나 다를까, 최 영감의 막말이 일순 황가를 흥분시켰다. 숟가락을 술상 위로 탁 팽개친 것도 그러했거니와, '소 밑구멍으로 빠진 놈'이란 말을 불쑥 내뱉은 게 실수였다면 큰 실수였다.

「뭐? 소 밑구멍으로 빠져? 좋다. 이놈우 새끼, 소 밑구멍으로 빠진 놈 맛 좀 볼래?」

황가가 왕년에 충북 제천 지방에서 정육점 칼잡이 노릇을 3년간이나 했었다는 걸 최 영감은 부지중 깜빡 잊었던 것이다. 황가가 정말 두 팔을 걷어붙이고 자리에서 벌떡 일어서자 최 영감은 비로소 자기의 실수가 찡하니 뇌리에 와 박혔다. 그러나 일은 이미 늦어 버렸다. 일어선 황가가 술상을 홱 걷어차고 어느새 아랫목에 앉은 최 영감의 멱살을 잡아낚아선 단단히 죄어 쥐었다.

「이놈우 새끼, 막판에 신명풀이 한번 늘어지게 하게 생겼구나.」

황가는 이렇게 씨부리더니, 중치가 막혀 노루처럼 킥킥거리는 최 영감의 대갈통을 뒷벽에 대고 호되게 내꼰질렀다. 벽 속의 흙이 좌르르 떨어지는 소리와 함께 천장이 울렸다. 그렇게 부산을 떨던 천장의 쥐새끼들이 그만 조용했다.

그때서야 한쪽에 앉았던 달규가 벌떡 일어나 두 사람을 뜯어말렸다. 그러나 두 사람 모두가 흥분된 건 고사하고 제 딴엔 반평생을 팔뚝 힘으로만 벌어 처먹고 살아온 터라, 오른쪽 손가락이 네 개나 없는 달규의 몽당손으로 그게 용이하게 말려지지 않았다.

「이러지들 마시오. 내일이면 헤어질 사람들이 왜 이러시오?」

달규가 적선 사정으로 빌었다. 황가가 벌써 주둥이에 게거품을 뛰기며 달규의 말을 되받았다.

「달규, 이 손 놔. 이런 놈은 시방 작살을 내놔야 한다고. 이 자식이 사람 깔본 지가 벌써 옛날이란 걸 나도 진작부터 알고 있었다구.」

이렇게 내뱉기 바쁘게 황가는, 최 영감의 멱살 잡은 손을 자기 앞으로 홱 끌어당기더니 그대로 엎질러진 상 위에다 끌어 박아 버리고 말았다. 뚝심으로 말하자면 최 영감이 황가에겐 못 당하리란 것쯤은 알고 있었으나, 최 영감의 대갈통이 그토록 헐하게 엎질러진 상 위로

220

썩은 통나무처럼 나뒹굴자 달규는 언뜻 서글프다는 생각이 들었다.

싸움을 말리는 입장에서야 잘잘못을 가리기 전에 어느 누구든 약자 편에 신경 쓰이기 마련이었다. 달규는, 아직도 대가리를 모잽이로 끌어 박고 끼욱거리는 북어같이 마른 최 영감의 몸뚱이를 등 뒤에서 잡아 일으켰다. 그러나 최 영감의 반응은 전연 엉뚱하였다. 뒤에서 잡은 달규의 몽당손을 탁 뿌리친 영감이 씨부렸다.

「이놈우 새끼덜, 이젠 두 놈 작당해서 사람 본격적으로 치고 들것 다아?」

최 영감의 어금니께가 부드득 갈리는 소리가 들리는가 했더니 어느새 마빡이 달규의 코쭝배기에 와서 작렬했다. 달규의 인중에 불이 튀는 것 같았다. 얼김에 코로 왼손을 가져갔더니 뜨끈한 피가 홍건히 괴어 나왔다.

잘만 했다면, 싸움은 그쯤 해서 일단 수습이 될 수도 있었다. 그러나 최가를 끌어 박고 한편으로 가 서서 씩씩거리고 있던 황가의 눈에 피를 보인 건 큰 잘못이었다. 달규의 인중을 타고 줄줄 흘러내리는 코피를 보자 황가는 오기가 대갈통 끝까지 치밀어 올라 눈이 뒤집히고 말았다. 잡았던 최가의 어깻죽지를 얼김에 놓아 버리고 두 손을 얼굴로 가져가고 있는 달규를 제치고 황가가 다시 최가에게 와락 엉겨 붙었다.

「그래 이놈아, 두 놈이 작당해서 널 잡아먹을란다. 이놈우 새끼, 어디 니 대가리가 돌대가린가 쇠대가린가 한번 보자.」

다시 최가의 멱살을 단단히 죄어 잡더니 이젠 문설주 기둥에다 대고 네 번인가 다섯 번인가를 연거푸 개대가리 치듯 하였다.

「아쿠우, 이눔이 사람 기어코 잡네!」

「잡네? 그렇다, 이놈아. 난 소 밑으로 빠진 놈잉께 너 같은 놈 하나 잡기는 식칼로 두부베기다.」

황가는 다시 오른쪽 무릎을 기역자로 꺾어 세우더니 최가의 뱃구레를 다시 두 번인가 내지르고 멱살 잡은 손을 탁 놓아 버렸다.

「사람 죽이네에.」

최가의 목구멍에서 끄르륵 소리가 들리는가 했더니, 한쪽 벽을 기대고 삶아 놓은 문어처럼 척 늘어졌다.

「이놈우 새끼, 당장 숨통을 끊어 놓고 싶다만 싸움 시초가 하도 치사해서 고만침 해두는 것잉께, 그리 알어.」

정말 소라도 잡고 난 사람처럼 황가가 두 손을 탁탁 털고 두어 걸음 뒤로 물러났다.

그때 방문이 벌컥 열리었다. 열린 문에서 조 서기란 놈의 새파랗게 질린 낯반대기가 디밀어졌다. 조 서기는, 문을 열기는 했지만 방 안에 벌어진 난장판을 보자 두어 걸음 뒤로 주춤거리고 물러났다. 그걸, 죽은 듯 늘어져 누워 있던 최 영감이 어느새 알아차린 모양이었다.

「조 서기, 날 좀 살려. 이 두 놈이 작당해서 날 죽여.」

이렇게 말하고는 이젠 고개를 견골 속으로 탁 접어 꺾더니 방 한 가운데 네 활개를 쫙 뻗고 누워 버렸다.

「이게 뭐야, 당신 정말 이러기야?」

그제서야 양미간에 오리발을 그려 붙이며 조 서기란 놈이 신발 신은 채 방 안으로 성큼 올라섰다. 달규는 경망 중에 방 안에 흐트러진 것들을 대강 수습하면서 조 서기 앞으로 나서며 머리를 조아렸다.

「죄송합니다. 아무것도 아니니 돌아가서 주무십시오. 밤늦게 죄송합니다.」

「시끄럿! 뭐, 돌아가서 주무셔? 아무것도 아니라고? 이 판국이 아무것도 아니면 박씨 당신은 살인이 나야 아무 일이겠구먼?」

「그게 아니고, 하찮은 일 때문에 벌어진 싸움입니다.」

「이 양반이 가만 듣자 하니까 점점 가관이군. 그 하찮은 일에 사람을 반죽음시켜 놔?」

222

조 서기는 허리춤에 꼬나 잡았던 손을 내려 쓰러져 누운 최 영감을 가리키며 어금니를 사리물었다.

「파출소에 신고해야겠어. 상놈우 새끼덜. 이런 무자비한 일이 어딨어?」

돌아서려는 조 서기를 황가가 달려가서 붙잡았다.

「제발 그것만은 말아 주십시오. 운수소관이니까, 무슨 해결이 나겠지요.」

그러나 조 서기의 흥분은 좀처럼 가라앉을 기미가 보이지 않았다. 그는 황가의 손을 뿌리치면서 말했다.

「당신들 도대체 정신 있는 사람들이오? 당신들 입장이 어떻다는 걸 알아야지. 이 판에 싸움 벌이게 됐소? 돌아가는 꼬라지가 당신들 평생 노가다판에서도 뒷데모도나 하다가 늙어 죽을 팔자야.」

악담으로 치자면 보통 악담이 아니었으되, 상황이 다급한지라 황가는 꾹 눌러 참았다. 잡아 죽일 놈은 정작 이 조 서기란 놈일 게다. 윤 사장이란 사람에게 빌붙어서 온갖 협잡은 이놈이 도맡아 해왔다. 응당 인부들에게 돌아와야 할 수당 같은 것도 이놈이 중간에서 떼어 처먹던 걸 모를 황가가 아니었다. 최 영감이 이곳의 야경꾼으로 계속 남아 있게 된 것도 속사정을 살펴보면 퇴직금 비슷하게 지급되는 4만 원을 이놈이 처먹기로 하고 결정된 사실임을 달규나 황가도 어렴풋이나마 짐작하고 있었다. 그러나 지금 이 판국에 그걸 쳐들어 보았자 애꿎을 따름이었고, 공연히 죄 없는 최 영감만 얼김에 두들겨 패준 것이 술김에서나마 후회막심이었다. 황가는 못내 숨죽이며 사정하였다.

「마지막이니, 한 번만 눈감아 주시오. 조 서기, 우리들 정분을 봐서도 눈감아 줘요. 최 영감에게 감정 있어 한 짓이 아니오.」

「내가 이때 오길 잘했지. 공연히 여길 한번 와보고 싶더라니까. 잠시 잠깐 늦었으면 사람 목숨 하나 갈 뻔했지.」

어떤 조짐이 들었던지 다소 누그러진 목소리로 조 서기가 이렇게 말했다.

「지금 당장 떠나시오. 두 사람 모두 말이오. 노숙을 하든지, 여인숙엘 가든지……. 오늘 하룻밤은 여기 재우려 했는데 안 되겠어. 알겠소?」

조 서기가 이렇게 윽박지르자, 달규는 순간 앞이 캄캄한 느낌이었다. 개 새끼도 구멍을 두고 쫓는 법인데, 아무리 '데모도 인생'이긴 하지만 달도 없는 이 야밤에 당장 나가 달라는 건 아무래도 좀 심한 말이다 싶었다. 그러나 우선 파출소로 끌려가지 않는 것만 해도 감지덕지한 것인지 조 서기의 말이 떨어지기 바쁘게 황가는 벌써 윗목에 놓인 옷 보퉁이부터 집어 들었다.

달규는 당장 조 서기란 놈의 팔목이라도 부러뜨리고 이 방을 나가야 쓰겠다는 생각을 하였지만, 호텔 신축 공사가 시작되면 막일 날품팔이 자리라도 얻어 주겠다는 언질을 조가로부터 받고 있는 터라 또한 그럴 수도 없었다. 그것도 이 삼흥제재소(三興製材所)에서 3년 동안이나 시다 노릇을 해온 정분 탓으로 알라고 조 서기란 놈이 이르던 말이 달규는 피뜩 머리에 떠올랐다. 달규는 황가를 따라 옷 보퉁이를 집어 들긴 했으나 자꾸만 속이 켕기었다. 오늘 일로 조 서기의 심통이 틀려 나가서 그 막일 자리라도 구해 주지 않는다면 큰일이다 싶었기 때문이었다. 그러나 이 B시를 지금 당장 떠날 수 없는 달규의 입장이고 보면 조 서기를 다시 만날 수 있는 희망이 없는 것도 아니었다.

당장, 난장판이 이 정도로 수습될 수 있는 것이라면 자리를 비켜 주는 게 우선은 상책일 듯싶었다.

달규는 주춤거리며 황가를 따라 밖으로 나왔다. 밖은 칠흑으로 어두웠다. 당장 발길을 옮겨 놓을 수 없을 정도로 어두웠다. 제재소 본 건물을 뜯어서 공지 한편에 높다랗게 쌓아 둔 것이 시내 쪽에서부터 비춰 오는 희미한 불빛마저 가로막고 있었기 때문이었다.

「어디로 갈 것이여?」

손가락으로 한쪽 코를 막고 콧물을 풀어 홱 내던지며 황가가 말했다. 왠지 그렇게 묻는 황가의 목소리가 쓸쓸하게 가라앉아 있었다. 달규는 그 말엔 대답 않고 우선 성냥부터 그어 발밑을 밝혔다.

「어디로 갈 것이냐고?」

달규가 밝힌 불로 한 발짝 앞을 먼저 성큼 내디디며 황가가 다시 물었다.

「형님은 워디로 갈 것이오?」

「난 제천으로 간다 안 카드나?」

「제천으로 올라가는 밤차가 있응께 그만 내친걸음으로 떠나지요?」

「그럴 생각이여, 아까부터.」

「최 영감하고 화해 안 하고 갈 터요?」

「그깟 화해 하나마나. 해도 그만, 안 해도 그만이여. 기왕 술자리에서 벌어진 일인데 뭘.」

그들은 꽤 오랫동안 서로를 부축하면서 제재소 공지를 벗어났다. 그리고 약속이나 한 듯 이 B시의 역사 쪽으로 나란히 걸어갔다.

「한잔 더 할까, 어찌 허전하구먼. 송별회가 그런 식으로 끝날 줄은 나도 몰랐는걸.」

한길로 나서자 황가가 이런 말을 하였다.

「그만둡시다. 한잔 더 꺾는다고 켕긴 마음 풀리겠소.」

「하긴……」

「형님도 이젠 과부나 하나 얻어 살림 차리시오.」

「무슨 놈의 과부가 나한테 붙겠어.」

「고슴도치도 살친구 있다는데?」

「차라리 고슴도치나 됐으면.」

「예끼, 짐승 같은 형님 소리.」

「짐승보다 나을 것도 없지.」

황가는 아까의 싸움판에서와는 달리 왠지 축 늘어져 있는 것 같았다. 하기야 제아무리 막돼먹은 인생인들 3, 4년을 동고동락하던 제재소 패거리들과 헤어지는 판에 싸움질로 끝맺음했으니 일말의 허무 같은 걸 느끼지 않을 수 없었다.

두런두런 시답잖은 말을 주고받으며 걷다 보니, 언뜻 역사가 두 사람의 발길을 가로막고 섰다. 시간에 맞추어 온 듯싶게 중앙선의 상행 열차가 20분 후에 있었다.

달규는 부리나케 매점으로 뛰어가서 막과자 한 봉지와 소주 한 병을 사들고 왔다. 그것을 황가의 옷 보퉁이에다 쑤셔 박으면서 말했다.

「가다가 속 타거든 마셔요.」

「이 사람 또 엉뚱하네, 속 타는 데 소주 마시면 내 복장 숯검정 되게?」

「그런 말 있잖소, 최 영감이 늘 문자 쓰던 말.」

「이열치열?」

「형님도 석두는 아니군.」

황가는 풀썩 웃더니 주머니를 뒤져 2천 원을 헤아려 달규에게 내밀었다.

「자네 댁 될 사람한테 시켜 최가 놈 닭이나 두어 마리 삶아 주게. 처먹고 일어나게.」

「알겠시다. 힘나서 최 영감 제천으로 쳐들어가면 워쩔 테요?」

「그땐 씨발, 모가지 부러질 각오 하고 와야지.」

「악담 고만 하쇼.」

달규는 그 돈을 받아 주머니에 넣었다. 황가를 홈에까지 바래다 주고 싶었으나, 꼴같잖게 눈물이나 질금질금 싸지를까 싶기도 해서 대합실에서 떠나 보내고 말았다. 만나고 헤어짐이 여느 사람들처럼 그렇게 몹시 기쁘고 슬퍼짐이 없이 살아갈 입장인 바에야 그런 거창한 이별이 오히려 황가의 마음을 무겁게 할 따름이란 걸 달규는 알고 있었다.

출구로 나가면서 황가는 달규의 왼손을 잡았었다.

「그래도 나야 자네보단 낫지.」

「뭐가?」

「나야 몸이라도 성하잖어.」

「또 무슨 소리요?」

「그놈의 제재소에서 오른손 몽땅 잃다시피 했으니 그 손으로 뭘 해먹고 살겄나, 앞으로?」

「형님, 왜 이러요? 오른손 없으면 왼손 있고 왼손 없으면 쌀 한 가마 거뜬하게 져 올리는 이 등판때기 있잖소?」

황가는 그때 어설프게 웃어 주었다. 말은 그렇게 했지만 실은 달규도 속이 섬뜩하였다.

달규는 황가를 떠나 보내고 다시 B시를 향해 되돌아섰다. 밤 열한 시가 가까운 B시의 밤은 추웠다. 황가가 타고 간 열차에서 내릴 손님을 기다리는 택시들 여남은 대가 광장 한쪽에 줄지어 서 있었다. 달규는 속으로 자기도 황가처럼 어디든 떠날 수 있는 처지라면 얼마나 좋을까 싶었다.

그는 어깨를 으스스 떨며 역사의 동편으로 트인 어두운 한길을 걸어갔다. 그는 담뱃가게에서 새마을 한 갑을 사넣었다. 달규는 다시 삼흥제재소 쪽으로 걸어갔다. 그러나 그는 그곳으로 가려는 것은 아니었다. 삼흥제재소의 서쪽 담 하나를 사이에 둔 곳에 옥자네 집이 있었기 때문이었다. 달규가 돈지갑만 한 옥자네 집 뜰로 들어서자 개숫물 냄새가 물씬하게 코를 찔렀다. 달규는 그 냄새가 좋았다. 갈보의 집엔 갈보의 냄새가 나야 맛이라고 달규는 생각했다.

그가 들어서도, 누가 문을 열고 아는 체를 하지 않는다. 방이래야 세 개, 방마다 손님이 든 모양이었다. 2호실 앞엔 분명히 옥자의 것으로 보이는 딸딸이 한 켤레가 나뒹굴어져 있었다. 년은 아마 몹시 바쁜 손님을 받고 있는 모양이었다.

그때 1호실 문이 벌컥 열렸고, 명심이가 불쑥 고개를 밖으로 내밀었다. 노동자풍의 남자가 명심이 방에서 나와 막걸리 냄새를 달규의 낯짝에 끼얹으며 말없이 밖으로 나간다.

뜰에 선 달규를 발견한 명심이가 히쭉 웃더니 2호실 쪽에 대고 소리 질렀다.

「이년아, 너의 덮장 오셨다.」

달규는 우선 손바닥만 한 툇마루로 가서 엉덩이를 걸쳤다. 그러나 옥자는 보이지 않고 상고머리를 한 군인이 상륙정 같은 넓적한 군화 한 켤레를 가슴에 부둥켜 안고 2호실에서 나오고 있다. 그는 달규를 마뜩찮다는 듯이 아래위로 쓱쓱 훑어보았으나 별말 없이 툇마루에 앉아 씩씩거리며 군화 끈을 매기 시작했다.

「내 방에 잠깐 들어와요.」

마침 명심이가 이렇게 말했으므로 달규는 엉거주춤 그녀의 방으로 들어가 앉았다. 명심이에게도 담배 한 개비를 권하고 그도 한 개 달아 물었다. 그제사 옥자가 툇마루로 나서는 소리가 들렸다.

「개 목걸이는 그냥 두고 가슈?」

옥자의 목소리다.

「어? 그것 두고 가면 큰일이지.」

군인은 경망 중에 군번을 떨어뜨린 모양이었다.

군인을 내보내고 난 뒤 옥자는 개구멍 같은 부엌으로 들어가더니 대야에 물을 퍼내선 '센조'라는 걸 퍽 오랫동안 하고 있었다. 밖으로 나온 옥자가 1호실에 대고 소리 질렀다.

「이것아, 남의 푼 데리고 속 썩이지 말고 빨리 내보내.」

연거푸 담배를 빨고 있던 명심이가 문밖으로 힐끗 시선을 보내면서 말했다.

「아지매 ×은 덮어 줘도 욕이라더니 그년 제 서방 추울까 봐 거두어 준대도 하는 소리 봐?」

　그러나 말만 그렇게 했을 뿐 명심이는 픽 웃고 말았다.

「서너 개비 더 내놓고 후딱 건너가 버려, 씨팔. 나한테도 구들장 한 놈 있었으면 좋겠다.」

　담배 서너 개비를 더 빼내 던지고 달규는 옥자 방으로 건너갔다. 달규가 허리 꾸부리고 들어가면서 방문을 닫자, 얼굴 화장을 고치고 있던 옥자가 힐끗 돌아보며 말했다.

「무슨 일 생겼지?」

「무슨?」

「나 모를 줄 알구?」

「뭘 말이야?」

　그런 중에도 옥자는 연신 손거울에 화투짝같이 야한 얼굴을 갖다 대고 처바르고 있었다.

「싸워서 오늘로 쫓겨난 걸 안단 말이야. 담 하나 사인데 모를 리 있어? 자기가 싸웠지?」

　옥자는 비로소 거울에서 얼굴을 떼고 아직 선 채로인 달규를 쳐다보았다. 그리고 달규의 콧구멍 주변에 엉긴 핏자국을 본다.

「이리 앉아, 얼른.」

　엉거주춤 앉고 있는 달규 앞으로 다가가서 옥자는 얼른 화장 수건으로 핏자국을 닦아 내었다.

「사내자식들은 왜 걸핏하면 쌈질일까, 정말. 뭘 처먹은 게 있다고? 자긴 그 몽당손 가지고 어딜 자꾸 끼여들어, 철딱서니없게?」

　화장 수건에 벌겋게 묻어 나오는 핏망울을 내려다보면서 옥자가 말했다.

「에그, 일주일 먹은 게 달아났겠네.」

그때 밖에서 포주 할망구가 방문 앞으로 얼굴을 갖다 대면서 속삭이는 소리가 들려왔다.

「2호실 개비 안 받을래?」

「달규 씨 쫓겨났다우.」

한참 미적거리던 할망구가 물러나는 기색이자 옥자가 다시 물었다.

「자기 저녁 먹었수?」

「먹었어.」

「황씨 떠났지요?」

「싸운 건 어떻게 알어?」

「명심이 년이 보고 와서 그러데. 역에 나갔다가.」

「갔어.」

「우리도 이 집구석에서 떠나게 됐어.」

요때기 밑에 있던 닭개를 꺼내 화장 그릇 위로 던지면서 옥자가 느닷없이 이렇게 말했다.

「떠나?」

「누워 얘기해, 우리.」

두 사람은 불을 끄고 낮은 천장을 향해 반듯이 드러누웠다. 옥자의 살 냄새가 코끝에 간지럽다. 달규는 옥자를 한 번 안아 주려다 말고 피곤해할 것 같아서 그만둔다. 방 안엔 갑자기 바위 속 같은 어둠이 엄습해 왔다. 옥자가 모잽이로 돌아누우며 달규의 가슴에 팔을 얹고 말했다.

「오늘 낮에 보건소에서 포주를 또 불러 갔다우.」

「왜 자꾸 불러 제끼지?」

「윤 사장이 압력을 넣고 있는 모양이야. 생각해 봐요. 대지 육백 평을 깔고 앉을 오 층 관광호텔 건물 바로 밑에 갈보집이 바싹 붙어 환하게 내려다보일 테니 그 호텔에 손님 들겠수?」

「제재소가 그대로 있었으면 그런 걱정은 없었을 텐데 말이야.」

「요샌 도벌목으로 재미를 못 보게 되었으니까, 은행 대부 받아서 호텔 짓겠다는 거 아니우? 윤 사장이 어떤 사람이우?」

「그래서 어쩌겠다는 거야?」

「무턱대고 이 집을 팔라는 거야. 호텔 부지로 사넣겠다는 거지. 오늘 아침에도 조 서기란 자식이 다녀갔다우. 그 자식은 간간이 와서 집을 팔라고 을러대고 파출소나 보건소에서는 시간마다 임검이라니깐.」

「빛 좋아 개살구지, 관광호텔이나 갈보집이나 그 짓으로 벌어 먹긴 매일반 아녀? 큰집 작은집 차인데.」

「누가 아니래. 그런데 이 집을 팔지 않고는 안 된다우. 생각해 봐요. 설령 팔지 않는다 해도 배겨 낼 재주 없다우. 호텔 옥상에서 내리비치는 불빛이 이 집 안뜰을 대낮같이 밝힐 텐데 어느 썩어질 놈이 갈보집 마당으로 들어설 용기 가지겠느냐 말요.」

「옳은 말씀이군.」

「게다가 경찰서다 보건소다 사흘이 멀다 하고 포주 불러 조질 테니 땅값 내려가기 전에 얼른 팔아넘기는 게 상수지 뭐.」

옥자는 땅이 꺼지도록 한숨을 쉬었다.

「내일이면 아무래도 그 조 서기와 계약이 될 것 같아.」

두 사람은 잠시 말이 없었다. 어둠이 눈에 익자, 달규는 고개를 돌려 옥자를 이윽히 바라보았다. 손가락으로 달규의 가슴을 토닥토닥 치고 있던 옥자가 다시 말했다.

「자기 퇴직금 얼마 받았수?」

「삼만 원.」

「그거 이리 줘요.」

「월광도주 안 할 테니.」

이렇게 말하면서도 달규는 누운 채로 잠바 안주머니로 손을 넣어 어둠 속에서 돈을 꺼내 옥자에게 건넸다.

「나도 낮에 포주와 상의했는데 포주한테 진 빚 반만 갚기로 했어. 그러면 이만 원쯤 남으니까, 우리 그걸로 방 하나 얻어.」

「방만 얻으면 뭘 먹고 사나?」

「자긴 공사 시작되면 거기 나가거나 한다며?」

「몽당손을 누가 써줄까?」

「그럼 뱀 잡으러 나가지?」

「그것도 한철이지 사시장철 잡히나?」

「내 장사야 계절 타는 장사가 아니잖수?」

옥자는 이렇게 말하고 후드득 웃었다.

「우리 언제 한 달 후 걱정하고 살았수? 한 달 후 걱정 안 하는 거 그것 믿고 삽시다. 난 그래도 자기하고 같이 먹고 자고 할 거 생각하니 기뻐. 그 동안 그래도 많이 벌었지?」

「그건 벌집 되고?」

「벌집 되면 어때? 내 이래 뵈도 자기 빽새끼 하나쯤은 실을 수 있다우.」

옥자의 말대로 이튿날 포주는 윤 사장 측과 매매 계약을 맺고 말았다. 15일 안으로 집을 비워 주게 되어 있었다.

옥자는 그 동안 땀 찔찔 흘려 그 짓을 하면서도 살림깨나 모아 둔 게 있어서 짐을 내어 실으니 한 리어카나 되었다.

아직도 포주에게 갚을 빚이 7만 원이나 되는 그들로서는 이 B시 밖으로는 나갈 수가 없는 처지였다. 그들이 이사를 갈 집 역시 포주와는 먼 친척뻘 되는 집이었는데 바로 중앙선 철로가 10여 미터 앞에 있는 조그만 판잣집 동네였다.

첫날밤을 두 사람이 꼭 껴안고 지내면서 그들은 적어도 5개월 안으로는 포주의 빚을 깡그리 갚아 내고 기어이 이 B시를 떠나 어디든 다른 지방으로 뜨고 말자고 굳게 약속했다.

「우리 여기서 오래 살면 빽새끼 많이 배겠다. 그치?」

야간행 열차가 바로 문 앞을 지나는 소리에 발딱 잠이 깬 옥자가 달규의 가슴으로 엉겨 붙으며 이런 말을 하였다.

「무슨 소리야, 그게?」

「기차 지날 적마다 잠 깨면 할 오락이 뭐 또 있겠수, 그 짓밖에?」

「여기선 애새끼 배지 말어.」

「멀리 가서, 이 B시를 떠나서?」

「그래.」

「당신 뱀이나 많이 잡아요. 살무사가 값이 나간다구 그럽디다. 흰 뱀이나 한 번 탁 걸렸으면 얼마나 좋을까.」

「그땐 마빡 한 번 치는 거지.」

「나 노래 한 곡 부를까?」

「한밤중에 웬 노래야?」

「기차 소리 요란해도 우리 아기 잘도 잔다. 칙칙폭폭 칙칙폭폭, 기차 소리 요란해도 우리 아기 잘도 잔다아.」

옥자는 그러다가 저 먼저 잠이 들었다.

이튿날로 달규는 보자기 하나를 옆구리에 차고 주변 숲으로 뱀잡기에 나섰다. 옥자는 낮엔 집에 있다가 해가 설핏하면 달걀을 삶아 바구니에 담고 역 주변에 흩어진 여인숙 같은 곳으로 장사를 나갔다. 옥자가 장사를 나가 있는 동안 달규는 집에서 기다렸다.

그러나 그들이 바랐던 것처럼 뱀이 수월하게 잡히는 것도 아니었고, 달걀을 모가지 미어지게 사 처먹어 주는 작자도 없었다.

뱀잡기만 해도 그랬다. 땅꾼 노릇을 수년간 해본 경험이 있는 사람에게도 뱀이 눈에 잘 띄지 않는 법인데 달규로서는 처음 일이었고 설혹 뱀이 눈에 띈다 해도 그놈을 꼼짝 못하게 아가리 쪽을 꼭 눌러 잡기란 오른손가락을 네 개나 잃은 달규로선 용이한 일이 아니었다. 그러나 남자로서 밑천 안 들이고 하는 돈벌이가 아무리 생각해 봐도 뱀 잡아 팔아넘기는 일밖에 없었으므로 별달리 통수가 없었다.

그래도 간 먹은 놈이 물 켠다고 옥자가 하는 일이 딱 들어맞은 것은, 옥자가 달걀 장사를 시작한 지 일주일인가 되던 날 저녁이었다.

장바구니에 든 달걀이 다섯 개나 남았을 즈음, 옥자는 재건여인숙의 한 골방 문을 똑똑 두드려 보았다. 투숙한 손님은 그 동안 잠이 들어 있었던 모양으로 인기척이 없다가 옥자가 문 앞을 떠나려고 몸을 일으키려는 찰나「누구요?」하고 물었다.

「손님, 저녁 안 잡수셨으면 달걀이나 사 먹구 주무십시오.」

옥자는 이렇게 말하면서 제 편에서 문을 살짝 열고 방 안쪽으로 낮짝부터 디밀어 넣었다. 아직 잠결인 그 50대의 사나이는 제 대머리를 긁적거리면서 부스스 일어났다. 대머리는 우선 머리맡에 놓인 물그릇을 집어 올려 목구멍부터 적시고 나더니 두 눈을 한 번 크게 뜨고 옥자를 쳐다보았다.

「한 개에 얼마요?」

「이십오 원씩입니다.」

「이리 들어와요.」

옥자가 주춤거리자 남자가 꽥 소리를 질렀다.

「이 사람아, 물건을 봐야 사 먹든지 내치든지 할 게 아닌가.」

옥자는 못내 민망한 표정으로 속옷 차림인 사내 방으로 들어가선 등 뒤로 손을 돌려 방문을 닫았다.

「이리 내봐!」

대머리는 주둥이를 삐쭉거려 묘하게 웃으며 달걀이 든 장바구니를 자기 앞으로 끌어당겼다. 그리고 주저 없이 바구니 안으로 손을 넣어 달걀 두어 개를 덥석 집어내더니 껍질을 벗기기 시작했다.

사내는 그렇게 세 개를 먹었다. 그러고는 다시 물그릇을 당겨 목을 축인 다음 빙긋이 웃으며 옥자를 바라보았다.

「달걀만 팔아서 어떻게 먹고 살지?」

옥자는 드디어 속으로 쾌재를 불렀다. 사내의 속셈이 무엇인지를 그녀는 알아차린 것이다.

「얼마 주시려우?」

이왕 두 사람의 속셈이 무엇인지 은연중 서로간에 알아차린 바에야 옥자 편에서 단도직입적으로 물었다.

「달걀값도 있고 하니 돈 천 원 주지.」

「오백 원만 더 얹으세요.」

「그렇게 해볼까.」

사내는 모잽이로 벌렁 나자빠지면서 이렇게 말했다. 50줄 대머리인 주제에 그것도 객지 바람인 줄은 알아서 두어 시간 동안이나 괴롭히다가 겨우 옥자를 놓아 주었다.

옥자는 사내에게 1천5백 원을 받아 넣고 부리나케 집으로 돌아왔다. 달규는 그때까지 자지 않고 그녀를 기다리고 있었다.

「천오백 원 벌었수.」

「난 겨우 물뱀 한 마리였다구.」

「매일 이렇게 맞아 주었으면 얼마나 좋을까, 그치?」

「한 달이면 사만여 원이군!」

「두 달이면 포주 빚을 갚고 떠날 수 있을 텐데, 그치?」

「어떻게 한꺼번에 왕창 벌 수는 없을까?」

「자기, 욕심 부리지 마.」

옥자가 저녁을 준비했다. 콩나물국에 밥을 말아서 퍼먹고 앉았던 달규가 순간 이상한 얼굴빛을 하며 옥자를 쳐다보았다. 일순 그의 눈이 빛나는 것 같기도 했다. 그것은 불안 같기도 하였고 어떤 기쁨이 일어나는 눈빛 같기도 했다. 평소엔 없던 눈빛이다.

「아까 천오백 원 준 사람 아직도 그 방에 자고 있어?」

달규가 천천히 숟가락을 놓으며 이렇게 물었다.

「왜 그래, 자기?」

「그 사람 지금 거기 있어, 없어? 그것만 대답해.」

「있겠지. 야밤중에 어딜 갔겠어. 근데 자기 왜 그래?」

달규가 일어섰다.

「같이 가, 그 집으로.」

「왜 그래? 그 사람 어떡하려구 그래?」

달규는 벌써 윗도리를 걸쳐 입고 밖으로 나가고 있었다. 옥자는 일순 예기치 않았던 달규의 행동에 얼굴이 새파랗게 질려서 그를 등 뒤로 잡고 늘어졌다.

「이것 놔! 별일 없을 테니까. 내 하는 것 보고만 있으라구.」

「그 사람 어쩌려구 그러지?」

「이런 맹추, 겨우 그 생각밖엔 못 해? 옥잔 내 하는 양만 가만히 보고 있으라구, 글쎄.」

달규의 행동이 수상쩍고 불안하긴 했으나, 어쩐지 옥자는 죄지은 사람처럼 달규의 뒤를 따라나서는 수밖에 딴 도리가 없었다. 혼례는 치르지 못한 사이긴 했지만 달규는 자기의 남편임에 틀림없었고 그 것이 틀림없는 사실이라면 달규를 거역할 수 없는 노릇이다.

못 열어 주겠다는 재건여인숙의 문을 열어젖히고 달규는 곧장 그 대머리 사내가 자고 있는 골방 쪽으로 달려가서 대뜸 문짝부터 부수고 들어갔다.

네 활개를 쭉 뻗고 자고 있는 사내의 멱살을 왼손으로 홱 잡아낚아선 옥자 앞에 들이대며 달규가 말했다.

「이놈이 틀림없지?」

도대체 이게 무슨 천재지변인지를 몰라 멀뚱거리며 멱살이나 잡혀 있던 사내는 옥자와 달규를 벌건 두 눈으로 한참이나 쳐다보고서야 대강 자기가 처한 입장이 어디쯤인가를 알아차렸다.

「이 늙은 놈우 새끼가 남의 장사 다니는 유부녀를 꼬셔서 간통을 해?」

236

달규의 오른쪽 몽당손이 사내의 면전으로 가서 몇 번인가 작렬하
자, 사내는 금방 코피를 주르르 쏟아 놓았다.

「이놈우 새끼, 당장 처넣을 거야. 아니, 처넣기 전에 네 숨통을 끊
어 놔야겠어.」

이렇게 말하면서 달규는 거의 반 미친 사람이 되어 사내를 안심하
고 짓밟고 깔아뭉개고 하였다.

「아쿠쿠.」

사내는 달규의 발 아래서 이리 뒹굴고 저리 뒹굴기를 몇 번인가
하더니, 드디어 배겨 낼 재주가 없었던지 달규의 두 손을 꽉 잡고 늘
어지면서 죽는 시늉으로 말했다.

「당신 요구대로 할 터이니 제발 살려 주시오, 형씨.」

「살려 줘, 이 자식아? 내 당장 죽여 줄 터이니 두고 봐.」

달규가 돌아서서 무엇인가 찾는 시늉을 하자, 미운 사돈 장마다
만난다고 어느새 달려왔는지 여인숙 주인이 와락 달규에게 엉겨 붙
었다.

「기왕 그리된 것 조용하게 해결합시다. 떠들면 당신 창피지 누구
창피겠소? 그렇지 않소? 조용하게 해결합시다.」

「조용하게? 어떻게 조용하게 해결한다는 거요? 저놈을 처넣어야
돼.」

흥분되어 있는 달규를 여인숙 주인이 덥석 안아서 안방으로 모셔
놓았다. 옥자가 보이지 않는 게 궁금하긴 했으나 달규는 못내 흥분
을 가라앉히지 못하고 씨근덕거리고 앉아 있었다.

얼마 있지 않아서 주인 녀석이 다시 안방으로 들어와선 2만 원을
달규 앞에 내놓았다.

「이거면 되겠수?」

방바닥에 놓인 돈과 주인 녀석의 낯짝을 번갈아 보던 달규는 고개
를 쩔레쩔레 흔들었다.

「사람 깔보지 마슈. 나도 황지에 가면 내 사촌이 신문 지국을 하고 있는 놈이오.」

「가진 게 이것밖에 없다니 어쩌겠소. 눈 딱 감고 받아 넣으시오. 아 여보시오, 막말로 흔들어 대는 바늘귀에 실 들어가겠소? 당신 계집도 화냥기가 없었던 것은 아니지 않소? 이만 원이면 닥상이지 뭘 그러시오. 계집 아까우면 달걀 장사는 빤다구 시키고 있소?」

달규는 생각했다. 일시에 2만 원을 내놓을 수 있는 놈이라면 잘만 요리하면 일거에 7, 8만 원을 빼낼 수 있을지도 모른다. 덧붙여서 옥자의 빚을 갚고 당장 내일이라도 이 B시를 떠나 낯모를 곳에 가서 안주할 수 있는 희망도 있지 않은 것일까. 이런 생각을 하자, 달규는 자신도 모르게 온몸에 전율이 왔다. 옥자를 다시 길거리에 내놓지 않아도 살아갈 수 있다면 달규로선 그 이상 더 바랄 게 없었다. 이 기회를 놓치면 안 된다고 그는 치를 부르르 떨었다.

「안 됩니다. 절대적으로 난 못 해요.」

달규가 이렇게 잘라 말하자, 여인숙 주인은 주먹을 들어 제 마빡을 치면서 소리쳤다.

「허, 그, 내 평생 숙박업 질내 하다가 이런 꼬라지 다 보게 되는구나!」

복장에 불이라도 붙었는지 그는 그때 방문을 홱 열어젖혔는데, 그때 방범대원 두 사람이 뜰 한가운데 멀찍이 서 있었다. 그들은 벌써 뜰로 나온 다른 투숙객에게 사건의 전말을 대강 이야기 들어 알고 있는 것 같았다.

「가해자는 어느 방이오?」

주인을 보자 방범대원은 이렇게 물었다. 어느 싱거운 놈이 파출소로 연락을 해버렸는지 몰라도 산통은 여기서부터 깨져 버리고 말았다.

나중엔 순경 한 사람도 뒤쫓아 와서는 그 대머리 사내뿐만 아니라, 그때까지 뒤꼍에 숨어 있던 옥자까지도 찾아내어 파출소로 연행해 버리고 말았다. 달규가 파출소에까지 뒤따라갔으나 당사자가 아니라는 이유로 달규를 기어코 밖으로 쫓아내고 말았던 것이다.

달규가 경찰서로 불려간 것은 옥자가 붙들려 간 지 3일째 되던 날이었다.

「당신이 박달규야?」

사무실로 주춤거리고 들어서는 달규를 보자 안면도 없는 사복 형사 한 사람이 이렇게 말했다. 멍청하니 그 사람의 얼굴을 쳐다보고 섰으려니까, 「이리 와 앉아」 하고 자기 책상 앞에 놓인 나무의자를 가리켰다. 한참이나 서류를 뒤적이던 순경은 참으로 가소롭기 짝 없다는 낯짝으로 달규를 건너다보며 말했다.

「당신 나옥자와 언제 결혼했어?」

「퍽 오래됩니다.」

「오래돼? 난 그걸 묻는 게 아니고 혼인 신고를 언제 했는가 말이야.」

「혼인 신고 해야 합니까, 꼭?」

「허어, 이 사람 통 맥이군. 당신이 그 대머리 영감 고소한 걸로 돼 있지?」

「예.」

「당신이 무슨 권리로 고솔 하는 거야?」

「무슨 권리라니요?」

「말하자면 말이야, 당신이 나옥자의 남편이란 물적 증거, 말하자면 혼인 신고가 돼 있다든지, 결혼사진 같은 것, 그런 객관성을 띤 외형적 증거가 없단 말이야. 알겠어?」

「같이 살면 부부지, 결혼사진이 뭐 그리 중요한 것입니까?」

「좋아, 그렇게 살아 버려. 그러나 무턱대고 고소 따윈 하지 말란 말야. 당신은 나옥자에 대해서 아무런 권리 주장도 못 할 입장이란 것만 알아 둬. 그리고 나옥자는 간통을 당한 게 아니라구. 천 원을 받았든 백 원을 받았든 나옥자는 돈을 받았다구. 알겠어? 그건 매춘 행위야. 그 대머리 영감은 돈을 주고 한 짓이니까 죄가 없다구. 기소 유예로 오늘 나갔단 말이야. 괜히 당신이 떠들어서 나옥자만 매춘 행위로 15일 구류 처분을 받았어. 다음부턴 그런 서투른 짓 하지 마. 하려거든 결혼사진이라도 찍고 하라구.」

경찰서 문을 나오면서 박달규는 몇 번이고 가슴 쓰라려했다. 자기의 공연한 서투른 짓으로 옥자만 고생시키게 된 건 참으로 잘못된 일이기 때문이었다. 그리고 그 형사의 말대로라면 나옥자에 대한 아무런 권리 주장도 할 수 없는 자신이 한없이 주체스럽고 불쌍하게 생각되었다.

그는 옥자가 구류 처분에서 풀려 나오는 날까지 거의 문밖을 나오지 않고 방 안에만 틀어박혀 있었다.

「자기 공연히 서투른 짓 해서 사람 골탕만 먹였잖아?」

볼따구니라도 얻어맞을 각오로, 경찰서 정문을 나서는 옥자 앞으로 걸어갔으나 옥자는 겨우 이렇게 말하고 해쓱하니 웃었다. 달규는 눈물이 핑 도는 것을 가까스로 참았다. 두 사람은 석양지는 한길을 한참이나 걸어갔다.

「사진관으로 가자구.」

「사진관?」

「거기 가면 신부 옷도 있고 신랑 옷도 있다누먼.」

「우리 결혼사진?」

「그래.」

「근데 자기 어째서 그런 생각 하게 됐지그랴?」

「경찰서에서 가르쳐 줬어.」

「그래야 고소가 성립된다지?」

「아무렴.」

「그걸 우리가 진작 왜 몰랐을까, 씨팔. 그랬으면 우린 벌써 이 B시를 떠날 수 있었을 텐데, 그치?」

그들은 저만치 2층 건물에 있는 사진관으로 올라갔다. 물론 달규의 말대로 사진관엔 신부의 면사포와 신랑이 입을 연미복이 준비되어 있었다.

「신부는 팔을 좀 더 꼭 끼세요, 실감나게. 옳지, 고개를 약간 신랑쪽으로 기대고 옳지, 됐어 됐어. 자, 찍습니다. 눈 감지 말아요.」

사진사가 신바람이 나서 이렇게 떠들어 댔으므로, 두 사람은 두 눈들을 해태 눈알만큼이나 크게 뜨고 렌즈 쪽을 바라보았다.

달규는 2백 원을 선불로 치르고 옥자를 데리고 밖으로 나왔다. 옥자의 두 볼따구니에 발갛게 홍조가 띄어진 것을 달규는 훔쳐보았다. 옥자가 달뜬 눈으로 달규를 쳐다보며 말했다.

「사진값이 너무 많아. 천오백 원이 뭐야, 글쎄. 비싸잖어.」

「요런 맹추. 천오백 원 들여 몇십만 원을 물고 들지 모르는데도?」

「자기 또 사람 골탕 먹이려고?」

「이번엔 실수 없어. 결혼사진이 버젓이 있는데 부부로 인정이 안될까?」

「하긴, 그것 인정 안 했다 하면 저들이 백 번 도둑놈이지.」

「그런데 다음부턴 옥자가 주의해야 할 점이 하나 있다고.」

「뭔데?」

「다음엔 절대로 돈을 먼저 받지 말라구. 먼저 준대도 뿌리쳐야 해. 알겠지? 돈 먼저 받았다 하면 산통은 거기서부터 깨진 거라구. 받지 않고 나한테 곧장 와야 해. 그래야 인정이 된다는 거야.」

「알았어…… 자기 그 동안 뱀 몇 마리 잡았어?」

「통 못 잡았다구…….」

「흰 뱀 한 마리 만났다 하면 왔다지?」

「물론이지. 그땐 종소리 울리는 거야.」

두 사람은 걷다 보니 옛날 제재소가 있던 곳에까지 와 있었다. 두 사람이 모르는 사이, 옛날 제재소 자리엔 관광 호텔 5층 건물이 골격까지 서 있었다. 밤중이었는데도 작업은 진행 중이어서 사방이 대낮같이 밝았다.

옥자네가 있던 집도 벌써 뜯겨 나가고 없었다. 그러나 그 집터엔 언제 심은 것인지 빨간 덩굴장미가 피어서 담장을 타 넘어가고 있었다. 그 장미는 공사장에서 비치는 불빛과 찢어질 듯이 내리쬐는 달빛을 함께 받아 요괴한 색깔로 빛나고 있었다. 그 덩굴장미를 바라보자 옥자는 언뜻 자신이 오늘 밤 신부 된 것을 생각했다.

「자기?」

「웅?」

「나 안 업어 줄래?」

「업어 줘?」

「나 오늘 신부 됐잖어? 옛날엔 가마 타고 시집갔단 말야, 씨팔.」

「좋아. 몽당손이지만 쌀 한 가마는 거뜬히 질 수 있는 등판때기는 있응께. 자, 업혀.」

달규가 엉거주춤 앉자 옥자는 냉큼 그의 등으로 가 업혔다. 옥자의 몸이 종이인형처럼 가볍다. 달규는 그녀를 추슬러 가며 노래 부르듯 곡조를 뽑아 냈다.

「덩더꿍덩더꿍, 덩더꿍덩더꿍.」

달규는 그녀를 업고 춤추듯 덩실거리며 걸어갔다. 참, 그날 밤은 달빛 한번 찢어지게 밝게 비치고 있었다.

(1975년)

242

도깨비들의 잔칫날

　올해로 갓 40대에 올라서는 한명수(韓明洙)는, 일정한 주거지나 직업도 없는 쭉데기 인생이었다. 떡부엉이 같은 조상붙이라도 있어 주어 세전지물이나 파먹고 살아가는 팔자 늘어진 샌님 축에도 끼이지 못하는 한심한 인생이었지만, 혈혈단신 홀아비라는 입장만 빼놓고는 하루하루 살아가는 데는 아무런 불편을 느끼지 않고 있었다. 두 눈을 잡아먹을 듯이 부릅뜨고 설치는 사람들도 아우성 일변도로 살아가는 이런 판국을 그는 한 치의 조급한 기색 없이 유유자적하였다. 그는 일대를 풍미하는 영웅호걸도 아니요, 만인의 입에 회자되는 독보적인 예술가도 아니다. 다만 한명수는, 보는 사람으로 하여금 때로는 정중하고 적당히 보수적인 사고방식의 사나이일 뿐이다.

　오늘 아침 역시, 그는 양복을 말끔히 차려입고 구두를 윤기나게 손질한 다음, 집을 나섰다. 대문을 나서면서 수첩을 뒤적거려 보았다. 신문회관과 신세계화랑 두 곳에서 미술 전람회가 열리고 있다고 적혀 있었다.

　그는 신문회관 쪽으로 가볼 작심을 하고 버스에 올랐다. 러시아워를 벗어난 오전 열시쯤의 버스 속은 후줄근하게 한산했다. 그는 달리는 버스 속에 앉아서, 길거리를 바쁘게 오가는, 철저하게 바쁘고 철저하게 도전적이고 철저하게 궁색스러운 시정인들의 얼굴을 회심을 담은 느긋한 표정으로 바라보았다.

인구 8백만을 숨가쁘게 오르내리는 이 거대한 도시의 시민 중에서 유독 자기 하나만은 그들을 먼발치에서 감상하는 입장에 놓여 있다는 사실이 8백만 원의 복권 당첨이 떨어진 행운에 비길 것만 아니라고 그는 생각했다. 버스가 동대문을 지나고 청계천을 달려 조흥은행 본점을 좌로 끼고 회전하여 끼익 하고 정차할 때까지 그는, 서민 금융의 적금을 붓기 위해서, 깎아 놓은 밤 같은 소생들을 사립 국민학교에 보내기 위해서, 건넌방에 또 하나의 냉장고를 들여놓기 위해서, 완전한 사기를 치기 위해서, 남의 땅을 교묘히 가로채기 위해서, 동료들 모르게 과장에 승진하기 위한 운동을 위해서 이리 뛰고 저리 뛰는 시정인들을 시종 조롱에 찬 시선으로 바라보았다.

그는 버스에서 내렸다. 그리고 무교동 골목을 걸어 나와서 신문회관 쪽으로 정중하고도 준엄한 체모를 갖추어 걸어갔다. 희멀건 아침 해가 때 묻은 빌딩 어깨 위에 걸려 있었다. 그는 공복감을 느꼈다.

신문회관 아래층 화랑에서는 근간 외국에서 귀국한 어떤 젊은 화가의 작품들이 전시되고 있었다. 그의 귀국 전시 축하회 모임은 오전 열한시부터였다. 화단의 원로 혹은 그의 가족·선후배 관계에 있는 사람들, 신문사의 기자들, 비평가들, 모두 8, 90을 헤아리는 저명 인사들이 좋은 음식과 맥주, 음료수 들이 아름답게 진열된 커다란 테이블을 가운데 두고 환담하고 있었다.

입구에는 방명록을 앞에 놓고 오뚝이같이 고개를 발딱 치켜든 여자가 앉아 있었다. 한명수는 그곳을 지나쳐 한 무리의 사람들 속으로 자연스럽게 섞여 들었다. 모든 사람들이 그가 섞여 든 것에 관심을 보이는 기색은 없었다. 그는 우선 테이블 한편에 놓인 빈 맥주잔 하나를 집어 들었다. 그때, 말끔하게 차린 한 사내가 재빨리 다가와서 맥주병을 들어 그의 빈 잔을 콸콸 채워 주었다.

「늦으셨군요.」

사내는 하얀 치아를 드러내며 계집처럼 생긋 웃었다.

「사무실엘 먼저 들렀어요. 수요일은 항상 바빠지는군요.」

한명수는 수선을 피우며 잔을 입으로 가져갔다. 사내는 금방 허리를 약간 굽혀 보이고 한 무리의 여자들 속으로 걸어 들어갔다. 그는 아마 이 축하회의 발기인 멤버인 모양이었다. 이런 곳에 오면 발기인 멤버들은 당장 알아차릴 수 있다. 어느 모임이든 그 발기인들이란 게 그랬다. 필요 이상으로 바쁘게 돌아다니고, 조그만 실수에 필요 이상으로 낭패의 표정을 지으며, 공연히 땀을 질질 흘리고, 필요 이상으로 왔다갔다하며, 아무에게나 친절하고, 말을 걸면 금방 숨넘어갈 듯한 표정으로 대답한다. 그렇게 하지 않으면 누가 자기들 얼굴에 똥칠을 하겠다고 공갈 협박이라도 하는 듯이.

한명수는 맥주잔을 든 채, 축하 케이크가 놓여 있는 자리로 갔다. 케이크는 집어먹기 알맞은 크기로 잘려 있었지만, 누구 한 사람 손을 댄 흔적은 없었다. 그는 그중 몇 개를 집어 유유히 입으로 가져갔다. 어느 누구도 그의 행동을 유심히 지켜보는 사람은 없었다. 그는 깡마른 케이크로 목이 메지 않도록 간혹 맥주로 목을 축였다. 시장기가 서서히 메워지는 것 같았다. 이젠 그만 메워도 되리라. 아무리 먹어도 한이 덜 차는 토종돼지 창자는 아니니까. 그 순간, 한명수는 이상하게 섬뜩한 느낌이 들었다. 무엇인가 그의 뒷덜미에 스멀스멀 엉겨 붙는 느낌이 그것이었다. 그는 당장 그것을 알아차렸다. 누가 자기의 행동을 유심히 바라보고 있는 게 틀림없었다.

그는 오랜 경험으로 그것을 안다. 얼른 그쪽으로 시선을 돌려 보았다. 그 여자였다. 한명수는 자기의 예민한 직감에 다시 한 번 회심의 미소를 지었다. 그녀는 출입구에 있는 책상 위에 안내장을 쌓아두고 한 장씩 나누어 주고 있었다. 한명수가 그쪽으로 시선을 돌리려는 찰나에 그녀 역시 재빨리 시선을 거두어 창밖으로 흘려보냈다.

그러나 그런 것으로 오줄나게 당황할 한명수는 아니었다. 그가 당황하지 않았다는 말은 오히려 그녀가 한명수에게 걸려들었단 말도 된다. 그는 그녀를 일단 무시해 두고 전시된 작품들을 차근차근 감상해 보기로 작정하였다. 이 화가는 요사이 신문 같은 데 자주 오르내리는 초현실파인가 추상파라든가, 하여튼 그쯤 되는 모양이었다. 어느 쪽이 아래인지 알 수 없는 '핵69', '용적', '비례', '연상1974' 같은 제목부터가 낯설고 변덕스러운 그림들이 거의 전부였다.

그러나 그는 대국 중인 기사(棋士)처럼 그림 하나하나에 적당한 시간을 할애해 가며 감상하는 척하였다. 그때 뒤에서 나직한 한 여자의 목소리가 들려왔다.

「선생님, 전 정말 추상이 뭔지 모르겠어요.」

「무식하군!」

한 사내가 그녀의 말을 받았다.

「유식한 얘기 좀 들려 주세요 그럼.」

「화나지 않았다면.」

「그래요, 화나지 않았어요.」

「추상화는 우선 대상 회화와 비대상 회화로 크게 나눌 수 있겠지……. 바꾸어 말하면 대상의 형태나 정서적 이미지를 끌어내어 구성하는 경우와 대상에 관계없이 심적인 이미지를 그리는 경우로 말이야……. 어떤 경우이든 보는 사람으로 하여금 일정한 형태와 반향을 자연스럽게 부력(浮力)시켜 줄 수 있다면 추상화로서의 일차적인 성공은 거둔 셈이지……. '핵69'를 보아요. 막연은 하지만 팽팽한 생명력을 강렬하게 풍기고 있잖아? 그림의 중심부로 들어가면서 그 생명력은 서로 유연하게 어울려 유희하고 있다는 느낌이 들거든……. 좋은 작품이야. 벌써 대상을 극복하고 있단 말씀이야.」

「정신화(精神化) 말씀이시군요?」

「그런 말이지.」

한명수는 다시 테이블 쪽으로 걸어가서 맥주를 부어 마시기 시작했다. 그녀가 다시 그를 힐끔 훔쳐보았다. 그 안경잡이 여자는 한명수를 의심하고 있는 게 틀림없었다. 의심을 받고 있다는 사실에 한명수는 처음으로 희미한 불안을 느끼기 시작했다. 그는 하루하루를 살아가는 데 아무런 불편이 없다. 그러나 이런 의심을 자주 받게 된다면, 그의 유유자적은 조만간 붕괴되고 말 것임에 틀림없었다. 자기도 모를 모종의 중대한 실수가 저 여자에 의해 발각되고 말았음을 직감했다.

그는 지금 당장 이 중대한 과제를 해결하지 않으면 안 되겠다는 조짐이 들었다. 자기의 어떤 점이 그녀로 하여금 이 축하회의 불청객이란 딱지를 붙이게 만들었을까. 그러나 그것을 알아낼 재간이 없었다. 신사복은 말끔하였고 구두, 와이셔츠도 그랬으며, 머리도 정갈하게 빗겨져 있었다. 모든 것은 완전했다. 그런데도 의심을 받게 되다니. 그는 매우 심각한 위기가 자기에게 닥쳤음을 의식했다. 그러나 한명수는 전람회장을 빠져 나가야겠다는 어리석은 생각은 조금도 하지 않았다.

그는 잔을 내려놓고 천천히 그녀에게로 다가갔다. 그가 탁자 앞에 가서 우뚝 서자, 그녀는 전연 의외라는 표정의 얼굴을 발딱 쳐들었다.

「안내장 한 장 얻을 수 있을까요?」

그는 탁자 위에 쌓여 있는 안내장을 가리키며 낮고 정중한 목소리로 말했다. 한명수는 의기가 소침해지지는 않았다. 그녀와의 대면에서 그가 설령 아침의 빈 창자를 채우러 온 뜨내기 불청객이란 것이 드러난다 할지라도 그것으로 유치장 신세를 질 리는 만무하기 때문이었다. 다만 한 번의 창피를 감수한다면 그녀에게서 자기가 가짜로 보인(자기는 도저히 알아낼 수가 없었던) 취약점을 발견하게 될 것이

기 때문이다. 전람회나 연회장은 이 넓고 넓은 서울 시내 어디에서
고 간단없이 열리고 있으며, 그 연회장마다에 그녀와 같은 감시자는
있기 마련인 것이다.

그는 빙긋이 웃고 서 있었다. 그의 여유만만하고 오만한 태도에
그녀는 흠칫하는 것 같더니 안내장 한 장을 집어 건네주었다. 한명
수는 그것을 받아 탁자 위에 펴놓고 들여다보았다. 그는 한참 그렇
게 하다가 손을 턱으로 가져가며 혼잣소리처럼 말했다.

「역시 그랬었군! 내 생각이 착오였어.」

그녀는 전시장 안쪽으로 돌리려던 시선을 재빨리 거두어 그를 쳐
다보았다.

「뭐 잘못된 곳이 있습니까?」

그녀는 한명수가 펴놓은 안내장으로 시선을 가져가며 이렇게 묻
고 있었다.

「아뇨, 그게 아니구…… '아동'이란 작품은 김 선생이 도불하기 전
에 제작한 것이 아닌가 해서요. 약간 경향이 달라요……. 로맨틱
한 감각이 있단 말씀이에요.」

물론 중뿔나게 그림을 알아서 지껄인 말은 아니었다. 관람객들 중
에 누가 하던 말을 그대로 옮긴 것뿐이었다. 물론 그런 말은 그녀를
안심시키는 결정적인 계기가 될 것이라는 계산 때문이었다. 그를 빤
히 쳐다보던 그녀가 그때 발쑥 웃었다. 발쑥 웃는 그녀의 볼따구니
에 발갛게 홍조가 배어 나왔다.

「전 깜짝 놀랐어요. 혹시 뭐가 잘못된 게 아닌가 하고요.」

「원 별말씀을 다 하시는군.」

그녀가 다시 말했다.

「선생님, 제가 당돌하지 않다고 생각하신다면 말씀 올릴 게 있어
요.」

「무언데요?」

진지하고 성실한 표정으로 한명수는 이렇게 물었다. 물론 미소를 곁들여서.

「커피 한잔 대접하고 싶네요.」

이렇게 쫑알거리는 그녀의 뽀얀 두 볼은 다시 발개졌다.

한명수가 말했다.

「좋습니다. 여기 지하 다방 있지요?」

「그렇게 해주시겠어요?」

「아가씨의 청을 물리칠 수야 없지요.」

그는 빙그레 웃었다. 그녀가 일어서더니 한 무리의 여학생들 쪽으로 또각또각 걸어갔다. 그중에 한 여자를 붙들고 뭐라고 말하자, 금세 카르카르 웃는 소리가 들렸다. 그녀는 금세 되돌아왔다.

「가세요, 말미를 얻었어요.」

그들은 전시관 바로 옆 건물의 지하 다방으로 내려왔다. 다리가 허옇게 굵은 레지가 가져온 커피를 저으면서 그녀는 비로소 쿠룩쿠룩 웃기 시작했다. 웃으면서 그녀가 입을 열었다.

「선생님, 우스운 말 한번 할게요.」

다방 안을 뚜릿거리던 한명수가 그녀의 이마에다 시선을 바로 꽂으며 말했다.

「그 말 들으려고 예까지 내려온 것 아니오?」

「혹시 기분 건드리게 해드릴까 봐…… 그만두겠어요.」

「공연히 사람 안달하게 만들지 말아요. 아무 말이라도 좋으니까. 난 젊은이들의 그 발랄하고 꾸밈 없는 태도가 기분에 맞는 사람이오.」

한명수는 그러나 정중한 태도를 잃지 않으면서 이렇게 말했다. 그녀는 아직 마시지 않은 찻잔을 한 손으로 빙글빙글 돌리며 시선을 탁자 모서리에 박고 한참이나 주저하고 있었다.

「전 맨 첨에…… 그런 연회장에 나타나는 케이크 부대라는 거 있잖아요? 그런 분인 줄 알았지 뭐예요.」

이렇게 말을 뱉은 그녀는 잠시 몸둘 바 몰라하였다.

「우허, 그래요?」

그가 너털웃음을 흘려 놓자 여자는 난처한 입장에서 벗어난 듯 발
그레 웃었다.

「허허, 아가씨의 솔직한 태도에 퍽 호감이 가는군!」

「저도 선생님의 솔직한 태도에 호감이 가더라구요.」

「내가 솔직하였다니?」

「선생님, 오늘 아침엔 어떤 일로 해서 아침을 굶으셨죠?」

「어? 그걸 어떻게 안다지?」

「저의 추측이 틀림없군요. 이만하면 관상대에선 일급 예보관이
죠?」

「아니? 그걸 어떻게 알아요?」

「간단하죠 뭐. 명사님들은 배에서 쪼르륵 소리가 나도 연회장에서
케이크를 드시진 않는단 말예요. 그런데 케이크를 드시는 선생님
을 뵈니까 왠지 신선한 느낌이 들더라구요.」

「신선하다?」

「그렇지 뭐예요? 체면 때문에 하고 싶어도 못 하시는 일들이 얼마
나 많아요.」

「그것뿐일까?」

「네, 그것뿐이에요. 정말이에요.」

「아가씨도 신선하군요. 그런 솔직 담백한 성격이.」

「감사합니다. 선생님, 그러니까 찻값은 제가 계산해도 좋죠?」

「좋아요. 나도 오늘 하루 일이 아가씨로 하여 슬슬 잘 풀려 나갈
것 같군. 기분 좋은 아침이오.」

두 사람은 밖으로 나왔다. 그리고 다방 앞에서 헤어졌다. 그녀는
다시 전시장 안으로 바쁘게 걸어갔고, 한명수는 서대문 쪽으로 걸어

갔다. 그녀가 헤어지면서 명함을 달라고 졸랐으나, 내일 다시 전시장에 오게 될 것이라는 말로 얼버무렸다. 걸어가면서 그는 트림을 한두 번 끄르륵끄르륵 하였다. 맥주 냄새가 코가 찡하도록 한입 물렸다가 아랫배 깊숙이로 가라앉았다. 그는 담배를 붙여 물었다. 희부연 태평로의 허공에다 연기를 훅 내뿜었다. 연기는 그의 입에서 뿜어져 나와 서울의 허공 속으로 자취도 없이 스며들었다.

많은 시정인들이 그의 어깨를 스치고 지나갔다. 그는 조롱에 찬 시선으로 그들을 한동안 서서 바라보았다. 저만치 조간신문 게시판이 보였다. 그곳으로 천천히 다가갔다. 그리고 바싹 붙어 서서 차근차근 기사를 읽기 시작했다. 8면 전부를 읽자면 꽤 시간이 걸릴 것이었다. 1면에서 IPU 총회가 동경에서 열린다고 대서특필하고 있었다. 중고등학교 등록금이 인상된다고 개탄하고 있었으며, 이탈리아라는 나라의 인플레와 영국 철도의 파업 기사도 있었다. 국제적이고도 경이적인 경제 공황에 대해서 한 대학의 저명한 교수가 뭐라고 쇠발괴발 도표까지 곁들인 특집 기사가 경제면을 채우고 있었고, 그 아래는 갈현동에 사는 한 가정 주부가 세탁비누값에 대하여 잔뜩 볼멘소리를 토로하고 있었다. 교수의 사진은 이마가 시원스럽게 빗겨져 있었고 갈현동의 가정 주부는 콧날이 오뚝한 게 인상적이었다. 어떤 기사도 그에겐 흥미 없었고 자극적일 수 없었다. 적어도 시방 그의 뱃속엔 서울의 일류 제과점의 일급 기술에 의해 제조된 영양가 덩어리인 케이크와 외국에서 수입된 원료로 외국에서 배워 온 기술진의 손으로 빚어진 맥주와 그리고 커피 한 잔이 서로 믹스되어 한창 소화되고 있는 이상, 세계적인 경제 공황 기사는 매우 쓰잘데없는 넋두리일 뿐이다.

다음이 문화면. 그는 비로소 수첩을 꺼내 들었다. 신문의 문화면 기사를 신중히 읽고 메모해 두는 일은 적어도 한명수의 일과에 있어선 매우 중요하다. 신문의 문화면은 아주 정확한 정보를 한명수에게 제공하고 있다. 많은 피로연과 축하연이 어느 곳에서 열리게 된다는 것을 착실하게 예고한다. 피로연 석상에서 직접 정보를 얻기도 한다. 그런 곳만 불나게 참석하는 몇몇 인사들의 낯짝도 그는 알고 있다. 그들은 그곳에 모여 서서 모임의 뜻과는 아무런 관계도 없는, 장관이 곧 갈리게 될지도 모르고 누가 외국엘 나간다는 잡소리만 중구난방으로 지껄이다간 차를 몰고 휙 달아난다. 그는 달아났지만 그가 남긴 명함은 20여 개가 더 넘는다.

한명수는 수첩을 구겨 넣고 갑자기 게시판 앞을 물러나 걷기 시작했다. 마신 맥주 탓으로 요기를 느꼈기 때문이다. 요기를 해결할 화장실은 저만치 1백 미터 밖에 자리잡고 있었다. 대성빌딩이 바로 그곳이다. 거기엔 각층마다 깨끗하게 닦인 수세식 변기가 그를 기다리고 있다. 그는 대소변을 대성빌딩에서 함께 해결하기로 작정한다.

한 달 치 분뇨 수거 수수료를 5백 원 가까이 물어야 하는 그의 면목동 안집 할망구는 7월 장마에 굵은 참외 덩치만 한 누런 쇠 자물통을 측간 문설주에 꿰달아 놓았다. 열쇠는 그 할망구의 속옷 주머니에 차고 있었다. 그 열쇠를 한 번 얻어 내자면 상당한 인내심이 소모되어야 한다. 할망구는 사격 선상에 엎드린 사격병들을 훈련시키는 통제관처럼 절대적인 권력으로 그 열쇠를 다스린다.

「한씨, 머이 그리 먹은 게 많수? 이 각박한 세상에 좀 작작 드시우.」

방값을 제때에 지불 못 하는 그로선 할망구의 잔소리를 묵묵히 감수해야 한다. 방에 들어가기보다 더 어려운 곳이 그 변변치 못한 변소란 데였다. 그가 오래전부터 대소변을 밖에서 해결하고 있는 데는 그런 치사한 이유가 밑에 깔려 있다. 물론 한명수에게도 오기는 있었다. 고급한 음식으로만 먹어 만든 물건을 순 납작보리쌀 아니면 간고등어 토막이 기껏인 음식으로 만든 물건들과 한곳에 버릴 수 없다는 오기가 그것이었다. 적어도 한강물이 올라와서 깨끗하게 씻어 주는

252

사기제품 변기에 그것을 싸 제껴야 격인 것이다. 팔자란 알고 보면 길들이기 탓이니까. 그 철리를 한명수는 지금은 미국이란 나라 미시간 주에 시집가서 살고 있는 할망구의 딸에게서 터득한 바 있었다.

그녀는, 미국으로 이민 간 교포 청년에게 시집가기 전까지는 청계천에 자리한 어느 조그만 자동차 매매 중개업체의 경리 사원이었다. 멸치 반찬이 든 도시락을 열심히 싸들고 캥거루처럼 엉덩이를 깝죽대며 착실하게 출퇴근하던 그녀가 어느 날, 한 장의 사진을 꼬나 들고 집구석으로 쳐들어왔다. 주인공은 재미 교포였다. 그놈의 사진이 어떻게 그녀의 손에까지 날아들었는지는 알 수 없었다. 아마 골 빈 동료 직원 녀석이 소개한 것으로 짐작될 뿐이었다. 할망구의 얘기로는 자기 딸은 벌써 오래전부터 그 사람에게 시집가기로 작정하고 미국에서 초청이 떨어지기만 기다렸다는 것이다.

「아아니, 사진만 보고 재미 교포란 것만으로 결혼할 작심을 했단 말이오?」

허영에 눈이 어두워 심순애가 된 딸에 덩달아 동조 흥분하는 할망구가 하도 어처구니없어 한명수는 이렇게 물었다.

「여보시우, 한씨.」

할망구는 이렇게 말했다. 재일 교포와 재미 교포는 근본적으로 다르다는 것이었다. 재일 교포는 무식한 놈들이 많아서 썩어 자빠진 배우나 가수 나부랭이들을 무턱대고 좋아하지만, 재미 교포는 그보다는 성실하고 생활력 있고 물들지 않은 고국의 여자들을 한결 좋아한다는 것이다. 또 연애결혼을 한다고 해서 일생 동안 싸움 한 번 하지 않고 살아간다는 보장은 없으며 중매해서 맞선으로 결혼한다고 해서 헤어지지 않는다는 보장이 어디 있느냐는 것이었다. 어떤 놈과 어떤 방식으로 붙어 살든 살아가다가 보면 툭탁거리고 지지고 볶고 하기는 마찬가지란 것이다. 세상사가 다 그럴진대, 설령 좀 모자란 놈이라 할지라도 미국에 가서 살고 돈 많은 사람과 결혼하는 것이

나쁠 것 하나 없다는 것이다. 통곡할 일이 있어도 장판 바닥을 치고 우는 것보다는 침대 시트에 엎드려 우는 것이 리즈 테일러적이고 이혼을 당해 본국으로 돌아올 몸일지라도 먼지 뒤집어쓴 버스를 타고 비르르 쫓겨오기보다는 김포국제공항에 선글라스를 끼고 트랩을 내리는 것이 운명적으로 멋있는 일이 아니겠느냐고, 할망구는 접도 구역에 박아 놓은 콘크리트 팻말처럼 꼿꼿이 서서 말했다.

「사람 팔자 길들이기 탓이라구요.」

할망구는 마지막 말을 남기고, 쇠고기라면이 끓어오르는지 어미 캥거루처럼 엉덩이를 뒤뚱거리며 부엌으로 달려갔었다.

「길들이기 탓이라고 씨팔!」

한명수는 이렇게 혼자 중얼거리면서 그의 얼굴 앞에 늘어진 끈을 힘껏 잡아당겼다. 한강에서 뽑아 올린 명경수가 그가 싸붙인 오물을 와그르르 밀어 또다시 다른 구멍으로 휘몰아 가는 것을 그는 한참 동안 내려다보고 서 있었다.

한명수는 노숙한 걸음걸이로 대성빌딩을 걸어 나왔다. 뱃속이 착 가라앉고, 오금이 가뿐하였다. 그는 뚜릿뚜릿 골목길이나 살피는 짓거리를 하지 않고, 곧장 사진전이 열리고 있는 산업회관 쪽으로 걸어갔다. 신세계화랑에서 열리고 있는 미술전은 두 시간 후쯤으로 미룰 작정이었다. 아시다시피 열 손가락을 그대로 놀리고 살아가는 입장이었지만, 남고 남아 주체 못 할 시간을 공원 벤치에 앉아 공해로 좀먹어 가는 찌뿌등한 서울의 하늘과 나무들을 쳐다보고 앉았다거나, 복덕방 노인들의 장기나 구경하는 식의 경로적(敬老的)인 방법으로 소일하지는 않았다. 그는 쉴 새 없이 전시관만을 찾아다닌다. 거기엔 반드시 새로운 지식과 빠뜨려서는 곤란한 정보가 도사리고 있기 때문이다. 알아야 면장을 한다는 말이 있듯이 사기를 치는 일도 모르면 모르는 그만치 서툴기 마련이다.

산업회관 사진전, 그리고 다시 두 개의 신문 게시판을 읽고 나니

254

시간은 오후 다섯시가 가까워 왔다. 그는 약간의 공복감을 느끼기 시작했다.

신세계화랑 쪽으로 걸어가면서, 한명수는 막연한 불안에 싸이기 시작했다. 오늘 저녁 식사를 해결하지 못할지도 모른다는 예감이 그것이었다. 칼도 안 가지고 간 꺼내 먹으려는 그의 허황하고 보장 없는 생활이 결코 순조로울 수는 없었다. 아침, 점심, 저녁 밥이 때맞추어 그 앞에 놓여지지는 않았던 것이다. 어느 날은 한두 끼를 굶는 수도 있었고, 또 어느 날엔 다섯 끼의 식사와 커피와 보름을 써도 남을 용돈까지 챙기는 때도 있었다. 그러한 경험이 교차되는 것을 알고 있는 한명수로서 저녁을 공칠지 모른다는 예감은 대단한 충격은 아니었지만 기분 나쁜 일임에는 틀림없었다.

그 화랑에서는 어떤 가수가 여기(餘技)로 그린 작품들을 전시하고 있었다. 관람객들이 화랑을 꽉 메우고 있었다. 화분도 많았다. 한명수도 역시 관람객들의 대열에 끼여들었다. 전시회는 오늘로 사흘째 되는데 작품 거의가 예약되어 있었다. 물론 그것은 놀라운 사실이 아니었다. 사람들은 이상하게도 화가가 그린 그림에는 정작 냉담한 반응을 보이면서도, 뽕짝 가수가 그린 치졸하고 유치한 그림 솜씨에는 아가리에 거품을 물고 칭찬할 뿐 아니라, 왕성한 구매욕을 보여 주었던 것이다.

서당 개 삼 년에 풍월한다고, 한명수가 무식한 치한이기로서니 전람회장을 사그리 섭렵하고 다닌 탓으로 어느 모로는 제 나름으로의 안목도 가지고 있었다. 그림들은 정말 유치한 발상에서 그려진 것들이었다. 그러나 그는 짐짓 진지한 태도를 지으며, 그림들을 감상하고 있었다. 그때 등 뒤에서 한 여자의 목소리가 들려왔다.

「여보, 빨리 결정하세요.」

「내가 보기엔 저쪽의 '해바라기'가 좋은데?」

「응접실에 걸 거니까 아무래도 배경이 트인 것이 좋아요. 저쪽의

'해변' 말예요.」

「난 아무래도 '해바라기'가 좋아.」

한명수는 뒤를 돌아다보았다.

그와 동년배로 보이는 부부가 그 뒤에 서 있었다. 한명수는 엷은 미소를 입가에 흘리며 그들의 대화에 자연스럽게 끼여들었다.

「응접실에 거실 거면 안정감을 주는 그림이 좋습니다. 오래 보아도 싫증나지 않는 그림이면 더욱 좋겠지요.」

다소 비밀스럽던 자기들의 대화에 느닷없이 끼여든 한명수를 그들은 잠시 저항을 느끼는 시선으로 바라보았다. 그러나 한명수의 입가에 배어 있는 침착한 미소와 차분한 목소리에 그들은 재빨리 적의의 시선을 거두었다. 그때, 여자가 말했다.

「여보, 그러지 말고 이 선생님께 선택권을 일임하면 어떨까요?」

남자가 다소 어색하게 웃었다.

「네, 그렇게 하십시오. 두 분께서는 서로 의견이 엇갈리시는 모양인데……, 이런 땐 제삼자의 중재가 좋은 해결 방법일 수도 있습니다.」

한명수는 그들 곁으로 다가갔다. 여자에게서 향수 냄새가 났다. 그는 계속해서 지껄였다.

「제 안목이 안심하실 정도는 아닙니다. 다만, 좋으시다면 봉사해 드리죠. 나도 이 방면에 종사하고 있습니다만.」

그들 부부는 갑자기 예술가일지도 모를 이 젊은 신사를 앞에 놓고, 놀라움과 선망이 어린 시선을 보내었다. 사내 쪽에서 웃음을 거두고 경건한 자세를 취하면서 윗주머니에서 명함 한 장을 꺼내더니 악수를 청해 왔다.

「김일진(金一進)이라고 합니다. 만나 뵙게 되어 영광입니다.」

「전 명함을 갖지 않았습니다. 한명수입니다.」

「우리 집사람입니다.」

여자가 고개를 끄덕이며 애교 있는 자세로 「선생님, 뵙게 돼서 기뻐요」 했다. 한명수는 예술적으로 허리를 굽혀 인사했다. 그는 명함을 안주머니에 받아 넣었다.

'起永産業 代表理事 金一進(기영산업 대표이사 김일진).'

명함에는 그렇게 쓰여 있었다.

「그림들이 재미있어요. 아직도 초보적인 데 그치고 있습니다만, 대상에 대한 소화력이 안정되어 있습니다. 가수가 틈틈이 이런 일에 시간을 할애하는 태도 자체가 장한 일입니다. 그림이 잘되고 못되고는 이차적인 문제지요.」

한명수는 전시장을 휘둘러보며 이렇게 말했다. '해바라기'와 '해변'으로 의견이 엇갈릴 사람들이면 이런 말로도 얼마든지 감탄하게 될 것이라는 계산을 속으로 하고 있었다. 물론, 그 부부 역시 이런 저명인사와 대화를 나누게 된 것을 영광으로 생각하고 있었다. 지금 한명수가 지껄인 말도 전문가가 아니면 감히 못 뱉어 낼 말씀으로 알았다.

「저 그림이 어때요? 두 분께 권하겠습니다.」

한명수는 무턱대고 앞에 보이는 한 폭의 그림을 가리켰다. 안락의자에 앉아 있는 소녀를 그린 것이었다.

「소재도 평범하고 구도 역시 평면적입니다만, 응접실엔 오히려 저런 그림이 부담감 없어 좋습니다. 오래 걸어 두어도 싫증이 나지 않아요.」

물론 부부는 그의 제의에 전적인 동감을 표시했다.

「선생님 말씀 들어 보니까 수긍이 가는군요. 과연 대단한 안목이십니다. 저희 부부 싸움을 해결하셨어요.」

「이거 하느님이 된 기분입니다, 하…….」

세 사람은 잠시 동안 서로 격의 없게 웃었다. 낮은 목소리의 웃음은 왠지 모르게 지적인 감흥을 동반한다. 그것을 한명수는 알고 있었다. 여자 편에서 접수처 쪽으로 바쁘게 다가가더니 거기 앉아 있는 장발의 청년과 무어라고 정중하게 대화를 나누었다. 곧장 청년이 일어서서, 그 그림에 다가가더니 금박지를 붙였다. 관람객들이 그리로 몰려 서며 부부에게 선망의 눈길을 보냈다.

「십만 원 주었어요.」

「잘했어.」

여자가 한명수에게로 시선을 주었다.

「실례를 무릅쓰고 말씀드립니다만…….」

「무슨?」

「저희들 집으로 한 선생님을 모시고 싶어서요.」

그러자 김일진이 거들었다.

「술이나 몇 잔 하고 헤어지고 싶군요. 어쩐지 쉬 헤어지기가 아쉽군요. 우리 집사람은 또 레스토랑 기피증에 걸려 있답니다.」

한명수는 시계를 보았다. 그는 퍽 난처하였다. 이 짓거리를 하고 다니는 동안 남의 집까지 초대되어 하루의 끼니를 해결해 본 경험도 이제까진 없었을 뿐만 아니라, 그들과 오래 대화를 나눌 동안, 부처 밑구멍 같은 자기의 본색이 탄로라도 난다면 큰일이겠기 때문이었다. 그러나 그들 부부를 떼어 버리기엔 또한 딱한 처지였다. 어디 가서 저녁밥을 해결한단 말인가. 이 녀석의 집구석엔 안락의자가 있겠고, 양주가 있으며 양식의 저녁밥이 있을 것이며 미인인 부인의 서비스가 있을 것 아닌가. 그런 생각들이 한명수를 집요하게 잡아당겼다. 그가 오랫동안 주저하는 빛을 보이자, 김일진은 다소 무안한 표정이 되었다. 여자가 다시 끼여들었다.

「선생님, 거절하시지 마세요 제발. 저희들 무안하지 않게요.」

「별말씀을. 그럼 저의 사무실에다 전화를 걸고 오겠습니다, 집에랑요. 두 분의 청을 뿌리칠 수 없군요.」

「감사합니다.」

부인이 소녀처럼 허리를 깊숙이 숙여 인사했다. 잠깐 기다려 줄 것을 당부하고 한명수는 밖으로 나왔다. 그리고 옆 골목으로 들어가서 시계 점포 뒤에 잠깐 숨어 있다가 다시 전시장으로 들어갔다. 그들은 전시장 문턱에 서서 그가 돌아오기를 기다리고 있었다.

「먼저 오르십시오.」

김일진이 이렇게 말하자, 검은색의 승용차 한 대가 인도 위에까지 올라와서 문을 열었다.

숙녀용 팬티스타킹과 브래지어류의 전문 생산 메이커인 기영산업을 이끌고 있는 예비 재벌 김일진은 매우 건전한 사고 방식을 가진 기업인이었다. 소위 자수성가를 했다는 사업가들 중에는 파렴치한 들이 많다. 어떤 식으로든 발생되기 마련인 기업 생태의 이상 기류를 교묘히 이용하여 매점매석 행위를 일삼고 출고 가격 조작은 다반사며, 선의의 경쟁 기업의 탈세 행위 내지는 반사회적인 동향을 탐색해서 사직 당국에 밀고하는 행위, 포장 중심의 제품 생산으로 소비자의 시선을 일시적으로 현혹시켜 구매욕을 자극시키는 행위, 경쟁 기업의 공장 부지 한 모퉁이를 매입해 버림으로써 수억의 재산을 사장시켜 버리게 하는 행위…… . 이루 말할 수 없는 파렴치와 철딱서니없는 시비가 오가는 퇴폐적인 기업 풍토와 그런 따위의 기업 윤리가 어떤 식으로든 먹혀 들어가고 있는 작금의 사회 풍조를 김일진은 개탄하여 마지않았다. 그런 파렴치 행위들도 일단 한 단계를 넘어서서 재벌이란 위치에 오르게 되면, 그 기업을 욕하고 경원시하던 사람들도 그의 부와 명예를 선망의 눈초리로 바라보기 마련이더라는 것이다.

「신용과 성실을 바탕으로 기업 윤리를 키워 나가는 데 우리 회사 는 온갖 정열을 경주할 뿐입니다.」

김일진은 이렇게 말하면서 재빠르게 지나가는 거리의 저녁 풍경을 바라보고 있었다. 한명수 역시 진지한 표정으로 그의 논설에 귀기울이는 척했다.

「거개의 회사들은 피고용주와 고용주의 관계가 악화되어 있습니다.」

김일진은 열을 올려 지껄였다. 자기는 사장에서부터 사환에 이르기까지 항상 가족 이념을 불어넣는 데 노력한다는 것이다. 때문에 자기 회사는 사시(社是)니 사훈(社訓)이니 하는 따위는 아예 없다는 것이다. 우리는 그런 데 너무도 지쳐 있고 또한 무반응하다. 국민학교 1학년 때부터 급훈이 있었고 교훈이 있었으며 맹세니, 교육 주간, 무슨 주간, 주간, 그런 것의 연속이었다. 그래서 자기는 사시를 만들지 않았다. 그것 하나만 없어도 사원들은 자유를 느끼고 활기를 찾는단다. 사원들을 감시하고, 사장이 바라는 기업 종사자로 억지로 구겨 넣는다 해서 그 기업이 성공한다는 아무런 이론적 근거가 없다는 것이었다.

차가 집까지 도착할 동안 김일진은 계속 그런 식으로 지껄여 댔다.

「저인 사업 얘기가 시작되면 밤새는 줄 모른다니까요.」

여자가 양해를 구하는 표정으로 한명수에게 이렇게 말했다. 그러나 한명수는 다시 불안해지기 시작했다. 이따위 사회에 아직도 이렇게 성실한 정신 바탕을 가진 기업인이 시퍼렇게 살아 있고, 그런 사람의 집에 초대되고 있다는 사실이 여간 불안하지 않았다. 그는 마음을 단단히 먹고 응접실로 들어섰다. 그들이 들어서자, 국민학교에 다닐 듯한 두 아이가 방에서부터 인형처럼 굴러 나와서 부부의 가슴에 냉큼 엉겨 붙었다. 따뜻한 대화들이 그들 사이에서 잠시 오갔다. 깡마른 청년 한 사람이 아이들이 열어 둔 방 안에 앉아 책가방을 챙기고 있었다. 가정교사인 모양이었다. 부인은 아이들을 다시 그 방으로 몰아넣었다. 부인이 「순자야」라고 소리치자 두 명의 식모가 엉덩이를 실룩거리며 응접실에 나타났다. 부부는 적어도 예술가를 자기들 집으로 모시게 되었다는 흥분 때문에 필요 외의 수선을 피워 가며 식모들에게 술상을 차려 오라고 명령했다. 술상은 곧장 응접실로 날라졌다. 여자도 실내복으로 갈아입고 두 사람과 어울렸다.

「우리들의 상봉을 위해서!」

김일진 사장은 이렇게 소리쳤고, 그들은 건배했다. 그들은 연거푸 몇 잔을 나누었다.

「사실은 우리들이 선생님께 고백할 게 있습니다.」

몇 잔을 들던 김일진이 문득 심각한 낯짝이 되어 이렇게 말했다. 한명수는 또 한 번 섬뜩한 느낌이 들었다.

「무슨 말씀이세요?」

「실은 말이죠, 한 선생께서도 느끼셨으리라 믿습니다만 우리들은 그림에 대해선 통 문외한들이란 말씀입니다.」

「그게 무슨 고백이랄 게 있습니까. 너무 심각하시군요.」

「하, 그랬었나요? 좋은 말씀 많이 해주십시오.」

「하나도 어렵게 생각하실 건 없습니다. 그림이란 현실의 복사판을 그리는 것이 아니라, 화가의 독자적인 충동에 의한 창조물이란 것만 생각하시면 돼요. 어렵게 생각하는 추상화라는 것도 그래요……. 대상의 형태나 정서적 이미지를 끌어내어 구성하는 경우와 대상에 관계없이 심적인 이미지를 그리는 경우로 대별할 수가 있어요……. 어떤 경우든 보는 사람으로 하여금…… 일정한 형태와 반향을 자연스럽게 부각시킬 수 있다면 일단 추상화로서 성공하고 있는 셈입니다. 막연하나마 그림을 보고 내가 느끼는 감정, 그 감정을 집중적으로 요약해서 어떤 이미지를 얻으세요. 그러면 되는 것이에요.」

한명수는 오전에 신문회관 화랑에서 들은 이야기를 그대로 엮어 내렸다.

「어렵군요.」

여자가 말했다.

「우선 그림을 자주 대해 보시는 게 무엇보다 중요합니다.」

부부는 한명수의 해박한 지식과 침착하지만 거침없는 말투에 넋을 잃고 듣고 있었다. 그들의 이러한 태도는 이제 한명수를 느긋하게 안심시켰다. 뿐만 아니라 이젠 이 집 안에서 무슨 지랄을 하더라도 그들은 다만 그를 쳐다보기만 할 입장이란 것을 알아차렸다. 한명수는 확신에 차기 시작했다.

　양주 한 병은 거의 바닥이 나가고 있었다. 여자도 조금씩 마셨고, 두 사람은 이제 거나하게 취해 갔다.

　「환쟁이 이야기는 그만 하고 이젠 김 사장의 사업 성공담이나 들읍시다.」

　「하, 제게도 발언권이 돌아오는군요.」

　「오히려 그림 얘기보다는 재미있겠죠?」

　「재미요?」

　「그래요, 재미.」

　「한 선생은 정말 꿰뚫는 눈이 있으시군요.」

　김일진은 잠시 느긋한 심정이 되어 벽 쪽을 응시하고 있었다. 그런 느긋한 심정은 한명수를 오랜 지기로 생각하게 만들었다. 그의 진지한 태도와 솔직한 말씨가 이상하게도 김일진을 충동질하고 있었다. 이 사나이만은 자기의 비밀을 털어놓아도 좋은 인물이라는 생각이 들었다. 그는 후련한 기분이 되고 싶었다.

　「한국에선 한 가지 점만 착안한다면, 사회적으로 조금도 지탄받지 않고 돈을 벌 수 있단 말이오.」

　「그게 무슨 말씀인가요?」

　「남아돌아가는 우리의 인력입니다.」

　자기 회사의 공장에는 적어도 2백여 명의 직공들이 일하고 있다는 것이다. 물론 자기는 다른 경쟁 기업보다는 높은 임금을 지불하고 있다. 그것은 유능한 기술자를 모으는 데 중요하다. 그러나 그 임금 중에서 10프로에 해당하는 금액을 사내(社內)에 구성되어 있는 후

생급부공제조합에서 공제한다. 그 공제액은 다시 회사의 운영자금으로 재투자된다. 말하자면, 사장에서부터 사환아이에 이르기까지 자기의 회사란 의식을 심어 주고 내가 게으르게 굴면 게으르게 구는 만치 이익 배당이 적다는 것을 한 달에 몇 번 하는 조회에서 강조해 두면 그만이란 것이다. 그로 인해, 사사니 생산 목표이니 하고 장황스럽게 늘어놓지 않아도 얼마든지 생산 지수가 높아진다는 것이다. 자기가 일하는 만치 자기의 투자액이 늘어난다는 그 하나만으로도 가난한 품팔이들에겐 의젓한 보람을 안겨 준다는 것이다. 까짓것 퇴직 사유가 생기면 차일피일하면 될 것 아닌가, 하고 김일진이 말했다. 어느 날, 길을 걷다가 우뚝 서서 도깨비들이 갖고 논다는 부자 방망이 하나만 있었으면 하는 허황한 생각에 젖는 일, 세상의 죄란 죄는 저 혼자 다 뒤집어쓰고 살면서 전선줄에 앉아 있는 제비를 보면 흥부의 박씨를 생각해 내는 버르장머리, 아침에 일어나면 목구멍에서 저절로 기어 나오는 기침 소리만 빼고는 하루 종일 거짓말만 하고 다니는 주제에 산신령이 갖다 주는 금도끼를 생각한다든지, 술 취한 척하면서 지하도의 주택복권을 다섯 장이나 사서 주머니에 구겨 넣는 돼먹잖은 사행 심리는 생각의 낭비요, 시간의 낭비일 뿐이라는 거였다. 보다 구체적인 현실에 눈을 돌리면 얼마든지 성공할 수 있다고 김일진은 열 올려 말하고 있었다.

「돈은 벌었어요. 그런데…… 그 다음에 오는 것이 멋을 부리고 싶단 말예요. 한 선생의 도움이…… 필요합니다.」

김일진은 자기의 비밀을 시원히 털어놓아 버렸다는 허탈감 때문인지 연거푸 두 잔이나 마셔 버렸다.

「재미있습니다, 재미있어요. 김 사장의 얘기가 재미있어요.」

한명수는 느닷없이 이렇게 큰소리로 지껄여 댔다. 한명수는 실은 조금 전부터 아랫배가 뿌듯해 오는 변의(便意)를 느끼고 있었다. 그는 여자에게 화장실이 어디냐고 물었다. 그녀는 응접실 한쪽 벽에 붙은 빨간 전등을 가리켰다. 그쪽으로 비척거리며 걸어갔다. 문을 열자 그의 눈에 익은 깨끗한 수세식 변기가 놓여 있는 게 보였다. 그 순간 너무나 정결한 화장실 내부의 정경을 보자 그는 옹골지게 느꼈던 변의를 잃고 말았다. 그는 변기를 타고 앉았다. 그러나 마찬가지였다. 그는 몇 분인가 그렇게 하릴없이 앉아 있다가 다시 일어서고 말았다. 그러나 늑골 쪽을 누르고 있는 끈끈한 압박감은 여전했다. 그런데도 볼일이 되지 않았다. 수화를 못하는 벙어리처럼 그는 가슴이 답답해 오기 시작했다. 항상 사용해 오던 변기에 그는 말할 수 없는 위화감을 느꼈기 때문이었다.

한명수는 그런대로 응접실에 나와 앉았다. 탁자 위에 머리를 곤두박고 있는 김일진의 모습이 아른아른해졌다. 시선이 영 흐려지기 전에 뭔가 토해 놓지 않으면 안 된다는 중압감에 사로잡히기 시작했다. 많은 사람들이 그에겐 조금의 의심도 없이 철저하게 속아 넘어가던 것에 한명수는 조금씩 부아가 끓어오르기 시작했다. 그는 자기의 변의를 입으로라도 토해 내지 않는다면 오늘 저녁에 잠들 수 없다는 강박감에 온몸을 한 번 부르르 떨었다. 그는 허리를 꼿꼿이 펴고 앉았다.

「김 사장님?」

「어? 왜 그러시오?」

「난 사실 사기꾼에 불과하단 말이오.」

「한 선생의 그러한 태도가 좋은 작품을 낳으시는…… 계기가 되겠군요.」

「김 사장, 내 말을 잘 들으시오. 난 그림이고 나발이고 전연 모르는 놈이란 말입니다. 알겠소, 내 말?」

그러나 김일진은 입가에 미소를 지으면서 여전히 포크로 야채를 찍어 먹고 있었다.

「그런 전람회에서 김 사장 같은 분을 만나면 점심이나 해결하는

264

망나니 같은 케이크 부대란 말이오. 알겠소?」

「선생님이 농담 좋아하시는 줄은 또 미처 몰랐군요.」

여자가 호호 웃으며 말했다.

「무식하다고 놀리시는군.」

김일진이 게슴츠레한 시선을 그에게 부으며 말했다.

「아닙니다, 그게 아니에요. 여기서 낱낱이 고백할 수는 없지만, 거짓말로 무위도식하는 놈이오. 이건 참으로 정말이오, 알아주시오.」

「예술을 무위도식으로 생각하는 한 선생의 자기 학대는 너무 과합니다.」

「내 말 잘 들어요. 대한민국에 한명수라는 화가도 평론가도 없단 말이에요. 알겠소, 엉?」

한명수는 이젠 김일진의 두 손을 부여잡고 간곡히 말했다. 그들이 그의 진의를 통 아랑곳하지 않자 가슴이 뻐개질 것 같은 압박감을 느끼기 시작했다. 그는 안절부절못했으나 부부는 통나무 모양으로 반응이 없었다.

「이 개 뼈다귀 같은 놈들아, 난 정말 사기꾼이란 말이야, 알겠어? 정신을 차리라고. 케이크 부대 알지? 내가 바로 그거란 말이야, 이 도깨비 같은 놈들아.」

「허, 취하셨군. 한 선생, 허…….」

김일진은 한명수를 손가락질하며 허허 웃기 시작했다.

「난 취하지 않았어. 이건 말짱한 정신이란 말이야. 제발 내 말을 믿어 달라구. 안 믿어 주면 죽여 버릴 테다. 쌍!」

한명수는 고래고래 고함을 지르면서 발을 구르기 시작했다. 방에서 자던 두 아이들이 응접실로 바르르 쫓아 나왔다.

「아버지, 믿어 줘! 사기꾼이라고 말하잖우?」

아이들은 김일진의 혁대를 잡아당기면서, 한명수에게 적의에 가득 찬 시선을 보내고 있었다.

「이 새끼들, 너희는 방에 들어갓!」

김일진은 자기의 허리에 엉겨 붙은 아이들을 난폭하게 벽 쪽으로 밀어붙여 버렸다.

「운전사를 부르라구……, 댁까지 모셔 드리고 오라구 해!」

「이 도깨비야, 난 안 취했어. 난 사기꾼이란 말야. 이건 확실히 해 뒤야겠어, 그것을……, 알아줄 때까지 난 이 집구석에서 한 발자국도 내디딜 수 없어.」

한명수는 이제 집이 떠나가라고 고래고래 소리 지르고 있었다. 혁대가 풀어진 바짓깃 사이로 그의 목욕하지 않은 거무딩딩한 뱃살가죽이 삐죽거리고 드러났다. 한잠이 들었던 운전사가 눈을 비비고 나와, 좌충우돌하는 한명수를 덥석 끌어안아 밖으로 끌어내 차 속에다 냅다 꼬라박았다. 그리고 불문곡직하고 바깥쪽에서 문을 잠가 버리고 시동을 걸었다. 김일진 사장이 그때 쏜살같이 차로 다가와 차창을 주먹으로 치면서 소리치고 있었다.

「한 선생, 당신은 절대로 사기꾼이 아니란 말이오, 도깨비도 아니란 말얏. 알겠어?」

그 말을 닫힌 문 속에서 아련히 알아들은 한명수가 또한 차창을 두드리며 대거리했다.

「지랄 마, 네놈이 아무리 발광을 해도 난 사기꾼이란 말얏.」

차가 대문을 빠져나와 인적이 드문 밤거리를 가속으로 달리기 시작하자, 한명수는 다시 서서히 변의를 느끼기 시작했다.

이 서울에서 한명수에게 속아 넘어가지 않는 유일한 사람, 그 할망구가 속옷에 차고 있는 열쇠를 얻어 내자면 용심깨나 써야 할 것이었다.

(1975년)

도둑견습

그 돼먹잖은 의붓아버지란 작자는, 초저녁부터 어머니와 흘레붙기를 잘하였습니다.

양잿물로 절인 김치를 준대도, 먹고 삭일 수 있을 만큼 먹새가 좋은 나는, 초저녁잠이라면 도둑놈이 와서 뱃구레를 밟는대도 모를 지경입니다. 밥을 한 입 문 채 그대로 잠으로 떨어진 적이 한두 번이 아닐 만큼 나의 초저녁잠은 거의 운명적이라 할 수 있겠습니다. 이런 내 잠을 그 두 사람이 곧잘 깨워 내곤 하였으니깐요.

여름날 저녁, 고릴라의 그것에 버금가는 큰 골통에 이글거리는 외짝 눈깔이 박힌 괴물이 날이 시퍼렇게 살아 있는 톱으로 내 모가지를 썰어 대는 무시무시한 꿈 때문에 디립다 비명을 내지르고 깨어나는 수가 많습니다.

나로 말하면 예수님처럼 사랑해 주어야 할 원수 놈이고 자시고 할 주제도 못 되는 푼수에 그런 지랄 같은 꿈을 왜 밤마다 꾸어야 하는지 정말 이건 자다가 깨어나도 모를 지경이었습니다. 그런 꿈에서 깨어 보면 십중팔구는 실제로 모가지가 쓰리고 아팠습니다.

더운 때라서 어머니와 의붓아버지와 나는 보통 풀기가 깔깔한 홑이불을 함께 덮고 자는 게 예사였는데, 그놈의 풀멕인 홑이불 한쪽 귀퉁이가 내 목덜미를 쉴 새 없이 문지르고 있어 결국 내 모가지가 쓰려 오게 되고 그래서 잠이 깨어 보면, 싸가지없는 어머니가 의붓아버지 가슴 위에 올라가서 맷돌치기를 하고 있기 십상이었습니다. 나는 처음에, 달밤의 유난체조라는 게 바로 저런 거로구나 싶어 두 사람의 동작을 실눈을 뜨고 누워 바라보고 있었지요. 물론 어스름 달빛이, 열린 채로인 문을 통하여 방 안으로 밀려들고 있었기 때문에 의붓아버지의 가슴 위에서 껍쭉대는 어머니의 윤곽이 뚜렷이 드러나 보였습니다. 그들은 내가 실눈을 뜨고 보고 있는 것을 아는지 모르는지 키들키들 웃음을 쥐어짜면서 체조를 열심히 씨루어 대는 것이었습니다. 그들은 같은 동작을 열심히 되풀이하면서 징글맞은 쾌감이 배어 있는 웃음을 토해 냈습니다. 모든 힘과 열기를 오직 그 과정의 일에만 집중시켜 탕진하고 있었습니다.

그러나 홑이불이 들썩거리는 통에 모가지가 쓰라려 도대체 배겨 낼 재주가 없었습니다. 무슨 놈의 장난을 하필이면 이 밤중을 골라서 저러고 있는지 이해할 수가 없었습니다. 벌떡 일어나 버릴 수도 없고 그렇다고 참고 견디자니 그놈의 유난체조가 언제나 끝장이 나 줄지 모를 일이 아니겠습니까. 참 이 무슨 기구한 운명의 장난이란 말입니까. 그러나 그때 다급한 어머니의 목소리가 들려왔습니다.

「여봇, 좋지 그치? 기분 좋지? 대답혀.」

어머니는 의붓아버지에게 기분이 좋으냐고 몇 번이고 족쳐 대며 되묻고 있었지만, 의붓아버지는 소 죽은 넋이라도 덮어씌었는지 아가리를 두고 말을 않고 있었습니다. 나 또한 다급하긴 마찬가지로 이대로 조금만 더 오래가다 보면, 내 모가지가 성한 채로 아침까지 가긴 글렀겠으므로,

「이 새캬, 기분 좋다고 칵 뱉어 뿌러. 내 모가지 작살내고 말 텨?」

내가 느닷없이 버럭 소리치고 일어나 앉아 버렸으므로 어머니는

너무 놀란 나머지 썩은 통나무처럼 뒤로 벌렁 나자빠지고 말더군요. 그들이 너무나 당황하는 꼬라지라서 미안도 하였지만, 우선 끊어지려다 만 듯한 내 목덜미를 어루만지며 앉아 있을 수밖에 없었습니다.

어머니는 아무 말 않고 주섬주섬 옷들을 찾아 입는 눈치였습니다. 의붓아버지란 작자는 그제사 배를 척 깔고 엎디더니 성냥을 득득 그어 담배 한 가치를 빨아 무는 것이었습니다.

방 아래로 쥐들이 찍찍거리면서 어디론가 쭈르르 몰려가고 있었습니다. 골목 어귀에서 짬뽕통이라도 한 개 발견한 모양이지요.

연기를 한 모금 쭉 빨아 삼킨 의붓아버지란 작자가 트릿한 목소리로 어머니에게 한마디 쏘아붙였습니다.

「저 자슥이 시방 날 보구 이 새끼 저 새끼 하던 말 니 들었지이!」

들었으면 워쩔 테고 못 들었으면 사람 잡을 테냐고, 네가 무슨 순경 할애비라도 되느냐고 따져 묻고 싶었지만, 나는 가만있었습니다. 무엇보다 어머니 입에서 무슨 대답이 나오실까 싶어 더 궁금할 따름이었습니다. 그러나 어머니는 얼른 대답을 못 하고 숨 한 번 땅 꺼지도록 내쉬더니,

「내 못난 탓이오.」

딱 한마디 내뱉고는 위쪽으로 엉금엉금 기어가선, 내장 따놓은 가오리 모양으로 네 활개 쫙 뻗고 발랑 누워 버리더군요. 어머니 입에서 별 신통한 대답을 못 들은 의붓아버지는 다소 머쓱해진 어투로, 「쥐 불알만 한 것이 별 훼방을 다 놓네, 끝장엔」 하고 제것도 아닌 홑이불을 사타구니에 뚤뚤 말아 끼고는 모퉁잽이로 누워 버립디다. 참 더럽고 치사해서 말이 막히고 숨이 막히더군요. 당장 시비를 걸고 싶었지만 참았지 뭡니까.

죽은 듯이 누워 있던 어머니가 그때 착 가라앉은 목소리로 말했습니다.

「이따 새로 해보지 뭐.」

그러니까 의붓아버지가 잔뜩 볼멘소리로 「이년아! 잠은 안 자고 그것만 하고 밤새울 터? 씨팔」하더군요.

자기도 우리 집에 빌붙어 사는 주제에 죄 없는 우리 엄마를 들추어 이년 저년 똥강아지 부르듯 하는 데는 참으로 심통나 못 견딜 지경이더군요. 자기가 그렇게 못마땅한 일이 많다면 조막손이 아닌 바에야 방을 따로 꾸며서 그리로 썩 비키든지 나를 그곳으로 보내주든지 하면 될 텐데 말입니다. 그런 꿍수도 없는 으바리가 골대 하나는 살아서 발광이지 뭡니까.

하긴 시방 우리 세 식구가 기거하고 있는 이 방이란 것도 사실은 별것 아닌 '마이크로버스'라는 거지요.

오방지게 쐬주만 들이켜다 죽은 우리 아버지가 이 폐품 집적소 수납실의 최씨한테 적선 사정을 일주일이나 끌어 온 끝에, 어머니가 최씨와 같이 여인숙에 가서 한 번 같이 자는 것을 아버지가 눈감아 준다는 조건으로 여기 들어와 살게 되었습니다.

우리 어머니도 지조 없기로는 봉사 지팡이지 뭡니까.

마이크로버스라는 게 뭔지 잘 모르지만, 버스보다는 작고 택시보다는 훨씬 큰 그런 버스가 옛날에는 청량리로, 미아리로, 왕십리로, 중랑천으로, 마포로, 노량진으로, 잔솔밭에 노루 새끼 뛰듯 왈가닥거리며 누비고 다녔다지 뭡니까. 우리 집적소 안에 그런 버스 차체가 아직 남아 있어 한 식구가 살고 있다면, 아마 사람들은 많이도 놀라겠지요. 그래도 우리 집은 썩어 찌든 곳도 있지만 네 바퀴가 아직 온전히 달려 있어서 언젠가는 한번 이 차가 서울 시가지 한복판을 향해 와르륵 달려나갈 수 있으리라는 희망은 갖고 있습니다.

그래도 옛날 대방동 꼭대기에서 살던 판잣집보다는 훨씬 윗질입니다. 사라호 할배가 불어 닥친대도 루핑 자락이 날아갈 염려도 없고 집적소 안이라 퇴거령이다, 도시 계획이다 해서 완장을 찬 구청 말짜들이 들이닥쳐서 거드름 피우는 꼬라지도 없고, 장마에 벽 무너질 걱정도 없어 다 좋은데 이렇게 무더운 여름날엔 방 안에 들어서면 목구멍에 수세미 뭉치를 틀어박는 듯 숨통이 막히고 등줄기가 벗겨질 듯 더운 데는 미치고 환장할 노릇입니다. 더욱이나 서울 천지의 냄새란 냄새는 전부 이곳으로 왕창 몰아다 놓아선지 들썩거리는 냄새 때문에 여름 한철 아새끼 숨만 겨우 붙어 있을 뿐입니다.

우리 집구석엔 '악당 파리와 모기를 지옥으로 보내는 에프킬라'도 없어서 그것들이 심지어는 내 사타구니에까지 기어 들어와서 피를 빨아 대는 극성을 피우는 데다가, 나잇살이나 처먹었다는 어른들이 천사와 같은 어린 나를 옆에 두고 밤마다 거르는 법 없이 그 짓들이니 글쎄 난들 신경질 안 났다 하면 그건 곰 새끼지요. 하여간 그런 일이 있은 후부터 그들은 체조를 시작하기 전에 어머니 편에서,

「이 원수덩어리가 자나 안 자나 보고 합시다.」

어쩌구저쩌구 하며 바로 내 눈두덩 앞에 바싹 갖다 댄 손가락을 야바위판 돌리듯 팽글팽글 돌려 대는 것이었습니다. 나는 그때마다,
「손 치웟, 사람 눈알 까고 말 텨?」 하고 바락 소리치곤 합니다.

「이 원수덩어리는 퍼뜩 죽지도 않네!」

픽 한숨 내뿜으며 어머니는 힘없이 돌아눕고 만답니다. 그래도 나 역시 인생이긴 하다고 말씀 던질 때마다 내 이름 석 자는 안 잊고 이원수(李源洙)라고 꼭꼭 불러 주는 인정이야 어머니께 있습지요.

나는 그런 어머니가 점점 상대하기 싫어졌습니다. 옛날 우리 아버지 이점득(李點得) 씨가 살아 있었다면 적어도 그런 식으로는 나를 몰아붙일 수 없겠기 때문입니다.

의붓아버지만 해도 그렇습니다. 다른 사람들처럼 윤이 자르르 흐르는 밤색 양복으로 착 뽑고 거북선 담배를 빼물면서 금멕기한 송곳니를 들어 싸악 웃는다든지, 캉가루 표 지갑을 열고 5백 원권을 쑥 뽑아채서 샤니 빵이나 왕사탕이라도 사 먹으라고 할 수 있는 주제라도 된다면 하루에도 골백번을 좋다 하고 아버지라고 불러 줄 수 있

겠지만 이건 순 알거지더란 말입니다. 우악스럽게 손아귀에 끼고 있는 쇠가위 소리를 한번 신명나게 절그럭거릴 줄 아는 것 이외는 아무짝에도 쓸모없는 인생이더란 것입니다.

그것도 허구많은 세종로, 태평로, 충무로 같은 탄탄대로로는 아예 다닐 입장이 못 되고 이건 두더지 삼신을 뒤집어쓰고 태어났는지 시궁창 냄새가 계통 없이 물씬거리는 양창자 같은 골목길만 골라서 기를 쓰고 쏘다니며 '사이다 병, 콜라 병, 헌 신문, 고물 양재기 삽시다아' 하는 똑같은 언문을 하루에도 수천 번을 되뇌며 주접떨고 다니는 고물 장수 주제이고 보니 내가 어찌 그 사람을 두고 아버지라 이름할 수 있겠느냐 말입니다.

그리하고 다니면서 온종일 만나는 대폿집은 거르지 않고 들락거리려 오줌은 또 열 걸음마다 한 번씩 갈겨 대는 것이었습니다. 말이 났으니 이야긴데 다른 건 몰라도 우리 의붓아버지 그 좆 하나는 정말 왔다였습니다. 그를 따라다니다가 오줌 눌 때 한 번 훔쳐봤는데, 나는 맨 처음 저 사람이 웬 19문짜리 왕자표 흑고무신을 바짓가랭이 속에서 꺼내는가 싶어 자세히 봤더니 그 고무신 코에서 허연 오줌 줄기가 뻗지 뭡니까. 난 참 아찔하였습니다. 내가 자기의 그것을 훔쳐보고 있다는 걸 눈치 챈 그는, 그러나 바쁘지 않게 그 고무신을 툴툴 털고 속으로 넣으며 나한테 말했습니다.

「나? 이래 뵈두 이것 하나는 왕자표야, 왕자표오. 케이에스 렛데루 딱 붙었지, 케이에스가 뭔지 알어? 정부가 품질을 보증한다아, 이거야 임마」 하고 뭍에 올라온 물개처럼 끼덕끼덕 웃더군요. 그는 잠시 고개를 숙이고 서 있더니 제법 긴장한 얼굴을 내게로 돌리며 다시 말했습니다.

「이제 두고 보라구, 너의 엄니가 곰같이 덩치 큰 놈 하나를 쑥 빼내놓을 테니간, 씨팔. 난 그놈을 대국도둑놈으로 만들 작정이라구.」

밉다면 업어 달랜다고 우리 의붓아버지는 그 푼수에 꼭 나를 데리

272

고 장사를 나서지 뭡니까. 처음에 나는 그가 나를 골탕 먹일 심산으로 계획 짜고 그러는 줄 알았습니다.

아침을 먹고 나면 이 폐품 집적소를 건덕지로 먹고 살아가는 고물 장수들과 어울려 의붓아버지는 도심지를 향해 장사를 떠나 해가 완전히 빠져야 우리들의 마이크로버스로 돌아왔습니다. 나는 구두통을 메고 변두리 신흥 주택가로, 어머니는 이웃 아주머니들과 어울려 집적소 안의 쓰레기더미로 몰려가는 거지요. 어머니는 거기서 선별 작업을 하게 됩니다. 도심지에서 거둬들인 고물더미에선 미원 봉지, 코텍스도 나옵니다. 초코쿠키 껍데기도, 통조림 깡통도, 코르셋도, 나체 사진도, 계란 껍질도 나옵니다. 우린 도심지에서 살진 않지만, 매일매일 이 집적소로 쏟아져 들어온 그런 쓰레기더미들 속에서 도심의 사람들이 어제저녁까진 주로 무엇을 하고 살았다는 것을 보름달 쳐다보듯 환하게 알 수 있습지요.

그런 것들은 같은 성질의 것들과 모아지고 다시 그것들이 출생했던 공장으로 되돌려지는 것입니다.

그렇게 우리 세 식구는 모두 제각기 할 일들이 따로 있었습니다.

그런데 어느 날, 그 의붓아버지란 작자가 느닷없이 내 정수리를 콱 쥐어박더니, 「이 자슥아, 오늘부턴 날 따라나섯」 하는 것이었습니다. 분통이 탁 터지데요.

「씨이, 아저씨 혼자 해처먹으라구. 난 그런 시시한 고물 장사 못 해 먹는다구.」

「이 새끼가 웬 잔말이 이리 많어?」

「잔말 못 할 건 뭐 있어?」

「이 새캬, 딱쇼 딱쇼 하는 건 시시한 것 아닌 줄 알어?」

백날을 못 보아도 보고 싶잖을 통대구 같은 눈깔을 팽팽 돌리길래 할 수 없이 따라나섰습니다. 한 사흘 따라다니다 보니 그가 나를 데리고 나선 까닭을 알겠더군요. 나도 문교부 혜택을 받을 사이가 없었던 게 탈이지 눈치 하나는 왔다거든요. 의붓아버지는 물론, 사이다 병이나 콜라 병을 받고 엿이나 돈으로 바꿔 주기도 하였지만, 그것보다는 걸핏하면 리어카 옆에 나를 세워 둔 채, 대문이 열린 집이면 무턱대고 안으로 들어가는 것이었습니다. 대문에는 '큰 개 조심'이라고 써 붙여 놓았는데도 그는 도대체가 겁없이 그냥 들어가는 것이었습니다. 그의 말대로라면 '개 조심'이란 거야말로 순 공갈일 뿐이란 것입니다. 정말 조심해야 할 개라도 있는 집구석엔 그따위 알량한 종이딱지를 써 붙이지 않는다는 것입니다. 또 설령 개가 있다손 치더라도 도둑 예방으로 밖에다 두고 기르는 것이 아니라, 개에게 매니큐어, 아이섀도 화장까지 시키고 양말에 옷까지 입혀 예방 주사 맞춰서 방에다 소록소록 재우곤 하기 때문에 겁낼 일 하나 없다는 것입니다.

집에 들어가면 다행히 사람이 없거나 있어도 상추쌈을 가슴 미어지도록 처먹고 마루에서 뻗치고 자는 식모뿐이기가 십상이지요. 그는 그 집 수돗가에 있는 대야나 양은 그릇들을 몽땅 훔쳐 들고 밖으로 나오는 것입니다. 그것들을 수채 도랑에다 한 번 처박았다 건져 내어선 리어카에다 쑤셔 박고 「퍼뜩 가, 이놈아!」 하고 나를 재촉해선 그 골목을 빠져나오는 것이지요. 배나무 아래로 갈 적엔 갓끈도 고치지 말라는 속담이 있는 세상에 순 어거지로 버는 거지요. 어쩌다 들키기라도 하면, 「네에, 수도 검침하러 왔습니다」 하거나 「두꺼비집이 어디 걸려 있습니까?」 하는 식으로 위기 모면을 할 때도 없었던 것은 아닙니다. 하여튼 넉살 하나는 타고난 사람이었으니깐요. 실수를 되도록 줄이기 위하여 그가 아무 집이나 들어갈 땐 나와 암호를 맞추곤 합니다. 나는 밖에 세워 둔 리어카를 붙잡고 섰다가 남자가 나타나면 가위를 절걱거리면서 「사이다 병 삽니다아」, 여자가 나타나면 「헌 대야 삽니다아」 하고 소리쳐 주면 의붓아버지가 속 차리고 부리나케 밖으로 쫓아 나오곤 하지요. 장사라도 더럽게 똥줄

274

빠지는 장사지요.

그런 식으로 모으는 철물들이 돈으로 환산하면 상당한 액수에 달하는 때가 많았습니다. 순 도둑놈이지요 뭐. 지옥이 만원 아니라 미어터져 나간다 해도 우리 의붓아버지는 그 만원 된 지옥 자리 날 때까지 밖에서 기다려야 할 놈입니다. 그런데 그에겐 단 한 가지 내가 이해 못 할 점이 있었습니다. 그런 식으로 훔쳐 내다 보니까 나중엔 요령도 붙고 간뎅이가 부어서 마루에 놓인 선풍기 같은 것도 훔쳐 내곤 하였는데 이 더운 여름날에 선풍기 같은 것이야 우리 집 마이크로버스 속에다 틀어 놓으면 좀 시원하고 간이 뜨겠습니까마는 그 작자는 그것을 응당 망치로 때려 부숴 가지곤 고물로만 팔아먹던 심사를 알 도리가 없더란 이야깁니다. 그것만이 아니었습니다. 우리 집에서 얼마든지 쓸 만한 멀쩡한 세숫대야도, 전기믹서도, 주전자 같은 집기도 모양 그대로 팔아넘기면 상당한 현찰과 바꿀 수 있음에도 꼭 쇠망치로 엎치고 모를 쳐서 뚝심 빠진 할망구 뱃가죽처럼 만들어서 수납소로 가져가서 몇 푼 안 되는 고물값으로 바꿔 오는 것이었습니다. 그 고집은 아무도 꺾지 못할 것 같았습니다. 내 소견에도 하도 딱하고 답답하여,

「씨이, 그냥 팔면 몇 배나 받을 텐데 괜시리 두들겨 깨기는 왜 깨는 거여?」

그러나 대답은 항상 한 가지로 내뱉기였습니다.

「이 자식아, 모르는 소리 말고 죽통 닥쳐. 아모리 좋고 신품이라 할 지라도 일단 내 손에 들어왔다 하면 고물이 돼야 그기 원칙이야. 그래야 제 값어치가 있는 기엿.」

젠장, 퉁명스럽게 쏘아붙이기 일쑤입니다. 사람이 오래 살다 보면 멍텅구리도 여러 질(質) 본다더니 나는 열다섯 살이 못 되어 저런 주체 못할 으바리 같은 자식도 보게 되는구나 싶데요. '알래스카의 싱그러운 바람을 몽땅 여러분의 안방에다 운반해 준다'는 그런 신품 선

풍기를 기어이 망치로 때려 고물로만 팔아먹고 있는 그놈의 대갈통은 도대체 무엇으로 채워져 있는 것일까요. 모르는 놈은 손에 쥐어 줘도 먼 산만 본다더니 꼭 우리 의붓아버지 같은 놈을 두고 하는 말씀임에 틀림없겠습니다.

그러나 그의 말도 일리가 없는 것은 아니었습니다. 우리 집인 이 마이크로버스라는 게 정말 아무런 보장이 없는 집이었으니까요. 언제 해체되어 주물 공장으로 들어가게 될지 모를 불안이 그것이었습니다. 그는 서울 시가지에 널려 있는 쇠붙이들을 고물로 만들어 내는 분량만큼 우리 집이 헐려질 시간이 늦어질 수밖에 없다고 말해왔으니까요. 그것을 가장 유효 적절하게 이용하고 있는 놈이 바로 수납소의 최가란 놈이었습니다. 그놈이 요사인 퍽 자주 우리 집 주변을 빙글빙글 돌면서 원료 공급이 딸린다면서「이놈을 빨리 해치워야 할 텐데」어쩌구 해가며 벽을 돌로 탕탕 때려 본다든지 대가리를 주억거려 아래위쪽을 살펴보곤 하니깐요.그 새끼가 또 우리 어머니를 여인숙으로 데려갈 욕심 때문에 으름장을 놓고 있다는 것쯤은 의붓아버진들 모를 리 있겠습니까. 그러나 죽은 우리 아버지처럼 허약하고 요령 없는 사람이야 당장 어머니를 내어 줄지는 모르지만 서슬이 퍼렇게 살아 있는 의붓아버지야 그렇게 호락호락한 위인은 아니었습니다. 최가 놈이 그런 식으로 으름장을 놓고 돌아간 날의 의붓아버지는 거의 미친 것 같은 상태에서 하루를 보내게 됩니다. 두 눈알은 벌겋게 충혈되어 안정을 잃고 이리 굴리고 저리 굴리며 심하게 술을 퍼마시는가 하면 이 눈치 저 눈치 돌볼 겨를 없이 마구다지로 훔쳐 내곤 하였으니까요. 리어카에 쌓인 고철들 거의가 도둑질로 채워진 것뿐이었습니다.

우리는 그날 우연히도 주택가 사이에 끼여 있는 어느 아담한 공원의 어린이 놀이터 앞을 지나게 되었습니다. 그 공원 한편에는 조무래기들을 태우고 원형으로 빙글빙글 돌아가는 철마가 삐걱삐걱 칫

소리를 내고 있었습니다. 우린 맨 처음 빈 깡통이나 주워 모을 심산으로 그 공원 속을 어슬렁거리고 들어갔던 것이지요. 그런데 그 철마를 보자 의붓아버지는 그만 걸음을 딱 멈추고 말았습니다. 그는 아가리를 함지박으로 벌리고 헤헤 웃는 아이들을 잔뜩 싣고 힘겹게 돌아가는 철마 틀을 넋을 잃고 바라보고 있을 따름이었습니다. 넋을 잃은 듯이 보이던 그의 표정이 차츰 어떤 득의의 웃음기로 변해 갔습니다. 그는 강에서 걸어 나온 강아지처럼 온몸을 한 번 부르르 떨었습니다. 드디어 그는 내 정수리를 깡 치면서 이렇게 말했습니다.

「좋다! 저놈을 해치우는 거야, 저놈을.」

나는 정수리가 몹시 아팠으나 그의 결의에 찬 표정이 엄숙하기까지 하였으므로 참는 수밖에 없었지요.

「이 자식아, 아무한테나 얘기하면 죽엿!」

「씨이, 뭘 말예요?」

「저걸 보라구, 이 자식아.」

「말 틀 말예요?」

「그래 이 자식아, 오늘 밤에 저놈을 해치우는 거야. 저런 게 있는 줄을 미처 생각을 못 했군.」

말하자면, 주제에 그 철마 틀을 몰래 해체시켜 고철로 팔아 조질 심산이란 것쯤은 나도 알아차릴 수 있었습니다. 나는 킹 하고 코웃음을 쳤습니다.

「씨이, 잘 안 될걸.」

「이 자식아, 쥐 새끼도 막다른 골목에 이르면 돌아서서 고양이를 문다구.」

「씨이, 잘해 보라구.」

말 같아야 상대를 하고 섰지요. 나는 돌아서고 말았습니다. 내가 돌아선 뒤에도 그는 여전히 거기 남아서 철마 근방을 빙빙 돌며 이리저리 궁리를 짜내고 있는 눈치였습니다. 그러나 생쥐가 호랑이 새

끼를 잉태하는 게 쉽지 자기가 무슨 까딱 수로 그 철마를 몰래 해체
시킬 수가 있단 말입니까. 그는 근 30여 분이 지난 뒤에사 내 뒤를
어슬렁거리고 따라 나왔습니다. 그 꼬락서니가 하도 우스꽝스럽고
미워서 나는 의붓아버지를 골탕 먹일 궁리를 하고 있었습니다.

　우리는 그 공원을 나와서 다시 주택가의 골목길로 들어섰고, 그는
역시 빈집을 발견해 내고 그 집으로 기어 들어갔습니다. 나는 여전
히 리어카 근방을 돌며 망을 보고 있었습니다. 그때 골목 어귀에 찰
슨 브론슨같이 어깨가 딱 벌어진 두 사나이가 나타났습니다. 나는
거기서 응당 가위질을 절그럭거리며 「사이다 병 삽니다」하고 집 안
에 있을 의붓아버지께 신호를 해주어야 했는데도 여전히 가만히 서
있었습니다. 공교롭게도 일이 바로 되느라고 그 두 사나이는 그가
들어간 바로 그 집으로 들어갈 사람들이었습니다. 참 그날 우리 의
붓아버지는 직사하게 터졌지요. 하여튼 여물통이 당나발이 되도록
쥐어 터졌으니깐요. 그 사람들은 악당 영화에 나오는 허장강의 꼬붕
들처럼 입에 게거품을 풍기며 의붓아버지를 약장수 북 치듯 했습니
다. 꽤 오랫동안 맷집 좋게 맞고만 있던 그가 뽀빠이에게 쫓기는 털
보처럼 갑자기 골목 밖으로 튀어 달아나더군요. 토끼는 데는 그도
한가락 하는 사람이라는 걸 그때서야 알았습니다. 눈 깜짝할 사이에
사람을 놓쳐 버린 그 두 사나이는 잠시 서로를 멍하니 쳐다보더니
충혈된 시선을 서서히 내게로 옮겨 왔습니다.

　이젠 골로 가는구나. 저 거무침침한 서울의 하늘도 오늘로서 마지
막 보는구나 싶었습니다. 아니나 다를까, 그들은 내게로 걸음을 옮겨
오는 것이었습니다.

　「너 이 자식! 그놈과 한패짓?」

　그중 한 녀석이 어금니를 잔뜩 사리물며 내게 다그쳤습니다.

　「너 임마, 거짓말하면 죽어? 마빡에 피도 덜 마른 녀석이 벌써 도
　둑질 동업이야?」

다시 한 녀석이 다가서며 이를 앙물었습니다. 물론 나는 처음엔 사시나무 떨듯 했지요.

그러나 바로 그 순간에 아까 공원에서 의붓아버지가 내게 던진 말이 퍼뜩 떠올랐던 것입니다. 「이 자식아, 쥐 새끼도 막다른 골목에 이르면 돌아서서 고양이를 문다구」바로 그 말이었습니다. 낸들 기죽을 수 있나요. 나는 한 발 앞으로 쓱 나섰습니다.

「씨이, 그렇다, 왜? 잘못된 거라도 있니?」

내가 뱃심 좋게 나오자 그들은 금세 얼굴색이 싹 가시더군요.

「야, 요것 봐라아! 벼룩이 튄다아!」

「이 새캬! 니 눈깔엔 벼룩밖에 보이는 게 없니?」

나는 이렇게 대거리하며 은연중 리어카 속에 들어 있던 조그만 쇠꼬챙이 하나를 재빨리 챙겨 들었지요.

「야 요놈 봐라아! 너 몇 살이니?」

「몇 살이면 워쩔 텨? 너 애비 나이라도 보태 줄 텨?」

통수가 그쯤 되면 알조였습니다. 그 두 사나이는 시골 장터에 붙들려 온 고슴도치라도 구경하듯 내 주위를 조심스럽게 빙글빙글 돌며 나를 요리조리 훔쳐보더니 그만 웃고 돌아섰습니다. 그들의 표정으로 보아, 한 말로 유치하다 이것이었는데 사실은 내가 쥐고 있던 쇠꼬챙이에 조금은 겁을 집어먹은 게 분명하였습니다. 나도 휘두르다 보면 저희들이 찔리지 않는다는 보장이 어디 있겠습니까. 악돌이한텐 못 당하는 법이니까요. 어른들이란 틀은 커도 건드리면 움츠리는 족제비처럼 운명적으로 허약하다는 걸 나는 그때부터 깨닫게 되었습니다. 그날 이후 나는 그 쇠꼬챙이를 항상 몸에 지니고 다니는 습성을 길렀습니다.

「짜아식들, 작은 고추가 매운 걸 몰라?」

나는 어깨를 으쓱 하고 리어카를 끌며 유유히 골목을 빠져나왔습니다. 그땐, 그렇게 높게 느껴지던 서울의 하늘이 내 턱밑에 내려와 있더군요. 길거리를 걸어가는 사람들도 훅 불면 날아가 버릴 듯 가볍게 보였습니다. 그러나 그 다음엔 겁이 덜컥 났습니다. 그건 그때 우리 의붓아버지 생각이 버럭 떠올랐기 때문입니다. 그는 지금쯤 분명 집으로 돌아가서 황소 모양으로 나자빠져 누워 어머니를 들볶고 나를 저주하고 있을 것임에 틀림없겠기 때문입니다.

나는 집으로 돌아갈 엄두가 나지 않았습니다. 리어카를 수채 도랑에 콱 처박아 버리고 지향 없이 떠나 버릴까 보다고 생각했습니다. 이 한 몸이야 어딜 가도 먹고 살아갈 재주쯤이야 내게도 있으니깐요.

작년까지만 해도 나는 시내버스를 탔습니다. 주로 밤에 아무 정류소에나 나가 섰다가 무조건 버스를 집어 타는 것입니다. 차가 일단 떠나면 나는 그 많은 사람들 틈에 끼여 악을 쓰기 시작하지요. 「차내에 계신 신사숙녀 여러분! 저는 일찍이 조실부모하고 눈보라 치는 서울의 하늘을 지붕삼아 이 거리 저 거리를 주린 창자를 틀어쥐고 지향 없이 떠도는 신세였습니다……. 그리하여 청량리에 위치한 아세아중학교 야간부에 입학은 하였으나, 세파는 거세고 인정은 메말라 더 이상 학업을 계속할 수 없어 볼펜 몇 개를 밑천삼아 인정어리신 여러분의 동정을 구하고 있습니다.」 그러고는 '미이아리 누운물 고개 니이임이 넘던 이별고오개' 한 곡 좍 뽑고 나면, 나도 모르게 울고 있는 자신을 발견합니다. 그러나 내 호소를 귓구멍이 있으면 다 들었으련만 승객들은 길거리에 금송아지라도 지나가는지 고개를 하나같이 창밖으로 돌리고 있을 뿐입니다. 그러나 그런 건 별 염려 없습지요. 요는 그 차 중에 집으로 돌아가는 바걸이나 작부 들이 몇 사람이나 타고 있느냐가 더 문제입니다. 그들이야말로 눈물에 약하거든요. 결국은 한 차에 1, 2백 원은 쥐고 내리기 마련입니다. 간혹 나를 알아보고 차비를 달라는 차장도 있습니다. 나는 그때 지체없이 공갈을 칩니다.

「이년아, 너 더 살고 싶으니?」

「요 새끼가 지금 뭐라고 했니?」

「이년아, 제발 내 창자 뒤틀리게 하지 말어.」

차장을 똑바로 쳐다봅니다. 공갈에는 약하거든요. 또 나를 상대해서 머물 시간도 없는 차니까요. 붕 떠나고 말지요.

그때, 내 등을 툭 치는 사람이 있었습니다. 바로 의붓아버지가 그 사람이었습니다. 나는 창자가 끊어질 듯한 놀라움과 두려움에 떨었습니다. 이번이야말로 끝장이구나 싶었습니다. 적어도 그 사람에게만은 내 통수나 공갈이 통하지 않는다는 걸 잘 알고 있기 때문이죠. 그러나 나는 의외에도 씩 웃고 있는 그를 발견한 것입니다.

「히히, 내가 다 봤다, 임마. 너 통수 한번 거뜬하게 치던데! 됐어, 잘하는 짓이라구, 희망이 가득한 놈이야, 넌.」

그는 내 골통을 툭툭 치면서 팅팅 부어 모과 같은 낯짝을 해가지고선 헤벌쭉 웃기까지 하더라니까요. 그 만족스러워하는 꼬라지란 이루 형언할 수가 없었습니다. 그는 사뭇 달아나지 않고 길모퉁이에 숨어서 내가 노숙하게 굴던 것을 지켜보았음이 틀림없었습니다.

난 그날처럼 기분 좋았던 날도 없었습니다. 물론 그날부터 그를 아버지라고 부르기로 작정도 하였지요. 돈도 없고 무식하며, 도둑질이나 하고 오락이라고는 어머니와 흘레밖에 할 줄 모르는 그였지만, 사람들 군더더기 없이 용서할 줄 알고 힘을 북돋우어 줄 줄 아는 그 왕자표 아저씨를 아버지라 부르는 데 내가 거리낄 것은 없었지요.

「이봐, 너 말이야, 오늘 저녁 내 작업에 가담할 텨?」

그는 조금 전에 공원에서 보아 둔 철마의 해체 작업에 내가 동행해 줄 것을 은근히 바라는 눈치였습니다. 물론 나는 그의 제의를 쾌히 승낙했습니다. 그때의 내 기분은 공허하게만 느껴지던 그의 계획이 이상하게도 퍽 현실성이 있는 계획으로 받아들여지더군요.

집으로 돌아오자, 아버지는 어머니를 보고 「이봐, 이 자식이 날 아버지라고 불렀어」 하더군요. 아버지의 울긋불긋하게 부어오른 얼굴과 나를 번갈아 보던 어머니의 눈시울에 안개 같은 것이 서리는 것을 나는 보았습니다. 어머니는 우리들이 시내에서 겪었던 사건을 대강 짐작하는 눈치였으니깐요. 나는 그때 치사하게도 울고 싶다는 생각이 울컥 치밀어 오르더군요. 우리들 세 사람은 낯선 사람들처럼 아주 오래간만에 서로를 쳐다보면서 어설프게나마 웃었습니다. 새로운 음모에 대한 결의가 우리들 웃음 속에 배어 있었지요. 그러나 그날 밤부터 나의 사랑하는 아버지는 앓기 시작하였습니다. 대단한 열이 아버지의 온몸을 휩싸 안았습니다. 아버지와 나의 계획이 수포로 돌아간 건 차치하고 그를 어떻게 치료해 주느냐가 당장 발등에 떨어진 불이었습니다. 그러나 아시다시피 밤중에 무얼 어떻게 할 수 있단 말입니까. 어머니는 거의 속수무책으로 아버지의 이마에 물수건만 얹었다 내렸다 하였어요. 그러나 아버지를 엄습해 온 열은, 불에 달구어진 돌멩이처럼 도대체 식을 기미를 보이지 않았습니다. 사랑하는 아버지는 굴신 못 하도록 얻어터진 게 분명하였습니다.

「이 원수야, 병원에 가서 의사라도 불러 오너라.」

아버지 옆에 두꺼비처럼 앉은 나를 보고 어머니는 소리쳤습니다.

「여기 와줄 골 빈 의사가 어딨어?」

「그럼 이놈아, 죽는 사람 두고 그대로 죽치고 앉았을 테여?」

나는 어슬렁거리며 밖으로 나왔습니다. 근 1킬로나 시내 쪽을 향해 걸어서 '중생의원'이란 간판이 걸린 병원 하나를 찾아냈습니다. 그 썰렁한 병원엔 마침 발랑코인 간호사 한 년이 어슬렁거리며 있었습니다. 내가 문을 열고 들어서자, 「너 어디서 왔니?」 하고 그녀가 물었습니다. 저 위쪽 폐품 집적소에서 왔다고 했지요. 그는 내 아래위를 잠깐 훑어보고는 심드렁하게 말했습니다.

「으응, 거어기? 지금 의사 선생님이 안 계신데?」

싹수를 보니까 그 간호사가 순순히 나를 따라오긴 글렀다 싶었습니다. 참 분통 터지데요. 나는 그때 쇠꼬챙이를 척 꺼내서 꼬나 들었습니다.

「너 갈 텨, 안 갈 텨?」

「얘가? 지금 뭘 하고 있니?」

「보면 몰라? 이 작것아?」

「이런 애가 어디 있어?」

「너 오래 살고 싶지?」

나는 쇠꼬챙이를 그녀의 콧잔등에다 바싹 갖다 대고 이를 앙물었습지요. 그제사 새파랗게 질린 그녀가 뾰족한 수가 없었던지 주섬주섬 왕진 갈 채비를 하더군요. 19문짜리 왕자표 흙고무신만 한 아버지의 그것이 어머니에겐 절대적으로 작용되듯이 내 19문짜리 길이만 한 이 쇠끝이 많은 사람들에게 공포를 준다는 흡족감을 다시 한번 느끼게 되었지요. 하여튼 그 작은 쇠끝 하나에 너무나 허술하게 굴복해 버리는 간호사가 민망할 정도였습니다.

그 간호사는 우리 집에 당도하자, 곧장 아버지에게 주사를 찔러 주었고 이틀분의 약을 주고는 왕진비도 받을 생각 없이 부리나케 달아나 버렸습니다. 어머니는 내가 간호사를 여기까지 불러 올 수 있었다는 대견스러움에 「이 원수야, 너도 쓸모가 있구나!」 하면서 누런 이를 드러내고 웃었습니다. 나는 지랄같이 눈물이 핑 돌더군요. 아버지는 얼마 후 열이 내리기 시작하였고 혼곤히 잠에 빠져 들더군요. 어머니와 나도 그 옆에 아무렇게나 꼬꾸라져 잠이 들었습니다.

그날 밤 나는 꿈을 꾸었습니다. 신나는 꿈이었지요. 우리 집인 마이크로버스 양 옆에 은빛 날개가 달려서 짙푸른 하늘을 기분 좋게 날아가고 있었습니다. 우리들의 비행기는 조종사도 없었지만 그렇게 쾌적하게 날 수가 없더군요. 시원하고 맑은 바람이 창으로 들어와 발가벗은 채인 우리 세 사람의 더운 몸을 식혀 주었습니다. 아래로는 칙칙한 산과 바다가 이어져 왔다간 펼쳐져 지나갔습니다. 나는 기분이 좋아서 무좀약 선전 광고처럼 간지럽게 웃었습니다. 그때 초원이 펼쳐진 넓은 땅이 보이기 시작했습니다. 「착륙 준비잇!」 아버지가 손을 번쩍 들고 소리쳤습니다.

눈을 번쩍 뜨니 아버지가 물을 달라고 소리치고 있었습니다. 젠장, 좋다가 말았지요 뭐.

나는 어머니를 깨우지 않으려고 살금살금 기어 나가 물 반 바가지를 떠다 아버지께 드렸지요. 그는 내 얼굴을 한참 동안 유심히 쳐다보더니 꿀꺽꿀꺽 물을 마셔 댔습니다. 그러나 아버지는 그 이튿날도 털고 일어나진 못했습니다. 아마 아버지도 임자 바로 만났던가 보지요. 자기가 마른 명태가 아닌 이상 그렇게 얻어터졌는데도 아프고 저리지 않을 리 없겠지요. 그렇다고 우리 두 사람이 황달의 붕어 들여다보듯 아버지의 팅팅 부은 낯짝만 내려다보고 앉아 있을 수도 없겠으므로 마음에 걸리기는 하였습니다만, 어머니는 다시 선별 작업장으로, 나는 리어카를 끌고 시내로 고물 장사를 떠났습니다. 더군다나 나는 리어카를 혼자서 끌게 되었다는 사실 때문에 조금은 흥분해 있었습니다. 나 혼자서 일을 벌일 수 있게 되었다는 건 여간 짜릿한 일이 아니었습니다. 물론 나는 아버지처럼 가위를 절걱거리며 가락에 맞추어 「사이다 병, 콜라 병, 헌 양재기 삽시다」 하고 외쳐 대는 것이었습니다. 조그만 것이 그런 짓을 하고 다니니까, 골목에 모여서서 제 남편 흉이나 싸지르던 여편네들이 신기한 듯 바라보곤 하더군요. 그 눈길에는 하나같이 너도 출세 일찍 하였구나, 하는 말씀들이 담겨 있었는데 그것들이 아직 내 실력을 몰라서 그러고 있는 것이겠지요.

오후 두시쯤 나는 아주 의젓한 어느 집 대문 앞에 멈추어 섰습니다. 제법 산다고 떵떵거리는 집구석으로 보이는 것은, 집을 왼편으로 돌면서 펼쳐진 푸른 잔디밭이 시원하였고 차고(車庫)도 보였기 때문입니다. 집 안의 문이란 문은 모조리 닫혀 있었고 마루의 문짝 두 개만 열려 있었는데, 바로 그 열린 문 사이로 식모가 네 활개를 쫙 벌리고 낮잠을 자고 있었습지요. 문을 열어 놓은 채 식모가 자고 있다면 그 집구석엔 그 이외는 아무도 없다는 증거지요. 누구라도 있다면 식모 따위가 건방지고 도도하게 물 간 통대구 배같이 푸르딩딩한 두 다리를 쩍 벌리고 잠들 수 없다는 건 상식에 속하는 일이니까요. 나는 리어카를 끌고 얼른 그 집 안으로 들어가서 안쪽으로 대문을 걸어 잠갔습니다. 그리고 곧장 마루 앞까지 리어카를 끌고 가서 세운 다음, 쇠꼬챙이를 꺼내 들었습니다. 그리곤 쇠끝으로 단잠이 든 식모의 뱃구레를 툭툭 쳤습니다. 어찌나 많이 처먹었던지 뱃구레에서 소가죽 소리가 날 지경이었습니다. 그년도 아마 먹새는 나에게 뒤지지 않았던 게지요. 한참 만에야 그년은 깜짝 놀라 일어나더니 나를 이윽히 바라보았습니다. 나는 여유를 두지 않고 쇠끝을 그년의 코앞에 바싹 갖다 대고 말했습니다.

「낮도둑놈이야. 알아 둬, 오래 살고 싶지?」

처음에 그년은 내 몰골을 보고 심드렁한 낯짝이더니 내가 '낮도둑놈'이라고 말하자, 이상한 신음 소리를 뱉어 내곤 금방 얼굴을 감싸 쥐더니 썩은 통나무이듯이 옆으로 나가 뒹굴었습니다. 나는 쇠끝으로 그년의 뒤통수를 두어 번 긁어 준 다음, 지체 없이 일에 착수했습니다. 선풍기부터 찬장의 그릇들, 믹서, 전화기 할 것 없이 고철로서 가치가 있는 것이라면 사양 않고 리어카로 옮겨 실었습니다. 그때까지 식모는 겨울 동태처럼 바싹 얼어서 얌전하게 엎드려 있더군요. 나는 그 집구석을 나오면서, 「이년, 내 꼬붕들이 밖에서 사뭇 지켜볼 테니까, 고함 지를 요량 말고 사뭇 엎드려 있엇!」 하고 으름장을 놓았습니다. '이년' 할 때 나는 아랫배에 힘을 잔뜩 넣었지요. 그년 아마 10년은 감수했을 건 뻔하지요. 하긴 내 입에서 어쩌면 그렇게 기발한 공갈이 튀어나왔는지 모를 일이지요. 하긴 나 역시 아이큐 높다는 배달의 자손이긴 마찬가지니깐요. 나는 그길로 똑바로 집으로 돌아왔습니다. 나는 손오공이라도 된 듯 하늘을 날 기분이었지요.

집으로 돌아와서 그 사실을 누워 있는 아버지에게 낱낱이 고해 바쳤습니다. 내 이야기를 상기된 얼굴로 다 듣고 난 아버지는 그때 뉘었던 자세를 후딱 일으키면서 말했습니다.

「넌 이제 내 아들이야. 이 강두표(姜斗杓)의 아들이라구, 딴 놈의 아들이 됐다간 죽엇?」 그리고 그는 덧붙이기를 「열심히 혀, 책임은 내가 져, 이 강두표가 진다구. 그래야 우리 집이 헐리지 않는 기여 임마, 그걸 알아야 혀」 하더군요. 그러나 양계장에서 계란 쏟아지듯 날마다 경기가 좋은 건 아니었습니다. 사실은 대낮에 문도 안 잠근 채 넉살 좋게 낮잠 자는 여자란 그리 흔한 일은 아니거든요. 나는 열흘에 한두 번씩 식모 혼자 있는 집구석을 털곤 하였습니다.

나의 사랑하는 아버지 강두표 씨는 좀처럼 털고 일어날 기미를 보이지 않았습니다. 영 골병이 진 모양이었습니다. 그렇지 않고서야 그렇게 탄탄하던 사람이 밀가루 반죽처럼 늘어질 수가 있겠습니까. 일어나는 건 고사하고 그는 언제부턴가 비쩍비쩍 여위어 가는 게 도대체 심상치 않았습니다. 내가 하는 일도 그랬습니다. 빤한 이치로, 서울 시가지를 노루처럼 뛴대도 내가 불가사리가 아닌 바에야 아버지와 같이 다니던 때처럼 실적이 오를 건 아니지요. 또 그것뿐이겠습니까? 아버지가 20여 일을 앓아 눕자, 수납소의 최 주사란 자식이 우리 집에 심심찮게 나타나는 일이었습니다. 그가 수탉 모양으로 고개를 갸우뚱거리며 집 주위를 이리 돌고 저리 돌아보는 꼬라지가 우리들을 몹시 심란하게 만드는 것이었습니다. 조만간 우리 집을 헐어버릴 심산이 아닌가 싶었기 때문입니다. 그 자식이 낮반대기 실죽거리는 꼬락서니로 보아 아무래도 다시 한 번 그 자식을 따라 여인숙엘 가주어야 할 날이 가까워 오는 건지도 모르지요. 그 자식이 우리 어머니를 끈질기게 탐욕하는 걸로 보아, 못 할 말이지만서도 우리 어머니도 어지간히 색골인 모양이지요. 그러나 어찌 됐건 남의 여자를 탐내다니, 최 주사란 놈이야말로 염치없기로는 무당 쌀자루보다 몇

286

배 더한 놈이지요. 물론 내게도, 이 쇠꼬챙이로 그 자식을 위협할 수 있는 용기쯤이야 있습니다. 그러나 이 폐품 집적소를 중심으로 살아가는 사람들은 여느 사람들과는 생판 다르니까요. 골통에 권총을 들이댄대도 알랭 드롱처럼 눈썹 한 번 까딱하는 법이 없습니다. 빵깐에 드나들기를 생콩 먹은 놈 변소 드나들듯 하더군요. 그중에서도 최 주사 같은 놈은 갔다 하면 서대문이니까요.

우선 마빡에 박 그어진 흉터만 보아도 그놈이 얼마나 계통 없게 살아왔던가를 알조였으니까요. 어느 누구도 그 앞에서 대거리했다간 졸가리 부러지는 변을 당하고 맙니다. 하물며 나 같은 거야 엉겨붙는다는 건 호랑이 앞에 웃통 벗는 격이지요. 그러니까 난 그저 눈 딱 감고 리어카 밀고 시내 쪽으로 드나들 수밖에 더 있겠습니까. 그 쪽엔 내 공갈이 먹혀 가는 사람들이 너무나 많이 살고 있으니까요.

그날도 나는 마침, 밥 한 그릇을 목구멍에 이겨 넣고 저쪽 쓰레기 더미에 있던 리어카를 끌어낼 작정으로 어슬렁거리며 걸어가고 있었습니다. 나보다 한발 앞서 나갔던 어머니가 그때 어디서 헐레벌떡 내게로 뛰어왔습니다. 어머니는 불문곡직하고 내 멱살부터 조여 잡았습니다.

「이 원수 놈아, 이놈아, 널 잡으러 쇠파리가 찾아왔어!」

나는 이게 무슨 흰소린가 했습니다. 무엇 때문에 순경이 나를 잡으러 오느냐 이겁니다.

「저쪽 수납소에 이놈아, 쇠파리가 와서 너와 똑같은 놈을 찾고 있어, 이놈아.」

어머니는 숨이 거의 턱에 걸려 있었지요. 나는 아침 잘 먹은 어머니가 갑자기 돌았나 싶을 정도였습니다.

「뭐라고? 싸게 주껴 봐.」

「이 원수 놈아, 그래 내가 뭐라든? 아예 도둑질은 하지 말랬잖어? 이 여우 새끼 같은 놈아, 도둑질은 지랄한다고 혀? 할 짓이 겨우 그것뿐이더냐?」

「씨이, 엄니가 원제 날 보구 도둑질 말랬어? 원제? 늘 가만 보구만 있어 놓구선.」

「이 원수 놈아, 넙죽거리고 섰지 말고 월런 토껴 버려, 저쪽 철조망 구멍으로 싸게, 이놈아.」

어머니는 거의 사색이 되어 발을 동동 굴렀습니다.

「씨이, 걱정 말어. 엄니가 왜 안달여?」

나는 그때서야 수납소 쪽을 힐끗 돌아다보았습니다. 쓰레기더미 너머로 보이는 수납소 문 앞엔 정말 순경 한 사람이 찾아와서 타조처럼 어깨를 쩍 벌리고 서서 최 주사 놈과 뭐라고 노가리를 까고 있었습지요. 나는 씩 웃었습니다. 이상하게 전신이 찌릿해 왔습니다. 이제 살맛이 난다 싶었습니다. 나는 다람쥐처럼 날쌔게 철조망을 기어 넘어 곧장 시내 쪽을 향하여 냅다 뛰기 시작하였습니다. 쇠꼬챙이를 든 채 말입니다. 이것 하나만 갖고 있으면 어딜 가도 먹고 살수 있을 것 같았기 때문이지요.

나는 그날 하루를 시내 여기저기를 기웃거리면서 해를 보냈습니다. 집 사정이 매우 궁금하였습니다. 나 대신 아버지나 어머니가 파출소에 붙들려 가서 직사하게 얻어터지고 있는 거나 아닌지 모를 일이기 때문입니다. 주둥이에서 말이 튀어나왔다 하면 욕뿐이고, 그입에서 나온 욕설이 땅에 채 떨어지기 전에 아무거나 손에 잡히는 쇳조각으로 상대방의 도민증을 사악 그어 버리기 일쑤인 사람들 틈에 끼여 사는 그들이지만 의리 하나는 살아 있어 내가 한 짓거리들을 그렇게 호락호락하게 불어 버리진 않을 것입니다. 그러나 한편으로는 나를 잡기 위해서 온 서울 바닥에 순경들이 좍 깔려 있을지도 모른다는 불안도 엄습해 왔습니다.

그래서 나는 쏘가리가 바위틈 기웃거리듯 이 골목 저 골목을 기웃거리며 다닐 수밖에 없었습니다. 해도 저물어 가고 배도 고팠습니다.

서글퍼지더군요. 물론 주머니엔 얼마간의 돈도 있었지만 집 사정이 걱정되어 풀빵 한 개라도 목구멍에 넘어갈 것 같지가 않았습니다.

하루를 사그리 굶고 말았지요. 해가 완전히 지고 어둠이 깔려 오기를 기다려 나는, 어슬렁어슬렁 집으로 발길을 돌려 놓았습니다. '언덕 위의 하얀 집'은 아니더라도 내가 돌아갈 곳은 오직 거기뿐이었으니까요. 집 가까이에 당도하자 나는 둘레의 동정부터 살펴보았습니다. 태풍이 지나간 자리처럼 사위가 조용하더군요. 물론 아침에 나를 찾아왔던 순경의 쌍통도 보이지 않았습니다.

그런데 나는 한 가지 놀라운 사실을 발견하게 되었습니다. 분명 마이크로버스 안에 누워 끙끙 앓고 있어야 할 아버지가 밖으로 쫓겨 나와 있더란 말입니다. 몇 개의 사과 궤짝과 수채 냄새가 풍기는 요때기와 홑이불, 몇 개의 그릇들이 우리 재산의 전부였는데, 그걸 전부 밖으로 옮겨 놓고 아버지와 어머니가 바보처럼 앉아 있었던 것이었습니다. 뭔가 심상치 않다고 생각되었던 나는 황급히 철조망을 기어 넘어 두 사람에게로 뛰어들었습니다. 그들은 나의 출현에 조금도 놀라는 기색이 없었을 뿐 아니라 오히려 본체만체였습니다.

「엄니, 뭣 때문에?」

「시끄러워 이 원수야, 아가리 닥쳐!」

어머니는 꽥 소리 질렀습니다. 참 곤조통 터지데요. 하루 종일을 굶고 헤매다 들어온 사람을 보고 위로의 말씀은 못 건네줄망정 당장 욕부터 퍼부어 대다니, 참으로 우리 어머니는 문교부 뒷길로도 못 다녀 본 모양입니다.

그때, 새까만 기름때가 덕지덕지 묻은 작업복을 걸친 인부들 몇 사람이 두런거리며 우리 집적소 안으로 들어서는 모습이 보였습니다. 그들 역시 리어카 같은 것을 끌고 있었는데, 그건 고철이 실린 리어카가 아니었습니다. 최 주사란 놈이 수납소에서 뛰어나가 그들과 한두 마디 건네는 눈치더니 그들을 곧장 우리 집 쪽으로 몰고 왔습니다. 그들은 우리 집 앞에 멈추어 서자 싣고 온 리어카 속의 기계들에서 선을 뽑아 내는가 하면 산소통에 부착된 기계들을 이리저리 돌려 조정도 하였습니다. 최 주사 놈이 우리들을 향해 늙은 소처럼 히쭉 웃었습니다. 쌍통 한번 더럽더군요. 인부들은 드디어 돌상어 몸통 같은 산소통에 스위치를 넣었습니다. 그들의 손에 들려 있던 긴 쇠붙이 끝에서 새파랗고 기다란 불길이 비정스러운 소리를 내면서 튕겨 나왔습니다. 그들은 다시 그 불길을 늘였다 오므렸다 하며 조절하더니 그것을 곧장 우리 집의 바퀴와 몸통 부분이 연이어진 곳에다 갖다 댔습니다. 우리 집을 병신으로 만들 작정인가 보았습니다. 자디잔 쇳조각이 사방으로 튕겨 달아나기 시작하면서 불길을 받은 부위가 종기로 팅팅 부은 엉덩잇살처럼 붉어지는가 했더니 드디어는 흐물흐물 녹아 내리면서 찌들기 시작했습니다.

「저것들이 시방 뭘 하는 거여, 아버지?」

나는 요때기 위에 기진한 채 널브러져 있는 아버지를 보고 외쳤습니다. 그는 여윈 얼굴에 쓸쓸한 웃음기를 피워 올리면서 띄엄띄엄 말했습니다. 바야흐로 우리 집이 헐리게 되어 주물 공장으로 들어가야 한다는 것입니다. 자기로서는 이제 별 통수가 없다는 것입니다. 다만 그 동안이라도 시내에 있는 고철들을 훨씬 많이 물어들이지 못한 것이 한이 될 뿐이라는군요. 끝장이 났다는 말은 이런 걸 두고 이르는 말이란 걸 알았습니다. 언젠가는 이 마이크로버스에 새 기름이 쳐지고 햇볕을 매섭게 반사하는 창문을 끼워 달고 서울 시가지 한복판을 향하여 부리나케 달려 나갈 수 있으리라던 우리들의 꿈도 역시 산산조각이 났다는 것을 깨달았습니다.

이제 한쪽 바퀴가 완전히 떨어져 나가고 차체가 삐거덕 소리를 내며 기울기 시작하였습니다.

「쌍, 우리는 시방부터 살 집도 없어졌고, 너 엄니와 흘레도 못 붙게 되았어, 이젠, 이것아.」

아버지는 역시 쓸쓸한 웃음을 흘리면서 말을 이었습니다.

「케이에스 렛데루 딱 붙은 이 왕자표 좆도 이젠 써먹을 장소가 없어졌다구, 이놈아 흐흐.」

그러나 나는 실망하지 않았습니다. 우리 세 식구가 기거할 집이 헐리는 것을 감수하면서까지 어머니를 음흉한 최가 놈에게 넘겨주지 않았던 아버지가 아무래도 거인으로 보였기 때문입니다. 아버지는 기어코 어머니로 하여금 자신이 바라던 대국도둑놈을 낳게 할 심산임에 틀림없었습니다. 나는 그런 아버지를 두었다는 사실에 감동하였고 또한 자랑스러웠지요. 까짓것, 그런 집 정도야 이 세상 어느 모퉁이엔들 또 없겠습니까. 나는 그때 주머니에 쑤셔 넣었던 쇠꼬챙이를 꺼내서 저쪽 하늘 멀리멀리로 던져 버렸습니다. 적어도 대국도둑놈을 낳게 할 거인의 아들이 이따위 거추장스럽고 비겁한 것쯤은 가지지 않아도 최가 하나쯤은 거뜬하게 때려누일 수 있다는 자신이 불끈 솟아올랐기 때문이지요.

「야 이 새캬, 이리 나오라구, 썅!」

나는 이렇게 소리 지르며 최가 놈을 향해 사냥개처럼 달려 나갔습니다.

「이 원수야, 너 오래 살고 싶엇?」

미처 나를 붙잡을 겨를이 없었던 어머니의 다급한 목소리가 뒤에서 들려왔습니다. 니기미, 어머니는 끝장까지 겁쟁이 노릇만 합니다.

(1975년)

악 령

　시가지의 잡다한 소음과 악다구니들로부터 완전히 격리된 서울시 이촌동은 항상 조용했다. 변두리 지역의 영세민이라면, 충분히 갖고 있음직한 골치 아프고 구역질나고 치사해야 할 일들은 1년 365일을 통산하여 눈 닦고 보아도 없을 정도로 이촌동엔 영일(寧日)의 나날이 흘러갈 뿐이었다.

　이촌동의 골목길은 바둑판처럼 반듯하게 포장되어 있었고, 그 말끔한 길을 따라 은행나무들이 왕실 근위병들처럼 질서 있게 서 있었다. 속 썩이는 일이 있다면, 가을이 깊어지기 시작하면서 낙엽들이 골목길을 어질러 놓는 일 따위였다.

　전부는 아니지만, 주민들 거의가 반질반질하게 윤기나는 승용차들을 갖고 있었다. 아침이면, 시내로 빠져나가는 차량들의 은밀한 바퀴 소리와 방금 그림책에서 뛰쳐나온 듯이 얼굴색이 선명하고 건강한 이 동리의 아이들이 나직하게 재잘거리며 학교로 떠나는 소리가 들렸다. 골목길에서 조금만 걸어가면, 초록색 도료로 칠된 스쿨버스가 와서 기다리다가 알밤 같은 아이들을 낱낱이 주워 태우고 시내로 미끄러져 들어갔다.

골목길엔 다시 아침의 평온이 깔리기 시작하고, 따뜻한 햇살이 은행나무 잎사귀에 내려앉아 바람을 타고 짓까불었다. 모두들 세금을 잘 물고 있었기 때문에, 체납 처분 차가 이 마을의 골목 어귀를 찌딱거리고 다닐 일도 없었다.

채권 장수가 이 마을로 들어서는 법도 없었고, 고물 장수가 아무리 목청껏 외치고 다녀도 문 한 짝 열어 볼 필요도 없을 만큼 주민들의 살림살이들은 깔끔했다. 집들의 창문은 물로 씻은 듯 햇빛에 반짝거렸고, 정원의 잔디들은 바리캉으로 깎은 듯 정교했다. 간혹 파출소의 순찰 순경이 어슬렁거리고 동리를 배회할 뿐, 마을은 나른한 정일(靜逸) 속으로 잠겨 들었다.

집집마다에는 분명 여자들이 남아 있을 텐데도 그녀들의 얼굴은 좀처럼 바깥으로 내미는 법이 없었다. 그런 마을의 부인들이 갖고 있음직한 유흥벽 같은 것도 찾아볼 수 없었다. 남편들이 직장으로 나가고 없는 사이에 저희들끼리 모여서 화투 노름을 벌인다든지, 계모임에 꼬리를 치고 다니는 짓거리를 이 동리의 여자들은 싸지르지 않았다. 다 제대로 자기 분수를 차릴 줄 알았고, 현모양처란 어떻게 처신하여야 도리인가를 하나같이 깨닫고 있었다.

남자들도 그랬다. 마을의 생활 정도로 보아 부유층이나 권력층의 사람들이 대다수일 텐데, 그런 사람들이 겪어야 할 피할 수 없는 외도 같은 것도 그들은 하지 않는가 보았다. 오후 여섯시부터 늦어야 열시까지는 그들 남편들은, 장난감 기차처럼 틀림없는 궤도를 돌아 집이라는 역으로 돌아왔다. 통금 5분 전까지 술을 처먹고 거기다가 발 꼬랑내가 등천을 하는 구질구질한 불청객들까지 몰고 와서 대문을 차며 이년 저년 제 계집을 불러 대는 거지발싸개 같은 남편들은 눈 닦고 보아도 이 동리엔 없었다. 열 번을 헤아려 보아도 천당밖에는 갈 곳이 없는 사람들만 핀셋으로 꼭 집어내어서 이 동리에다 부어 놓은 듯이 착하디착한 사람들뿐이었다. 공부를 못해 가정교사를 채용하는 따위의 법석을 떨어야 할 골치 아픈 아이들도 또한 이 동리엔 없었다.

밤이 오면, 마을의 창마다에 무겁게 드리운 커튼 안으로 불빛들이 은은하게 서리고, 그 창에서 흘러나오는 경쾌한 피아노 소리가 골목 길에 꽃잎처럼 나풀나풀 내려앉았다.

분명 젖먹이 어린애를 키우고 있는 집들도 있을 텐데, 그런 아이들의 울음소리 한 번 밖으로 새어 나오는 법이 없었다. 아이들은 요람 속에 엎디어서 오직 칼칼 웃으며 알맞게 살찌며 자라고 있을 뿐이었다.

변두리 지역 파출소에서만 줄곧 근무하다가, 이촌동이 속한 파출소로 전근 온 순경들은, 별 볼일 없어 몸이 근질근질한 걸 배기다 못한 나머지, 두 달이 못 되어 속앓이를 얻거나 신경통을 얻어 가지고 약방 출입이 잦아졌다.

「도대체 이 하늘 아래 어디 이런 따위 동네가 다 있지?」

대개의 순경들은 처음엔 외경심이 스민 어조로 이렇게 투덜거리기 시작하다가, 「야 이거, 사람 염통이 근질거려서 배겨 낼 재주가 없군」 하면서 전근 운동을 시작하기 일쑤이다.

순경들이란, 체질적으로 근질거리는 데가 많은 사람들이어서 때로는 네다바이나 치기배 들이 적당히 서식하는 지역이면서 간통 사건도 심심찮게 발생하여서 이리 뛰고 저리 뛰고 욕지거리도 퍼부으면서 살아야 신바람도 날 일이었다.

그 순경들이 바쁘게 돌아가야 할 일이 있다면, 남도 지방에 수해가 났다거나 빈민촌에 불이 나서 이재민이 많이 발생했을 경우이다. 이 동리의 집들에서 야단스럽게 파출소로 전화가 걸려 온다. 돈을 가져 가라느니, 옷가지와 학용품 들을 가져가라는 청원이 빗발치듯 하였다. 순경이 헐레벌떡 달려가면, 볼따구니가 복숭앗빛으로 익은 식모 애가 쪼르르 달려 나와 약속한 물건들을 잽싸게 건네주곤 하였다.

고마우신 분의 성함이라도 물을라치면, 「익명으로 하시래요」 하고 돌돌 굴리듯 말한다. 식모애들까지도 그렇게 깔끔하고 예절 발랐다. 콧잔등에 코딱지나 찍어 발라 가지고 라면 봉지나 끼고 다니는 여느 식모애들과는 체질적으로 달랐다.

이 동리의 아이들도 물론 군것질을 하였다. 그러나 상놈들이 내질러 놓은 본데없는 아이들처럼 길가의 너절한 구멍가게 출입은 결코 하지 않았다. 아버지나 어머니 들이 시내의 일류 제과점에서 사온 빵이나 쌍백사탕, 계란 쿠키, 사브레, 점보 캔디, 부라보 아이스크림 들을 적당량으로 오물거리고 먹거나, 점보 캔디를 졸졸 빨면서 정원에 놓여 있는 그네를 타고 놀았다. 형제들끼리 물론 다툼질도 하였다. 그러나 치사한 변두리 아이들처럼 배삼룡이 시락면 흉내는 이렇게 하며 고무마깡 흉내는 이런 거다 하고 툭탁거리지는 않았다. 적어도 김지미와 윤정희 둘 중 누가 더 예쁘다고 말할 수 있을까 하는 꽤나 심각한 문제를 놓고 소곤소곤 의견들을 주고받을 뿐이었다.

때문에 이 동리로 들어서는 골목 어귀에 그 비위생적인 리어카 장사치가 나타났을 때, 이촌동 사람 누구도 그의 출현에 관심을 두는 기색을 보이지 않았다.

어느 날 우연히 나타난 그 장사치는 성이 황가라 했다. 그 50대의 늙은이는 볼꼴 사납게도 조금의 공갈을 용서한다면 왕사탕만 한 눈곱을 항상 눈꼬리에 달고 있었을 뿐만 아니라, 언청이가 엿 먹을 때처럼 누리끼리한 콧물도 흘리고 있었으며, 손 역시 여간 더럽지가 않았다.

그런 철면피스러운 늙은이가 또한 벌여 놓고 판다는 게 음식이었으니, 이촌동의 어느 한 사람인들 거들떠볼 것이라고 생각했다면 그건 미친 생각이었다.

그 황 노인은 손자뻘인지 아들 녀석인지는 몰라도 열한두 살쯤 먹어 보이는 맹호(孟浩)라는 소년을 데리고 다녔다. 녀석은 오뎅 물을 끓이는 화덕의 구공탄을 갈아 넣는다든지 불쏘시개를 준비하거나 튀김거리인 밀가루를 사러 다니는 일 따위를 느릿느릿한 동작으로 거들고 있었다.

황 노인은 나잇살이나 처먹은 주제에 철도 들 만치 들고 상황 판단을 할 줄도 아는 눈치도 있겠건만, 무슨 꿍꿍이로 이 동리의 골목 어귀에다 그런 따위 불량 식품을 팔아 보겠다는 작심을 하게 되었는지 도대체 이해할 수 없었다.

식모애 하나가 갑자기 바닥난 주인 아저씨의 담배를 사러 밖에 나왔다가, 그 딱한 황 노인을 발견하고 동정 어린 표정으로 말했다.

「아저씨, 이곳에선 이런 장사가 안 된다구요.」

귓구멍이 미어지지 않았다면, 분명 그 식모애의 그 상냥한 충고를 알아들었을 텐데, 황 노인은 김이 올라오는 오뎅 냄비에 처박고 있는 낯짝을 쳐들려 하지 않았다.

「아저씨, 내 말 들어 보시라구요. 이런 음식을 사 먹을 아이가 이 동리엔 없으니깐 아예 속 차리시고 다른 곳으로 옮기는 게 좋을 거란 말씀이에요. 아저씨를 생각해서 드리는 얘기니깐 기분 나쁘게 생각진 마세요.」

이렇게 자상하게 타이르자, 그 못돼먹은 늙은이는 비로소 고개를 들고 히죽 웃기는 하였지만, 끝내 말대답은 없었다. 히죽 웃을 때 앞니 사이에 박힌 시꺼먼 음식 찌꺼기가 보기에 역기 올라서 식모애는 결국 돌아서고 마는 것이었다. 그러나 그때까지 연탄 화덕 밑구멍에 주둥이를 대고 입김을 불어넣고 있던 맹호가 갑자기 눈꼬리를 사려 뜨고 마빡에 새우 한 마리를 그리면서 그 식모애를 불러 세웠다.

「야 이것아, 별 볼일 없으니깐 싹 꺼지라구. 남이야 전봇대로 귀를 후비든 네가 무슨 상관이야.」

돌아서려던 식모애는, 조그만 것이 얼굴을 새빨갛게 상기시키고 다부지게 쫑알거리자 분통이 터져 손가락을 맹호 녀석의 코 앞에 까딱거리며 따졌다.

「이 녀석, 너 지금 뭐라고 했니?」

「이거 왜 이래? 날개는 접어 두시고 죽통만 놀려 달라구.」

「아이 참, 기가 차서……. 이봐요 아저씨, 이 녀석을 혼 좀 내주라구요. 원 세상에 이런 버릇없는 녀석이 어디 있어, 정말.」

「뭐, 혼내 주라구? 야, 이게 처음으로 웃겨 주는군. 내 주먹이 운다, 울어.」

녀석은 당치도 않은 말이라는 듯이 코웃음을 쳤다.

「너 그러면 못써, 쬐그만 것이 입만 까가지구.」

「야아? 이것 봐라! 내가 입만 깠는지 시범 한 번 보여 줄 텨?」

결국은 못 당할 것을 알아차린 식모애가 창피만 이겨 발라 가지고 돌아서고 말았는데, 황 노인은 그때 다시 기분 나쁘게 히죽 웃었다. 녀석은 돌아서 가는 식모애의 뒤통수에 대고 한 번 더 공갈을 쳤던 것이다.

「야, 냉수 먹고 맘 돌려. 쬐그만 계집애가.」

물론 황 노인은 근 일주일 동안을 계속 골목 어귀에서 진을 치고 있었다. 그러나 그 일주일 동안 동전 한 잎 갖다 주는 아이가 있을 턱이 없었다.

그런 식으로 일주일을 공쳤는데도 불구하고 황 노인은 결코 다른 지역으로 떠날 낌새를 보이지 않았다. 그렇다고 전연 초조한 기색도 없었다. 지나가는 아이들을 소리쳐 부른다거나 약장수처럼 왕창스럽게 떠들어 대지도 않았다.

그는 아침이면 그 자리로 와서 판을 벌이고 연탄불에 물을 데우고 오뎅을 삶고 지글지글 튀김을 만들어 내선 목판 위에 수북하게 쌓아 올렸다. 쌓아 올린 튀김들은 팔리는 법이 없이 해질녘까지 그대로 있었고, 밤이 깊어지면 그것들을 상자에다 질서 있게 집어넣고는 어슬렁거리고 집으로 돌아갔다.

얼른 보기에 그는, 이 동리에다 오뎅이나 튀김 냄새만을 피워 주는 게 목적인 듯싶게 온 하루를 기를 쓰고 삶고 지져 내기만 할 뿐이었다.

그러나 열흘쯤이 지나고 난 뒤 이 동리 사람들은 결코 황 노인을 무관심으로만 방치할 수 없게 되었음을 알아차렸다. 결국 그런 따위의 장사치들이란 지치면 물러날 수밖에 별도리 없을 것이란 사람들의 안일무사한 생각은 너무나 큰 착각이었다는 것을 알아차린 것이다.

그것은, 아이들이 황 노인이 팔고 있는 불량 식품을 야금야금 사 먹고 있다는 정보를 얻게 된 데서부터였다. 아이들이 그런 음식을 사 먹었다는 것이 이 동리로 봐서는 일대의 충격적인 사건임에 틀림없었다. 아이들이 자의에 의해서 사 먹은 것이 아니고 순전히 맹호란 녀석의 사주에 의해서 이루어졌다는 데 사람들은 더욱 놀랐다.

황 노인이 그 자리에 진을 친 지 꼭 일주일이 되던 어느 날 오후, 학교를 마친 세 아이들이 집으로 돌아오기 위해 나비처럼 나풀나풀 뛰면서 예의 황 노인 리어카 앞을 지나가고 있었다. 물론 아이들은 목판 위에서 김이 무럭무럭 올라가고 있는 것이 먹어서는 안 될 불량 식품들이란 것을 알고 거들떠보지도 않았다.

아이들이 그 앞을 지나서 저만치 걸어가고 있을 때, 지금까지 화덕 밑구멍에 주둥이를 처박고 입김을 불고 있던 맹호 녀석이 그때 허리를 펴고 일어섰다. 녀석은 한 발이나 빠진 인중의 콧물을 훌쩍 들이마시고 나서 아이들을 향해 고함 질렀다.

「야 이 새끼들아, 나 좀 보자구.」

그렇지만 그것이 자기들을 부르고 있는 말씀이란 걸 채 의식하지 못한 아이들은 그대로 내처 걸어가고 있었다.

「이 멍청이들아, 내가 지금 너들을 부르고 있단 말야, 임마.」

맹호의 단호하고 옹골찬 다음 공갈이 떨어져서야 그것이 자기들을 얘기하고 있음을 알아차린 아이들은 일제히 걸음을 멈추고 맹호

298

를 돌아다보았다. 웬 똥강아지같이 더럽고 발칙한 녀석이 치사하게 도 손가락을 치켜들고 까딱거리며 자기들을 부르고 있었다. 녀석의 눈꼬리가 매섭게 빛나고 있는 것으로 보아 호락호락한 놈은 아니란 것을 알아차린 아이들은 당황한 터였지만, 녀석의 앞으로 대뜸 걸어 가 주진 않았다. 그러나 맹호 녀석 역시 그들 앞으로 걸어와 주지도 않았다. 녀석은 입가에 묘한 웃음을 흘리더니 다시 말했다.

「이 똥개들아, 이쪽으로 빨랑 못 오겠어? 내가 작살을 낼 터?」

녀석은 이렇게 씨부리면서 윗니 사이로 침을 찍 발겨 발 아래로 내갈겼다.

「뭣 때문에 그러니?」

셋 중에 한 아이가 부드럽고 품위 있는 목소리로 이렇게 물었다. 맹호 녀석은 기분이 몹시 거슬린다는 듯 어금니께를 한 번 앙다물었다.

「당장 잡아먹진 않을 테니깐 썩 이리로 오라구. 짜아씩들, 토낄 요량은 말어. 이래 뵈도 백 미터를 십사 초에 끊는 실력이니깐 말야.」

녀석은 한 발자국도 양보할 수 없다는 단호한 태도를 과시하듯 두 손을 허리춤에다 올려 꼬느었다.

물론 세 아이들은 이런 엄청난 공갈을 체험하기는 생후 처음이었 다. 지금까지 누구도 세 아이들을 보고 그런 따위의 협박을 한 사람 은 없었다. 부모들도, 학교의 선생들도 그들을 불안으로 빠뜨리고 수모를 느끼게 하는 말과 행동을 한 적이 없었다. 오직 칭찬하고 따 뜻했을 뿐이었다. 때문에 아이들은 이러한 처지엔 어떻게 행동하고 대처해야 할 것인가에 대해서 막연할 뿐이었다. 그들은 불안과 호기 심을 함께 맛보면서 삐딱하게 서 있는 맹호 녀석 앞으로 미적미적 다가갔다.

「얘, 뭣 때문에 그러니? 우린 지금 집으로 돌아가야 할 입장이란 말야.」

셋 중 한 아이가 용기를 내어서 이렇게 말하자, 맹호는 마뜩찮다는 표정으로 픽 웃었다.

「짜아식! 제법 노숙하게 노가릴 까는군.」

「뭔데 그러니, 얘?」

「이 새끼, 얘재 하지 말어. 기분 나쁘다구.」

녀석은 영화에 나오는 꼬붕처럼 새까만 주먹을 세 아이의 코 앞에다 대고 차례로 한두 번씩 흔들었다. 아이들은 벌에라도 쏘인 듯 그 주먹을 피해 두어 발자국씩 주춤주춤 뒤로 물러났다.

「너들 저거 보았지?」

그제사 맹호는 황 노인이 지키고 서 있는 리어카를 가리켰다.

「저걸 하나씩 사 먹으란 말야. 알겠어? 이 똥강아지 같은 녀석들아.」

그의 제안이 전연 엉뚱한 데 세 아이들은 놀랐다. 그러나 녀석의 제안을 받아들인다는 것은 참으로 난처한 일이었다. 그들은 물론 가능하면 녀석과의 타협을 끝내고 이 난처한 입장에서 홀랑 벗어나고 싶었다. 그러나 그런 불량 식품을 한 번도 먹어 본 경험이 없을 뿐만 아니라, 그런 것을 사들고 집으로 들어간다면 부모들로부터 호된 꾸중을 들을 것은 불문가지였다. 게다가 재수가 없다면 버짐이 옮겨 붙을지도 모르고 배앓이를 얻을지도 몰랐다. 그것이 얼마나 무례한 요구이었던가를, 세 아이의 표정이 하나같이 새파래진 것만 보아도 알 수가 있었다.

「흥! 못 하시겠다, 이거지? 이것들이 결국은 손 좀 봐야겠군…….」

아이들의 표정으로 보아 희망이 절벽이라는 것을 재빨리 눈치 챈 맹호는 어금니께를 사리무는 시늉을 해보였다. 그때 한 아이의 표정이 갑자기 밝아지더니 이렇게 말했다.

「우린 지금 돈이 없다구. 보시다시피 우린 금방 학교에서 돌아오는 길이란 말야. 잔돈은 우리 집 식모가 갖고 쓴다구.」

맹호가 득의의 표정을 지으며 다시 말했다.

「이 새캬, 그것쯤은 나도 알고 있어. 외상으로 주겠단 말야. 우린 시방부터 거래를 트는 거야. 우선 외상으로 먹어 두고 하는 거 있잖아. 너네 식모더러 학교 잡부금 조로 받아 내서 갖다 달라구.」

아이들은 다시 한 번 기겁을 해서 놀랐다. 그들은 지금까지 부모를 속여 본 적이 없었으며 또 그것이 얼마나 큰 죄악인가를 다 알고 있는 처지였다.

「그런 짓은 할 수 없어, 도의적으로.」

한 아이가 심각한 얼굴로 말했다.

「여어, 이 새끼 봐! 도의적 좋아하네. 임마, 난 그런 말 잘 모르니깐 너네 집구석에 가서 실컷 씨부리라구…… . 딱 잘라서, 할래 안 할래?」

아이들은 슬금슬금 서로의 얼굴을 쳐다보지 않을 수 없게 되었다. 맹호가 아가리를 다부지게 사리물면서 일전(一戰)을 불사하겠다는 듯이 폼을 챙기고 있었기 때문이었다. 어떤 곤욕을 치르게 될지 모를 매우 급박한 사태가 바로 그들 코앞에 있다는 것을 알아챈 아이들은 어느덧 서로의 시선으로 맹호의 제의에 응할 것을 약속하고 있었다.

그들은 황 노인에게로 다가갔다. 그리고 맹호가 시키는 대로 두 개씩의 오뎅을 먹지 않으면 안 되었다. 입 안에 서걱서걱 씹히는 것을 당장 길바닥에 뱉어 버리고 싶었으나, 맹호 녀석이 곁에 서서 목구멍에 삼켜 넣을 때까지 지키고 있었으므로 꾸역꾸역 넘기지 않으면 안 되었다.

「이젠 됐어. 그만 너네 집구석으로 쳐들어가라구, 어서.」

녀석은 비로소 입가에 만족의 웃음을 흘리면서 아이들을 풀어 주었다.

「물론 너네 부모한텐 고해 바치지 않겠지? 죽통 함부로 놀리지 마.」

미적거리고 돌아서는 아이들에게 이렇게 윽박질러 두는 것도 잊지 않았다. 물론 아이들 역시 집에 돌아가서도 맹호 녀석과의 사건을 고해 바치지는 않았다. 아이들은 비로소 비밀을 만들어 가기 시작한 것이다. 맹호는 그때 만났던 세 아이들뿐만 아니라 사람들의 걸음이 뜸한 틈에 길목을 지나가는 이 마을 아이들을 붙잡고 갖은 협박과 두려움을 뿌리면서 오뎅이나 튀김 들을 외상이나 현찰로 팔아 가고 있었다. 그러나 맹호와 황 노인의 작업이 아무리 은밀한 가운데서 이루어지고 있다손 치더라도 소문이란 퍼지기 마련인 것이다.

그들이 여느 때와 같이 아침 일찍 그 길목으로 나와서 판을 벌이려고 할 즈음 두 사람의 순경이 바쁜 걸음으로 다가오고 있는 것을 보았다. 순경들은 두 사람 앞에 다가와선, 늪에서 기어 나온 물풍뎅이를 구경하고 있는 개구쟁이들처럼 한참 동안이나 리어카와 맹호와 황 노인을 내려다보고 서 있었다. 그중 한 사람이 옆구리의 곤봉대를 끄덕거리며 말했다.

「이봐, 노인!」

마침 튀김 냄비를 걸레로 닦고 있던 황 노인이 희미한 시선을 들어 순경들을 쳐다보았다.

「주민등록증 내봐.」

순경이 장갑 낀 손을 내밀었으나, 황 노인은 히죽 웃었을 뿐으로 다른 반응이 없었다.

「이봐 영감, 주민등록증 내어 놓으라니깐…….」

황 노인의 태도에 기분이 상한 순경은 언성을 높였다.

「그런 것 안 가지고 다닌 지 십 년이 넘었다우.」

황 노인은 겨우 이렇게 대답하고는 닦던 냄비 밑구멍을 높이 들고 들여다보고 서 있었다.

「영감, 주거지가 어디야?」

「주거지가 뭐요?」

「자고 먹고 하는 집도 몰라? 그 집 주소 번지를 대란 말야.」

「번지 있는 집에 한 번 자보는 게 내 소원이오.」

황 노인은 다시 기분 나쁜 웃음을 흘리면서 말했다.

순경은 낭패의 표정을 동료에게 보내더니 맹호 녀석을 가리키며 다시 물었다.

「저건, 아들이오, 손자요?」

「아들도 손자도 아니오.」

「그럼 뭐요?」

「오다 가다 만난 동업자지요.」

「동업자라니?」

「동업자도 몰라요?」

황 노인은 비로소 냄비 구멍을 쳐다보던 시선을 돌려 순경을 돌아다보았다. 중언부언해 보았자, 별 소득 없을 것으로 알아차린 순경은 드디어 리어카를 발로 툭 차며 말했다.

「여기서 꺼져 주는 게 좋겠어.」

「꺼지다니요?」

「딴 곳으로 옮기란 말야.」

「딴 곳이라니, 어디 갈 곳이 있습니까?」

「영감, 타이를 때 들어. 도로교통법에 걸어 넘기기 전에…….」

「어딜 가본댔자 서울 시내이긴 마찬가지 아니유?」

「이봐, 영감. 신고가 들어왔단 말야, 신고가…….」

「신고라니요?」

「당신이 팔고 있는 이따위 불량 식품을 걷어치워 달라고 주민들이 신고했단 말이야.」

순경은 마침, 아침 햇살이 고즈녁이 깔리고 있는 이촌동의 골목길을 가리켰다. 그들은 오랜만에 밀고 당길 일이라도 생겨 신바람이 난다는 듯이 어깻죽지에 힘을 잔뜩 이겨 발라 가지고 리어카 주위를 씩씩거리며 돌아가고 있었다. 그들은 곤봉을 빼내 들고 화덕이랑 튀김 냄비들을 쾅쾅 두드려 대기 시작했다.

「파출소로 가든지 여기서 싹 꺼져 주든지 양단간에 결정을 내렷. 이 동네가 어떤 덴지 알기나 해? 도대체 이곳에서 장사가 된다고 생각했었나?」

더 이상 고집을 부리다간 더 큰 곤욕을 치르고 물러나야 할 판국이란 것을 직감한 황 노인은 주섬주섬 그릇들을 챙기고 있었다.

순경들은, 그들이 리어카를 끌고 밀면서 마을의 길을 건너 저만치 골목 속으로 사라지는 꼬락서니를 확인하고서야 파출소로 돌아갔다.

파출소로부터 그 멍청이 같은 황 노인과 맹호를 당장 축출시켰다는 전갈을 받은 이촌동 부인들은 그제서야 모두들 안도의 한숨을 내쉬었다. 그녀들은 서로의 이웃집으로 전화를 걸었다. 전화를 받은 쪽의 부인은 한결같이 그 황 노인과 맹호가 멀리멀리, 될 수만 있다면 이 도시 자체에서부터 영원히 잠적해 주기를 간절한 소망으로 빌었다.

「수철엄마, 그러나 그런 희망은 너무 많은 욕심인 것 같아요. 그 더러운 노인은 또 어디선가 그 불량 식품을 팔고 있을 거란 말예요.」

전화를 건 영희엄마가 이렇게 걱정하자, 전화를 받은 쪽인 수철엄마는 마루가 꺼지도록 한숨을 토해 냈다.

「참으로 걱정이지 뭐예요. 그런 사람들이 우리들 주변에 살고 있다는 게 몸서리쳐져요.」

두 여인은 이렇게 서로를 위로하고 격려를 나누다간 전화를 끊었다. 그리고 다시 다른 이웃으로 전화를 걸어서 서로들 주의해서 몸들을 사리자고 굳게 굳게 약속하는 것이었다.

동리는 조그만 상처를 씻고 다시 평온 속의 안일을 되찾아 갔다. 아이들은 초록색의 스쿨버스에 통조림 깡통처럼 실려 가서, 다시 통조림 깡통처럼 하학 버스 승강구에서 댕강댕강 떨어져 집으로 돌아왔다. 그리고 학교에서 배운, 생선 비늘처럼 신선한 언어와 놀랍고 오묘한 지식들을 가족들 앞에 오순도순 쏟아 놓는 것이었다. 가족들은 이젠 조금도 침울할 필요도 없었고 켕기는 것도 없었다.

그러나 그런 평온이 몇 주일이 흐른 뒤에 그들의 어머니들은 어느 날 우연히 아이들의 귀가 시간이 불규칙해지고 있다는 것을 깨닫게 되었다. 뿐만 아니라, 말끔했던 옷차림들이 더러워져서 돌아오거나, 눈 가장자리에 눈물 자국이 남아 있다거나 다리나 팔에 긁힌 자국을 남겨서까지 집으로 돌아오고 있다는 것을 알게 되었다. 어느 눈치 빠른 한 부인이 그런 기미를 알아차리고 그들의 이웃으로 전화를 걸었다. 전화를 걸어 본 결과는 마찬가지였다. 가만히 새겨 보니 자기 집 아이들도 그렇다는 것이다. 그렇다, 아이들의 요사이 동태가 이상해졌다. 여태껏 그런 것을 깨닫지 못하고 있던 자신들에 대해서 한결같이 놀랐다.

이촌동은 삽시간에 발칵 뒤집혔다. 그러나 여자들이 한데 모여서 잽싸게 입을 놀린다든지 호들갑을 떠는 짓을 하지는 않았다. 그런 짓은 연탄 가게나 세탁소의 천덕스러운 아낙네들끼리나 할 짓이라는 걸 모두들 알고 있었기 때문이었다.

그들은 학교의 담임 선생님께 전화를 걸었다. 그리고 요사이 아이들에게서 갑작스럽게 나타나기 시작한 염려스러운 용태들에 대해서 나직하고 정중한 어조로 우려를 표명했다. 그러나 전화를 받은 선생님은 몸을 떨며 놀라고 몇 번이고 귀 따갑게 발뺌하고 있었다. 학교에선 아이들을 흙탕물에 쑤셔 박거나 회초리로 때리거나 하지 않으며 팔다리가 긁힐 만한 위험한 놀이 기구는 절대로 없다는 것이었다. 도대체 우리들의 학교는 아이들이 그렇게 되는 까닭을 갖지 않은 곳이라는 것이었다. 더욱이나 이 학교는 근 1년 동안이나 반 아이들끼리 서로 다툼질을 한 흔적이 없는 학교로 유명하다고 말했다. 선생님은 혓바닥으로 할 수 있는 모든 변명을 직사포로 쏘아 대기 시작했고, 따라서 전화를 건 여인은 몇 번이고 죄송하다고 선생님을 도리어 위로하지 않으면 안 되었다. 선생님은 너무나 가슴 아파하고서 못내 전화를 끊어 주었다.

　도대체 아이들의 그런 현상은 어디서 비롯된 것일까. 아이들을 잡고 물어보아도 그런 이유들에 대해서 단 한 마디도 속 시원한 대답을 해주는 녀석이 없었다. 자기가 언제 팔다리가 긁혀 온 적이 있으며 눈물 자국을 낸 채 돌아온 적이 있느냐고 도리어 반문해 오거나 어딘가 석연치 못한 표정을 지으며 뒤꼍으로 멀리 달아나 버리기 일쑤였다.

　그러나 어머니들은 아이들을 때린다거나 심하게 다그칠 수도 없었다. 프로이트의 심리학이나 가정의학대사전에 나오는 육아법 같은 것은 줄줄 외울 수 있을 정도였기 때문에 아이들에게 공포감을 불러일으킨다든지 열등의식을 심어 줄 수도 있는 위태로운 장난은 하지 않았다. 오직 설득과 회유와 이해로 그들을 유도해 나가야 한다는 것이 현명한 부인들의 생각이었다.

　그러나 그러한 설득이 아이들에게 먹혀들지 않고 있다는 것을 깨닫지 않으면 안 되었다. 아이들이 그들의 따뜻한 품으로부터 조금씩 멀어져 가고 있다는 것을 부인들은 뼈아프게 느끼기 시작한 것이다.

　이촌동은 미묘한 우울이 깔려 가기 시작했다. 나중엔 대갈통에 혹을 내어 가지고 돌아오는 녀석도, 눈두덩에 시퍼렇게 멍을 들여 가지고 돌아오는 녀석도 생기게 되었다. 그러나 아이들은 그러한 사건이 생기게 된 장소와 까닭을 결코 말하려 들지 않았다. 아이들은 걷잡을 수 없을 만치 거칠어져 갔다. 선생님이 지시한 숙제를 하지 않았고 수챗구멍에서 놀던 모기 새끼 모양 더러운 옷차림으로 문밖으로 쭈르르 몰려 나가기를 좋아했다.

　영국의 동화인 「이상한 나라의 앨리스」가 아니면 「피노키오」를 즐겨 그리던 아이들은 걸핏하면 쌍권총을 꼴사납게 치켜든 짐승도 사람도 아닌 박쥐 새끼를 그린다든지, 클린트 이스트우드가 쏜 권총에 맞아 수박덩이처럼 퍽석 갈라지는 멕시코 괴한의 대갈통을 그리기를 즐겨했다.

참으로 오랜만에 어른들은 아이들 문제로 부부 싸움을 시작하는 집이 생겼고, 밤늦게 소주를 사기 위해 길 건너 멀리 있는 구멍가게에까지 식모애들을 심부름시키지 않으면 안 되었다. 어른들이 주고 받는 큰 목소리 때문에 요람에서 칼칼 웃던 젖먹이가 모가지를 끊어 놓을 듯 울어 대기 시작했다. 창을 타고 넘어오던 포도알처럼 영롱한 피아노의 멜로디도 죽어 가기 시작했다.

이촌동의 주민들은 전전긍긍하기 시작했다. 페스트보다 혹독한 전염균이 그들 세포 조직 틈바구니 하나하나에 돌옷처럼 만연되고 있다는 막다른 절망에 이르렀다.

결코 바라던 바는 아니었지만, 어느 한 부인이 아이를 때려서라도 그런 까닭을 캐낼 각오로 회초리로 종아리를 치기 시작했다. 아이는 어머니가 때리는 대로 이를 악물고 서서 매를 감수하면서도 결코 입을 열지는 않았다. 종아리에 피가 맺혀 나오도록까지 아이는 울지 않았고 지치고 분한 어머니 편에서 울음을 터뜨리고 말았다. 아이는 그날 밤 집을 뛰쳐나가 버렸는데, 이튿날 새벽에야 겨우 파출소에서 보호 중인 것을 찾아올 수 있었다. 결코 아이들에게서 자백을 받아 낼 수 없음을 어머니들은 알아차렸다.

그뿐이 아니었다. 아이들을 잘 돌보지 못하고 있다는 것을 기화로 남편들은 술주정을 하기 시작했다. 그렇게 틀림없던 귀가 시간을 어기는 일쯤은 보통으로 알았다.

마을은 도대체 헤어날 길 없는 깊은 수렁 속으로 빠져 드는 느낌이었다. 그들은 지금까지 힘들여 쌓아 온 모든 것들이 너무나 손쉽고 무자비하게 와해되고 있는 것에 놀랐고, 또한 그것을 막을 길 없는 것에 대해서 눈물을 찔끔거리며 한탄하기 시작했다.

마을의 질서가 무너져 가기 시작하니까 제일 신바람나 하는 사람들이 파출소의 순경들이었다. 그들은 푸석푸석한 나태와 게으름에서 털고 일어나 무엇인가 탐색하려는 눈초리를 번득이며 하루에도 몇 차례씩 이촌동으로 순찰을 돌았다. 이촌동은 이제 서울의 어느 마을의 모양과도 하나 다를 바가 없는 구질구질한 동리가 되어 버린 것이다.

　그러던 어느 날, 우연히도 그들이 그렇게 되어 버린 연유만은 찾아낼 수가 있었다. 그것은 어느 똑똑한 이 동리의 한 식모애에 의해서 전격적으로 발견된 것이었다.

　그 식모애는 어느 날 오후, 공교롭게도 아이들의 하학 버스가 길 건너편에 와서 멎는 시간에 근방 담뱃가게 앞에 서 있었다. 여느 때처럼 차에서 질서 정연하게 내려선 아이들은 건널목을 재잘거리며 건너가고 있었다. 그들이 길을 다 건너서 마을로 들어가는 첫 모퉁이 길을 꺾어 들었을 때, 담벽 뒤에 몸을 숨기고 있던 한 누추한 소년이 하늘에서 떨어진 듯 느닷없이 나타나서 아이들의 길을 가로막고 섰다.

　그 녀석은 새까맣게 잊고 있었던 그 맹호란 놈이었다. 녀석과 한번 다툰 적이 있었기 때문에 식모애는 그를 대뜸 기억할 수 있었다.

　걸어가던 아이들이 타잔처럼 불쑥 골목 어귀에 나타난 맹호를 보자 느닷없이 함성을 지르며 기뻐했고, 어떤 녀석은 책가방을 휘휘 내두르기까지 하였다. 그러면서 아이들은 삽시간에 맹호의 주위를 에워싸고 무엇인가 열심히 이야기를 주고받았다. 맹호 녀석이 턱을 한껏 치켜세우고 고함을 치고 있었다.

　「야 이 새끼들, 오늘은 굉장한 걸 보여 줄 테니깐 한번 볼 터?」

　녀석은 의기양양해서 말했고, 모여 섰던 아이들은 기대에 찬 함성을 일제히 내질렀다.

　「뭔데 그러니?」

「따라만 와.」

「먼젓번처럼 그런 거니?」

「임마, 그건 새 발의 피야.」

「지금 말해 줘, 궁금하니깐…….」

「지금 말하면 김이 팍 새버린다구.」

아이들은 연신 맹호의 코앞에 수캐처럼 얼굴을 비비대며 궁금해서 죽겠다는 표정으로 맹호를 따르고 있었다. 그들은 얼마쯤을 그런 식으로 달려갔다. 얼마 가지 않아서 놀랍게도 예의 황 노인이 지키고 서 있는 리어카가 보였다. 더욱더 놀라운 것은, 황 노인의 리어카는 이촌동과는 전연 관계를 갖지 않는다 해도 좋을 만큼 외따로 뚫린 다른 동리의 골목 어귀를 지키고 있었던 것이다. 그러나 이촌동과는 반대편에 위치하고 있으면서도 이촌동과의 직선거리는 1백 미터 남짓밖에 되지 않았다. 결과적으로 황 노인과 맹호는 결코 이 마을을 떠나지 않고 있었던 것이다.

맹호와 그를 따르는 아이들은 우선 황 노인 앞으로 허겁지겁 달려 갔다. 그들이 다가가자 황 노인은 앉았던 나무의자에서 일어서며 빙그레 웃었다. 그러고는 몰려선 아이들 하나하나의 입에 오뎅꼬치를 물려 주었다. 아이들은 제비 새끼들처럼 왕성한 식욕을 보이며 목판 위에 놓인 튀김 같은 것들을 걸신스럽게 먹어 치우고 있었다. 그러는 동안 황 노인은 전연 셈에 신경 쓰지 않고 헤벌쭉거리고 웃고만 서 있었다. 맹호 녀석은 팔짱을 끼고 서서 그들의 배가 차서 돌아설 때만을 기다리고 있었다. 아이들은 그런 것들을 한참이나 주워 먹고 나더니 황 노인의 더러운 손으로 퍼주는 양은 그릇의 냉수를 벌컥거리고 마셨다.

「이젠 다 됐지? 그럼 빨랑 따라와, 이 똥강아지들아.」

맹호가 쌍소리를 내뱉자, 아이들은 앞다투어 꼬불쳐 두었던 돈들을 꺼내 황 노인에게 셈을 치렀다. 맹호는 일군의 아이들을 이끌고 리어카가 놓여 있는 뒤쪽으로 뚫린 골목길로 냅다 달려가기 시작했다.

제법 기다랗게 뻗쳐 있는 그 골목길 끝에는 마침 신주택 단지가 들어서기 위해 트랙터가 와서 닦아 놓은 질펀한 공터가 펼쳐져 있었다. 맹호를 따라가는 아이들은 맹호가 들고 가는 종이 봉지를 가리키면서 기대와 호기심에 찬 이야기들을 재잘거렸다.

그 공터의 한쪽 끝까지 와 서자, 맹호는 득의에 찬 웃음을 주위에 선 아이들에게 골고루 나누어 주었다. 그리고 들고 있던 종이 봉지를 열고 무엇인가를 꺼내 들었다.

순간, 아이들은 비명을 지르면서 맹호의 주위에서 흩어져 달아났다. 그러나 맹호는 눈썹 하나 까딱 않고 서서 흩어져 나간 아이들을 향해 다부지게 고함을 쳤다.

「짜아씩들, 아직도 겁쟁이 못 면했군! 싹이 노란 자식들이야. 이 새끼들 썩 이리루 못 오겠어?」

저만치 달아나긴 했지만, 아이들은 미련이야 버릴 수 없다는 듯이 흥분과 호기심에 찬 시선만은 맹호가 들고 있는 물건에 쏟고 있었다. 그것은 살이 토실토실하게 찐 쥐였고 그 쥐는 아직 팔팔하게 살아 있었다. 맹호가 치켜들고 있는 끄나풀에 앞다리가 매인 쥐는 영악한 눈을 치켜뜨고 끄나풀을 물어뜯기 위해 허공을 수없이 뜀질하고 있었다. 그러나 그때마다 쥐의 노력은 허사로 끝나 버렸다.

「짜아씩들, 죄 없는 니들을 물진 않을 테니까 이리 오란 말이야.」

맹호는 아이들을 향해 팍 신경질을 내면서 재촉하였다.

「물면 너 책임져?」

한 아이가 맹호에게로 슬글슬금 다가서면서, 그러나 겁에 질린 투로 이렇게 말했다.

「책임? 이 새캬, 문 다음에 책임지고 자시고 할 게 어딨어? 괜찮아, 물지 않을 테니깐. 이 쥐 새끼가 또 물면 얼마나 물겠어?」

「쥐는 페스트균을 갖고 있단 말야.」

다른 한 아이가 다가서며 조심스럽게 말했다.

「페스트가 뭐냐?」

「페스트균은 말야, 천팔백구십사년에 프랑스와 일본에서 발견된 것인데 말야, 쥐가 옮기는 것으로 사람에게 전염되면 잠복기가 이 일 내지 칠 일밖엔 안 된다구. 사망률이 아주 높다구. 순식간에 수만 명이 죽어. 새까맣게 타 죽는다고 해서 흑사병이라고도 한단 말야. 학교에서 배웠어.」

「새까맣게 타 죽어?」

「그럼, 넌 아직 모르고 있었니? 이 쥐가 그 페스트균을 사람에게 옮긴단 말이야.」

그러자 맹호는 갑자기 복통이 터져라 하고 하늘을 보면서 깔깔 웃어 대기 시작했다. 한참이나 웃던 맹호는 정색한 얼굴을 들어 이젠 주위에 바싹 모여든 아이들을 향해 말했다.

「페스트균이 사람을 새까맣게 타 죽게 하는 전염병이라면, 좋다구 좋아. 내가 그 페스트균을 이 토실토실하게 살찐 쥐 새끼에게 옮겨 줄 테니깐 보라구. 똑똑히 봐야 혀, 너들?」

맹호는 의기양양해서 다시 왼쪽 바지 주머니에서 활명수 병을 꺼내더니 주둥이로 병 마개를 확 뽑아 뱉었다. 그리고 병 속에 든 액체를 끄나풀 끝에서 뜀질하고 있는 쥐의 몸에다 부었다. 아이들은 다시 코를 찌르는 석유 냄새 때문에 얼굴을 밖으로 돌리고 있었다.

「자, 이제 보라구.」

녀석은 석유에 흠뻑 젖은 쥐를 땅에 내리고 끄나풀 한 끝을 발로 밟았다. 땅으로 내려간 쥐는 필사적으로 달아나려고 발버둥을 치고 있었다. 녀석은 바지 주머니에서 성냥을 꺼내 북 긋더니, 순간 성냥 불을 쥐를 향해 던졌다. 그와 동시에 밟고 있던 끄나풀을 놓았다. 쥐의 몸체는 순식간에 작은 불덩어리로 변했고, 그 불덩어리는 맹렬하고도 치열하게 신주택지의 넓은 공터 한복판을 일직선으로 가르면서 경쾌하게 달려 나가기 시작했다.

「빨리 따라와, 이 새끼들아.」

맹호가 불덩어리를 향해 뛰어가자, 뒤에 있던 아이들도 일제히 함성을 지르며 그 뒤를 따랐다. '쥐불'은 용하게도 공터를 반으로 가르면서 필사적으로 달려 나갔다. 아이들의 걸음이 그것만치는 빠르지 못했기 때문에 쥐불은 근 1백 미터 가까이나 앞서 달려가서 폭삭 꺼지고 말았다. 쥐가 죽은 자리까지 달려갔을 땐 맹호를 비롯해서 아이들 전부는 숨이 턱에 와 닿아 있었다. 쥐는 처참한 몰골로 주둥이를 땅에 처박은 채 새까맣게 타 죽어 있었다. 숨을 돌린 맹호가 그때 손으로 자기의 앞가슴을 가리키면서 말했다.

「이것 봐, 이 새끼들아. 새까맣게 타 죽었지? 이 맹호가 바로 페스트란 거란 말야.」

정말 새까맣게 타 죽은 쥐의 시체를 본 아이들은 놀라서 입을 다물지 못했다. 그랬다. 선생들은 순 엉터리라는 것을 그들은 그제서야 깨달았다. 페스트균은 쥐에서 사람에게로 옮겨지는 것이 아니고 사람이 쥐에게로 옮기고 있다는 산 증거를 맹호 녀석으로부터 터득하게 되리라고는 정말 미처 몰랐었다.

아이들은, 바지 주머니에 양손을 찔러 넣고 휘파람을 불면서 저만치 앞서 걸어가고 있는 맹호의 뒤를 재빨리 뒤따라가기 시작했다. 아이들도 맹호를 따라 휙휙 휘파람을 불었다.

(1975년)

모범사육

내가 어슬렁거리면서 원장실로 들어서자, 원장은 뽀빠이처럼 칼칼 웃었습니다. 그 늑대가 우리 원아들 누구에게도 그따위 간지러운 웃음을 보내는 일은 좀처럼 얻기 힘든 영광이었으므로 나는 내심 어리둥절할 수밖에 없었어요. 사실, 늑대가 상냥하게 웃는다는 건 이솝 이야기에서나 나올 법한 일이니까요. 게다가 그는 내 더러운 손까지 덥석 잡아 안았습니다. 그러나 그런 발작적인 행동에 내가 혹할 리는 없습니다. 그가 우리들에게 친절하게 굴 땐 반드시 어떤 음모가 뒤에 도사리고 있었으니까요. 국회의원이란 배불뚝이 영감이 비서를 대동하고 우리들 영세보육원에 나타난다든지, 안경쟁이 부인들로 구성된 봉사 단체가 쳐들어온다든지, 수녀들이 방문할 때만 그는 염통에 쉬가 슨 듯 칼칼 웃으며 너스레를 떨곤 하였으니까요.

영세보육원에 수용되어 있는 50여 원아들치고, 이 보육원이란 것을 맨 처음 창안해 낸 그 어느 작자를 저주하지 않는 아이들은 없었습니다. 도대체가 우리들이 기원하여 마지않았던 것은 과자 상자를 안고 오지 않아도 좋고, 마음이 가난한 자는 복이 있나니 천국이 저희 것이니라는 개뼈다귀 같은 성경 말씀 듣지 않아도 좋으며 돼지 모가지 따는 소리로 짖어 대는 찬송가 안 들어도 좋으니, 제발 그 위로 방문 따위 좀 멈추어 달라는 것입니다. 그들이 도착하기 적어도 사흘 전부터 우리들은 그 늑대에게 이리 몰리고 저리 쫓기며 옷을 빨아 입는다, 대가리를 깎는다, 뒤꼍을 청소한다, 화단을 새로 가꾼다는 식의 철야 작업에 몰려 괴롭힘을 감당해야 하기 때문이죠.

그런데 그 원장이 50명의 원아들을 다 제쳐 두고 오직 나 혼자만을 위해서 시방 칼칼 웃고 있다는 것입니다. 나는 갑자기 찬물에 온몸을 담근 놈처럼 뻣뻣해져 서 있었습니다.

「어떻습니까? 마음에 드십니까?」

연신 날 보고 웃고만 있던 원장 놈이 옆으로 돌아오며 이렇게 말했습니다. 나는 그제서야 원장 건너편 의자에 한 여자가 댕그라니 앉아 있는 걸 발견했습니다.

그 40대의 여자는, 적당히 살이 찐 볼따구니에 엷은 홍조를 띠고 나를 바라보고 있었어요. 그녀는 벌써 오래전부터 그런 자세로 나를 관찰하고 있었던 게 틀림없었어요. 나는 시방 내가 어떤 상황에 놓여 있다는 걸 단박 알아차릴 수 있었습니다.

그 여자가 양잣감을 고르러 온 여자임을 보육원 생활 3년째인 내가 모를 리 있겠어요? 그런데 도저히 헤아려 낼 수 없는 한 가지 의문이 있었습니다. 나로 말하면 양자를 얻기 위한 수많은 사람들을 만나 왔지만 그때마다 퇴짜를 맞아 온 못난 입장이란 것이에요.

그들이 내게 붙여 준 딱지는, 불결하기 짝이 없는 것은 고사하고 도무지 덤벙대기 잘하고 불량성이 농후하다는 것이었습니다. 나 같은 아이를 자기 집에 데려다 놓는다면, 그 집구석은 한 시간 안으로 지옥이 되어 버린다는 것이 내게서 얻어 내는 그들의 결론이었어요.

나는 오직 이 보육원에서만은 벗어나야 한다는 욕망 하나에 사로잡혀 내 모든 치부를 간교하게 도사려 보았지만 그들은 내 속에 숨어 있는 그것들을 교묘하게 탐색해 내고야 말아 왔습니다.

그런데 이번만은 이상하게도 그 원장이 내게 특별 지시를 내려, 목욕을 하라는 둥 손톱 발톱을 깎으라는 둥 '예 그렇습니다' 하는 따위의 고분고분한 말대답을 하라는 식의 사전 지시가 없었다는 것입니다. 나는 뒤뜰에서 아이들과 흙발로 걷어차기 장난을 하고 있다가 그대로 원장실로 불려 왔을 뿐이었어요.

「과연 말씀하신 대로군요!」

나를 바라보고 있던 그 여자가 이렇게 말하면서 원장을 향해 눈웃음을 보냈습니다. 그 여자가 앉아 있는 의자의 맞은편 탁자 위에는 반쯤 마시다 둔 커다란 오렌지 주스 잔이 놓여 있었더랬어요.

나는 그 유리컵을 바라보고 있었습니다. 그랬던 것은 주스를 후딱 빼앗아 마시고 달아날 시간을 언제로 잡느냐 하는 주저 때문이었습니다. 두 사람이 주고받은 말이 어떤 음모로 꾸며지고 있든, 그것이 내게 있어선 파리똥만큼이나 관심 없는 노릇이었으니까요. 그런 내 기분을 대뜸 알아차린 것은 그 여자였어요.

「자, 이것 마셔, 사양 말고.」

그 여자는 유리컵을 들어 내게 내밀었으나 그 순간 나는, 내 치부가 그녀로부터 잽싸게 탐색되어 버렸다는 오기 때문에 한참이나 여자를 쏘아보았습니다.

「야, 쌤통이다. 안 먹어, 씨팔.」

내가 이렇게 중얼거리자, 금방 늑대의 호령이 내 뒤통수에 떨어졌어요.

「이놈 자식, 왜 안 마셔? 이분이 널 생각해서 그러는데?」

기죽을 수밖에 없었어요. 나는 그녀 손에 들려 있는 잔을 날렵하게 빼앗아 주스를 단숨에 마셔 버렸지요. 너무나 조급하게 서둘러 마셨던 나머지 새알이 들려 나는 한참이나 발을 굴러 가며 기침을 해댔습니다. 그 꼬락서니가 무엇이 그리 재미있는지 두 사람은 깔깔 웃었습니다. 그 여자가 그때 재빨리 핸드백을 열고 하얀 손수건을

꺼내더니 내 주걱턱에 묻은 침을 닦아 주었습니다. 침 흘린 것보다
는 땟국이 더 많이 묻어 나온 형편이었지만 그녀는 손수건을 다시
곱게 접어서 핸드백 속에 넣었어요. 그 여자의 복숭아 속살처럼 새
하얀 가슴팍에 매달린 백금 목걸이가 하늘하늘 가늘게 떨고 있었습
니다. 원장이 그녀를 보고 다시 묻더군요.

「만족하십니까?」

「그렇습니다.」

「데려가시겠어요?」

「네, 가능하다면 지금 당장…….」

「그렇게 하세요.」

「그렇게 해주실래요? 감사합니다. 그런데 이 아이가……?」

「염려 마세요. 그 자식은 이 보육원을 떠나지 못해서 안달이니까
요.」

원장, 그 늑대는 내게로 얼굴을 돌리면서 말했습니다.

「용팔아!」

「왜요?」

「에또, 너 말이야…… 지금 저기 앉아 계시는 분이 너의 어머니
될 분이야. 뭣하면 아주머니라고 불러도 좋아. 넌 이 아주머니를
따라가서 아주 오늘로 그 댁에서 살게 된다. 알았지?」

「알았어요.」

「성격이 아주 서글서글하군요.」

그 여자가 우리들의 대화에 끼여들었습니다.

「아, 이 녀석 말입니까? 늑대 같은 놈일걸요.」

원장이 나를 보고 이렇게 말하자 나는 기가 찼습니다. 그건 그렇
다 치고 이 여잔 도대체 늑대 같은 나를 데려다 어디다 쑤셔 박을 작
정인지 나는 조금씩 불안해져 갔습니다. 내가 그 여자를 따라가 버
리기로 작정한 것은 이 보육원을 한시라도 빨리 뛰쳐나가고 싶은 욕

심 때문에 앞뒤 견주어 볼 겨를이 없었던 탓도 있었지만, 그 여자가 여느 때의 여자들과는 달리 생겨 먹은 그대로의 나를 고분고분하게 받아들이고 있는 태도에 호감이 갔기 때문이었어요. 적어도 그 여자를 따라가는 데는 아무런 계약도 조건도 강요당하지 않았습니다. 그 여자의 그런 태도를 상식적으로 이해할 수 없다는 것이 나를 불안하게 만들었어요. 그녀는 일어섰고 핸드백을 다시 열더니 흰 봉투 하나를 꺼내서 그 늑대에게 내밀었습니다.

원장은 방금 쥐갈비라도 뜯어먹은 난처하고 당황해하는 낯짝이 되어 그 봉투를 받아 쥐고 왜놈들 뺨치게 굽신거렸어요. 난 그 봉투의 내용물이 뭐라는 것을 알아차렸습니다. 그것이 사례금이란 걸 열세 살이나 처먹은 내가 모를 리 있겠습니까.

그때 내 정수리에 보드라운 그 여자의 손이 와 닿았습니다.

「날 따라가자, 응?」

순간, 나는 흠칫 놀라고 말았어요. 막상 그 여자를 따라가야 한다고 생각하니 마지막 가는 기분이 솟아올랐거든요.

「난 안 가, 씨팔.」

내가 너무 큰소리를 쳐버렸으므로 그녀는 내 정수리에 얹었던 손을 얼른 거두어 갔습니다.

「아니, 이 자식이? 너 정말 곤조통 부릴래?」

도대체 사회사업을 벌여서 보육원 원장을 한다는 작자가 원아를 보고 이따위 저속한 말로 공갈을 칠 수 있다고 생각하십니까?

진팔이, 용식이, 수진이, 호섭이, 태일이……, 나하고 가까운 원생들의 얼굴이 내 뇌리를 스치고 지나갔으므로 나는 금방 심란해져 버렸어요. 그러나 그러한 내 심중의 갈등을 그 여자는 재빨리 간파해 내는 것이었어요.

「우리 집에도 너의 친구 될 아이가 둘이나 있단다. 어서 가자, 냉장고에 넣어 둔 아이스크림 먹어 봤니?」

그 여자는 원장 그것보다는 몇 배나 더 간교한 여자였어요. 물론 나는 그게 나를 꼬시는 것이란 걸 알았습니다. 그러나 나는 망설이지 않을 수 없었어요. 정말 오랜만에 찾아온 이 탈출의 기회를 놓쳐 버린다는 것이 죽기보다 싫었습니다.

이 여자의 집에 살다가 기분 잡친다면 도망쳐 버려도 된다는 계산이 섰고 또한 내 친구들을 그렇게 만나고 싶다면 이곳을 방문하면 될 거 아니겠어요. 나는 금방 태도를 바꾸어 그 여자를 따라나섰습니다.

문밖으로 나가자, 초록색의 조그만 자가용 한 대가 서 있었습니다. 그녀는 조수석에다가 나를 태운 다음 그녀가 직접 차를 운전하였습니다. 매우 시건방진 여자인 것 같았어요. 우리는 시가지 한복판을 꿰뚫고 한참이나 달려가서 미아리 고개를 넘어 정릉 쪽으로 갔습니다.

차가 선 곳은 숲속에 싸인 어느 아담한 주택 앞이었어요. 그 여자가 경적을 울렸습니다. 한참 있다가 물개처럼 미욱하게 살이 찐 50대의 가정부가 나타나서 대문을 열어 주더군요.

「애, 이젠 내리자. 다 왔나 보다.」

그 여자는 나를 돌아보고 상냥하게 웃으며 이렇게 말했어요.

우리는 그 집의 응접실에 도착했고 그 여자는 가정부에게 나를 소개하고 있었습니다.

「어떻수 할멈? 내가 잘 골랐지요?」

할멈이라 불린 그 가정부는 대답은 않고 나를 뚫어지게 내려다보고 서 있었습니다. 그리고 아주 천천히 말했어요.

「네, 아주 썩 잘하셨어요.」

저들이야 어떤 주접을 떨든 말든 내 상관할 바는 아니었습니다. 나는 응접 소파로 가서 한번 덜렁 앉아 보았습니다. 쿠션이 아주 멋지더군요. 내 작은 몸이 푹 파묻힐 정도로 내려갔다가 다시 튕겨 올라왔습니다. 나는 재미있어서 그 짓을 몇 번인가 되풀이하고 있었어요.

318

「할멈, 쟬 목욕시키고 새 옷으로 갈아입혀요. 냄새가 나서 원.」

그 여자는 이렇게 명령하고 자기 방으로 들어가 버렸습니다. 나는 그 순간 흠칫 놀랐습니다. 목욕이라면 나는 염소가 물에 들어가는 만큼이나 싫었기 때문이었어요. 나는 손을 높이 쳐들고 단호히 거절했어요.

「싫어. 난 목욕 안 해, 씨발.」

내가 씨발이라고 말하자 가정부의 두 눈이 광화문 앞에 있는 해태 눈깔만큼이나 크게 벌어지더군요. 그녀는 너무나 큰 충격을 받은 나머지 두 어깨를 부들부들 떨고 있었습니다.

나는 그 꼬락서니가 매우 재미있었어요.

「내 몸에 손만 대봐, 죽여 버릴 테니까.」

내 두 번째의 공갈이 떨어지자, 그녀의 눈깔이 온통 흰창뿐이더군요. 그리고 한참 만에 그녀는 주인 여자의 방으로 뛰어들었습니다. 가정부를 따라 다시 응접실로 나온 주인 여자의 태도는 그러나 퍽 정리된 그것이었습니다. 그녀는 나를 향해 상냥하게 웃으면서 한쪽에 서 있는 냉장고로 다가가서 문을 활짝 열어 보였습니다.

「용팔아, 이것 봐! 목욕을 하고 나오면 이 속에 있는 것 아무거나 원하는 대로 줄 테니까. 먹고 싶지 않니?」

나는 냉장고 속을 들여다보았습니다. 부엉이 소굴이라더니 그 냉장고 속이 바로 그랬습니다. 통조림, 아이스크림, 바나나, 계란 등속들이 빽빽하게 들어차 있더군요. 그것을 본 나는 그만 입을 다물고 말았습니다. 하는 수 없이 가정부를 따라 목욕탕으로 들어갔지요. 집 안은 쥐 죽은 듯 고요해서 물을 끼얹는 소리가 그렇게 크게 울릴 수가 없었어요. 그런데 나를 목욕시키면서 가정부는 내 자지에다가 자꾸만 비누질을 해서 만지작거려 보는 것이었습니다. 난 화가 머리 끝까지 치밀어 올라 소리 질렀습니다.

「남의 자지는 왜 자꾸 만져? 씨발.」

목욕탕 안이 찌렁찌렁 울렸으므로 가정부는 또 한 번 비눗곽을 떨어뜨리고 자지러지게 놀라 버렸습니다. 급히 내게 물을 끼얹어선 비누를 씻고 나를 목욕탕에서 쫓아냈습니다.

물론 나는 가정부가 내어 준 세탁한 옷으로 갈아입고 그 폭신한 소파에 몸을 파묻고 앉아 아이스크림을 핥고 있었습니다. 주인 여자는 어디로 나갔는지 집 안에 없었습니다. 그때 다시 대문 저쪽에서 경적이 울려 왔습니다. 아마 주인 여자가 또 사람을 태워 가지고 들어오는 것 같았어요. 가정부가 황급히 뛰어갔습니다. 그녀는 암탉처럼 엉덩이를 뒤룩거리고 있었어요. 넨장, 무던히도 처먹기 좋아하는가 봐요.

얼마 있지 않아서 주인 여자의 뒤를 따라 들어오는 두 아이의 모습이 현관에 나타났습니다. 나이가 나와 엇비슷해 보이는 두 아이들을 보자 나는 우선 깜짝 놀라 버렸습니다. 그들은 쌍둥이였어요. 게다가 저의 어머니를 쳐다보고 무어라고 재잘거리는 태도와 목소리가 계집애들의 그것과 너무나 흡사한 데 놀랐다는 것입니다. 그러나 그들은 분명 사내아이들이었어요. 저들의 어머니가 소파로 앉으면서 말했어요.

「애들아, 이리 온.」

그러자 그들은 계집아이들처럼 콩콩 뛰어가서 어머니에게 답삭 안기는 것이었어요. 볼우물이 패었다든가 두 녀석이 똑같이 고개를 갸우뚱거리면서 손가락을 빨고 있는 태도는 얄미운 계집아이가 그대로 왔다였습니다.

녀석들은 호기심과 조금은 불안이 섞인 시선으로 나를 말끄러미 쳐다보고 있었습니다. 그 여자는 녀석들을 내 편 가까이로 밀어 주면서 말했습니다.

「자, 오늘부턴 너희들끼리서만 놀지 말구 애하고 꼭 같이 놀아야 한다. 알겠니? 앤 앞으루 우리 집에 쭉 눌러 있을 거야. 이름은 용팔이라구 한다.」

그 여자는 단숨에 이렇게 엮어 조졌는데 녀석들은 불안함을 감추지 못하면서도 어머니의 당부에 다소곳이 고개들을 끄덕이고 있었어요. 두 아이들의 책가방을 챙겨서 방으로 가지고 가면서 여자가 말했습니다.

「놀구 있거라. 내 옷 갈아입고 나올게.」

응접실엔 우리들 셋만 남았습니다. 과일의 속살처럼 살갗이 투명한 두 아이는 흡사 완구점에 진열된 장난감을 구경하듯 두 눈을 동그랗게 뜨고 나를 바라보고 있었어요. 그때 내 뇌리를 스치는 묘한 생각이 있었습니다. 녀석들을 놀려 주고 싶었다는 것입니다.

나는 잽싸게 두 손을 얼굴 양 옆으로 가져가서 두 눈과 입을 잔뜩 벌려 쥐고는 「어흥! 잡아먹자아」해버렸습니다. 나는 그냥 놀려 주고 싶은 마음뿐이었어요. 그런데 녀석들은 금세 얼굴들이 새파랗게 질리면서 찢어지는 듯한 고함 소리를 거의 동시에 쏟아 놓았습니다.

그 통에 오히려 내가 놀라 버렸습니다. 그들의 한껏 벌린 선홍색의 입 안 저쪽에 매달린 목젖이 바르르 떨리고 있는 것을 나는 보았습니다. 그와 때를 같이하여 여자와 가정부가 응접실로 달려 나왔습니다. 나는 그때 벌써 헤헤 웃고 있었지요. 두 아이는 각각 두 여자에게 답삭 매달려 바들바들 떨고 있더군요.

그 사고가 있은 뒤, 난 주인 여자로부터 심한 꾸지람을 들었습니다. 그런 짓을 시키기 위해 나를 자기 집으로 데리고 온 건 아니라는 것이었어요. 그 여자는 앞으로 내가 이 집에서 해야 할 일들을 하나하나 손꼽아 갔습니다. 병정놀이나 땅뺏기, 돌차기, 태권도의 기본 동작, 팽이돌리기, 숨바꼭질 등 보육원에서 배운 갖가지 놀이들을 그 녀석들에게 가르치고 같이 놀아 주면 된다는 것이었어요. 호랑이 놀음 따위는 3, 4개월 후에나 하라는 것이었습니다.

그리고 그런 놀이를 즐기는 것은 좋으나 절대로 아이들을 다치게 해서는 안 된다는 것이었어요. 그것도 아이들이 학교에서 돌아와 복습과 예습을 끝낸 다음 두세 시간만 같이 놀아 주고 그 외의 시간엔 나 혼자 따로 떨어져서 널브러져 자든지 목구멍이 미어지도록 처먹기나 하든지 그건 내 자유라는 것이었어요.

그 녀석들은 자지를 차고 있는 사내들이면서 소꿉장난 아니면 뜰에 있는 그네나 대롱대롱 타면서 사탕이나 빨고 있거나 새장 주위에 나란히 서서 모이나 주는 것이 소위 논다는 것의 전부라는 것이었어요. 말하자면, 그 녀석들의 간땡이를 키워 주는 것이 내 임무의 전부라는 것입니다.

나는 이따위 금붕어 같은 자식들과 어울린다는 게 싫었지만 이 집 안에 있는 것은 아무거나 '목구멍이 미어지도록 처먹어도 좋다'는 매력 때문에 그 여자의 요구를 도저히 뿌리칠 수가 없었단 말입니다. 게다가 이 집에선 청소를 하라고 강요하는 일도 없었으며 화단을 가꿀 일도, 더욱이나 밥 먹을 때마다 강요당하는 그놈의 썩어 빠진 기도나 찬송가를 부를 일도 없었습니다.

그 아이들은 역시 그림을 그리는 솜씨나 바이올린을 켜는 솜씨는 기뚱찼지만 심지어 땅뺏기조차도 어떻게 시작되는가를 전연 모르고 있었습니다. 그 여자가 아이들을 너무 지각없이 닦달했던 나머지 녀석들은 학교에 가서도 도대체가 운동장에 나가는 법이 없었다는 거예요. 줄곧 교실에서만 박혀 있다가 그대로 집으로 돌아오고 만다나 봐요. 통조림 깡통같이 앞뒤가 꽉 막힌 이런 맹추들과 수작을 같이 하자니 내 속인들 여간 썩었겠습니까?

「야, 이 새끼덜아. 너들은 왜 그렇게 맹추니?」

견디다 못해 나는 가끔 이렇게 녀석들을 윽박질렀습니다. 내 험상궂은 얼굴을 보면 녀석들은 금방 새파랗게 질린 얼굴이 되어 꼼짝달싹 못하고 앉아 있게 마련이었어요.

「야, 도대체 너들은 머슴애들이니, 계집애들이니? 우선 그것부터

322

물어보자, 이 개똥 같은 자식들아?」

내가 이렇게 꽥 소리치면 가관이었던 게 두 녀석이 똑같이 발딱 일어서면서 바짓가랑이를 아래로 까 내려 내게 그 꼴같잖은 자지를 보여 주었던 것이었어요.

「좋았어, 바지 올려. 그런데 너들 아빠 처음부터 없었니? 살다가 뒈졌니?」

「…….」

「이 새끼덜, 대답 안 하면 재미없어.」

「우리들이 일학년 때 돌아가셨나 봐.」

「왜 뒈졌니?」

「큰 광산을 갖고 계셨는데 현지에 가셨다가 낙반 사고루…….」

「너네 아빠도 되게 재수 없는 자식이었구나.」

「욕하지 마.」

「이 새끼덜아, 내가 지금 욕 안 하게 됐니?」

나는 녀석들의 골통을 쥐어박기도 했는데, 처음 몇 번은 집 안으로 울고 들어가기도 했지만 어머니가 나를 꾸짖지 않으니까 나중엔 몇 번씩이고 쥐어박혀도 울지 않게 되었습니다.

내가 그 집에 들어간 지 석 달이 지나는 동안 녀석들의 버르장머리를 사그리 뜯어고쳐 놓았습니다.

녀석들은 그제서야 소꿉장난을 한다거나 그네를 타고 노는 따위의 계집아이들 짓거리들을 하지 않았고 또 관심도 없었습니다. 오직 내가 가르쳐 준 숨바꼭질이나 병정놀이, 돌차기 등의 재미에만 골몰해 있었어요. 녀석들의 얼굴도 햇볕에 그을려 있었고 간혹은 나처럼 쌍말도 씨부릴 줄 알게 되었습니다. 학교를 다녀와서도 옛날처럼 응접실을 콩콩 뛰어 건너가서 어머니 품에 답삭 안기는 짓거리를 집어치우고 현관에 그대로 서서 「어머니, 학교에 다녀왔습니다」 하고 어른스럽게 으스댔으며 제법 가슴팍을 벌리고는 때로 내게까지 반발도 했습니다. 그러나 그게 미루나무에 매미 엉겨 붙기지 어디 될 법이나 한 이야깁니까. 그러나 그들은 날이 갈수록 내 상대자로서의 면모를 갖추어 가고 있었습니다.

그 여자는 녀석들의 그런 급진적인 변모에 매우 만족한 듯 보였습니다. 하루는 그 여자가 보는 앞에서 내가 맨 처음 이 집에 오던 날, 녀석들을 놀라게 해주었던 '호랑이 놀음'을 해보았지요. 그때 녀석들이 똑같이 헤헤 웃으면서 「얘, 용팔이 너 참 웃기는구나!」라고 말했을 때 그 여자의 만족한 웃음을 나는 잊을 수가 없군요. 자식들은 이제 그녀가 바라는 만큼 간땡이가 커져 있었습니다. 나는 내 자신이 그런 일을 해낼 수 있었다는 점이 대견하였습니다. 그러나 어느 누구도 나를 칭찬해 주는 사람은 없었어요. 그 집에 있는 동안 나는 보기에도 흉할 정도로 뒤룩뒤룩 살이 쪄 있었습니다. 그리고 나는 아무런 부족함이 없었습니다. 그대로 만족이었어요.

그러나 나는 점점 불안해져 갔어요. 그 녀석들의 사나이 기질을 그만치 개발해 놓았으니 조만간 내가 그 집에 머물러 있어야 할 명분을 박탈당할지도 모른다는 불안이 나를 서서히 괴롭혀 왔습니다.

어느 날 갑자기 그 여자가 나를 불러 세워 놓고 「얘야, 너 이젠 그만 보육원으로 돌아가야겠다」라고 내뱉는 날이면, 난 그걸로 결말나 버리는 거니까요. 내 그러한 예측을 뒷받침하는 여러 가지의 조짐들이 요사이 와서 부쩍 많이 내 주변에서 일어나고 있더란 말입니다. 하루는 내 손으로 냉장고의 문을 열고 바나나 한 개를 꺼내 잡숫는데, 바로 등 뒤에서 가정부의 신경질적인 목소리가 들려왔습니다.

「용팔아, 얘 이젠 작작 먹어라.」

나는 그 예상치 않았던 힐난에 놀랐고, 머리끝까지 화가 치밀어 올랐습니다.

「왜, 아무리 먹든? 네 거야?」

「이놈의 자식이 어디다 말대꾸니?」

「못할 것 어딨어?」

「오냐, 이 녀석 두고 봐라.」

그녀는 방으로 들어가더니 자물쇠를 갖고 나와선 냉장고 문을 딸가닥 잠가 버리는 것이었어요. 난 몹시 신경질이 났지만 왠지 어쩔 수 없다는 생각이 나를 짓눌러서 참고 말았습니다. 그리고 이전처럼 목욕을 하라고 성화를 부리지도 않았으며 주인 여자도 나를 볼 땐 그 상냥한 웃음을 의식적으로 거두어 갔습니다. 그때마다 나는 기분이 언짢았어요.

때로는 식탁에 앉아서 내게 충고도 하는 것이었어요.

「얘, 용팔아, 식사량을 조금씩 줄여야 쓰겠다, 너?」

그 여자는 정색을 하고 나를 바라보는 것이었어요. 짐작건대 어른들은 석 달 동안 녀석들과 쌓아 놓은 정분을 떼어 놓으려고 노력하고 있었다는 것입니다. 나는 초조하고 불안해졌습니다. 나는 계속 이 집에 파묻혀 살고 싶었습니다. 도망을 친대도 이런 집구석은 아마 얻어 걸릴 것 같지가 않았습니다. 그러나 내가 이 집에 눌러 있자면 이 집에서 내 존재의 필요성을 느낄 때뿐이라는 냉혹한 현실에 부딪치고 만 것입니다.

그래서 나는 매우 교묘하고 기발한 생각을 하게 되었습니다. 내가 이 집에 계속 붙어 있을 수 있는 명분을 찾아내는 일이 그것이었어요. 그러니까 그 두 녀석들을 다시 옛날의 계집애들의 형태로 되돌려 놓아야 한다는 것입니다.

녀석들은 지금까지 내가 시키는 대로 해왔고, 내가 앞서서 걸어가면 그들은 다소곳이 내 뒤를 따라왔습니다. 그러니까 녀석들을 다른 계집애들처럼 만들자면 내 자신이 계집애들처럼 굴어야 한다는 생각이 들었습니다. 그래서 나는 녀석들이 집으로 돌아오는 시간쯤 되면 집 뒤껼로 가서 갖가지 소꿉장난감들을 늘어놓고 쪼그리고 앉아 이건 대추, 이건 곶감, 이건 아이스크림 하면서 종알거리고 있었습니다. 물론 녀석들은 복습과 예습을 마치고 나서야 나를 찾아왔습니다. 나는 속으로 쾌재를 불렀습니다. 그러나 녀석들은 내가 하는 일은 뒷짐을 지고 서서 구경만 할 뿐 얼른 그 소꿉놀이에 말려들지는 않았습니다.

「야, 너들은 같이 안 놀래?」

「얘, 용팔이 너 그게 무슨 짓이니? 계집애들처럼.」

녀석들은 여전히 뒷짐을 지고 서서 이렇게 나를 힐책하는 것이었어요.

「이 새끼들! 같이 안 놀래, 정말?」

나는 눈꼬리에 잔뜩 풀을 멕이고 그 녀석들을 노려보았습니다. 그러나 그들에게선 아무런 동요의 빛이 보이지 않았습니다. 나는 어깨의 힘이 점점 아래로 빠져 내려가는 허탈감이 왔습니다. 그중 한 녀석이 제 동생을 보면서 말했습니다.

「얘, 진수야! 우리 태권도 연습하러 갈래?」

「그래, 가자구. 저건 빼구.」

그들은 앞뜰로 쭈르르 달려가고 말더군요. 정말 기가 찼습니다. 그러나 나는 그 맛있는 콩자반과 쇠고기 장조림과 주스와 아이스크림을 포기할 순 없었어요. 나는 그들이 멀리할수록 근 열흘 동안이나 그들을 설득하고 회유하기 위해 무진장으로 노력을 기울였습니다.

그러나 그러한 내 노력들은 시간이 갈수록 우매할 뿐이라는 것을 내게 가르쳐 주고 있었습니다. 그들은 소꿉장난에도 그네타기에도 새에게 모이를 주는 일에도 전연 관심이 없었고 그러한 놀이에 열중하고 있는 내 꼬락서니를 저들 어머니에게 일러 바치곤 손가락질하며 마음껏 비웃었습니다. 그들은 비밀스러운 눈초리를 내게 배치했고 나는 무너져 내리는 듯 의기소침해져 있었습니다. 나는 완전히 따돌림을 받았습니다.

녀석들은 그런 나를 아랑곳하지 않았습니다. 저희들끼리 뜰에서 어울려 놀다가 심심하다 싶으면 이젠 대문 밖의 골목에까지 진출해서 동네 아이들을 유도해 병정놀이를 즐기곤 땀을 뻘뻘 흘리며 집으로 돌아오곤 했습니다. 옛날엔 쌍둥이라고 놀리던 동네 아이들이 너무나 건강해지고 때로는 쌍말도 거침없이 지껄여 대는 쌍둥이 형제들에게 짓눌려 녀석들의 유도에 묵묵히 따라 주는 모양이었어요. 적어도 석 달 전만 해도 두 녀석들은 동네 아이들의 놀림 때문에 대문 밖을 나설 수가 없었다는 거예요. 한 아이가 옛날처럼 여기곤 놀려 대다가 두 녀석이 함께 엉겨 붙어 실컷 패주는 바람에 나머지 아이들은 끽소리 못했대나 봐요. 녀석들은 어느 사이에 동네에서 손꼽히는 악돌이가 되어 있었습니다.

나는 소파에 묻혀 낮잠을 자거나, 그네에 올라타고, 그걸로 긴 하루 해를 오직 혼자서만 보내게 되었습니다. 그리고 혼자서 소꿉장난이나 하고 노는 수밖에 딴 도리가 없었어요.

그러던 어느 날, 뒤꼍에서 혼자 놀고 있는데 바로 내 등 뒤에서 나를 부르고 있는 한 우람한 남자의 목소리가 들려왔습니다. 난 맨 처음 그 목소리를 향해 돌아볼 겨를도 없이 까무러칠 듯 놀라 버렸습니다. 집 안에서 그렇게 큰 남자의 목소리가 들려올 리도 만무하였지만 그 목소리는 잊혀져 가려는 내 심층의 한쪽 끝을 발딱 일으켜 세우고 있었기 때문이기도 했어요. 나는 가까스로 숨을 돌리고 뒤를 돌아다보았습니다.

거기엔 영세보육원의 원장이 팔짱을 끼고 서 있었어요. 그 순간 나는 잽싸게 몸을 돌려 달아나려고 하였습니다. 그러나 그것보다 훨씬 빨리 원장이 팔짱 낀 손을 풀어 내 어깨와 견골께를 덥석 껴안아 잡고 말았습니다. 내가 원장에게 끌려 앞뜰로 나왔을 때 난 그 집의 두 여자가 현관 밖에 나와 서 있는 걸 보았습니다.

주인 여자가 원장에게 말했습니다.

「걘 오래 두었다간 우리 집 애들을 다 버리겠어요. 하루 온종일을

계집애 짓거리만 하고 돌아다닌다니까요. 원장님이 직접 확인하
셨을 테죠?」

원장이 그녀를 향해 넙죽 절하며 말했습니다.

「그럼 사모님, 이 녀석 데리고 가겠습니다.」

나는 진땀을 뻘뻘 흘리며 원장에게 끌려갔습니다. 골목 저편에서
때마침 이 집구석의 아이들이 소리 맞춰 부르짖고 있었습니다.

「야, 돌격 앞으로!」

(1975년)

어릿광대의 사랑과 슬픔

김 주 연 (숙명여대 교수 · 문학평론가)

21세기 들어서 읽어 보는 김주영의 1970년대 소설들, 즉 초기작들은 촌스럽기 짝이 없다. 〈여름사냥〉, 〈마군우화(馬君寓話)〉, 〈악령〉 등 단편 10여 편들을 나는 다시 읽었는데, 이른바 세련미와는 먼 거리에 있는 그의 소설들이 끊임없이 웃음을 자아내게 했다. 그런 만큼 그의 소설들은 시간을 뛰어넘는 특유의 재미가 있다. 그 시간이 30년 저쪽의 시간, 투박하기 이를 데 없는 소위 '근대화' 소용돌이 속의 옛 시간임에도 불구하고, 여전한 현실감을 느끼게 하기 때문일 것이다. 지금의 젊은 독자들이 느끼기에 고리타분하다고 할 정도의 그 옛날 그 시절의 이야기 자체가 재미있을 리는 물론 없다. 그렇다면 김주영의 초기 소설들이 여전히 재미있는 까닭은 무엇일까. 나로서는 다음 세 가지로 그 이유를 일단 추려 보기로 한다.

김주영 단편소설은 흡사 탁월한 콩트가 그렇듯이 반전(反轉)의 명수다. 이 점은 그가 많은 장편들을 쓰면서도 간단없이 그 사이사이에 삽입하는 특유의 기법으로서, 긴 장편을 지루하지 않게 만드는 요소이기도 한데, 초기작에서 이미 그 천부의 솜씨가 번득인다. 고아원의 거친 악동이 어떻게 부잣집 젊은 부인의 양자로 선택될까 예상이나 할 수 있겠으며, 다시금 고아원으로 되돌려지게 될 줄 알 수 있었겠는가(〈모범사육〉). 선택된 이유라는 것도 계집애 같은 사내애들을 사내답게 기르기 위해서이며, 되돌려지는 이유 또한 이제는 계집애 같은 놀이만 하는 악동이 오히려 사내애들에게 방해가 되기 때문이란다. 악동 자신은 고아원으로 가지 않고 그 집에 머물기 위해, 즉 자신의 필요성을 부각시키기 위해 일부러 계집애 같은 짓으로 사내애들을 유인하였는데, 결과는 그 반대로 나타난 것이다. 뜻밖의 방향에서 나타나는 소설의 결말은 〈도둑견습〉에서 더욱 눈물겹게 드러난다. 고철을 수집하거나 멀쩡한 쇠붙이 기구를 훔쳐서 살아온 의붓아버지와 소년……. 그러나 필경에는 그들이 살던 고물 마이크로버스가 당국에 의해서 분해되는 마지막 모습을 맞게 되지 않는가! 이 같은 반전은 〈도깨비들의 잔칫날〉에서도 우리를 웃기면서 슬프게 한다. 일정한 직업과 주거지가 없이 남의 잔칫집(피로연이나 전람회, 연회장 등)에서 케이크나 술 따위를 얻어먹으며 사는 룸펜이 어느 사업가로부터 진짜 예술가 대접을 받게 되자, 즐거운 사기 행각 대신 자신은 사기꾼이라는 고백을 처절하게 내뱉는다. 의뭉스럽게 거짓을 행하던 자의 돌연한 변신이다. 창녀의 기둥서방이 계집을 다른 남자와 통정케 하고 간통 운운하며 돈을 뜯으려고 하다가 거꾸로 들통나는 이야기(〈달밤〉)도 소재는 진부하지만, 반전의 전개 방식에서는 역시 정석의 자리에 있다. 그런가 하면 젊은 남녀가 강가에서 데이트하다가 풍기문란 혐의로 즉심대기소에 붙잡혀 온 풍경 묘사(〈즉심대기소〉)는 인간성에 대한 깊은 성찰을 불러오는 의미 깊은 반전을 담고 있다. 요조숙녀 같던 애인이 아침이 되자 대기소에 있던 창녀와 함께 내빼다니! 그것도 빨간 혓바닥을 날름거리면서……. 인간의 위신과 품위란 과연 상황과 무관하게 결정되어 있는 것인가, 아닌가 하는 질문이 문득 우리를 아득하게 한다.

　그 다음으로 꼽을 수 있는 재미의 이유는 익살과 해학이 얽힌 만

연체의 그 특유한 문체이다. 동세대의 작가 이문구에서도 발견되는 문체상의 이 같은 특징은, 경우에 따라서 지나치게 늘어지는 감이 없지 않으나 역시 재미 제공의 일급 공로자다. 몇 대목을 예시해 보자.

1) 아이들이 가리키는 손가락 끝에 그 뱀이 있었다. 아침의 정색(正色)한 햇볕 속에 대담하게 전라를 노출시키고, 일광욕을 즐기고 있는 뱀의 암자색 껍질에는 도전적이며 본능적인 충동감이 오들오들하게 묻어 있었다. 뱀은 우리들이 모여들자, 태엽처럼 감고 있던 몸뚱이를 천천히 풀었다. 그리고 휴식 후의 허탈을 메우듯 몸을 한 번 뒤치더니, 열없는 듯이 둑길의 경사면을 타고 스르르 움직이기 시작했다.(11쪽)

2) 종일을 이 집 저 집 울타리나 기웃거리다가 노인들 바둑이라도 두는 곳이 있으면, 처억 들어가서 싸가지없이 담배나 빠끔거리고 피워 쌓다가 다 둔 바둑 집 수나 헤아려 바치는가 하면 남 돈 헤아리는 앞에 막고 서서 한 장씩 넘어갈 적마다 실없이 고개나 주억거리고, 어쩌다 신문지 조각이라도 한 장 얻어 들면, 오대양 육대주 속 썩고 겉 맑은 것 제 혼자 다 아는 척 육갑을 떨다가 집구석에 들어오면, 여편네는 아랫목 데워 놓고 흡사 낙타 새끼처럼 버티고 앉아 끄르륵, 무트림이나 긁어 올리고 앉았으니 간혹가다 혹독히 밀려오는 성욕을 해결하는 상대 외엔 내 계집이라고 여겨 본 적 신혼 초기 몇 달뿐이었다.(105쪽)

3) 이놈의 도시는 잠도 안 자고 버티는지 벌써 꼭두새벽에 광장 건너편의 로터리에는 택시들이 즐비하였고 영등포요, 면목동 가요 하는 운전사들의 목소리가 사방에서 들려와 솔직히 말해서 한여름 논바닥에서 서로 지악스럽게 대거리해 쌓던 개구리 소리를 떠올리게 했습니다. 그리고 광장 건너편 저만치 마주 보이는 큰 건물의 맞바래기엔 남진이 웃통을 시원스럽게 벗어 던지고 요조숙녀 같은 웬 젊은 여자 턱주가리를 제 코

앞으로 바싹 치켜들고 금방 요절을 낼 낌새로 보이는 그림이 붙어 있었는데 나중에사 알고 보니 그게 영화 선전 간판이더군요. 사방으로 뻗어 있는 도로 주변에 길길이 솟아 있는 빌딩들 턱에 매달린 아크릴 간판들이 꺼물꺼물 졸고 있었습니다.(160쪽)

4) 더운 때라서 어머니와 의붓아버지와 나는 보통 풀기가 깔깔한 홑이불을 함께 덮고 자는 게 예사였는데, 그놈의 풀멕인 홑이불 한쪽 귀퉁이가 내 목덜미를 쉴 새 없이 문지르고 있어 결국 내 모가지가 쓰려 오게 되고 그래서 잠이 깨어 보면, 싸가지없는 어머니가 의붓아버지 가슴 위에 올라가서 맷돌치기를 하고 있기 십상이었습니다. 나는 처음에, 달밤의 유난체조라는 게 바로 저런 거로구나 싶어 두 사람의 동작을 실눈을 뜨고 누워 바라보고 있었지요. (……) 그들은 내가 실눈을 뜨고 보고 있는 것을 아는지 모르는지 키들키들 웃음을 쥐어짜면서 체조를 열심히 씨루어대는 것이었습니다.(267~268쪽)

이상 몇 부분을 인용해 보았는데, 사실상 이 작가의 소설 거의 전부가 이런 의미에서 인용됨직하다. 단문보다 장문을 즐기는 문체는 인용 2)의 경우 그 긴 문장이 완전히 한 문장이다. 이처럼 긴 문장은 형용사들의 겹겹 묘사에 의해서는 한계를 가질 수밖에 없는, 재래의 신파극 변설이 보다 더 어울리는 형태이다. 거기에는 작가의 체질적인 익살이 깊이 개입되어 있다. 익살은 여기서 그와 비슷하지만, 그 기능이 보다 사회적인 해학과 연결된다. 해학은 필연적으로 풍자로도 이어지는바, 이에 대해서는 뒤에 살펴보기로 한다.
재미와 관련해서 끝으로 지적해야 할 점은, 이야기 전개의 그 호방성이다. 도대체 이 작가의 소설은 막힘이 없다. 풍경 묘사나 심리 묘사에서 뛰어난 섬세함을 보여 주고 있음에도 불구하고, 그 섬세함은 그 자체로서 만족하는 일에 머물지 않는다. 섬세한 묘사는 앞의 인

용 1)에서 탁월한 보기를 보여 주고 있는데, 김주영 묘사의 섬세함에
는 중요한 특징이 있다. 그것은, 그 묘사의 대상이 머물러 있는 상태
보다 움직이는 상태의 포착과 관련지어 있다는 점이다. 말하자면 상
태의 묘사 아닌 움직임의 묘사라는 사실인데, 이 때문에 그의 섬세함
은 정태적이라기보다 역동적이다. 역동적 섬세함—김주영 소설의
특징을 아마도 이 같은 표현 이상으로 잘 나타내는 말도 없으리라.

섬세하되 역동적인 그의 문체가 그의 소설을 막힌 데 없이 이끌어
가면서 그의 소설을 활기차게 한다. 이 활기는 생명의 활기이다. 그
러나 생명의 힘은 그 전개가 인간 사회 속을 지나갈 경우 필연적으
로 마찰을 유발하게 마련이다. 생명은 자연이며, 자연은 본능이다.
그러나 사회는 본능을 억제하며 자연을 조정한다. 물론 생명도 절제
와 동반될 때 그것이 오히려 보호될 때가 많지만, 생명력 그 자체는
제한 없이 뻗어 나가기를 지향한다. 금기와 도덕, 규제와 법으로 무
장한 사회는 그 지향에 대항한다. 문학은 본질적으로 생명의 편이지
만, 문학적인 질서가 미학이라는 일정한 규범을 요구받고 있는 것도
사실이다. 마찰이라는 앞에서의 내 표현은 사회와 문학의 이 같은 만
남의 양식에 대한 이름이다. 생각해 보라. 끝 간 데 없이 용솟음치는
생명을 추구하는 문학과 사회라는 억압의 부딪침을. 이 부딪침과 더
불어 많은 문학 작품들은 제 몸을 가다듬고 화해와 극복을 모색한다.

그러나 김주영의 소설은 다르다. 아니 정확하게 말한다면, 그 화해
와 극복의 방법이 다르다. 다소 역설적으로 들릴지 몰라도 그는 그
부딪침 속에서 부딪치지 않는다. 피해 간다는 말인가? 정반대다. 그
는 그 부딪침을 부수어 버린다. 미학의 고전적인 규범 대신, 그는 즐
겨 생명의 야성적인 약동을 택한다. 그의 소설에 자연스럽게 나타나
는 금기, 도덕, 규범, 법의 와해는 이 같은 힘이 작동한 결과이다. 이
과정에 개입되는 섬세한 기술에 대해서는 뒤에 언급하기로 하고, 여
기서 우선 지적해 둘 것은 그 힘의 구체적 내용으로서의 섹스, 그리

고 욕설이다. 혹은 섹스가 매개된 질펀한 욕설이다. 그것은 전통적인 의미에서 이 나라 백성들 삶의 현장의 가감 없는 반영이기도 하다. 한두 군데만 인용해 보자.

1) 「여봇, 좋지 그치? 기분 좋지? 대답혀.」
어머니는 의붓아버지에게 기분이 좋으냐고 몇 번이고 족쳐 대며 되묻고 있었지만, 의붓아버지는 소 죽은 넋이라도 덮어씌었는지 아가리를 두고 말을 않고 있었습니다. 나 또한 다급하긴 마찬가지로 이대로 조금만 더 오래가다 보면, 내 모가지가 성한 채로 아침까지 가긴 글렀겠으므로,
「이 새캬, 기분 좋다고 칵 뱉어 뿌러. 내 모가지 작살내고 말 텨?」
내가 느닷없이 버럭 소리치고 일어나 앉아 버렸으므로 어머니는 너무 놀란 나머지 썩은 통나무처럼 뒤로 벌렁 나자빠지고 말더군요.(268~269쪽)

2) 황씨가 아무 데나 서숙을 내놓고 오줌 깔기는 것을 보고 나는 간혹 말리기도 하였습니다만, 「야, 이 새꺄! 내 집에 내 좆으로 오줌 싸건 똥 싸건, 이 새꺄 니가 왜 촐래를 떨고 나서니? 이 마루 밑에 흐르고 있는 건 똥오줌 아니고 무릉도원에서 흘러오는 복사꽃인 줄 아니?」
새끼가 그렇게 문자를 쓰는 데는 나도 할 말이 없었습니다. (……) 옛날 불알 발갈 적 이야기부터 시작되어 이 밤 이때까지 얘기를 밤새도록 편찬해 엮어 내는 것이었습니다.(168쪽)

3) 「야, 이 몸도 왕년엔 순정 때문에 눈물 한번 짭짤하게 흘렸다아.」
지독한 곰보딱지인 그녀는 이렇게 너스레를 떨며 담배 한 개비를 꺼내 척 꼬나 물었다.
「니년에게도 죽고 못 사는 골 빈 수캐가 있었더랬니?」
「어언니! 사람 괄시 단숨에 하지 말어. 그땐 나도 개×지가 아니었다우.」

「식구통 닫아 둬. 쌕 웃는다 애.」

「웃는 건 언니 자유지만서두, 언니 하는 말씀이 내 가다찌가 틀려 먹었다 이건데에, 당장 여기서 날 보구 있는 저 바지씨 한번 꼬셔 보일까? 볼 테?」

「이 화냥년아, 의리 부도내지 말고 그만두시지. 임자 있는 몸 같으니께.」(203쪽)

   섹스와 욕설이 함께 흥건하게 배어 있는 이 같은 장면 묘사는, 사실상 우리네 밑바닥 삶에서 쉽게 만날 수 있는 현실의 단면이다. 그러나 그 묘사는 현실보다도 훨씬 전형화되어 있고 현실감 또한 현실보다 탁월하다. 현실을 미학적으로 반영하는 것 대신, 현실 반영을 막는 미학에 작가는 도전한다. 섹스와 욕설은, 현실에서든 미학에서든 그 표현이 가능한 한 기피되는, 전형적인 금기이기 때문이다(물론 섹스에 관해서는 그같이 일의적으로 단정할 수 없을뿐더러, 오히려 이와 반대되는 견해와 미학이 이른바 근대 이후 얼마든지 있을 수 있으며 실제로 존재한다. 따라서 여기서는 한국 사회에서의 전통적인 보수 미학과 관련된 부분에 대한 언급으로 이해되기 바란다).

   그러나 김주영의 호방성이 반드시 섹스와 욕설의 구사에만 의존해 있는 것은 아니다. 호방성의 가장 큰 부분은 현실을 총체적으로 수용하는 그의 넉넉한 자세에 있다. 그의 초기 소설들을 일관해서 지배하는 가난과 무지렁이들의 생태에 대해서 그는 어떤 경우에도 한탄과 분노의 묘사를 행하는 일이 없다. 대신 그는 눈물과 웃음으로 그것을 수락하는데, 이 수락과 더불어 그의 소설은 앞으로 쑤욱쑤욱 나간다. 하인리히 뵐이 주장한 '절망 대신 유머를!'이라는 문학의 덕목에 그는 태생적으로 붙어 있는 셈이다. 그것은, 가난과 핍진한 삶의 고통을 그가 즐겨 인정하고, 순응하고 있다는 이야기와는 전혀 다른 말이다. 오히려 그 숨김없는 묘사와 적시, 장애를 받지 않는 진행 속에서 가난과 핍진은 그 생살을 그대로 드러내고, 작가의 개입 없이도 독자는 강렬한 현실 의식에 포박당한다.

　김주영 소설은 그렇다면 이 같은 재미로만 만족되는 수준에 머무르는가. 소설의 매력이 재미에 있는 것은 틀림없으나, 그 재미의 지속성은 당연히 그 재미의 의미와 연결된다. 소설이 인생의 반영이라면, 그 의미는 필연적으로 인생의 의미일 수밖에 없다. 일찍이 신칸트학파는 '정신'을 가리켜 '삶에 의미를 부여하는 힘'이라고 했는데, 말하자면 그 의미는 정신이다. 이렇게 볼 때 김주영 소설의 재미를 지나서 도달하게 될 의미의 땅은 그의 정신이다. 나는 그 정신이 풍자와 사랑이라고 생각한다. 얼핏 보면 풍자는 방법 정신, 사랑은 테마, 즉 메시지이므로 서로 다른 범주에 속하는 것 같지만, 결국은 상통하는 테마를 이룬다. 앞서 언급된 모든 재미들은 넓은 의미에서 이 풍자를 형성하는 요소들이다. 익살과 해학, 섹스, 욕설, 반전 등은 모두 풍자인 것이다. 풍자란 비판인데, 사랑이 담긴 비판이다. 연민이 담긴 비판이다.
　사랑과 연민이 담긴 비판은, 작가가 작중 화자 혹은 주인공과 일치 상태를 이루는 상황에서 가능해진다. 작가와 작중 화자가 분리된 상황에서 씌어지는 많은 소설들은 이러한 비판의 행복을 좀처럼 누리지 못한다. 그러한 소설들은 독자들로부터 '작가여, 당신은 어디에 있는가' 하는 질문을 받을 뿐이다. 소설을 포함한 모든 문학이 궁극적으로는 비판이며, 궁극적으로 또한 사랑이므로 사랑이 담긴 비판이란 지극히 당연한 당위의 세계이다. 그러나 이 당위는 쉽게 성취되지 않는다. 가령 이데올로기 소설은 가열한 비판을 담고 있으나 사랑 혹은 연민의 눅눅한 습기는 얼마나 자주 생략되는가. 사랑으로 뜨거워진 침대 위의 소설들이 그 사랑을 안고 있는 사회적 콘텍스트에 비판의 눈길을 돌릴 여유가 있을 것인가. 물론 이 경우 사랑은 이

성간의 에로스를 넘어선 인간애 전반을 포괄하는 개념과 연관되지만, 거기까지 나아가기 이전에 종종 사랑은 연애와 정욕에서 그 발길을 멈춘다. 정녕 사랑과 비판은 함께 가기 어려운 모양이다. 그 호방성 때문에 별로 어렵게 성취된 것 같아 보이지 않는 김주영의 소설들은, 그러나 이 양자의 절묘한 공존을 자연스럽게 즐기고 있다. '풍자'는 그 중심에 있다.

이제 좀 분석해 보자. 편의상 다음 몇 대목을 뜯어본다. '~ 우화', '~ 동화'라는 제목들이 퍽 암시적인 작품들.

1) 우리들의 황만돌은 옥자를 찾기 위해 4일을 회사에 무단결근하였고, 그리하여 그 4일을 몽땅 그 여자 대학가의 주변 다방, 음악 감상실을 순례하는 데 홀랑 소비해 버렸던 것이다. 그러나 그의 노력은 헛되지 않아서 4일째의 마지막 날 오후에 옥자를 발견해 내는 데 성공했던 것이다. (……) 그녀들은 대학으로 들어오는 긴 보도를 거슬러 올라가 서대문 쪽으로 근 1킬로의 거리를 그렇게 떠들며 웃고 걸었다. 저만치 사설 학관인 영심학원(永心學院)의 4층 건물이 희멀쑥하게 서 있었다. 그녀들은 그 건물 안으로 깡충거리고 들어간 것이었다.(147~148쪽)

2) 「형님, 이젠 좀 사리 판단도 할 줄 아세요.」
그때, 형은 놀랍게도 동생 앞에 허리를 곧바로 세우고 단호히 말했던 거였다.
「이런 좋은 날 한번 안 하고 언제 하노?」
순간, 형의 눈동자가 양미간에 똑바로 박혀 들어가는 걸, 마 군은 보았다. 그런 형의 얼굴 두 눈에서 마 군은 말할 수 없는 신선한, 가을날 새벽 우윳빛 안개에 잠긴 녹색의 배추밭처럼 시리도록 신선한 한 인간의 진실이 도사리고 있음을 보았다.
우리들의 마 군은 드디어 교활한 그의 전의가 어깨쯤에서부터 벗겨져

내려가는 허탈감에 빠져 찬물 먹다 체한 때처럼 아득해지는 시선을 발 아래로 떨구었다.(81~82쪽)

3) 쥐는 처참한 몰골로 주둥이를 땅에 처박은 채 새까맣게 타 죽어 있었다. 숨을 돌린 맹호가 그때 손으로 자기의 앞가슴을 가리키면서 말했다.
「이것 봐, 이 새끼들아. 새까맣게 타 죽었지? 이 맹호가 바로 페스트란 거란 말야.」
정말 새까맣게 타 죽은 시체를 본 아이들은 놀라서 입을 다물지 못했다. 그랬다. 선생들은 순 엉터리라는 것을 그들은 그제서야 깨달았다. 페스트균은 쥐에서 사람에게로 옮겨지는 것이 아니고 사람이 쥐에게로 옮기고 있다는 산 증거를 맹호 녀석으로부터 터득하게 되리라고는 정말 미처 몰랐었다. (……) 아이들도 맹호를 따라 휙휙 휘파람을 불었다.(312쪽)

인용 1)은 〈이장동화(貳章童話)〉에서의 첫 장, 즉 '장손이 동화'의 한 부분이다. 인용이 보여 주고 있듯이 주인공 청년 황만돌은 아냇감을 구하기 위해 여자대학 앞을 배회하다가 한 여대생을 만난다. 그녀와 데이트도 한다. 그러나 알고 보니 그녀는 대학생 아닌 재수생이라는 것. 통속적 반전을 기초로 한 전개이지만 사랑과 비판이 있다. 사랑이란 물론 젊은 남녀의 그것인데, 그 사랑은 두 사람만의 순수한 감정에 의해 진행되는 기쁨과 슬픔이 아니다. 황만돌이라는 청년의 구애 뒤에는 "세상을 살아가는 동안, 적어도 출세라는 걸 감히 염두에 두고 있는 사람치고 똑똑한 마누라 맞아들일 것이 각별히 신경"(138쪽) 써졌다는 분명한 이유가 있다.
"꿀같잖은 구공탄 가게 안주인과 꼭두새벽부터 싸움이나 벌여, 온 동네 골목 망신 치맛자락에 혼자 꿰매 차고 다니는 그런 여자를 아내로 맞이할 수는 도저히 없었"(139쪽)기 때문이다. 말하자면 그 자신은 비록 두메 출신일지라도 아내만큼은 세련된 교양 여성을 얻고

싶었던 것인데, 그 방법과 결과가 당최 가당찮다. 불문곡직하고 여자
대학 앞을 어슬렁거림으로써 여자를 만나겠다는 발상부터가 이른바
순리를 뛰어넘어 엉뚱하다. 결과는 어떤가. 겉보기에만 젊은 도시
여성이었을 뿐, 그가 만난 여자는 그가 그토록 타기하고 회피하고자
했던 '교양 없는' 인간이었다. 대학생도 아닌데 대학생인 척하고 캠
퍼스를 드나드는 재수생 처녀는 바로 예비 '치맛자락 골목 망신' 이
외 무엇인가. 결국 이들의 사랑은 맹목적인 출세주의가 낳은 우스꽝
스러운 좌절의 기록이다. 이들의 웃음 반 눈물 반의 사랑을 통해 작
가는 이 시대의 출세주의를 비판한다. 그 허위와 허망에 대한 비판
인데, 중요한 것은 작가 스스로 황만돌을 작가와 무관한 자리로 팽개
쳐 놓고 있지 않다는 사실이다. 여기서 작가는 사랑으로 되돌아온
다. 이 사랑은 황만돌과 옥자 사이에 일어나는 젊은 이성간의 그것
이 아니다. 그 사랑은 황만돌, 옥자, 더 나아가 이 사회를 포함한 모
두를 품에 안는 작가의 그것이다. 황만돌과 옥자는 허망한 꿈을 꾸
는 허위의 인간상들이다. 그 허위와 허망은 마땅히 비판의 대상이
된다. 그러나 작가는 도저히 그들을 미워할 수 없다. 작가 스스로 그
들과 자신이 분리되지 않는다. 여기서 비판은 사랑이 되며, 사랑은
비판이 된다. 가장 좋은 의미에서 그것은 문학의 자기 성찰이라는
기능을 수행하고 있는 것이다. 도시화·산업화가 시동되고 있던
1970년대의 초기작이라는 점을 감안할 때, 김주영의 당시 소설들은
프랑스의 19세기 소설들이 보여 주었던, 왜곡과 허위의 출세지향적
사회에 대한 풍자의 리얼리즘을 방불케 하기도 한다.
　한편 2)의 경우는 〈마군우화〉에서 두 번째 삽화 '사팔뜨기 바로잡
기'의 끝 부분 인용이다. 이 작품의 내용은 이렇다 : 주인공은 마규
달, 마규식 형제. 그러나 동생 규식이 원래 주인공이다. 여기서 '원
래'라고 나는 썼는데, 그것은 뒤에 가서 주인공이 형 규달로 바뀌기
때문이다. 형 규달은 눈이 사팔뜨기인데 그가 어느 날 상경한다. 동

생 규식은 이미 서울에 살고 있는 직장인. 비록 지금은 밀려난 상태이지만 도시의 매너를 갖추고 있다고 자처하는 가운데 형을 우습게 안다. 그러던 차 아버지가 와병, 규식은 자동차 편으로 아버지를 서울의 대학병원으로 모시게 된다. 다행히 아버지는 병세가 호전, 퇴원하는데 이때 형이 서울에 올라온 것이다. 요컨대 형은 아버지 머리맡을 지키는 일 이외엔 시골에서나 서울에서나 아무짝에도 쓸모없는 위인이라는 것이 규식의 생각이다. 사팔뜨기 주제에 도무지 형은 사리 판단의 능력이 없는 주책이라는 것이다. 그 형이 지금 아버지의 병세가 차도가 있다고 해서 아내보고 방사 한번 하자고 유혹하고 있는 장면이다.

이런 장면은, 굳이 따지자면 익살과 해학이 어우러진 풍경이다. 그러나 그 풍경은 사랑과 비판을 주제로 하는 김주영의 풍자 정신과 잘 어울린다. 이 소설에서 형은 농촌에 머물러 있는 무지렁이를, 동생은 순발력 있게 도시로 올라와서 도시인의 생태에 적응해 가는 인간을 표상한다. 산업화·도시화 과정에서 산업화·도시화는 선(善)이 되고, 농촌의 행태는 극복·지양되어야 할 구습으로 타기된다. 여기서 약삭빠른 이기주의가 오히려 정당화되고, 형은 바보로 동생은 바람직한 시민상으로 때로는 공공연히, 때로는 은밀하게 얼마나 자주 강조되는가. 시대에 뒤떨어지고, 물색마저 없는 사팔뜨기 무지렁이 형이 "이런 좋은 날 한번 안 하고 언제 하노?"(81쪽) 하고 내뱉었을 때, 대부분의 독자들은 아마도 그가 약간 모자란 사람이 아닌가 하고 놀랄 정도일 것이다. 그러나 작가는 여기서 무어라고 말하는가. 순간, 형의 사팔뜨기 눈동자가 양미간에 똑바로 박혀 들어가는 걸 동생이 보았다고 하지 않는가. 김주영의 사랑과 비판은 이런 것이다.

그 사랑은 형과 형수의 방사를 의미하는 사랑이 아니다. 중요한 것은 그 같은 얼뜨기들에게서 '가을날 새벽 우윳빛 안개에 잠긴 녹색의 배추밭처럼 시리도록 신선한 한 인간의 진실'을 발견하는 작가의 인간 사랑이다. 또한 그것은 그 사랑을 우스꽝스러운 것으로 만드는 사회에 대한 비판이기도 하다. 이 비판은 주인공 동생이 도시의 허위의식을 반성하는 자기비판을 동반하고 있다는 점에서, 작가의 사랑과 비판이 얼마나 동전의 안팎을 이루는지 짐작게 한다.

인용 3)은 〈악령〉의 끝 부분인데 다소 끔찍한 모습을 보여 주면서 삶의 단면과 허위를 섬뜩하게 비판한다. 이 작품의 무대는 서울의 신흥 부촌. 주인공은 노점상 황씨와 그가 데리고 있는 소년이다. 둘은 이 동네 아이들을 상대로 군것질용 음식 장사를 한다. 깨끗한 부자 동네에 어울리지 않는 장사인데, 장사가 잘 안되자 소년(그의 이름이 맹호다)이 나서서 아이들을 협박하여 강매한다. 그들은 처음에 물론 저항하였다. 그러나 아이들은 결국 그 더러운 음식들을 사 먹게 되었을 뿐 아니라, 악동인 맹호와 어울리게 된다. 동네는 불안한 분위기로 바뀌어 가기 시작했다. 거칠어진 아이들 때문에 주부들은 안절부절못하게 되었고, 남편들의 술푸념도 늘어 갔다. 요컨대 질서가 깨져 갔다. 그 반대편에서 아이들은 맹호 쪽에 기울어 갔는데, 그러던 어느 날 맹호는 쥐 한 마리를 잡아 가지고 아이들 앞에 나타났다. 아이들은 질겁하지 않을 수 없었다. 쥐가 페스트균을 옮겨 순식간에 수만 명이 새까맣게 타 죽는다고 배운 아이들의 공포감이었다. 그러나 맹호는 오히려 쥐를 불에 태워 새까맣게 죽였다. 실로 엽기적인 사건이었다. 그러나 더욱 놀라운 사실은, 아이들이 그러한 맹호를 무서워하기는 커녕 재빨리 뒤따라갔다는 점이다. 획획 휘파람까지 불면서…….

작가가 여기서 맹호의 편인지 아이들의 편인지는 분명치 않다. 한 가지 분명한 점이 있다면, 그가 조용하고 안정된 부자 마을을 흔들었다는 사실이다. 그것은 분명한 도전이며, 그 마을이 감추고 있는 허위의식에 대한 비판이다. '악령'이라는 제목이 내보이고 있듯이 맹호는 악동이며, 그 뒤의 황 노인 역시 악마인지 모른다. 그러나 작가는 그들을 통해 거짓 안정의 중산층에 일격을 가한다. 두 사람의 악령이 흔들자 무너지는 모래성 같은 부와 편안. 그러나 다른 한편 이 소설은, 인간은 악에 의해 얼마나 쉽게 감염되는지, 혹은 아예 인간성 속에 은폐된 본질은 악에 지나지 않다는 것도 비판적으로 경계한다.

디지털 시대로 접어든 21세기에 김주영이 옹호하고자 했던 순박한 농심(農心)은 이제 더 이상 무조건 옹호의 대상으로 남아 있지 않다. 아예 농심 그 자체가 존재하지 않는지도 모른다. 촌 가방에 볼펜 몇 자루와 대학 노트를 담아 가지고 다녔던 작가 자신, 이제는 멋진 슬림 노트북으로 원고를 쓰고 있다. 세상에 시간과 더불어 변화하지 않는 것은 없다고 했는가. 세상도 변하고 작가도 변했다. 그 변화는 대체로 작가가 비판했던 그 세상을 더욱더 자동 발전시킴으로써 비판을 무력화시키는 방향으로 진행되어 왔다. 한갓 어릿광대일 수밖에 없었던 마규식과 황만돌은 이제 도시뿐 아니라 전국 어느 거리, 어느 골목에도 가득가득 차 있다. 어릿광대는 그들이 소수일 때 그 기행(奇行)이 기행일 수 있고, 조소와 박수를 함께 받을 수 있다. 이제는 온 사회가 어릿광대가 되었다. 인터넷 게임에 매달리고 있는 청년, 소년 들—그들은 어릿광대와의 일체감 속에서 자신의 정체성을 느낀다.
어릿광대는 따라서 더 이상 슬프지도 않다. 사회 전체가 슬픔을 잃은 사회가 되었기 때문이다. 생각해 보면 슬픔과 기쁨 같은 전통적 인간 감정은 인간관계가 정직하게 수용될 때 가능한 일 아니었을까. 이제는 모든 인간관계가 소피스티케이트되어 버려 슬픔을 슬퍼하는 자는 소외된다. 마규식과 황만돌, 맹호는 더 이상 없다. 거의 모두 그들이기 때문이다. 그런 의미에서 김주영의 초기작들은 더 이상 유효해 보이지 않을 수 있다. 실제로 적지 않은 독자들은 그의 눈물과 웃음에 동조하지 않을는지 모른다. 그러나 김주영의 소설은, 그렇다고 해서 시대 소설은 결코 아니다. 우리가 주목해야 할 것은 어떤 소설 속에서든 숨 쉬고 있는 그의 사랑과 그의 비판 정신이다. 계층과 신분, 성별, 사상에 상관없이 그 모두 그저 인간적으로 보듬어 안고 사랑하는 작가를 나는 김주영 이외에 그리 많이 알지 못한다. 그의 모든 비판이 자기 자신으로부터 출발하고 있는 참된 까닭은 바로 여기에 있다. 디지털 시대가 되었다고 해서 이런 사람 된 이치가 달라질 수 있을까. 김주영은 그 존재만으로 우리 문학의 앞날에 대한 긍정적 예시이리라.

원문 출처 및 기타

■ 여름사냥

《월간문학》, 1970.《여름사냥》, 영풍문화사, 1976.《여름사냥》, 일신서적, 1994.

■ 휴면기

《월간문학》, 1971.《여자를 찾습니다》, 한진문화사, 1975.《새를 찾아서》, 나남출판, 1987.

■ 붉은 산

《월간문학》, 1972.《여름사냥》, 영풍문화사, 1976.《여름사냥》, 일신서적, 1994.

■ 마군우화(馬君寓話)

《신동아》, 1973.《여자를 찾습니다》, 한진문화사, 1975.《도둑견습》, 범우문고, 1977.《우리시대 우리작가》18, 동아출판사, 1987.

■ 체류일기

《월간문학》, 1973.《여름사냥》, 영풍문화사, 1976.

■ 무동타기

《한국문학》, 1974.《여름사냥》, 영풍문화사, 1976.《나를 아십니까》, 태창문화사, 1977.《여름사냥》, 일신서적, 1994.

■ 비행기타기
《현대문학》, 1974.《여름사냥》, 영풍문화사, 1976.《나를 아십니까》, 태창문화사, 1977.《여름사냥》, 일신서적, 1994.

■ 이장동화(貳章童話)
《한국문학》, 1974.《여름사냥》, 영풍문화사, 1976.

■ 과외수업
《월간중앙》, 1974.《여름사냥》, 영풍문화사, 1976.《도둑견습》, 범우문고, 1977.《우리시대 우리작가》 18, 동아출판사, 1987.

■ 묻힌 이야기
《문학사상》, 1974.《여름사냥》, 영풍문화사, 1976.

■ 즉심대기소
《세대》, 1974.《여자를 찾습니다》, 한진문화사, 1975.《여름사냥》, 일신서적, 1994.

■ 달 밤
《문학과지성》, 1975.《여름사냥》, 영풍문화사, 1976.《여름사냥》, 일신서적, 1994.

■ 도깨비들의 잔칫날
《월간중앙》, 1975.《여자를 찾습니다》, 한진문화사, 1975.

■ 도둑견습
《한국문학》, 1975.《여자를 찾습니다》, 한진문화사, 1975.《도둑견습》, 범우문고, 1977.《아들의 겨울》, 민음사, 1983.《우리시대 우리작가》 18,

346

동아출판사, 1987.《새를 찾아서》, 나남출판, 1987.《여름사냥》, 일신서적, 1994.

■ 악 령
《신동아》, 1975.《여자를 찾습니다》, 한진문화사, 1975.《도둑견습》, 범우문고, 1977.《새를 찾아서》, 나남출판, 1987.《여름사냥》, 일신서적, 1994.

■ 모범사육
《문학사상》, 1975.《여자를 찾습니다》, 한진문화사, 1975.《도둑견습》, 범우문고, 1977.《아들의 겨울》, 민음사, 1983.《우리시대 우리작가》 18, 동아출판사, 1987.《새를 찾아서》, 나남출판, 1987.

김주영 중단편전집 1
도둑견습

초판 1쇄 인쇄일 · 2001년 2월 15일
초판 1쇄 발행일 · 2001년 2월 20일
지은이 · **김주영**
펴낸이 · **임성규**
펴낸곳 · **문이당**

등록 · 1988. 11. 5. 제 1-832호
주소 · 서울시 성북구 동소문동 4가 111번지
전화 · 928-8741~3(영) 927-4991~2(편)
팩스 · 925-5406
ⓒ 2001 김주영

홈페이지 http://www.munidang.com
전자우편 webmaster@munidang.com

ISBN 89-7456-151-4 04810
89-7456-150-6 04810(전3권)

값은 표지 뒷면에 표시되어 있습니다.

잘못된 책은 바꾸어드립니다.
저자와의 협의로 인지는 생략합니다.
이 책의 판권은 지은이와 문이당에 있습니다.
양측의 서면 동의 없는 무단 전재 및 복제를 금합니다.